U0143466

网络文学名家名作导读丛书

蝴蝶蓝

与

《全职高手》

第三辑

张慧伦
张丽军

著

肖惊鸿

主编

作家出版社

网络文学名家名作导读丛书

主　　编：肖惊鸿

第三辑编委：欧阳友权　夏　烈　陈定家　张丽军
　　　　　　张慧伦　林庭锋　侯庆辰　杨　晨
　　　　　　杨　沾　瞿笑叶

序

20 世纪 90 年代以来，文学与这个伟大的时代一道，经历了巨大的发展变化，其中一个标志性的现象，就是网络文学的兴起。以通俗大众文学之魂，托互联网与媒介新革命之体，网络文学如同一个婴儿，转眼已成为青年。网络作家们朝气勃发，具有汪洋恣肆的创造力，架构了种种可能的和不可能的世界。科技与商业裹挟着巨大变革中释放的青春、激情和梦想奔腾向前。时至今日，作者是有的，作者群体大到过千万人；作品是有的，作品总量已逾两千万部；读者就更多了，读者群体数以亿计。

网络文学是新生事物，也是一片充满活力的文化热土，是中国特色社会主义文学生机勃勃的组成部分。习近平总书记高度重视包括网络文学在内的网络文艺的发展，勉励广大网络作家加强精品创作，以充沛的正能量满足人民群众特别是青年一代对美好精神文化生活的新期待。

所以，这套《网络文学名家名作导读丛书》生逢其时，它将有助于探索网络文学艺术规律，凸显网络文学的艺术价值和社会价值，推动网络文学的主流化、精品化；同时，它也是精确的导航，通过这套丛书，我们将能够比较清晰地认识网络文学的重要作家和重要作品，比较准确地把握网络文学的发展历程和发展前景。

这套书的入选作者是目前公认的网络文学名家，入选作品是经过一段时间检验的代表作，而导读部分由目前活跃的网络文学评论家群体担纲。预计这套丛书的体量将达到10辑至20辑、全套50册至100册。无疑，这是一项浩大的工程，但也是值得耐心地、持续地做下去的工作。网络文学必须证明自己不是即时的快消品，它需要沉淀、甄别、整理，需要积累经验，逐步形成自身的传统谱系，需要展开自身的经典化过程。这套丛书就是向着经典化做出的努力。

这套丛书的主编肖惊鸿长期从事网络文学相关的研究和组织工作，她的眼光和能力值得信赖。尽管网络文学的理论建设近年来已经取得重大进展，但是，将理论落实为面对作品的、具体的分析和判断，实际上仍然是艰巨的课题，也是网络文学理论评论工作的薄弱环节。希望肖惊鸿和其他评论家们深入学习贯彻习近平新时代中国特色社会主义思想，以习近平总书记关于文艺工作和网络文艺的重要论述为指导，自觉运用历史的、人民的、艺术的、美学的观点评判和鉴赏作品，向现在的读者，也向未来的读者交出一份令人信服的答卷。

李敬泽

2019 年 3 月 7 日

于北京

目录

导读

第一章
操控网游高手的手

蝴蝶蓝出生于 1983 年 11 月 9 日，真名王冬，外号"虫爹""女神"，阅文集团白金作家、网游文神级大师，他笔下的网游大神已经冲破次元壁，在现实世界大放光芒。

2019 年 5 月 29 日，是蝴蝶蓝笔下《全职高手》主人公叶修的生日，当天一场大型爱豆庆生活动席卷了网络世界与现实世界。零点刚过微博就被 #0529 叶修生日快乐 # 刷屏，叶修的形象与生日祝福强势登陆了纽约时代广场、英国伦敦莱斯特广场、香港铜锣湾、上海花旗大厦、广州小蛮腰等全球多处地标屏幕。一个二次元人物却享有不亚于真人明星的待遇，这在网络文学圈是不常见的。叶修，这个小说中荣耀游戏的"全职高手"已然成为新一代的"流量偶像"，而作为网游大神背后的男人蝴蝶蓝在粉丝眼中又是怎样的人呢？

蝴蝶蓝在网文江湖里有两个很有意思的名号。一是"虫爹"。对于这个外号的由来有种说法，据粉丝回忆，蝴蝶蓝在某次见面会上提到自己的女儿昵称"百战天虫"，再加上蝴蝶是毛毛虫的爹的联想，因此"虫爹"的外号也被粉丝们欣然接受（下文中有时为了表示亲切，将蝴蝶蓝称为"虫爹"）。而另一个名号"女神"，说起来却有点让人哭笑不得。在蝴蝶蓝创作的早期，其真人信息还没有在网络上披露，由于文章风格和 ID 的原因导致一些读者以为他是女性。有位书迷在微博上透露，身边有位从 2003 年开始看网文的大哥，表示自己最喜欢的是美女作家"蝴蝶蓝"，并说出"一个女孩子在男作者里混真不容易啊""我一定要好好支持她""你说她结婚了吗"等言论。此条微博内容迅速传开，从此"女神"的名号在粉丝圈中不胫而走。

那么，蝴蝶蓝和网络文学的缘分是如何建立起来的呢？时光要回溯到 2005 年，彼时正在合肥读大四的蝴蝶蓝在一家租书店里第一次接触到网络小说，那是一本写主角怎么打游戏的小说，迅速引起了他的兴趣。然而租书店总共只有两三本，无法满足他的阅读需求。正在他苦恼之际，同学告诉他，网上可以找到这类作品，在网上阅读了网游小说以后，他仿佛打开了新世界的大门。作为一个游戏玩家，他对游戏有过很多憧憬，用文字的方式还原游戏的世界，这种小说他也可以写。2005 年被网络文学研究者称为类型出版年中的"玄幻文学年"，多部玄幻小说集中出版，引领畅销书热潮。而实际上，这一时期的网络文学还处于"战国时代"，尽管玄幻小说一时引起关注，但是其他类型的小说也在不断涌现，创造着一个个草根寻梦的神话。刚刚踏入网游小说创作领域的蝴蝶蓝可能也没有想到，自己出于兴趣的业余写作日后会成为他安身立命之所在，网络文学会成为他实现梦想的天地。

武侠网游小说《独闯天涯》是蝴蝶蓝在起点中文网发表的第一部作品，也是他在网络文学圈的首秀，这部作品的写作过程横跨他从毕业到参加工作的重要人生阶段，其创作历程可以让我们感受到他对网文写作的热爱与坚持。2005 年 3 月 20 日，《独闯天涯》在起点通过审核开始连载，虫爹每天到网吧写两章约五千字，写作到凌晨一两点是常态。不久他的努力就有了回报，这部作品被挂到起点新书推荐的首页上。此后，因外出工作实习，忙着准备毕业、工作，失去了在网吧无忧无虑的写作时间，小说的更新一度中断。工作稳定后，虫爹又面临了新的窘境——经济上的束缚。工作地点在北京，日常开销变大，连网吧的上网费用也是合肥的好几倍。直到攒钱购得电脑，又在机缘巧合之下解决了上网问题，写作才得到了保障。功夫不负有心人，在持续更新了几个月后，《独闯天涯》积攒下了七八十万字。起点的编辑找上门来，邀请他签约，2006 年 3 月 1 日，这部作品在 VIP 上架。蝴蝶蓝回忆第一次收到起点的稿费虽然才一千五百多元，但是那种兴奋、满足和幸福感，就算现在收到几十倍的稿费也不会有了。也许对蝴蝶蓝来说，这份稿费的意义早已超过了金钱，这是对他不断克服各种困难、坚持写作的肯定。

尽管《独闯天涯》的文笔还稍显青涩，并且作为一部网游小说，更多的笔墨被放置在武侠江湖的营造上，但是蝴蝶蓝作品中轻松幽默的风格已初步显现。主角风萧萧从一个一无所知的游戏小白成长为江湖前辈的过程中，历经江湖帮派争斗，阴谋诡计纷呈不断。读者从中感受到了古龙武侠小说的魅力，有读者评论"这是一个网络游戏版的小李飞刀""一个网络上的古龙在写小说"，这对于初出茅庐的蝴蝶蓝来说是很高的评价。以这部作品命名的百度"独闯天涯吧"，在作品面世的十四年后仍有读者发帖写下重读感想，它的魅力可见一斑。

可以说蝴蝶蓝也是非常幸运的，他将自己的兴趣爱好从副业发展为主业仅用了半年时间。这样快速的进程得益于他在网文写作上的成功，很快他写网络小说的收入就超过了他在北京马连道一家茶业公司的工作收入，在主副业难以兼顾的矛盾下，他干脆辞职，成了专职作家。忆及当时的心态，虫爹说道："当时还很年轻，二十多岁，觉得有一点收入就可以，没想过以后会怎么样，也没什么大的支出，反正生活能养活就行，写网文挣得多，就把工作舍弃了。"辞职后的虫爹对写作的一腔热情完全被激活了，在《独闯天涯》闯出名气，收获了第一批粉丝后，2006年虫爹乘胜追击开始连载第二部作品《星照不宣》。

纵观蝴蝶蓝到目前为止的创作列表，《星照不宣》是唯一一本都市异术超能小说。在起点中文网的作品相关文章中，虫爹非常谦虚地写道："这大概是一部让很多人失望的作品吧！……从人物，到术的设定，到情节的安排和发展，到处充满着不足。""《星照》就是一个轻浮的作者写出的一部浮躁的作品。"实际上这部作品在粉丝中依然有不低的评价，在起点中文网评分达到9.1分。这部作品讲述了主人公叶凡是身负异能的大学生，"星杀术"的传人。然而当他进入大学校园后发现，周围拥有"异能"的人可不止他一个。同寝舍友严冰、校园女神叶苹，个个都身怀绝技。最终，叶凡这个欠缺术界基本知识的新手，在朋友们的帮助下，一次又一次战胜敌人，渡过难关。《星照不宣》在2017年时还被改编成了漫画，由咪咕动漫出品，可谓人气不减。但作为虫爹的早期作品，书中的情节发展确实存在一些问题，有读者指出后期的情节有如脱缰野马，未能压住大纲，结尾的收束也有些草率。关于这一点，虫爹在该书的总结报告中给出了解释。该书曾经历过断更，而再续写时，蝴蝶蓝已经"迷失"了。于是人物的退场、角色的性格都发生了改变。《星照不宣》未能按照原有的构思进行下去，因为迷失而注定了所有人物不会有他们真正的结局。但是蝴蝶蓝守住了从第一本书上架时就对书迷们许下的承诺：他的书永远不会无限期断更。保证书迷只会看厌了不想看，绝对不会想看没得看。这个承诺对于网络小说创作者而言不是轻易能守住的，可见蝴蝶蓝在对待写作的态度上始终是勤勉踏实的。

写网络小说既是蝴蝶蓝的爱好也是工作，他始终认真对待，但任何工作都不可能一帆风顺。《星照不宣》写作时蝴蝶蓝曾出现的迷失，在他进入第三部作品《网游之近战法师》的写作时，非但没有消失，反而让他更加迷茫了。此时的蝴蝶蓝已经年近三十，古人云"三十而立"，网文作者这份职业虽然自由，但竞争十分激烈甚至残酷，自己能否在网文写作这个新兴行业里安身立命，这是需要反复掂量的事情。这种心态上的变化也反映在他的创作中。《网游之近战法师》是一部全息网游小说，这是一种未来的网游设定，玩家会通过游戏头盔或游戏仓，将脑电波反射到系统中，因此仿真度极高，玩家和游戏中的角色可以说是达到了高度合一。《网游之近战法师》中的主人公顾飞是一个平凡无奇的学校体育老师，然而他还有另外一个身份即超级武者，在一个偶然的机会中，他接触到了《平行世界》这款全息网游，并阴差阳错地选择了法师职业。平日里无法施展一身功夫的顾飞，在网游世界中大显身手，最后成为一个近战暴力法师，将力量与法术完美结合，开创出一条全新的游戏之路。

在起点中文网《网游之近战法师》的"封推感言"中，蝴蝶蓝回顾了他从 2005 年到 2009 年的创作历程，在这四年中他从一开始的非常彪悍地连更，到一度中断更新，再到一扫颓态拿到封推的机会，在写作中经历的起起落落让蝴蝶蓝终于在兜兜转转中找到了坚定的决心，他要将网络文学写作真正当作自己的事业去努力。他将《网游之近战法师》定下寻找自己用武之地的主题，并揣着这本书又一次从起点出发，在小说中书写着自己的奇迹。也正是从这本书开始，虫爹变得更加勤奋，2010 年连续六个月拿到了全勤奖。功夫不负有心人，2010 年 8 月，《网游之近战法师》又一次拿到了起点中文网的首页封面推荐。这部作品最终完稿时字数达到了 376.14 万字，远超前两部小说的总和，并且获得了 111.38 万总推荐（截止 2020 年 1 月数据，下同）。这部作品不仅为蝴蝶蓝带来了更高的知名度，更是让他恢复了对网文写作的信心。他在此刻写道："过去不会再来，蝴蝶所站的这里却也不是终点，希望可以一直一直写下去，写到遥远的未来。"正是在这条路上笔耕不辍的坚持，才迎来了《全职高手》的巨大成功。

《全职高手》是蝴蝶蓝的第四部小说，他再一次回到了最擅长的网游小说领域。这部作品自 2011 年 2 月开始连载，至 2014 年 4 月完结。全书共计 1728 章，字数达 534.97 万字，在起点中文网上收获了 576.29 万总推荐。无论用哪个数据进行比较，都可以发现蝴蝶蓝实现了一次蜕变与成长。这种成长也贯穿到了小说的精神内核中。虽然同为网游小说，但《全职高手》和之前的作品相比弱化了"娱乐"的成分，却增强了"职业精神"。正如虫爹所说："有的人的职场是医院，有的是银行，叶修的职场就是游戏，他要作为一名电竞选手在职场拼杀，游戏只是一种外化的形式。"叶修对荣耀游戏十年不改的痴心，被挤兑退出后从 0 级散人君莫笑开始，重新组建战队闯过无数赛事关卡，最后夺得了总冠军的历程，都让读者感受到了满满的正能量。

起点《全职高手》的书评中，有书迷感叹："网络小说都是在写梦，现实中永远无法实现但心里蠢蠢欲动的梦。于是有超级英雄举手投足摧毁星球创造世界，有单枪匹马穿越改变历史，有官场青云尽享权力……几乎是现实里没什么，网络小说里就有什么。但'全职'的梦非常另类，这个梦里没有金钱、权力等世俗中大多数人渴望的东西。'全职'的梦，是一个人内心的追求，很纯粹的追求。叶修只想享受游戏，追求胜利，其他的东西，他都不在意。"叶修对游戏的执着正如同蝴蝶蓝对网文的坚持，他们都是将自己的兴趣爱好发展成了事业，并且为之不懈努力，无畏付出青春与汗水。正是这颗赤子之心带叶修重返巅峰，再次坐上职业联赛冠军的宝座。蝴蝶蓝也是凭借这份纯粹，在网文界获得了巨大声誉，获得了书迷们的肯定。

在《全职高手》连载期间，2012年2月，蝴蝶蓝还曾签约《公主志》杂志，并连载作品《网游之江湖任务行》。这是一本知名的少女杂志，其口号为"以文字的魔力点燃公主的梦想"，蝴蝶蓝是该杂志首位入驻的创作连载的男作者，可见虫爹"妇女之友"的外号并非浪得虚名，他的作品中鲜有以男性视觉为主的爽文，无种马、无后宫，甚至无CP，因此成为男频文中为数不多的女性粉丝超越男性的作者。这部作品依然是虫爹驾轻就熟的网游小说，主人公李晃在虚拟时空的网游江湖中，以挑战各种官方游戏任务为乐。他将网游当单机游戏玩的行为引发了其他游戏玩家的不满，面临网游江湖中的层层追杀，李晃解开一个个凶险至极的局。这部作品的有趣之处在于打破了常规游戏玩法的思维定式，将主人公对网游任务的探索当成游戏的真正乐趣。李晃享受游戏本身的心态，正是蝴蝶蓝希望向读者传达的游戏态度，因热爱而享受，因痴迷而坚持，这是探索游戏的魅力，远比游戏带来的金钱、地位等更令人着迷。

《全职高手》完结之后，蝴蝶蓝似乎放慢了创作脚步。在起点中文网上，他2014年至今发表的三部作品《天醒之路》《王者时刻》《全职高手番外之巅峰荣耀》到目前为止都还处于更新中的状态。或许对于虫爹来说，《全职高手》既给他带来了声誉，也造成了压力。他用"操控网游高手的手"在网游小说中已经一次次证明了自己的实力，叶修是他创造出的大神，同时也是他必须跨过的壁障，《天醒之路》就是他又一次离开自己的舒适区，跨越类型的挑战。虫爹在接受骆北采访时说："还是要不断尝试新的东西，超不超越自己也不一定，只是说换每个不同的去尝试，可能有的写得好，有的写得不好，然后自己再看。"无论后续连载中的作品最终能否达到超越前作的高度，虫爹的这份勇于接受挑战的精神都足以令读者动容。

《天醒之路》是一部东方玄幻类型小说，玄幻题材是蝴蝶蓝首次尝试，但他过去创作的功底依然在作品中有所体现。《天醒之路》将少年历险、武侠江湖和虫爹作品中始终伴随的网游感相结合，试图打造极具东方美学气质的玄幻武侠之梦。在作品中虫爹跳脱出传统玄幻修仙小说的套路，独树一帜地建立起一套战斗体系，以"内练七魄，外练武技"的武学设定，将中国传统武侠元素融合在玄幻故事里。而作品的核心精神依然是虫爹的书迷们最为熟悉的年轻人的成长。主人公少年路平拥有天醒者的身份，少女苏唐和他是青梅竹马，也是幼时相依为命的伙伴，后来两人一起被摘风学院院长郭有道带回学院，并开始习武。在学院里，路平结识了莫林与燕西凡，四个年轻人结为莫逆之交，彼此信任。路平在伙伴们的扶持下，不断探寻自己的身世之谜，在守护天下大义的过程中经历了爱恨情仇，也完成了自身的成长蜕变。《天醒之路》虽然尚未完结，但丝毫不影响它的人气，在起点中文网连载至今已收获598.39万总推荐和9.3分的高评分。2018年这部作品还被改编为电视剧，由黄伟杰执导，陈嘉上监制，陈飞宇等主演。虫爹的作品确实颇受影视圈的青睐，但小说尚在连载就被影视化，这也从侧面证明了作品的魅力。正如监制陈嘉上解读："《天醒之路》是几个年轻人不断寻找自我的过程，Who am I？这是每一个年轻人在成长中都会面对的困惑。如何成长？如何彼此信任？如何突破自我？《天醒之路》是少年们'逆袭'之路，也是'成长'之路。"这也正是蝴蝶蓝在创作中始终坚持的精神，朝着梦想不懈努力，并在此过程中收获成长的果实。

不断挑战自我的蝴蝶蓝不仅在类型上寻求突破，在回归到最熟悉的网游领域时也在推翻原有的套路。这一点在他2018年4月开始连载的小说《王者时刻》中也有所体现。与虫爹之前的网游小说所不同的是，这部作品是以真实游戏《王者荣耀》作为背景，在设定方面不能再任由想象力天马行空地驰骋，而要符合真实的游戏规定。在虫爹上架新书后，收到不少读者朋友的私信，询问他为什么要写这个游戏，并向他推荐了很多读者们喜欢的游戏。虫爹的回答是，因为他熟悉《王者荣耀》，而读者们热心推荐的游戏他都没有玩过。写小说是需要长期漫长的积累的，小说中用到的知识不是靠百度搜索拼贴就能弥补的，在《王者荣耀》这款游戏中摸索学习许久之后，虫爹才敢开始写作。这是对自己的文字高度负责的作家才有的态度。

蝴蝶蓝近几年创作数量的减产或许正和他选择走上厚积薄发这条

路有关。网络文学行业与传统文学相比，最大的不同在于创作者基数的庞大，每年都有数量可观的新人新作涌现，为了不被新人迎头赶上，网文作者只能铆足了劲儿写作。但这样的写作并不是可持续的，正如虫爹所说，"前期的积累就那么多，写作就是在往出倒，总有倒完的时候"，所以延续写作生命的最好方法，就是适度放慢脚步，给自己的大脑充充电，完善写作素材库。如果是追随虫爹十几年的老粉一定感受到了他写作的变化，他对段子的依赖正在逐步降低，不再刻意营造幽默，在语言上追求更为准确的简洁表达。网络作家流浪的蛤蟆与虫爹是好友，他曾爆料虫爹还有个绰号叫"人形弹幕"，"吃饭的时候，有蝴蝶蓝在，很有一种请了开心麻花、郭德纲、宋小宝、赵大叔等在旁边表演才艺的爽感，尤其是……各种吐槽和段子都是现场创作，极能下饭"。可见虫爹对于段子的运用绝对是信手拈来。但是现在虫爹在创作中不再拼命往外倾泻各种段子，而是剥离过多的修饰，追求更为真实的情感。

蝴蝶蓝的网络文学生涯，一路走来有过创作低谷，也有过高光时刻，对虫爹来说非常幸运的是，有一批忠实的粉丝始终追随着他的创作脚步。网络文学的交互性使得这个文学场域充满活力。在广大书迷的眼中，蝴蝶蓝又是一位怎样的作者呢？带着这个问题，我摘录了知乎、百度贴吧等社交平台，以及起点书友圈上一些虫爹粉丝的留言，试图拼贴出一个粉丝眼中的蝴蝶蓝。

起点十万种马男，今有一人蝴蝶蓝，不搞后宫不争霸，是男是女很茫然。当年卖安利都用这句话，想起来就好笑……说正经的，从连载起，平均每年重温一次《独闯天涯》，至今好多片段都能笑出声来，虫爹太萌啦。

——By 知乎网友　吾惜惜

蝴蝶蓝的小说，真是牢牢把握住了小说的要旨：塑造人物形象。每个主角配角，都是有血有肉的。而且，比起主角，其实配角的形象反而要更丰满一些。每本书里随便拎出一个配角，那都是一堆粉丝疯抢的人物。和多数起点文不同，虫爹写文，重在日常，并没有很深的戾气。感觉就是一群人聚在一起欢欢乐乐，文风偏搞笑吐槽风，但是也不是一味搞笑没有内核。"全职"就不说啦，像"近战"，他还特意提到本文主题，在于坚持。

——知乎匿名网友

虫爹写的网游文都很现实，他笔下的主人公都明白，游戏终究是游戏。像《独闯天涯》里的风萧萧所说的"这只是游戏，只要系统里的服务器一关，江湖就会真的不复存在"。

——知乎网友　白秋

他的作品有一个很显著的特点：虚拟中的真实感。一方面，他所写的大多构造出了一个完整的体系，比如《全职高手》中火爆异常的荣耀职业竞技圈，比如《网游之近战法师》里虚拟游戏平行世界。然而另一方面，他自己对这个虚构的世界观有着无可比拟的理解，几乎所有事都是符合这个世界观的，就仿佛真的有这样的一个世界一样。

——知乎网友　天上天下唯武独尊

虫爹的小说大多是正能量，道理都通俗的，也许不需要顿悟，但确实有值得学习的地方。

——百度贴吧网友　迷途的南瓜

起点大神的书基本节奏如下：打怪升级刷装备，完虐敌人美人归，写得跟网游的长篇文本广告一样，而蝴蝶蓝的书是最接近游戏的，硬是在网游竞技的题材里写出来人与人之间的真情实感。

——起点网友　独爱热血

从上述的摘录中我们已经可以感受到粉丝们喜爱蝴蝶蓝作品的原因，这也是他的写作到目前为止所呈现出的特色。我用这样几个关键词来概括：幽默、真实、人物丰满、节奏流畅。幽默可以说是蝴蝶蓝写作的底色，诙谐的文风不仅贯穿了他的每一部作品，在他记录日常生活的微博中也能感受到他的幽默天赋，有网友指出"不看名字的话还以为他是某个搞笑大V博主"。但是他的搞笑不是完全无厘头的，难能可贵的是他在网游小说中营造出的真实感，无论游戏是否虚构，虫爹在书中展现的世界好像就在读者眼前，书中每个有血有肉的人物身上也或多或少能看到身边亲朋好友的影子。虫爹作品中的人物塑造无疑是成功的，《全职高手》中不仅每个人物都各具特色，甚至不同的战队、公会都有自己独特的风格，这种群像式的人物塑造让每个粉丝都能在其中找到自己所喜欢的角色。人物是小说的灵魂，蝴蝶蓝也正是抓住了这个要点，在人物塑造上十分出彩。他的小说拥有大局观和节奏感，这或许也是因为蝴蝶蓝本人长期打游戏训练而来的。唐家三少曾说起，有个十一假期，自己和饰演美国队长的演员住在一家酒店，却没有出去制造偶遇，只知道在酒店打游戏，遭到蝴蝶蓝的吐槽。后来才知道原来蝴蝶蓝打起游戏来比他还凶。对此虫爹回应，他玩游戏那叫"勤奋取材"！虫爹小说中张弛有度的节奏感或许是得益于此。

蝴蝶蓝从 2005 年开始创作，至 2020 年在网络文学领域走过第十五个年头。虫爹对网络文学创作的热忱，正如他笔下的叶修对荣耀游戏的热爱。叶修在出场时已经在荣耀中沉浮十年，体验过站在巅峰的快乐，也感受过被俱乐部驱逐的落寞。但叶修始终不变的是对荣耀的喜爱，叶修曾说，对于荣耀，再玩十年也不会腻。我相信虫爹对于网文写作也同样初心未改。即使从采访中得知，虫爹已经实现了所谓"财富自由"，不会再面临刚刚开始写作时的窘境，但虫爹仍说："比起钱，更想要的是自己的作品被更加广泛地阅读，这是一个作家的梦想。"我想这就是虫爹对待写作的初心。虫爹的小说带给了读者无数的热血与激励，希望这份阅读中的感动能够一直延续下去。

第二章

对话蝴蝶蓝：我手写我心

一、写作道路与写作经验

采访人（张慧伦）：从 2005 年至今，您从事网络文学写作已十五年了。您能介绍下您创作的心路历程吗？中间的心态有没有发生变化呢？

蝴蝶蓝：最初写作时只是出于兴趣，写作对我而言是一种娱乐，与阅读、观影、打游戏什么的没有区别，直至写到第三部作品《网游之近战法师》的时候，有一群热心的读者成立了一个读者群，在与他们比较多的交流中，我开始逐渐正视写作这件事。逐渐从以前的下意识写作，开始更多地思考自己想要表达的，以及该怎么去表达。

采访人：您在起点中文网连载第一部小说《独闯天涯》时，遇到了诸如没有电脑、没有网络等各种困难，更是顶着一边上班一边写作的压力，是什么动力支撑着您，让您能够持续写作的呢？

蝴蝶蓝：兴趣是主要原因，写作当时对我来说就是放松和娱乐，是工作之余的消遣。

采访人：您的作品基本上都是超长篇小说，一部作品要更新几年。您在写作过程中有没有详细的写作提纲呢？如果没有提纲的话，您又是如何构思作品的呢？

蝴蝶蓝：没有详细的提纲，但我会先明确这本书的最终归宿在哪里。也就是说每一部作品开始创作时，它的最后一章也就是结局在我脑中已经是成形的，一切都会朝着这个方向迈进。

采访人：您在写作过程中有没有什么特别的习惯？

蝴蝶蓝：写的时候旁边不能有人看，哪怕安静不说话不打扰，也会别扭。

采访人：您写小说是喜欢一气呵成，还是反复修改呢？

蝴蝶蓝：网络上连载的这种大长篇通常就是一路写下去了。但一些中短篇的会反复修改。

采访人：很多读者喜欢您笔下充满热血的故事，您是如何保持写作的激情的呢？

蝴蝶蓝：阅读吧，阅读是可以刺激我写作欲望最有效的方式。

采访人：对于网络文学写作而言，想象力固然非常重要，但写作资源的积累也是不可或缺的。除了玩游戏的经验外，您小说中的知识储备和写作资源从何而来呢？

蝴蝶蓝：从小开始阅读习惯带来的积累吧。同时现在网络时代，也让人们都有了足不出户就看世界的可能。

采访人：您早期的网游小说中能较为明显地感受到武侠小说的风格，您曾说很喜欢作家古龙，他的作品对您的创作风格有什么影响呢？

蝴蝶蓝：早期模仿痕迹还是挺重的。行文措辞会有一些像，还有一些情节设计会希望有古龙小说那样的悬疑和反转。

二、关于网游小说与《全职高手》

采访人：您被誉为"网游文神级大师"，您如何看待网游小说这个类型，它的发展前景如何？

蝴蝶蓝：这种类型是基于网络游戏的流行。游戏是这类小说的冲突来源，相当于武功与武侠小说这种关系吧。基于游戏类型的不同，这种小说可以有包括武侠、玄幻、仙侠，甚至体育、历史争霸等核心背景。但实际上网游小说无论采用了何种游戏，也就是背景，但它的整体世界观其实是当下的，是都市的。现在随着电竞行业的发展，这类小说中的电竞类与现实联系得也越来越紧密，这一类型我觉得已经可以看作是都市类的行业小说了。

采访人：您创作了多部网游小说，您是如何避免同一类型文章的千篇一律呢？

蝴蝶蓝：就网游小说来说，主要还是从主人公不同的追求来加以区别，他们对待游戏的不同状态，决定了他们游戏生涯中不同的故事。

采访人：《全职高手》在创作的过程中有遇到过什么困难吗？可以分享一下您是如何克服这些创作瓶颈的吗？

蝴蝶蓝：《全职高手》的写作过程大体是顺利的，没有遇到什么无法克服的瓶颈。难一点的大概就是中后期写比赛，要让每一场比赛不同且又好看，比较费脑筋一些。

采访人：您最喜欢《全职高手》中的哪个人物？这个人物身上又寄托了您怎样的理想呢？

蝴蝶蓝：主角叶修吧。他身上其实折射出的也是我在那一阶段对写作这件事的决心。叶修是个坚定的职业选手，而我那时也已经坚定要做职业作者了。

采访人：很多读者喜欢《全职高手》的现实感，您对电竞行业是否有很深的了解？

蝴蝶蓝：我在写作《全职高手》时对电竞的了解其实不如很多人以为的那么多，甚至可以说在当时并没有太多的了解。《全职高手》中现实竞技部分多来自于足球、篮球甚至赛车、围棋，等等。这些已经运营许久的职业体育项目，行业体系都已经比较成熟，电竞行业虽然比较新，但我觉得就是项目内容不同的又一个竞技行业，所以与传统竞技行业有很多共通之处。

采访人：对于《全职高手》的影视化作品您是否满意？除《全职高手》《天醒之路》外，有没有把您的其他作品影视化的打算呢？

蝴蝶蓝：我觉得还不错。我的作品基本都已经售出了影视版权，什么时候会出现在屏幕上就不太清楚了，我不太参与写作小说以外的其他事务。

三、日常生活与读者互动

采访人：您每天要保持多久的写作时间呢？日常的生活状态是怎么样的，写作之余有什么爱好？

蝴蝶蓝：每天两到四小时吧，日常可能熬夜会较多，生活规律比较散漫，是不值得提倡的生活方式。写作之余也没有什么独特的爱好，主要还是阅读。

采访人：看到您经常分享和唐家三少、猫腻等网络作家的交往趣事，您平时会经常和其他网络作家聚会吗？大家聚会时比较关心的话题是什么呢？

蝴蝶蓝：唐家三少和我都是在北京的，所以见面聚会比较多。其他很多作者朋友比如猫腻，大家都是天南地北，碰面相对少点，不过还是经常会有机会碰到。大家在一起如果说有什么比较固定的，与一般朋友聚会可能不太相同的话题的话，那大概就是分享一下自己最近的阅读，还有对一些作品的讨论吧。

采访人：您的家庭对您创作的影响大吗？家人一直很支持您的写作吗？

蝴蝶蓝：家庭没有任何干预，这就是最大的支持了。

采访人：您平时跟读者的交流多吗？通常会以怎样的方式和读者互动呢？

蝴蝶蓝：我应该不算太多，近几年多是在一些活动中会有一些简单的交流。

采访人：在写作过程中，您认为读者的留言、评论有没有对您产生过影响？

蝴蝶蓝：当然是有的。尤其有一些比较细心认真的读者，他们对内容的解读甚至会超过我的预期。聪明的读者太多太多了。

采访人：您能谈谈对网络文学的看法吗？您怎样看待网络文学的未来发展？

蝴蝶蓝：网络文学其实就是通俗文学，面向最广泛的人群。网络这个信息渠道也刚刚好将它散播向了大众，让它得以旺盛发展。在这个过程中它的内容也开始细分，细分面向不同的人群。我觉得这正是网络文学在进一步完善它的功能：满足尽可能多的人的阅读需求。这样的进化方式让我更看好网络文学的未来，它不会丢弃自己面向大众的基点，但在细分领域更有针对性的探索，也会成为它诞生精品的保障。

采访人：未来有什么样的写作计划，是否会尝试新的创作类型？

蝴蝶蓝：类型不重要，主要是内容不重复过去就好啦。

第三章

十年荣耀，重返征程

一、《全职高手》的荣耀征程

《全职高手》是蝴蝶蓝的第四部小说，通常读者提起这部作品时会冠以"蝴蝶蓝成名作"的名号，实际上我更想将它称为"成熟之作"，因为在创作这部小说时，蝴蝶蓝已累计创作了640.83万字。在网文界耕耘了近六年的蝴蝶蓝，在创作《全职高手》时可谓是进入了一个全面的成熟期，无论是网游小说的写作技巧，还是人物性格的塑造，蝴蝶蓝都已积攒下丰富的经验。所以《全职高手》的成功并非一蹴而就，我们感动于叶修对荣耀游戏十年矢志不渝的热忱，也感谢蝴蝶蓝对网络文学的爱与付出。

从起点中文网记录的数据来看，《全职高手》有着一张优异的成绩单。截至2019年12月底，共获得578.13万总推荐，拥有268万粉丝，以及登上起点首页热点封面推荐，获封"2013年游戏竞技之王""2013年度最佳作品"等荣誉。这些数据背后承载着读者们对这本作品的热爱。据《全职高手》书友圈的一篇评论记载，为了夺得年度最佳作品的荣誉，粉丝们每天做任务刷票数，从2013年12月12日到2014年1月25日，经过四十多天的持久战，终于赢得了票数第一。当粉丝群中打出了"荣耀"两个字时，大家仿佛感觉到与叶修达到了精神上的共鸣。小说中的叶修追求的是在游戏中获胜时，屏幕中闪现的"荣耀"画面。而粉丝们正是被这份执着的精神打动，才会自发组织为《全职高手》投票。

《全职高手》书中最动人之处无疑是对胜利的执着追求。小说究竟讲述了一个怎样的故事？在起点中文网《全职高手》的作品信息栏是这样介绍的：

> 　　网游荣耀中被誉为教科书级别的顶尖高手，因为种种原因遭到俱乐部的驱逐，离开职业圈的他寄身于一家网吧成了一个小小的网管，但是，拥有十年游戏经验的他，在荣耀新开的第十区重新投入了游戏，带着对往昔的回忆，和一把未完成的自制武器，开始了重返巅峰之路。

　　在这段简介中没有点出主人公的名字，却用寥寥数笔勾勒出了他困窘的状态，曾经被誉为教科书的网游顶尖高手，在离开职业圈后生活跌落谷底，只能谋得网吧里的网管一职。和很多网络小说所使用的"先抑后扬"手法一样，读者们看到这样备受打击的主人公，都会期待他的"强势逆袭"，叶修也确实不负众望踏上了他重返荣耀巅峰之路，只是这条路叶修走得并不容易。

　　《全职高手》中荣耀游戏的设定是配合账号卡登录游戏，随着叶修的被迫退役，陪伴他十年、拥有各种顶级装备的账号"一叶之秋"也被俱乐部收回，叶修在新开的第十区以"君莫笑"的 1 级空号真正从零开始。从新人开始做任务，刷副本，慢慢打响"君莫笑"的名声，在荣耀游戏中结识了包荣兴、逻辑、莫凡等人，又在工作的兴欣网吧挖掘了很有潜力的新人唐柔，又挖来了微草战队的乔一帆和已经退役的魏琛，随着叶修的最佳拍档苏沐橙的加入，叶修在网吧老板陈果的支持下组建了兴欣战队。就是这样一支草根队伍，最终闯过了挑战赛、常规赛、季后赛，一路过关斩将杀进总决赛，在第十赛季对战全明星的轮回战队，并最终取得了总冠军。

　　尽管拥有主角光环的叶修带领战队拿下总冠军的结果并不令人意外，但这一路的披荆斩棘和他对团队中每位成员的感情，都十分令人动容。就像叶修经常挂在嘴边的那句话："荣耀从来都不是一个人的游戏。"在比赛中读者看到的是每一位成员的团结努力和他们共同的求胜的信念，还有什么比这种昂扬的精神更可贵呢？到底是怎样的一款游戏让叶修等人如此痴迷，我们有必要回到"荣耀"，了解蝴蝶蓝架构的游戏世界和现实中的战队与公会设定。

二、"荣耀"游戏世界的设定

蝴蝶蓝在《全职高手》的"有关设定"章节解释了书中的"荣耀"游戏的原型，主要是取材于DNF，也就是《地下城与勇士》这款网游里的职业和技能设定加以改编。所以熟悉DNF的玩家读者肯定会在本书里看到很多眼熟的东西，但是蝴蝶蓝在原有游戏的基础上进行了角色和技能的扩充，小说中共出现了二十四种职业类型，每一种职业具备不同的技能，随着玩家等级的升高，可以不断解锁新的技能。下面我从原文中摘录并梳理了一下各种职业的代表性技能。

1. 玩家职业类型

魔法师系：战斗法师、元素法师、魔道学者、召唤师

枪手系：神枪手、弹药专家、枪炮师、机械师

剑士系：剑客、狂剑士、魔剑士、鬼剑士

格斗系：拳法家、柔道、气功师、流氓

暗夜系：刺客、盗贼、忍者、术士

圣职系：牧师、守护天使、骑士、驱魔师

2. 各种职业的代表技能

战斗法师：叶修在嘉世俱乐部效力时所拥有的账号"一叶之秋"即为战斗法师，属于近战法师。

代表技能：天击（上挑攻击）、龙牙（直刺攻击）、落花掌（直线攻击正前方）、炫纹（攻击时触发产生，可自动追踪目标，增强自身力量）。随着等级的升高技能更加华丽。60级技能怒龙穿心（直接剜下对方心口）、70级伏龙翔天（战矛化身为龙刺杀，叶修以此技能打出精微操作"龙抬头"而封神）。

元素法师：主要依靠元素阵法进行攻击，不太擅长近战的职业。

代表技能：烈焰冲击（在目标脚下燃起一个火焰法阵，可使对方浮空，冷却）、移动施法（使对方移动速度降至正常速度一半）、60级烈焰风暴（在地上燃烧火海）、70级天雷地火（雷与火可随机爆发或手动控制攻击对方）。

魔道学者：武器是扫把，像西方的魔女。

代表技能：修鲁鲁（强制拉怪物仇恨）、驱散粉（被戏称为泻药，撒到目标身上使其减缓攻击、移动速度）、魔法射线（射速极快，发射时亮成星星）、50级闪电锁链（落下一道闪着电光的锁链）。

召唤师：依靠法杖召唤神兽进行攻击。

代表技能：哥布林（扔石头，令对方眩晕）、印记（让召唤兽前往指定点）、鞭挞（让召唤兽快速移动攻击）、精灵王（由四种元素的大精灵合体而成，具有多种攻击技能）、75级精灵献祭（一击必杀的大招，召唤师攻击力最强的技能，在一定范围内所有被献祭的精灵都将消失）。

神枪手：持枪攻击，两只手各有一把左轮手枪。兼具远距离攻击和近身格斗技能。

代表技能：乱射（子弹向对方全方位射击）、巴雷特狙击（可穿透头部，攻击力最强技能）、曲射（子弹可曲线飞行，由操作者控制弧度）、70级枪炮武术（在近身格斗中使用枪炮攻击，出其不意难以防御）。

弹药专家：精通各种手雷，以火力覆盖的方式完成攻击。

代表技能：撞击式手雷（撞击爆炸）、僵直弹（被射中的目标会进入两秒的僵直状态）、乱雷（各种手雷全部丢出，综合爆发）、毒气式手雷（释放绿色的剧毒瓦斯）、追踪式手雷（手雷自带螺旋翼，锁定目标飞出）、遥控式手雷（通过遥控器控制时间引爆）。

枪炮师：使用各种枪炮器械进行远距离攻击。

代表技能：反坦克炮（炮弹三发连击）、格林机枪（直线子弹扫射）、加农炮（射程远，具有爆炸效果，波及范围大）、押枪（连续射击将目标送至指定位置）、70级卫星射线（由一根光柱分散出六个小光柱，手动操作光柱扫射）、75级悬磁炮（悬磁弹头吸附攻击目标，带动目标移动，最终触地爆炸）。

机械师：可远程攻击和侦察的职业。

代表技能：机械追踪（释放小机器人，寻找目标侦察）、机械空投（用螺旋桨升空投弹器，空投炸弹）、机械旋翼（用旋翼操纵角色空中移动）、电子眼（用于侦察，角色可掌握电子眼看到的画面）。

剑客：与武侠小说人物相似，持剑大杀四方。

代表技能：三段斩（横斩、下劈、上挑接连出招，使对方无从招架）、银光落刃（空中急速下降斩击，可改变角色下落轨迹与速度）、连突刺（出剑连击，等级越高连击次数越多）、剑刃风暴（剑刃像风暴一般向对方袭击）、70级幻影无形剑（依赖玩家手速实现连击，次数越多伤害越大，收剑带有强力吹飞攻击效果）。

狂剑士：剑士系职业，与剑客相比，技能更加狂野。

代表技能：十字斩（横砍、竖劈连发形成十字）、崩山击（使对手被斩落后弹起浮空）、血气唤醒（生命值低于一半时唤醒自身力量属性，提高攻击值）、70级怒血狂涛（将剑变为巨大的血刃，杀伤力极强）、75级血气之剑（以手抹剑锋，喷射血箭，此技能可看出剑士之狂）、噬魂血手（被血气笼罩的范围均被血手所牵制，可控制目标移动）。

魔剑士：每个技能都带有一定的元素效果，彰显了"魔"的属性。

代表技能：裂波斩（依靠剑意波动封锁抓取目标）、冰霜波动剑（被剑意卷到之处铺上寒冰）、波动三叠浪（冰霜、烈焰、疾光三道波动剑接连出招）、雷光波动阵（以电球释放电光攻击，在电球辐射范围内能百分百命中）、75级星云波动剑（波动之力以不规则形态出现，由操作者控制下可全方位扩散）。

鬼剑士：技能与鬼魂相关，因技能上的差异分为阵鬼、斩鬼两大派系。

代表技能：月光斩（以银光划出半圆，命中目标有致盲效果）、残影（将鬼影化为护甲抵御伤害）、刀阵（刀魂守护的结界，主要为结界内的组员提供能量）、冰阵（冰魂守护的结界，可将结界内的目标完全冰冻）、死亡墓碑（墓碑从天而降的攻击技能）、鬼神盛宴（集合所有鬼阵范围内的鬼神之力，吞噬目标）。

拳法家：格斗类职业的代表，擅长近战肉搏，以角色肉身输出。

代表技能：钢筋铁骨（20秒内角色防御能力提升至霸体状态）、鹰踏（击中目标后连踢）、空手入白刃（如果接下对方的招数，还击将百分百命中）、伏虎腾翔（爆发式移动，将目标踩翻）、闪电光速拳（瞬间闪出无数拳影迷惑对方，拳速极快）、75级霸皇拳（看似招式普通，能带来爆炸般伤害）。

柔道：技能以现实中的柔道技能为原型。

代表技能：背摔（将目标举过头顶摔过后背）、抛投（将目标擎起抛出）、空绞杀（用双腿在空中夹住目标，旋转甩翻至地面）、地雷震（格斗系典型技能，双手捶地产生震动波以击倒目标）、空中灌篮（双手控制住目标从高空掷下，其威力可在地上砸出深坑）、70级螺转旋风杀（利用旋转的向心力，将范围内目标全部扭杀在自己双手间）。

气功师：运用气功的格斗系职业。

代表技能：念气罩（类似于金钟罩，在角色周身形成光罩，可吸收所有攻击伤害）、气功爆破（用气功将强劲的念气灌入目标身体，可以轰飞目标）、75级千念怒放（念气从手掌中疯狂喷射而出，形成气波弹随狂风扩散）、75级念龙波（气劲汇聚于拳，凝聚成白条，随拳风蜿蜒而出）。

流氓：无赖会武术谁也挡不住，技能较猥琐的职业。

代表技能：板砖（用砖块拍晕对方，也可投掷使用）、抛沙（朝眼睛扔有可能使对方致盲）、涂毒（给武器涂加毒药，但只能造成一次性伤害）、毒针（能破霸体、产生出血状态）、汽油瓶（命中可造成燃烧伤害，在半空被射爆可形成许多飞射的小火球）、75级街头风暴（状态技能，在技能时间里，所有低阶技能都得以强化）。

刺客：暗影杀手，完全的近战职业。

代表技能：错手刺（双剑交错使用，限制目标移动）、闪烁突刺（瞬间移动一个身位格的距离）、碎踝（一脚踹出，击中目标脚踝，限制对方移动速度）、75级如影随形（移动技能，选定目标后，角色会以极快速度冲向目标）、75级舍命一击（刺客将生命像法力一样燃烧，不顾一切地舍命出击）。

盗贼：很少正面出击，擅长各种陷阱的职业。

代表技能：陷阱扣（限制对方移动，打断攻击）、毒云陷阱（用毒烟使目标僵直，造成中毒伤害）、陷阱解除（除去对方设下的陷阱）、潜行（隐身移动）、偷袭（命中对方产生双倍刺杀伤害，产生三秒僵直效果）、沙暴陷阱（盗贼高阶陷阱技，制造伤害加失明效果）、暗影陷阱（与偷袭配合使用，触发后盗贼会立即出现在陷阱位置）。

忍者：运用忍术、忍法的职业，有日本忍者的色彩。

代表技能：影分身术（留下假身迷惑对方，真身瞬间移动）、忍具烟玉（瞬间释放紫烟，笼罩范围小）、地心斩首术（使用忍刀当吸管，潜伏在地下偷袭，角色视角会受限）、70级忍法影舞（操纵多个影分身，每个分身会活动，真身落位由操作者选定）、75级忍法樱杀碎月（忍刀幻化成樱花花瓣朝前方席卷）、忍法百流斩（忍刀出鞘化作数股细流自空中束集，凝聚成水牢，控场技能）。

术士：以诅咒、巫术的操纵为主的暗夜系职业。

代表技能：诅咒之箭（从黑色光球中爆发出黑色小箭朝目标射击）、魔镜（反弹所有法术的攻击效果）、操纵术（一道黑光打出，可以操纵黑光所牵的任何东西）、击魂术（击中对方灵魂，使其灵魂出窍，游戏操作无效）、70级死亡之门（生出黑色触手追击目标，抓住后迅速扯回门内给予强大伤害）、幽魂缠绕（在指定区域种下诅咒，使目标减速，在走出区域前持续掉血）。

牧师：团队中的医护人员，主要负责治疗。

代表技能：治疗术（维持生命，补血技能）、圣言回复（需要吟唱时间最长，回复的生命值最多）、神圣之火（持续性伤害技能，可持续五秒）、催眠术（使目标进入沉睡状态）、神佑之光（技能从牧师吟唱开始发动，所有光幕内的角色都能得到强力治疗）、复活（可以复活角色，使其脱离濒危状态）。

守护天使：攻击性弱于牧师，以治疗为主，自保能力强。

代表技能：恢复术（角色三秒恢复一次生命）、圣盾术（以角色为中心的防守技能，可以抵御所有伤害）、生命激活（多用于角色自己，加速生命自动恢复）、圣光打（使对方的攻击无效）、天使威光（以角色为中心三百六十度展开一道光环，对所过之处的目标均能给予伤害，但技能冷却时间长达2分45秒）。

骑士：兼具防御与攻击技能的职业，手中可持有盾牌。

代表技能：盾击（命中后可直接制造眩晕）、英勇跳跃（给击中的目标带来最大伤害，其余范围内目标也会受到冲击波攻击）、风暴反击（用盾牌吸收对方攻击，用骑士剑打出，以牙还牙）、70级十字军审判（角色以冲锋的极高速度进行移动，操作者连续攻击，造成的伤害有叠加效果）。

驱魔师：擅长符咒技能的圣职系职业。

代表技能：升天阵（让一定范围内的目标浮空）、星落（把手中武器扔向空中，可以化作流星笔直坠落，地动山摇）、魂御（基础技能，可配合其他技能使用，将手中的武器飞出或远距离抓回）、落雷符（半空中滚雷落下）、烈焰符（使目标被烈焰焚烧）、寒冰符（瞬间冻结目标）、75级封禁符（封住目标所有装备，一分钟内无法使用）。

三、现实世界的公会、战队与赛制设定

"荣耀"游戏拥有二十四个职业，每一位玩家可以选择自己心仪的职业，学习各个职业的基本技能，刷任务进行升级。按照蝴蝶蓝的设定，"荣耀"游戏发展了十年，每年开一个新的服务区，玩家在各自的服务区中做任务刷副本，当玩家升级到70级之后，通过考验，就可以进入"神之领域"，这是不限服务区的地方，因此"神之领域"集结了各个区的精兵强将，可谓高手如云。

因为"荣耀"游戏的角色职业繁多，在游戏中刷副本必须要组队进行。随着游戏玩家的增多，为了维护游戏世界的秩序，"公会"应运而生。在《全职高手》中，大型公会基本上是依托职业战队发展，公会的主要功能是培养游戏新人，发展团队成员，用共同组织纪律约束成员。公会可以安排组织打副本等集体行动，并通过刷副本纪录的方式提高公会影响力，吸引更多成员加入，为战队积蓄后备力量。出类拔萃的游戏玩家有机会被战队选中，成为职业选手，参加各个级别的职业联赛。《全职高手》中"荣耀"的职业联赛正式参赛队伍共有二十支，而在整部小说中一共出现过二十三支战队。分别是兴欣、微草、蓝雨、霸图、百花、呼啸、皇风、嘉世、雷霆、轮回、三零一度、神话、虚空、烟雨、义斩、临海、贺武、越云、昭华、轻裁、明青、神奇、玄奇。蝴蝶蓝对这些战队的刻画有详有略，下面我梳理了主要战队的代表性成员的情况。

1. 主要战队及代表性成员

（1）兴欣战队（第十赛季总冠军）公会：兴欣

叶修：君莫笑（散人）

原为嘉世队长，被迫退役后来到兴欣网吧当网管。荣耀的每个职业选手都有专属于自己的职业角色，但散人角色是叶修独有的。散人不转职业，可以自由学习其他职业的基础技能，但玩法非常复杂，只有被称为"荣耀教科书"的叶秋大神（叶修的真实身份）配合自制银武"千机伞"才能将散人的优势发挥出来。后成为兴欣队长。

苏沐橙：沐雨橙风（枪炮师）

相貌出众，技术高超，人气很高的全明星选手，与叶修有十年友谊。在嘉世战队时曾是"一叶之秋"的最佳拍档，后合约期满离开嘉世，追随叶修来到兴欣战队。

唐柔：寒烟柔（战斗法师）

兴欣网吧早班网管，真实身份是著名企业家之女，从小练钢琴手速极快。因玩"荣耀"败给叶修，从此迷上"荣耀"。具有坚忍不拔的毅力和顽强拼搏的精神。

包荣兴：包子入侵（流氓）

荣耀新人，但是个网游老手。思维方式很特别，爱炫耀，心直口快，喜欢研究星座。

乔一帆：一寸灰（阵鬼）

拥有出色大局观，曾是微草的剑客，在战队中寂寂无名，只能做些端茶倒水的工作。遇到叶修后在他的指导下找到了更适合的阵鬼，潜能被不断激发，与微草解约后加入兴欣。

魏琛：迎风布阵（术士）

蓝雨战队前队长，曾因连续三次输给后辈喻文州，丧失信心而退役，在叶修的鼓励下复出加入兴欣。喜欢开玩笑，很没下限，擅长"猥琐流"。

安文逸：小手冰凉（牧师）

在校大学生，原为霸气雄图公会的普通玩家，有超强的大局意识，被叶修邀请加入兴欣。

罗辑：昧光（召唤师）

知名高校的数学系博士生。具有极强的理论素养，但实际操作能力较弱。得到叶修指导后找到了对职业比赛的信心，担任战队的战术运算工作。

莫凡：毁人不倦（忍者）

神之领域臭名昭著的拾荒者，被叶修用实力征服后来到兴欣。技术高超，通常沉默寡言，面无表情，极少和人交流，作战时谨慎缜密。

方锐：海无量（气功师）

原为呼啸主力，原职业盗贼，猥琐流的代表者。在呼啸风格转变后被冷落，于是转会兴欣，转为气功师职业。性格开朗，意志坚定，敢闯敢拼。

（2）蓝雨战队（第六赛季总冠军）公会：蓝溪阁

喻文州：索克萨尔（术士）

蓝雨队长。因手速慢成为职业圈著名的"手残"选手，擅长统筹全局，思维敏捷，战术素养极高，被称为"蓝雨的基石"。

黄少天：夜雨声烦（剑客）

"荣耀"圈著名话痨，常用文字泡刷屏。技术十分高超，蓝雨王牌选手，与叶修关系很好。平时玩世不恭，但比较忌惮队长。有惊人的判断力，在赛场上善于把握机会。

卢瀚文：流云（剑客）

蓝雨新秀，年龄很小但能力出众，被认为是"夜雨声烦"的继承者，操作风格犀利激进。性格天真无邪、坚强执着、不骄不馁，很受前辈喜爱。

郑轩：枪淋弹雨（弹药专家）

优秀的弹药专家，曾被评为神级账号"百花缭乱"的接班人，口头禅"压力山大"，临场发挥时却很冷静，只是常常缺乏斗志。

（3）霸图战队（第四赛季总冠军）公会：霸气雄图

韩文清：大漠孤烟（拳法家）

霸图队长。为人霸气，性格刚强甚至执拗，对手下要求严格，雷厉风行。同样有荣耀十年经验，是叶修的老对手，后期反应和手速都出现了下滑。

张新杰：石不转（牧师）

"荣耀"第一牧师，也是全明星角色中唯一的治疗职业。严谨到接近古板。生活作息极度自律，是"荣耀"联盟场均失误最低保持者。

张佳乐：百花缭乱（弹药专家）

原为百花队长，得过四个亚军。"百花式打法"创始人，操作纷乱华丽。一度退役，后怀着对冠军的渴望复出加入了霸图。

林敬言：冷暗雷（流氓）

原为呼啸队长。状态下滑后在全明星赛上被唐昊"以下克上"，受到讥讽。在纠结是否退役时收到霸图的邀请，毅然加入霸图。

（4）轮回战队（第八、九赛季总冠军）公会：轮回

周泽楷：一枪穿云（神枪手）

轮回队长。因出招技能华丽，且自身相貌出众，在荣耀粉丝中人气极高，人称"枪王"。性格温和，但不爱说话，是令记者们十分头疼的采访对象。

江波涛：无浪（魔剑士）

战术能力很强，操纵的角色是"荣耀第一魔剑士"。江波涛是沉默寡言的周泽楷的"翻译机"，他在战队中是调节各位成员配合度的关键人物。

孙翔：一叶之秋（战斗法师）

"荣耀"顶尖新秀。当初为了得到"一叶之秋"的账号而加入嘉世，挤走叶修成为队长。自视甚高，嚣张霸道，喜欢独立战斗，不与团队配合导致挑战赛失利。嘉世解散后转入轮回，收敛起锋芒，风格有所转变。

（5）微草战队（第五、七赛季总冠军）公会：中草堂

王杰希：王不留行（魔道学者）

微草队长，微草战队无可争议的核心人物。战法变幻莫测，有"荣耀魔术师"之称。相貌奇特，长着一对大小眼，但心思缜密，且不畏付出，一直不遗余力培养新人，极具威信。

高英杰：木恩（魔道学者）

微草战队新秀，是大家眼中"微草的未来"。技术很高，但性格腼腆，容易害羞，且缺乏自信。在王杰希的倾力培养下，终于有了信心。

生性善良，是微草里唯一关心乔一帆的人。

2. 职业联赛的赛制设定

《全职高手》中"荣耀"的世界分为网游圈和职业圈两大领域。上文已经总结了网游中的升级模式，下面我将继续梳理蝴蝶蓝如何设置职业竞赛的赛制。

总体来看每个赛季有常规赛、季后赛和挑战赛三种类别的大型比赛，此外还有全明星周末等表演性的比赛。

（1）常规赛赛制

正式参赛的二十支战队，两个一组，在每周六晚上八点半同时进行两组四个战队的比赛。从9月1日到来年的5月中旬，共进行三十八场比赛。比赛实行积分制，每场满分为10分。由单人赛、擂台赛和团队赛组成。

单人赛：每队派出三位选手上台一对一比赛，一场1分，这轮参赛的选手不能参加第二轮的擂台赛。

擂台赛：每队派出三位选手轮流上场击败对方战队成员，角色死亡后第二位选手补位。胜方得2分。

团队赛：每队派出五位选手上场，一位选手替补，若有角色死亡自动补位，胜方得5分。

常规赛结束后排名前八位的队伍进入季后赛角逐总冠军。积分排名垫底的两支队伍失去联盟正式参赛队伍的资格。需要向联盟重新申请，并获得下个赛季挑战赛冠军方可重回正式参赛队伍名单。

（2）季后赛赛制

小说开始时描写的第八赛季季后赛与第九赛季的略有不同。

第八赛季旧赛制：分单人赛、擂台赛和团队赛，与常规赛相比在分值上有所调整。同时实行淘汰赛，八强战队根据常规赛的积分排名，最高和最低依次配对，用主客场轮流的方式进行为期十六天的比赛，获胜后进入四强比赛。四强比赛为期四天，最后进入总冠军的角逐。

第九赛季新赛制：取消个人赛，擂台赛改为五人轮流打擂，团队赛与擂台赛都采用击杀角色数量的方式积分，对手角色死亡一名，记

1 分，每场比赛总分为 11 分。八强战队同样根据常规赛排名最高和最低配对进行淘汰赛，最终决出总冠军。

淘汰赛的方式与旧赛制相同。

（3）挑战赛赛制

挑战赛是新战队与末位淘汰的战队角逐联盟入场券的比赛。比赛分线上线下两轮。

线上赛：借用"荣耀"网游中的竞技场两两配对比赛，根据积分排名，最终遴选出二十支出线战队进行线下赛。

线下赛：二十支队伍抽签分为四组，依据常规赛的积分规则，每组前两名进入八强。八强采用季后赛的赛制，角逐出最后的冠军。

从赛制的复杂程度能够感受到，兴欣这支从零开始组建的战队，能够闯过挑战赛赢得联盟常规赛的入场券已属不易，能够捧起"荣耀"第十赛季的总冠军奖杯实在是一个奇迹。叶修大神作为队长自然功不可没，但同时也离不开团队中成员们的精密配合，将各自的能力发挥到极限。"荣耀"从来都不是一个人的游戏，所有人的目标只有一个：胜利！

第四章

初心不改，追寻胜利的梦想

文学艺术来源于现实，但高于现实，艺术审美功能是所有文学艺术作品都应具备的基本功能，因而优秀的网络文学应当具有艺术审美功能和人文精神价值。人们在文学艺术作品中寻找慰藉，滋养心灵，因此文艺作品要具备精神力量。正如欧阳友权先生所说："人文精神关注人的价值与尊严，强调人的理性力量的精神。网络文学的核心价值就在于打造人文精神，为人类精神世界开创自由的崭新面貌。"网络文学的价值在于它的人文底色，它能否满足读者的精神需求，带来正面积极的力量。

《全职高手》正是一部给读者带来正能量的作品。在创作《全职高手》之前蝴蝶蓝已经创作了两部网游小说，他意识到网游小说的背景欠缺一些主线，人物只是在游戏中，像是一场梦醒来什么都没有。于是为了让网游小说的读者更有现实感的体验，他在《全职高手》中加入了竞技体育的现实主线。而正是这条主线串联起了奋斗、团队、成长等核心精神，激活了读者内心的深度认同。

一、竞技体育的精神

提起竞技体育精神，可能许多人脑海中浮现的是运动员们在游泳、田径、足球等项目上，团结协作，追求更快、更高、更强的积极昂扬的精神。而提起电子游戏，一部分人还带有偏见，游戏玩家被贴上"不务正业""不思进取"等负面标签。电子竞技，这项以电子游戏比赛达到"竞技"层面的体育项目，却将这两个看似两极的事物联系在一起。虽然是在游戏中进行，但电子竞技是不折不扣的智力对抗运动，对选手个人的心眼四肢协调能力、反应和思维能力，以及团队成员之间的配合都有很高的要求，对体力与意志力的考验甚至不亚于传统体育项目。自 2003 年国家体育总局正式批准，将电子竞技列为正式体育竞赛项目以来，在大型体育赛事中也逐渐出现了电子竞技项目。

最具代表性的事件是在 2018 年雅加达第 18 届亚运会上，英雄联盟项目被纳入表演赛，中国团队以 3 比 1 的比分战胜韩国队，斩获首个亚运会电子竞技项目金牌。"电竞 + 金牌"的组合成为社会关注的焦点，《人民日报》、新华社等主流媒体均发布新闻庆贺，从比赛场馆到社交平台，集体沸腾。这一事件极大提高了电子竞技的社会影响力，也在一定程度上改变了人们对电子游戏"误人子弟"的看法。《全职高手》中也有情节提到了大家对游戏的偏见。

> "哈哈哈哈，一帮玩电子游戏的，怎么也一本正经得像个人物起来了啊？"
>
> "大呼小叫的，平时语音用太多了吧？"年轻人扫了一眼陈果，完全没有因为对方是个美女而有所动容，而是继续满不在乎地嘲讽，"只知道玩游戏，不思上进，不学无术，你们的存在真的有价值吗？"
>
> 陈果更气了。但是她也不得不承认，这个年轻人最后说的这番话，确实是社会上一种主流的认知。哪怕如今荣耀职业联盟搞得如火如荼，也依然有很多人不把游戏打得好当作是一种才能。
>
> ——《全职高手》第九百三十三章《酒会》

这正是《全职高手》可贵的真实感，蝴蝶蓝游走于虚拟与现实之间，在网游世界纵横捭阖的大神们，到了现实世界中却依然被人嘲讽。这更加体现出叶修等人是因为纯粹的热爱与对胜利的渴望才进入荣耀的世界。对于职业选手来说，他们并没有将荣耀简单地当成一个游戏，而是成为他们生命中不可或缺的一部分。对胜利的执着追求是他们始终明确的目标，职业选手们在这个目标下，刻苦训练，精进技术，研究团队战术，不断超越对手，还有什么比和一群志同道合的朋友，一起做着最热爱的事业更美好的呢？这份青春热血的悸动，追求胜利的梦想，或许正是《全职高手》打动读者的核心精神。

更能说明《全职高手》具有竞技体育精神的，是蝴蝶蓝在接受《新京报》采访时提到，叶修的灵感来源是乔丹的故事。篮球巨星乔丹曾在运动生涯的巅峰时期因父亲去世一度退役，为完成父亲遗愿转战棒球领域。两年后乔丹宣布结束棒球生涯，并在发布会上说出了那句传诵至今的"I'm back"宣布复出，并不负众望再度为公牛队拿下三连冠。叶修的经历和乔丹何其相似，正如蝴蝶蓝所说："一个退役的选手，大家觉得你都不行了，又重新回来了。有了乔丹的经历和成就，让我觉得怎么写叶修都是合理的，因为确实有人能做到这种事。"叶修为荣耀奋斗了十年却被迫退役，在沉寂两年后再度站上巅峰，他凭借的正是和乔丹一样的精神信仰，就是竞技体育的内核——不服输的精神。

《全职高手》中每个战队选手在比赛中所表现出的职业精神，也非常契合竞技体育对公正、平等的要求。苏沐橙是叶修在嘉世时的最佳拍档，但当叶修成立了兴欣战队与嘉世战队争夺挑战赛的冠军时，苏沐橙站到了叶修的对立面，必须去面对一场她完全不想胜出，但又不得不胜出的比赛。但是苏沐橙坚守住了职业精神，只要是比赛就要全力去应对，绝不将个人的情感带入赛场。苏沐橙用超水准的强硬发挥逼得兴欣战队的孙哲平无法上前，也让孙哲平彻底明白，"不管对手是谁，有什么处境，有什么心情，只要站到场上来，除了胜负，就没有其他"。这种坚持职业操守的精神，更让读者体会到荣耀游戏对于书中的每一位人物来说，不是生活中的娱乐方式，而是为之奋斗的事业。

事实上蝴蝶蓝也的确是把《全职高手》当成职场小说看待的，他曾说："电竞小说对我来说，我把它看作职场小说里的一个细分类，或者说是类似于体育竞技的励志小说，对于这些职业玩家而言，电竞就是他们的职业。他们的人生、喜怒哀乐都围绕电竞展开。"蝴蝶蓝在创作《全职高手》时已经下定决心做网络文学专职作家，网文写作也不再是他打发闲暇时光的爱好，而是他实现人生价值的工作，因此，书中描写的职业精神也是他内心的写照。职业精神也成为触及读者共鸣点的地方。

通常来说，网游小说的魅力在于分享游戏的心得体会，让读者感受在现实游戏中做不到的地方，所以网游小说的读者多为游戏玩家。但《全职高手》的粉丝组成却令人意外，这是一部火出"游戏圈"的作品。很多喜爱《全职高手》的读者日常并不玩游戏，还有很多书粉是女生，这对于一部没有言情线的网游小说来说是非常难得的。这就说明《全职高手》中存在正能量的共通的精神，那就是竞技体育的职业精神，以及不服输、不退缩、不迷失、不抱怨，朝着目标前进的竞技精神。我们的人生也是如此，只要付出努力，也许过程曲折艰辛，但终会迎来美好的明天。

二、荣耀不是一个人的游戏

"荣耀从来不是一个人的游戏"，这句叶修时常挂在嘴边的话，是对《全职高手》中弘扬的团队精神的最佳诠释。荣耀游戏是一个多人在线游戏，从前文梳理的角色职业与赛制可以看出，这个游戏的精彩之处就在于团队作战。无论是网游中的打副本，还是职业联赛的团队赛都需要角色之间的相互配合。团队意识的强弱是赢得比赛的关键。

有人说叶修像有金手指一般无所不能，其实小说的前几章会给读者造成这样的感觉，是因为叶修作为职业选手来到了新开的第十区，在和新手的比赛中"虐菜"像极了爽文的套路。但如果通读全书，就会发现叶修并非无所不能，他的散人虽然精通所有职业操作，但和某一职业的顶尖大神相比还具有一定差距。书中最令人感动的地方不是叶修的重返巅峰，而是他带领着从零开始的兴欣战队站上冠军的领奖台。"兴欣之火，可以燎原"这个口号，在团队的力量下成为现实。

兴欣战队的每位成员性格各异，其中有像乔一帆这样本身就具有出色大局观的队员。书中如下描述：

乔一帆这一路迁徙中对地形和鬼阵的运用自然是十分值得赞

叹，但是大家更欣赏的还是他这种清醒的团队意识。他没有头脑发热，他从始至终都很明确自己在这支队伍中存在的意义，他机关算尽，就是为了回来充当那个辅助全队的绿叶。

——第一千七百零三章《阵鬼回归》

乔一帆清楚自己在战队中的作用，他从不贪功，也不刻意展现自己，始终勤勤恳恳地尽最大努力辅助队员，将力量贡献给全队。作为一名年轻选手，这是非常难得的。有这样甘于奉献的选手加入是兴欣的幸运，但并非所有的兴欣成员在一开始都具备合作意识，能将莫凡这样独来独往，对所有人都漠不关心的拾荒者，转变为愿意为团队付出的人，这才是兴欣这支队伍的魅力所在。在第十赛季季后赛第二轮兴欣与蓝雨争夺四强的擂台赛上，莫凡完成了他的转变，他懂得如何最大程度地发挥自己的剩余价值，为自己之后的队友，争取更好的取胜机会。

于是，就在今天，对手又是蓝雨战队，擂台场，莫凡的团队意识，让他终于不只是一味地追求个人的生存和胜利，在个人生存机会渺茫的情况下，他想到了如何为团队争取真正的胜利。

输了这场比赛，但赢得了未来。

这句话，或许是对这场比赛，以及莫凡职业未来的一个很好的注释。

——第一千四百四十六章《计算位置》

为了团队的最终胜利，可以不计个人的得失，哪怕是牺牲自我也在所不惜，即使是在网游中，这份精神依然令人动容。游戏中的角色虽然是虚拟的，可角色背后却是一个个有情感、有态度的人。他们的意志力通过角色传达到赛场上，他们的精神也与角色合二为一。叶修正是率领着这样一支极具凝聚力的战队，才能获得最后的冠军，这不是叶修一个人一路开挂的结果，而是靠着大家一起过五关斩六将，一路奔向胜利的终点。小说的最后，兴欣众人站上领奖台的情节尤为感人。叶修因为在决赛中大爆手速，已无力握住奖杯，这时一双双手伸过来，一起托住了奖杯。

兴欣拿冠军靠的不是主角光环，而是队员们各自的拼搏与努力。或许他们每个人都有缺点甚至小脾气，但兴欣是个很包容的团队，让每位选手都能找到最合适的位置。兴欣队员们在叶修精心部署的战术下配合得天衣无缝，才能战胜联盟里的超强劲旅轮回战队，兴欣是当之无愧的冠军！

团队精神是成员间的彼此信任与包容，是个人为了团队的奉献与牺牲。兴欣战队如此，《全职高手》中的其他战队也同样如此，他们有这样高度的凝聚力，皆因大家都是为了一个共同的目标而聚集在一起。目标是团队组建的根本，就像山顶是每个登山团队的终极目标，那么胜利就是每个战队的目标。张佳乐、林敬言分别从百花、呼啸战队转向霸图，原因就是想在职业生涯晚期珍惜最后的机会，到夺冠热门队伍实现冠军的梦想。当个人目标与团队目标高度一致时，团队所营造出的团结求胜精神才更能所向披靡。

三、青春的热血与成长

《全职高手》无疑是一部可以贴上"青春""热血"标签的小说。说它青春，是因为小说中出现的几乎所有人物都是青少年，哪怕是叶修这个有着十年荣耀经验的职业选手，在刚出场时的年龄也只有二十五岁。因为电竞职业选手的黄金年龄是十八岁至二十四岁，所以小说中其他战队成员的年龄也基本介于这之间。这些逐梦少年演绎了一个个热血青春的故事。

在荣耀的道路上，面对迎面而来的挑战，少年们有困境、有迷茫，但他们始终没有沉沦，而是不断突破自己的极限，实现了蜕变与成长。刻画每一位人物在荣耀陪伴下的成长，也是《全职高手》的核心主题之一。所谓小说的"成长"主题，也就是通过叙事来呈现主人公人格精神的过程。电竞网游小说无论是书中的人物还是读者群体都是以青少年为主的，因此成长关注是小说中较为常见的主题。《全职高手》从

2011年开始连载，到2014年完本，再到2017年的动漫改编，2019年的电视剧真人版，可以说这部作品也陪伴了许多读者成长。荣耀带来的成长力量，既属于其中的人物，也包括读者，其中洋溢的激情引发了读者强烈的情感共鸣。

成长意味着要寻找到人生的目标。兴欣战队的包荣兴是个性格十分跳脱的男孩，在遇到叶修之前，他的工作是在网吧看场子，每天闲来无事，玩玩游戏。如果没有什么意外，他可能就在一间间网吧中轮转，度过庸庸碌碌的一生。直到他在荣耀游戏中遇到了叶修，才终于体验到了成功的喜悦，也明白了当人生拥有追求的目标时，努力拼搏才更有意义和价值。

在寻找目标的过程中，或许会经历迷茫与彷徨，只有迈过这道坎儿才能真正成长起来。乔一帆虽然曾是荣耀明星战队微草的成员，但他在战队中是完全被忽视的小透明。整个赛季他都没有在正式比赛中出场过一秒，他在战队中的存在价值就是给其他选手端茶倒水，甚至被称为是"最靠近饮水机的一员"。他在接受叶修的点拨后才明白，一直以来在战队中训练的刺客职业并不适合自己，他重新找到了真正能够发挥自身优势的方向，并在私下里开始了阵鬼职业的练习。寻找目标只是成长的第一步，不急不躁地朝着目标前进，才能踏上通往成功的路。然而乔一帆操之过急了，他太想登上能够展现才能的舞台，在全明星周末的新秀挑战赛上报名挑战荣耀第一阵鬼、虚空战队队长李轩，不出意料以惨败收场。比赛结束后心灰意冷的他再一次得到叶修的指导，意识到阵鬼的价值存在于团队中，而不是一对一的单挑比赛。至此他才豁然开朗，真正明白了未来努力的方向，在日复一日的阵鬼训练中逐渐找到了自信，并最终成长为兴欣战队的主力队员。

更令人感动的是在传承中的成长，荣耀的前辈选手们为了后辈的明天，为了荣耀的未来甘心付出一切。同样是在全明星周末的新秀挑战赛上，微草战队的队长王杰希苦心孤诣地在众目睽睽之下输给高英杰。高英杰是微草战队年龄最小的天才选手，是内定的未来队长接班人，但他的性格却腼腆内向，缺乏自信。王杰希不动声色地用一场已经书写好剧本的比赛，给了高英杰能够战胜队长的信心。经此一役高英杰迅速成长起来，"整个人都焕然一新，他找到了自信，他认同了自己的可能性，他可以朝着那个曾经觉得不可思议的目标，坚实地迈进"。高英杰肩负起了微草的未来，荣耀的未来也是靠一代代选手与神级账号的传承才能更加闪耀。

比起技术的成长，心智的成长更为重要。神级账号"一叶之秋"的继承者孙翔从年少轻狂到放下骄傲，他所经历的正是心智成熟的过程。《全职高手》塑造了诸多人物群像，其中绝大多数是正面形象，孙翔的出场却令人反感。他以新人王的身份加盟嘉世俱乐部，逼走叶修成为队长，并嘲笑叶修早该退休，自己定会让"一叶之秋"斗神的名号再度响彻荣耀。这些张狂的话语，只换来了叶修一句被书迷们奉为经典的回应："如果喜欢，就把这一切当作是荣耀，而不是炫耀。"事实证明，孙翔炫技式的打法并不适合队长的身份，比赛中他只顾个人冒进而和团队脱离，导致战队陷入困境。一败涂地的成绩、嘉世解散的命运终于点醒了孙翔，明白团队利益须置于自身之前的道理。他开始稳住心神，舍弃华丽的技巧，用最朴实的打法在战队中稳住脚跟。孙翔放弃炫耀的那一刻，才真正成长为"一叶之秋"的继承者。

《全职高手》的价值观是非常正面的，其中包含了诸如追求梦想、团队意识、蜕变成长等精神力量。每个读者都能在小说中找到自己的影子，或是自己的前辈、后辈一起团结奋斗的样子。这是一个关乎青春成长的故事，给读者带来了强烈的情感共鸣。《全职高手》书稿虽然早已完结，但在不同的改编作品的推动下，叶修和他的小伙伴们追逐荣耀的故事还将继续陪伴新的粉丝们一起成长。

第五章

战队框架下的人物群像

对于网络小说而言，人物是小说的重要组成部分。网络小说在最初连载时能够吸引读者继续阅读的因素有很多，但在作品完结后，还能让读者念念不忘，一遍遍回味的原因，必然有作品中鲜活的人物形象。《全职高手》就是一部能让读者再三回味的作品，它的角色塑造无疑是成功的。不仅主人公叶修火出圈外，每年生日都会登顶热搜，成为麦当劳等大品牌代言人，而且在战队框架下，每个人物都各具特色，甚至连不同的战队都有自己的风格特点。蝴蝶蓝笔下的人物性格各异，让每一位读者都能从中找到自己所喜欢的角色，也因此收获了众多粉丝。璀璨的群像，多面的主角，以及飒爽的女性角色都体现出《全职高手》在人物塑造上的别具一格。

一、群像式网络小说的突围

对于网络小说而言，群像式的塑造是非常考验作者功力的。群像小说意味着作品中有多位角色，他们以各自不同的故事穿插交错，共同推进情节。当下的网络小说动辄都是几百万字的超长篇小说，因此涉及的人物成百上千并不罕见。但并非拥有大量角色的网文都能被称为群像式小说，有些作品尽管人物众多，但多数人物都是一笔带过，或者人物塑造虎头蛇尾，小说进行到一半有些前期活跃的人物就莫名其妙地消失不见。这类网络小说中的群像角色依然是为核心主角服务的。

但《全职高手》确实做到了千人千面，读完全文，留在我们印象中的人物远不只大神叶修，还有话痨黄少天，刚强的妹子唐柔，脱线且热爱研究星座的包子，霸气严厉的韩文清，沉默寡言的周泽楷等诸多形象都非常鲜明。他们的一举一动和内心世界都被蝴蝶蓝刻画得非常翔实，绝不像召之即来、挥之即去的人物符号。他们的性格并非标签化的，而是通过一处处细节体现出来的。例如叶修的多年劲敌，同样拥有十年荣耀经历的霸图队长韩文清，他在职业联盟中以严厉著称。书中描写了某次比赛霸图失利，韩文清在赛后反复观看当天比赛录像，对失误队员一通狂训。霸图老板也在旁听，中途突然手机声响，狂骂中止。韩文清回头冷冷望向老板，就说了两个字："出去。"一个连俱乐部老板都敢冷脸以对的选手，韩文清的霸气性格跃然纸上。书中诸如此类的细节不胜枚举，正如评论家安迪斯晨风所言，"作者蝴蝶蓝写一个角色时，不管他在小说里是不是一个小透明，都按照对主角一样倾注感情来写"。因此，《全职高手》塑造的是真正的群像式人物。

视点在每个人物身上来回转换，用散点叙事来突出小说的群像，这种写法在传统文学中有过许多优秀范例。但在网络小说中，这种写法却不容易成功。究其原因，网络小说的"代入感"是十分重要的，读者能够进入故事的情景中，将自己的感情投入人物，获得嬉笑怒骂的沉浸式体验，这是很多读者阅读网络小说的"爽感"来源。为了实现这一点，多数网文会采用单一主角的叙事模式，男频小说中的男主人公具有强烈的英雄主义色彩，屌丝逆袭，打怪升级，坐拥后宫。女频小说中的女主人公经常上演所有男人都爱我的戏码。在这种设定下，主角的光环尤为突出，配角极易沦为扁平人物，只有二元对立的好人与坏人，性格也被简单化处埋。代入感强烈的网络小说似乎更受市场青睐，作者也更容易讲好故事。但群像式小说对文笔的要求更高，除了主人公之外，还须兼顾到书中的其他角色，并且角色须具有多重性格侧面，随着人物的成长展现出性格的变化等，十分考验写作者的笔力。

那么群像式小说的写法是否完全不适合网络小说呢？实际上并非如此，至少《全职高手》已经完成了群像小说的突围。在"全职"的粉丝圈中，甚至经常能见到各位角色的粉丝之间掐架，那架势可与娱乐圈明星的粉丝争斗比肩。因此，群像塑造在网络小说中同样可以大放异彩。尤其当读者看惯了穿越、重生类拥有金手指的主人公所向披靡的套路后，很难在同质化的阅读中反复产生快感。代入感也不是百试百灵的仙丹妙药，大量相似的情节与人物设置，使得网络小说沦为评论者诟病的流水线文学产品。而群像式小说的写法恰恰弥补了这一弊端。在作品的主题方面也有更多值得挖掘的可能性，除了升级流外还可以延伸出团队合作、战术计谋等多重主题。配角们也拥有完整的故事线，使得小说整体的叙事层次更加丰富，多线并行。

蝴蝶蓝是如何处理这些群像，使之散而不乱的呢？我想战队体系的设定起到了关键作用。战队的架构不仅将现实中的电竞职业联赛的模式搬入小说中，还能够将众多的人物安排到不同的战队中，以赛事对抗来推进情节发展，在比赛中刻画人物的性格。这种构想与日本运动系漫画的设定比较类似，例如《网球王子》《黑子的篮球》《飞轮少年》等作品都是以队伍的形式来安排比赛。根据前文梳理过的"荣耀"职业联赛赛制，常规赛、季后赛以及挑战赛的线下比赛都由单人赛与团队赛共同组成。在这种模式下，角色之间可以两两一组进行比赛，也可以组队配合展示战术。配角们的技术能力、比赛风格，以及个人魅力通过比赛的平台全面展现，造就群星璀璨的效果。

配角们有了诸多出场的机会，这就不难理解为什么在"全职"的粉丝圈，会出现除主角之外的多位人气王。特别是轮回战队的队长周泽楷，其人气已经可与核心主角叶修比肩。有读者形容《全职高手》中如果只有叶修没有周泽楷，就好像《复仇者联盟》只有钢铁侠而没有美国队长，《绝代双骄》只有小鱼儿而没有花无缺。蝴蝶蓝也确实将周泽楷当成是叶修之后"荣耀第一人"的继任者。

第十赛季总决赛中，兴欣战队第二轮客场对阵轮回战队，叶修与周泽楷迎来了一场单人赛。蝴蝶蓝将两人进行了如下比较：

> 叶修、周泽楷，这两个拥有第一人之称的家伙其实有很多相似的地方。就拿他们的操作来说，比起普通玩家热衷于比较的手速之类的问题，这两位，留给大家印象最深的地方并不是快，而

是准。

两人的操作都异常精准，因为精准，两人都经常会采用一些容错率非常低的打法。周泽楷能将射术玩成体术，因为他操作精准；叶修敢在角色生命只有百分之五的时候发动强攻，还是因为操作的精准。

除此之外，两人的意识，两人的判断，很多地方如出一辙。两个人真正爆发出手的时候，对手都难以找到反击的余地。

——《全职高手》第一千五百九十一章《优势的掌握》

周泽楷在技术层面与叶修不相上下，他所创造的辉煌战绩也同样不输叶修。轮回最初只是一支名不见经传的弱小战队，自第五赛季周泽楷加入成为队长后，当赛季就率领从未进过季后赛的轮回闯入八强。第六赛季，周泽楷"一枪穿云"的枪王之名响彻整个联盟。第八赛季、第九赛季连续两次夺冠，轮回成为荣耀联盟历史上第二支成功卫冕的战队，直追叶修所创造的"三连冠"纪录。

《全职高手》中之所以会出现众多像周泽楷这样自带光环，能与主角争锋的角色，是因为蝴蝶蓝在刻画配角时运用了正面化处理的方式。整部小说的基本框架是主人公人生触底，而后逆袭成功的故事。在这样的故事大纲中，配角很容易被塑造成主角升级路上的垫脚石与障碍，或是无足轻重一笔带过的小角色，或是阴险狡诈给主角使绊子的反面人物。这也成为网络小说模式化的通病。一部网络小说将主角写好是最基本的要求，如果在这基础上能将配角也塑造得有血有肉，形象生动鲜明，那定能让厌烦套路化网文的读者眼前一亮。蝴蝶蓝的群像式写法显然做到了这一点。

二、多面的荣耀大神叶修

《全职高手》的人物群像尽管按照战队的框架进行了安排，但仍然需要一个核心人物串联起所有的情节，这个人物就是书中被称为"荣耀教科书"的大神——叶修。各具特色的人物群像并没有掩盖叶修作为核心主人公的光芒。在灿若星辰的荣耀大神榜中，叶修是最独特的存在。他不仅是荣耀历史的开创者，更是以退役后重返赛场夺冠的经历，一次次刷新了荣耀的纪录。蝴蝶蓝显然对叶修倾注了很深的感情，为叶修塑造出了多个侧面。

叶修是神秘的荣耀大神，在嘉世时期他从来不接受采访，甚至没人见过他的真容。叶修是落魄的社会青年，他除了会打游戏不具备任何生存技能，被迫退役后只能在网吧当网管。叶修是荣耀唯一敢玩散人的玩家，一把千机伞玩出万般变化，但比技术更高超的是他的战术能力，是团队当之无愧的战术心脏。这位高冷的大神对待荣耀新人却极其有耐心，总是毫无保留，倾囊相授。要想深入解读叶修身上的诸多侧面，还需回归他的人生历程。

叶修十五岁的时候为了打游戏而离家出走，借用了双胞胎弟弟叶秋的身份证登记参加了职业联赛，这也是叶修在小说开篇被称为叶秋且保持神秘的原因。叶修在游戏中结识了苏沐秋、苏沐橙兄妹，成为很好的朋友。他们一起刷副本做攻略，进而研制武器，叶修手中千变万化的千机伞就是他与苏沐秋共同开发的。苏沐秋因车祸去世后，叶修肩负起好友的梦想继续前行，成为第一批签约的荣耀职业联盟选手。他一出道就站在巅峰，带领嘉世战队夺得三连冠。然而，俱乐部老板陶轩渐渐与叶修产生了分歧，叶修只想追求比赛的胜利，而陶轩作为商人更看重选手的商业价值。始终不以真面目示人的叶修显然不具备商业开发的可能，被嘉世放弃，被迫退役一年。不甘退役的叶修找到了可以时刻接触游戏的工作，在俱乐部对面的兴欣网吧做起了网管，进入荣耀网游的世界重整旗鼓，建立兴欣战队，拉着这支草根战队从挑战赛一路打到季后赛，击败卫冕冠军轮回战队，再次捧起沉甸甸的奖杯。叶修再次宣布退役，但他的辉煌战绩注定不会止步于此。父亲终于理解了叶修对荣耀的热爱，主动让叶修离家去为国争光，担任世界邀请赛的国家队领队，继续书写荣耀。

从叶修的经历中能够感觉到这个人物身上的真实感。虽然作为核心主人公免不了会有如有神助的"爽文"情节，例如叶修刚进入荣耀网游第十区刷副本时，在自身等级很低的情况下，以一己之力杀死了原本多人协力才能杀死的隐藏 BOSS"暗夜猫妖",而以低等级跨级别杀怪这类情节更是比比皆是。但是如果我们回想一下叶修的人物设定,这些情节的存在也就顺理成章了。叶修是有着十年荣耀经验的职业选手,以他的经验和职业水准的确可以做到在网游的世界所向披靡。前期叶修在游戏中的表现确实无所不能,这并不是蝴蝶蓝在乱开金手指,反而是他为了衬托后期职业联赛冠军之路的艰辛。像叶修这样的大神在职业联赛中也遭遇了数次失败,当嘉世三连冠成为尘封的历史,叶修用了整整七年的时间才重新捧起冠军奖杯。可见职业联赛水平之高,需要职业选手们夜以继日地不断练习。叶修被俱乐部驱逐后之所以转身进入网游的世界,并不是为了以强凌弱找回自信,而是以网游的操作代替俱乐部的训练,在一年的退役期内保持手感,等待复出。所以叶修的成功绝不是一蹴而就的,叶修就像我们身边每一个为了梦想努力拼搏的人一样,他的大神光环是靠自己一点一滴的积累打造出来的。

其实叶修的多面形象最终都指向一个纯粹的目的,为了胜利。

叶修是狡黠的。他会为了稀有材料而戏耍各大公会,例如以破埋骨之地的副本纪录为条件,在中草堂、蓝溪阁等各大公会之间周旋,狮子大开口一般讨要稀有材料,用以完善手中的武器千机伞。

叶修是直爽的。他说话直白,从不拐弯抹角,有时对好友也会嘲讽揶揄。他评价喻文州的确了不起,只可惜是个手残。唐柔还是荣耀新人时被叶修狂虐,而后丢下一句:"想超越,起码先搞清楚差距有多大啊!"

叶修是执拗的。他与嘉世的分道扬镳是因为他不肯听从老板陶轩的安排做出改变。他一心只为追求荣耀的胜利,拒绝一切商业活动。对于一个没有商业开发价值的选手,作为俱乐部一方自然会想尽办法引进新人替换掉他。

叶修是仗义的。哪怕是被陶轩用计挤走,他也从未说过嘉世一句坏话。他拿着联盟最初的协议,以与他身价不相匹配的工资为嘉世工作,在这点微薄的薪水中,他还要拿出部分来接济朋友。这些朋友都是在荣耀联盟发展至今被淘汰了的职业选手。小说中借嘉世经理与孙翔的对话,点出了退役电竞选手的窘况。"在那个时代被刷下来的人是很惨的，大好青春都用在了游戏上，没有一技之长，之后的生活大多拮据。叶秋是那个时代的天才，凭借水平一路走到今天，但是，他有很多那样的朋友。"这也是对叶修形象真实性的最佳注解。电竞行业不仅有热血的故事，也有残酷的现实，叶修虽凭借天赋终成大神，但一路走来有多少朋友已经退出舞台，而叶修还在接济他们，并且背负着他们的理想继续战斗。叶修不是高高在上、睥睨众生的大神，而是接地气、有血有肉的荣耀顶尖选手。难怪叶修这一角色能够火出网文圈，得到娱乐圈偶像的待遇，套用一句网络上形容优质偶像常用的话："始于颜值，陷于才华，忠于人品。"读者对于叶修的喜爱也是源于这个角色身上多重的闪光点。

三、无关风月，只为事业的女性形象

在电竞题材的网络小说中，男性形象通常是圈粉的主力，这也是为什么这类小说会被归为男频小说的原因，从作者到读者再到书中的人物形象都应当以男性为主。那么女性角色一般会承担什么角色功能呢，那就是和男主谈场或唯美浪漫，或一波三折的恋爱。打着电竞旗号的言情小说无论是在网文圈，还是影视圈都非常受欢迎。前有顾漫的《微微一笑很倾城》，后有南野琳儿的《电竞恋人》被改编为电视剧《陪你到世界之巅》，都安排了男女主人公或甜或虐的爱情桥段。这种设定既有电竞的热血，又有爱情的甜蜜，容易扩大读者、观众的接受度。而蝴蝶蓝偏偏反其道而行之，在《全职高手》中虽然塑造了多位英姿飒爽的女性形象，却没有安排任何的感情线。女孩子们的存在无关风月，只为一颗追求事业的真心。

《全职高手》中没有核心的女主角，但无论是小说中电竞粉丝群，还是现实中读者粉丝群里，呼声最高的女性形象非苏沐橙莫属。她是陪伴了叶修整个职业生涯的人物。苏沐橙与哥哥苏沐秋从小在孤儿院长大，苏沐秋靠在游戏中做代练、贩装备养活了苏沐橙，也结识了叶修。苏沐秋因车祸去世后，苏沐橙为了代替哥哥完成梦想，走上了电竞职业选手之路。出道以来，她一直都是叶修的最佳搭档，她所操纵的枪炮师"沐雨橙风"与叶修的战斗法师"一叶之秋"是荣耀联盟中最亮眼、最默契同时也是最强悍的组合。她与叶修既有一起冲锋陷阵的战友情，又有胜似家人的亲情。苏沐橙虽然在技术上不及叶修，但在荣耀联盟里她的人气却不输叶修。电竞职业女选手本就是凤毛麟角，像苏沐橙这样人长得漂亮，技术又过硬的，是联盟中当之无愧的全明星选手。被称作荣耀职业联盟的头号美人的她，商业价值甚至超过了叶修。

兴欣网吧的老板陈果就是苏沐橙的铁杆儿粉丝。因为崇拜苏沐橙，注册的账号"逐烟霞"也是枪炮师的角色。也许是冥冥之中的缘分，陈果在认识叶修之前并不知道苏沐橙的经历，但她却与苏沐橙有着相似的命运。陈果从未见过母亲，父亲在她高考那年心脏病突发去世，无依无靠的陈果以坚强的毅力，独自撑起了父亲留下的兴欣网吧，并将其发展壮大，成了拥有上千台电脑，可以转播荣耀职业联赛的上规模的网吧。

陈果是兴欣战队，乃至整本《全职高手》的女性角色中唯一的非职业选手，但她的存在却至关重要。从最初收留叶修做网管开始，陈果一步步支持叶修完成了逆袭夺冠的梦想。甚至建立公会，成立战队的想法都是陈果首先提出的。她搭上自己的全部身家将兴欣网吧打造成新战队的基地，成为兴欣战队的老板，并肩负起了运营一支从零起步的草根战队的重担。然而她所做的一切并不是为了叶修，她和叶修只是纯粹的朋友关系，她想做的其实是延续父亲的梦想，将"兴欣"这个名字发扬光大。正如她在父亲墓前祝祷时所说："靠自己努力可以去实现的，那才算是梦想吧？我现在就想和他们 起去努力。"在陈果的身上方能找到荣耀联盟发展初期，职业经理人不谈商业利益，只为理想拼搏的初心。

与苏沐橙、陈果的孤儿身份相比，唐柔不仅拥有幸福的家庭，而且家境十分优渥。她的父亲是拥有十四万员工的唐氏集团董事长。唐柔这位含着金钥匙出生的千金小姐，从小衣食无忧，没有人生的方向。她原本在国外学音乐，她的手速之快正是练习钢琴的结果，回国旅游散心时路过兴欣网吧，就留下做了网管。唐柔是一个把拼搏、竞争当作享受的人，但她的人生太过顺利，从未遇到过需要挑战的目标，所以一直浑浑噩噩地过着。直到她在荣耀中惨败给了叶修，在荣耀中打败叶修成了她人生的新目标，她特意选择了叶修曾经的职业——战斗法师，从此荣耀赛场上多了一位巾帼不让须眉的女战士"寒烟柔"。

　　唐柔在荣耀中打出了极为强硬的风格。前期在网游中叶修的小分队受到各大公会围剿，其他人都躲躲藏藏隐蔽行踪，只有唐柔直接从空积城里杀出一条血路，冲出包围。后期在决赛中对阵轮回战队的擂台赛上，面对周泽楷一挑三造就的濒危局面，唐柔逆风翻盘，同样完成以一挑三，踏出兴欣扭转败局的关键性的一步。这样强势的人物设定，很难想象会放置在一部电竞题材小说的女性角色身上。这也正是《全职高手》的可贵之处，蝴蝶蓝没有把女性变成附属，或是和男主角谈恋爱的花瓶点缀。在他的笔下，女性是与男性角色并肩战斗的，如同舒婷的《致橡树》中所写的"作为树的形象，和你站在一起"。小说中还描绘了联盟第一元素法师、烟雨战队队长楚云秀，雷霆战队戴妍琦，义斩战队钟叶离等诸多女性形象。不管是在赛场上，还是战队管理中，这些女性角色都丝毫不逊色于男性，证明了女性的实力与魅力。

第六章

跨越现实与虚拟的游戏叙事

本章主要探讨《全职高手》的叙事特点。无论是何种小说，其本质都是作者在给读者讲述故事，对于动辄几百万字的超长篇网络小说而言，叙事的过程能否牢牢抓住读者显得尤为重要。采用何种叙事方式能够使得这个故事娓娓道来打动读者是决定小说优劣的关键因素。参与叙事的各个要素，如结构、语言、叙事策略等分别做出了怎样的贡献都值得分析。蝴蝶蓝通过《全职高手》展现的讲故事能力已经得到了读者们的肯定，例如知乎网友关尔棋写道："《全职高手》1728 章的篇幅，我是在高三最忙的时候一口气看完的；等上了大学，偶尔和朋友聊起，一时兴起回去看看小说，无论从哪里点进去，都能继续看下去，把熟悉的情节再感动一遍。"可见小说在叙事上成功吸引住了读者。《全职高手》游走于现实与虚拟之间的二元叙事结构，描述网游世界的图像性叙事语言、商业化的叙事策略，构成了其扣人心弦的叙事效果。

一、现实与虚拟并行的二元叙事结构

结构是将小说的各个部分的内容进行排列组合的内在形式。分析一部小说的结构可以看出作家如何运用自己的生活体验塑造出不同的人物形象，以及表达一定的主题诉求，并将人物、情节、艺术手法等以一定的叙事逻辑安排和组织的过程。通常来说网游小说有一种内置的通用叙事结构，即学者刘小源所总结的"游戏化的逻辑结构"，"游戏角色初登场时往往实力很弱，只能在新手地图等低级空间里活动。随着打怪升级、完成任务等游戏行为的增加，角色的力量和装备也获得相应升级，便会自然进入到下一个阶段需要更高能力的活动空间里，继续'做任务、打怪、升级'的套路。在这种'换地图'似的不断由弱到强、由低级到高级的力量空间转换中，整个游戏呈现出一种力量空间的递增性阶梯式串联拼接的逻辑结构"。在《全职高手》中虽然主人公叶修在登场时并非游戏小白，但是蝴蝶蓝巧妙地设置了一切清零，从头再来的开端，叶修已是荣耀大神，但他手中的账号"君莫笑"却是真正的1级空号，所以在游戏中"打怪升级换地图"的任务，他也不能免俗地要全部经历一遍。

如果说《全职高手》中的网游世界仍然是打怪升级的常规模式，那么现实世界以及职业联赛与其双线并行就是蝴蝶蓝的匠心所在了。两条叙事线交叉推进，形成了现实与虚拟并行的二元叙事结构。不同叙事线之间的互动构筑了小说的真实感，并且承担了制造情节小高潮的功能。

叶修作为职业选手在网游里出现必然会对其他玩家造成降维打击，所以在网游的世界中叶修可以纵横捭阖，将各大公会玩弄于股掌之中。正当读者觉得主人公的金手指开得有点过分了时，小说中现实世界的叙事线就适时出现了。叶修在现实世界中不过是一个虚胖、苍白、没精打采的年轻人，幻想着能住窗明几净的套间，实际只能蜗居黑咕隆咚的储物间的小网管。就这样一个在日常生活中非常不起眼的小网管，一旦回到荣耀的世界立刻就会再度成为万众瞩目的大神。在网吧老板陈果还不知道叶修就是斗神"一叶之秋"时，带着他和唐柔一起去参加了全明星周末活动，联盟中的各位明星选手会以表演赛的性质与幸运观众互动。席间唐柔作为幸运观众被抽选上台。哪知对战的杜明竟欺负素人，迟迟不肯结束比赛。叶修悄悄上台代替唐柔比赛，使出绝招"龙抬头"震惊了众人。当大家回过神来去寻找比赛者时，叶修又早已神龙见首不见尾地销声匿迹。现实世界中身份的隐匿和网游世界本身的虚拟性结合在一起，两条叙事线的交叉既塑造了人物形象的不同侧面，又带动了情节节奏的推进。

《全职高手》中现实与虚拟的二元叙事线之所以能构成互补关系，是因为两者共同指向的目的是相同的，虚拟世界君莫笑的无所不能，正是需要现实世界的叶修付出百倍的努力得来的，这就让一些看似超能力的情节得到了合理解释。例如荣耀第十区第一个圣诞节开放了追捕圣诞小偷活动，圣诞小偷作为系统设定的NPC，需要引怪，而杀死的小偷越多，不仅可以得到礼包奖励，积分排名也越高。普通的玩家都是靠运气来猎杀圣诞小偷，除了担心实力不济被小偷杀死，还要随时提防别有心计的玩家来抢怪。而嘉王朝公会则凭借人多力量大来刷榜单纪录。叶修却选择了一个只有他能做到的办法，把罪恶之城所有的圣诞小偷的仇恨都集中到他身上，通过聚怪的方式将三百四十一个小偷引到钟塔之下，再从塔顶开火居高临下将所有小偷一举歼灭。后来他又与十二家公会合作聚怪，直至活动结束。网游中神乎奇技的炫丽操作看得读者热血澎湃，而现实中的叶修为了完成这项"壮举"整整坚持了三十六个小时，书中描述了活动结束后叶修的状态：

> 此时看叶修这状态，好像随时可能飘倒在地一样。陈果转念一想，这三十六小时，叶修所做的事相比其他人来说可不大一样。他一直在做的，是任何一个玩家都不可能做到的事。即便是一个职业水准的高手，想一直保持这样的发挥，显然也不可能是在三心二意的情况下完成。这三十六个小时，叶修一直保持了高度的集中力，这精神上的疲惫，完全不是他们这些只是东游西逛碰运气的玩家所能感受到的。
>
> ——第二百九十一章《疯狂收狱》

叶修也是血肉之躯，为了在活动中尽他所能地赚取礼包与积分，拼上了全部的精力，最后累到走路都能睡着。现实的叙事线很好地解释了在网游世界君莫笑的"成神之路"背后的艰辛。而叶修在网游中如此拼命都是为了快速升级，用奖励换取稀有材料改进"千机伞"，他的核心目标从未变过，那就是尽快返回职业圈。所以网游中的高歌猛进和现实中的从零打拼在同一目标导向下完成了结构的和谐统一。

二、图像性的叙事语言

小说是虚构的艺术，而呈现这种虚构之美的工具就是叙事语言，从小说这一文体出现开始，叙事语言就在不断演化。从文言到白话折射的是社会文化的改变，而当下的网络小说其叙事语言与传统文学相比也有诸多差异。就网游小说而言其语言表现出较为明显的图像性叙事特征。

随着生活节奏的不断加快，人们已不再满足于单纯的文字带来的阅读体验，图片与视频不断刺激着人们的眼球，图像视觉社会已经来临。当图像文化成为具有全民覆盖性的文化景观时，我们必须承认艺术工作者们在创作之前其脑中会充斥着各类图像素材或影像片段，这些无疑都会对其艺术创作造成影响。对于作家而言这种影响最为直接的体现就是文学语言的图像化。

网游小说的主体内容都是在描述游戏场景，对于《全职高手》这样有真实游戏原型的网游小说来说，文字带来的画面感更容易在读者脑海中形成影像。读者在文字中徜徉就能体验到参与游戏的快感，尤其是对一些战斗场景的展现，小说中的玩家其操作技能十分酷炫华丽，其高超的操控技巧是很多现实生活中的玩家无法实现的，这些读者可以在阅读中获得替代性的满足。而《全职高手》给读者们带来的画面感还不仅仅是对网游世界的呈现。例如下面这段高杰与苏沐橙的比赛。星辰剑是剑客，沐雨橙风是枪炮师，典型的一远一近两大职业之间的对战相当精彩。

尚未落地的星辰剑凌空就是一记拔剑斩，雪白的剑光划过，"当"一声竟然准确劈飞了未及落地的火机。

"漂亮！！！"潘林和李艺博齐声惊叹高杰这一精彩绝伦的操作，但就在这时，一边的信息框上闪出了苏沐橙发出的一个微笑表情，紧跟着一道粗亮的光柱从天而降，把星辰剑从头到脚地彻底包裹在内，连同星辰剑落脚的房檐一同麦塌。

光柱旋转着，转瞬便又分散出六根较小的光柱，一边自转一边围绕着中央的大光柱公转，逐渐地扩散开来，激得地上雪花飞扬而起，漫天都是白茫茫的一片。

枪炮师终极大招：卫星射线。

"好一记卫星射线！！！"专业解说潘林反应真是相当机敏，立刻跟上了这么一句后，原本称赞高杰的"漂亮"也像是很有先见之明地在称赞苏沐橙一般。

李艺博的反应却也不慢，连忙就跟上道："高杰这一下可是失算了。"

"让我们看看这一个卫星射线的伤害……"潘林配合着导播画面去查看星辰剑的生命。

——第九十章《脚印才是圈套》

这段文字包含了两重画面，同样是上文在叙事结构中分析的，在现实与虚拟场景中无缝切换。现实中两位嘉宾在解说第八届荣耀职业联盟比赛第二十轮，三零一度战队与嘉世战队的第一场个人赛对决，因为比赛的胶着，解说嘉宾也无法判断赛场的走势，看得读者更是增添了一重紧张。虚拟场景中星辰剑与沐雨橙风高手过招，战术、技能在蝴蝶蓝的描述下呈现出强烈的画面感。例如枪炮师的终极大招卫星射线读来直让人感觉脑海中出现了一道明亮的光柱，不断旋转冲向云霄。卫星射线这一技能是有游戏原型的，在《地下城与勇士》（DNF）中枪炮师职业可以使用这一技能。在网络上能够找到的游戏视频，其卫星射线的截图和蝴蝶蓝的表述如出一辙。《全职高手》的文字对于游戏画面的再现能力可见一斑。即便是没有任何游戏经验的读者，也可以在阅读小说的过程中感受到游戏的魅力。

对于竞技场面的描写，蝴蝶蓝除了使用现实与虚拟场景穿插的双重叙述外，其叙述视角很值得分析，这也是增强其语言的图像性功能的有效手段。在《全职高手》的设定中，荣耀游戏是第一视角游戏，也就是说所有玩家在游戏中看到的画面都是在自己的角色视角下的，类似于文学表达中的第一人称，而非全知视角。所以为了展现在竞技中敌我双方的围杀堵截，形成观众观看游戏的上帝视角，蝴蝶蓝采用了视角转换的写法。第一视角并没有全部集中在叶修身上，而是分散在叶修率领的小分队的各位成员之间。

例如第196章《临时合作》写到叶修带领苏沐橙、乔一帆、唐柔、包荣兴组成了下副本的王牌军，成为各大公会刷新副本纪录的最大阻碍，为了报复叶修，各大公会开始联手追杀叶修及其团队，这时视角不断在所有人之间转换。苏沐橙与乔一帆在流离之地的破房与土墙中与敌人周旋。包荣兴则躲在空积城郊荒无人烟的哈德村的一口枯井里，没想到还因此结识了昧光。叶修在空积林和前来约战的黄少天组成一队对追兵进行反围剿。唐柔提着战矛单枪匹马杀出了空积城。最后随着队伍的会合，视角也合并到一处。这样的视角转换使每个角色的视觉场面都得以展现，大大延展了第一视角的范围。不同玩家所在的地图模块，在读者的脑补过程中切换出不同的画面，比单一的叙述视角更能突出语言的造像功能。

三、商业化的叙事策略

网络文学在诞生之初更强调创作与发表的自由，创作者或是为了心中的文学之梦，或是为了在网络上结交志同道合的朋友，或是为了一吐心中的想法而在网上发布作品。所以早期的网络文学作品散见于个人的博客、贴吧，但随着大型综合文学网站的发展，网络文学的发表阵地实现了整合，创作者与网站签约成为职业写手，这就意味着要接受网站对写作速度与写作质量的要求。检验一部网络小说是否受欢迎有了数据量化统计的标准，在网站上作品的点击率、推荐数的排名一目了然。网络文学作品不再是个人的闲情偶寄，而更像是一件件文学商品，放在文学网站超市中供读者任意挑选。

网络文学的商业属性的加强意味着写作者要更加在意读者的反馈意见。读者具有文学鉴赏者和消费者的双重身份。在文学网站琳琅满目的商品选择中，他们随时都可能离开正在阅读的页面，跳至下一部作品的链接中。在读屏时代，这只需要鼠标一点或手指一划就可以完成，比起合上一本书放回书架再挑选一本要简单轻松得多。因此怎样通过文字留住读者的阅读兴趣，成为每一位网络小说创作者都必须修炼的功课。

蝴蝶蓝也非常注重读者的意见。他在接受我的采访中提到，最初的写作是出于兴趣，写作和观影、阅读、打游戏等爱好没有区别。"直至写到第三部作品《网游之近战法师》的时候，有一群热心的读者成立了一个读者群，在与他们比较多的交流中，我开始逐渐正视写作这件事。逐渐从以前的下意识写作，开始更多地思考自己想要表达的，以及该怎么去表达。"在与读者的互动中，蝴蝶蓝逐渐摸索出了读者们的阅读需求。

网游小说的魅力在于勾画游戏的体验感，让读者感受到在现实游戏经验中做不到的华丽技巧。此外就故事内核而言，网游小说与修仙修真类小说一样，都是升级流的模式，对于喜欢奋斗的激情，实现终极梦想的读者而言也是具有莫大吸引力的。蝴蝶蓝在《全职高手》中所采取的叙事策略正是符合读者对热血故事的期待的。

首先，《全职高手》非常注重对"燃点"的制造。我们常说网络文学是"爽文"，其中爽感机制的来源是一个个叙事冲突，即被作者设置的爽点。不同类型的网络小说其爽点安排也有大致的套路。正如白莲花黑化复仇之于宫斗小说，神秘地底世界的突发事件之于盗墓小说，同样的主角人设全然不同的故事走向之于同人小说，等等。而在《全职高手》打造的是一个大神从巅峰到低谷又重返征程的故事，因此在小说中有许多让读者感到很"燃"的句子，我从中摘录一些经典句子如下：

> 如果喜欢，就把这一切当作是荣耀，而不是炫耀。
> 每一个不甘的离开，都是为了最后的归来。
> 在这个赛场上，努力是最不值得拿出来夸口的东西，因为这只是基本，是人人都会做到的，是最底层最渺小的东西。搞清楚这一点，再向高处攀登吧！
> 你所见证的是我用热血书写的荣耀。
> 过去的，都只能化为如果在心里缅怀了。人真正能把握的只

有现在，只有握紧了现在，才能真正地左右未来。

纪录这种东西就是为了被打破而存在的，巅峰永远是存在于未来而不是过去。

网上有许多读者推崇《全职高手》的经典语录，可见蝴蝶蓝的"燃点制造法"深得读者喜爱。虽然主线依旧是主人公人生触底，绝地反击的逆袭套路，但是小说的燃点并不是建立在碾压反派上，而是叶修以及他带领的兴欣战队用痴迷的热情、专业的精神去追求胜利。这些引燃读者心中热血的经典语录镶嵌在小说的各个章节中，总有一个片段会打动读者。

其次，《全职高手》的每个人物性格的内在逻辑能够自洽。整部小说中没有真正意义上坏到彻底的反派人物。也许有人会说，在逆袭故事中，读者不就是喜欢看主角将坏人痛扁的桥段吗，反派越是坏事做尽，主角的反击越代表正义。这一想法实际上低估了读者日益增长的阅读品位，早期这类二元对立式的人物塑造确实能带来碾压的快感，但在"打脸爽"的套路反复刺激下，早已没有了新鲜感。让反派也有自身的性格发展逻辑，并不是无缘无故的坏，这样才能引发读者的思考。

为了制造情节冲突，承担上恶人之名的必然是放逐了叶修的嘉世老板陶轩和代替他的狂傲新人孙翔。但其实，站在老板的立场，陶轩并没有错。叶修作为战队一员，理应参与战队签约的商业活动，这本就属于队长应当承担的责任。叶修因为无法跟老板明说冒用弟弟身份证之事而拒绝公开露面。一个只一心追求胜利，拒绝商业包装；一个想要利益，希望战队每个人都能开发出商业价值。这样的两人最后分道扬镳是在情理之中的。

孙翔作为新人王，被豪门俱乐部老板看中，直接给他队长职务，并继承荣耀顶级账号"一叶之秋"，试问哪个新人面对这样的机会不会狂喜而自傲？在他看来更年轻的自己代替已经二十五岁的老将叶修属于新老交替，又何错之有？的确，孙翔这个角色在前期不讨喜的原因只是太过狂傲，后期他经历了嘉世的解散，加入轮回战队后的他已经低调内敛许多，也真正发挥出了斗神的水平。

《全职高手》会有那么多被读者津津乐道的"金句"，说明整部小说体现出的价值观是被读者广泛接受的。主人公叶修将游戏当成是事业而努力奋斗，和我们每位在职场打拼的年轻人无异，能让读者有与之共鸣的人生体验，这也是《全职高手》在叙事策略上的成功。

第七章

冲破次元壁：《全职高手》IP 的影响力

近年来，随着文学网站、影视公司、游戏企业、动漫平台等互联网文化企业的发展，不同文化企业之间的产业链合作开发越来越常见，成为文化产业新的增长点。在这一过程中，优质内容资源，也就是知名 IP（Intellectual Property 知识产权）起着至关重要的作用。网络文学常常成为 IP 的源头，文学网站也就顺势推出全版权运营模式，《全职高手》的产业链开发也是遵循这一模式。

何谓全版权运营，当下学界、业界尚无统一的定义。但目前常见的模式是文学网站将网络文学作品的版权，从线上阅读延伸到线下实体书出版、动漫动画、影视改编、游戏制作、海外翻译、衍生品授权等，让作品在多渠道全面呈现，深度挖掘版权价值，扩大 IP 的辐射面和影响力，从而实现产业利益最大化。《全职高手》在阅文集团的运营下已经实现各个领域全面开花，其中影响力比较大的有同名网络剧《全职高手》、动画电影《全职高手之巅峰荣耀》、动画番剧第一季与特别篇，哔哩哔哩《全职高手》漫画，喜马拉雅的有声小说，等等，此外同名手游以及动画第二季已在制作中。在《2018 猫片·胡润原创文学 IP 价值榜》中《全职高手》位列第四，可见全版权运营的模式使得小说已经冲破次元壁，成功实现多向开发。

一、虚拟偶像的养成之路

2011 年蝴蝶蓝开始在起点中文网连载《全职高手》，至今已经过去了九年的时间，但是其热度依然不减，粉丝的数量还在持续增加。作为一本已经全本完结六年的小说，能有这样高度的粉丝黏性，这要归功于其背后阅文集团的全版权运营能力。《全职高手》在起点连载的三年里推荐与排名数据一直亮眼，阅文集团看中了其超高人气背后的IP开发价值，着手对其进行全方位的开发。2016年小说实体书在羊城晚报出版社出版，同年有声书上线。2017年动画第一季上线，2018年动画特别篇开播，2019年网络剧和前传内容的动画、电影相继上映。全产业链的内容产品在不断扩大"全职高手"这一IP的影响力，从文字到声音，从动画到真人，小说中的人物不断突破次元壁，一步步以更加真实具体的形象展现在粉丝面前。因为产品开发的先后不同，不断有新的粉丝因接触《全职高手》的二次改编作品而喜欢上原作，这让原作始终保持着旺盛的生命力。

除了全产业链的产品开发外，阅文集团对《全职高手》IP的全版权运营模式的优点还体现在对改编产品质量的把控上。在《全职高手》之前，网络文学领域不乏知名IP的全方位开发实例，例如《鬼吹灯》《盗墓笔记》等作品的影视、游戏产品也是层出不穷。但是因为改编权管理的混乱，不同制作方拥有各自的改编话语权，于是观众就会看到各种版本的胡八一、张起灵，以及千奇百怪的剧情，这让原著粉非常不满，一定程度上也会影响粉丝的忠诚度。而《全职高手》无论是动画、网剧还是大电影，阅文集团都是重要的出品方之一，在每一次改编中都尽力保留原作的精髓，保证主人公形象的统一。比如动画番剧和动画大电影的画风基本一致，主要角色形象造型统一。无论是网剧、动画还是电影，叶修的配音都是同一个人，这种延续性让观众对叶修的声音产生熟悉感，进而迅速进入剧情，对新的内容形式产生认同。保持改编的统一性也是《全职高手》IP运营至今热度不减的法宝之一。

网络小说保持IP热度的另一个重要手段就是对小说中人物的宣传。《全职高手》的优势恰恰在于塑造了一批独特鲜活的人物群像，除叶修外，帅气的周泽楷、霸气的韩文清等人物都给读者留下了深刻印象。阅文集团对于这些角色的运营方式，更像是一家经纪公司对偶像艺人团体的包装，堪称虚拟偶像养成之路的教科书。首先是为角色揽下大量的商业代言。据统计，仅 2019 年《全职高手》中的人物叶修、黄少天、周泽楷等接下的代言品牌多达十一种，其代言的方式除了传统的广告外，还与改编产品发生关联。例如叶修吃麦当劳薯条，周泽楷"那么大甜筒，我吃定你了"直接植入动画番剧。

和麦当劳的深度合作是相当成功的案例，由于动画中出现的麦当劳餐厅其原型就是杭州湖滨餐厅，许多粉丝在动画播出后去该餐厅打卡。麦当劳顺势将湖滨店彻底打造成《全职高手》主题餐厅。墙上贴着叶修大神的超大幅面部写真、君莫笑的完美侧颜、一起征战荣耀之巅的千机伞特写等，还有真人等高的叶修人形立牌供粉丝拍照留念。还有角色的专属餐桌能让粉丝与自家偶像共同进餐。《全职高手》中描写的嘉世战队所在的 H 城很多书迷猜测应该就是代指杭州。而动画番剧中更是直接出现了诸如保俶塔、西湖等杭州著名景点。麦当劳在杭州推出的线下店成为粉丝圣地巡礼的必到之处。

除商业代言外，叶修还享受到了作为主角的特殊礼遇，过生日有专属的生日见面会，且庆生活动一年比一年隆重。2019 年不仅举办了"荣耀之 ye"叶修线下生日会，还有各种增强粉丝互动性的活动。例如麦当劳主题门店生日打卡任务，领取专属福利。还有与日本知名手办公司合作推出的叶修手办与正版周边。由叶修代言的一众品牌也参与到了这场生日狂欢中，在全球各地的地标建筑点亮叶修形象，送出祝福。杭州钱江新城灯光秀，香港铜锣湾、纽约时代广场全天轮播生日祝福，英国伦敦莱斯特广场、上海花旗大厦和广州小蛮腰地标 LED 大屏祝福。粉丝们纷纷晒出合影留念。叶修作为一个二次元虚拟偶像已经拥有了不亚于娱乐圈流量明星的地位。

阅文集团对《全职高手》虚拟偶像运营的成功案例，值得其他网络文学 IP 借鉴。因为虚拟偶像与现实偶像相比更加稳定，他们不会爆出任何丑闻，也是一切绯闻的绝缘体。在保持形象正面的同时，虚拟偶像还可根据品牌方的要求进行情节塑造，一个形象输出稳定、配合度极高的偶像自然能让合作方吃下定心丸。而在选择品牌合作方的方向上，阅文集团也做到了精准定位，选择了面向年轻粉丝群体的品牌。这些本就与年轻人的消费生活息息相关的品牌合力造势，进一步推动了虚拟偶像的热度。阅文集团对《全职高手》IP价值的变现方式是一条全新的虚拟偶像养成之路，这种对IP商业价值深入挖掘和品牌拓展的模式，达到了与书迷良性互动的效果。商业开发的同时，《全职高手》的影响力也在不断提升，为新的跨界合作与改编提供机遇。

二、跨界改编的样本考察

剧版《全职高手》由滕华涛任总监制，十一月执导，杨洋、江疏影等主演，2019年7月24日起在腾讯视频独播。可以说在所有改编的版本中，真人版的改编是最难的。无论是小说还是漫画的真人化，几乎都会引起原作读者的热议，得到褒贬不一的评价。我们常说一千个读者心中就有一千个哈姆雷特，演员的气质能否符合原作的角色，这是小说影视改编要面临的首要难题。而对于电子竞技类小说而言，它的影视化还面临一大难点就是如何还原小说中描写的精彩竞技场面。荣耀游戏是传统键盘类网游，在竞技状态下要完成线上的网游场景和线下的真人操作之间的融合也是相当大的挑战。剧版的《全职高手》制作人杨晓培表示："在时间、成本方面，《全职高手》作为一部现代戏的投入不亚于一部大型的古装剧。"可见剧版是一部诚意之作。对比了剧版和小说原作之后，我认为剧版在以下两点体现出了制作方的良苦用心。

首先是定位清晰，剧情紧凑，改编合理。主创人员将这部剧定位于电竞职业剧，并且添加了青春、励志的标签。对于书粉来说，最害怕的就是看到改编对原作情节的随意改动，因为有当红偶像参演，在偶像剧的外壳下，电竞赛事会不会再次成为主人公谈恋爱的背景点缀？这些都是书迷担心的问题。但是令人感动的是，剧版的《全职高手》并没有偏离原作，同样没有安排爱情线，而是着重强调了并肩作战的团队友情。对于一部总计四十集体量的网络剧而言，没有爱情桥段的支撑，在吸引年轻观众尤其是女性观众上将面临不小的挑战。好在主创团队抓住了原作的精髓，将追求梦想永不言弃的精神内涵作为主打。在剧中对很多原作的名言、名场面进行了还原。例如唐柔被叶修狂虐十局，韩文清与孙翔的对决展现老将的宝刀未老，叶修在全明星赛打出龙抬头，等等。可以说人物性格基本上延续了原作的设定。

在一些剧版原创的剧情中也同样体现了团队、成长等小说中的主题精神。例如在第十集中苏沐橙请大家吃火锅的片段是剧版首创，通过聚会苏沐橙与唐柔、包荣兴、乔一帆、罗辑完成了第一次的线下见面。叶修看着这群因他而相聚在一起的小伙伴，回顾了每个人的成长：苏沐橙，我眼中那个柔弱，需要被保护的小女生，在我离开嘉世后，她独自一人，在荣耀的世界里飒爽坚挺；唐柔，一个出生即巅峰的赢家，却不敢面对失败，偶遇荣耀，她学会了接受挫折，拥抱不完美的自己；包子，一个平凡的普通人，荣耀不再是他打发时间的工具，因为在荣耀的世界里，他找到了人生新的起点；乔一帆，一名从来没上过场的板凳队员，却一直坚守着职业选手的信念，他毅然决定更改角色职业，对荣耀的热爱让他不怕否定过去，不畏迎接挑战；罗辑，生命中只有无穷无尽的公式，他因为荣耀和我们相识，感受到了数字以外的另一种温暖。这里的每一句台词都不是书里的原话，但是对每个角色的总结却非常到位，而且突出了他们因荣耀而成长。看到这一段剧情，我理解了荣耀对于每个人的意义，也感动于叶修像个大家长一般带领着大家成长。这些原创的剧情有超出预期的惊喜。

此外，在荣耀世界的虚拟场景还原和真人特效方面剧版也下足了功夫。前文分析过《全职高手》的语言具有图像性的特征，对于游戏场景的描述生动细致。但是再生动的语言描绘也比不上影像给人造成的感官刺激，影视作品在电竞题材的改编上体现出了优势。为了完美呈现小说中的荣耀网游世界，美术部门的每一位人员都熟读了原作，绘制小说中游戏地图的概念图。将"埋骨之地""冰霜森林"等用画笔呈现出来，不仅需要美术功底，更需要对原作的深入理解，从最终的剧照来看，基本上还原了读者想象中的游戏场景。

剧版《全职高手》进入网游的虚拟世界后，所有的画面都是由CG动画（Computer Graphics 计算机图像）完成的。"在该剧的制作中，广泛应用了动作捕捉、面部捕捉、Unreal Engine 实时渲染、Enlighten 场景灯光等多项世界领先的技术。虚拟场景超过三百分钟，画面帧数超过四十五万帧。制作周期将近一年半。"更值得一提的是基于真人扫描形成模型表演的"全真人CG技术",通过捕捉演员的面部表情和动作,在虚拟网游世界造出一个贴合于现实中演员形象的游戏角色形象。现实与虚拟空间形成了关联,更强化了游戏世界里角色ID的存在感。让观众感觉到君莫笑和叶修真正达到了合二为一。因为游戏角色形象和真人相似度极高,在观看缤纷绚丽的打斗场面时,像是真人在战斗,观众的临场感得到提升。

作为一部电竞题材小说,《全职高手》的高人气在一定程度上改变了过去人们对打游戏是纯粹的玩物丧志的看法,实际上这种正能量的宣传作用在网络剧上更能体现。网游小说毕竟是网络小说中较为小众的类别,热衷于阅读这类小说的通常也是平时有玩游戏经验的男性读者。但是剧版《全职高手》由当红明星出演,本身自带流量,且竞技画面一目了然,观看门槛比小说更低。所以在剧中宣扬电子竞技的职业精神,这群为了事业而拼搏的年轻人,更容易引起观众的情感共鸣。

三、"网文出海"的反向输出

在探讨《全职高手》IP的商业价值时,不可忽视它的海外传播价值。在2018年由阅文集团发起的叶修生日应援活动中,收获的一亿应援总值中,海外粉丝贡献了五千多万。《全职高手》海外粉丝规模的形成是在小说和动漫作品的共同推动下完成的。

早在2015年,阅文集团就联合日本Libre出版社推出了《全职高手》的日文版。Libre出版社是日本知名出版社,曾经出版过多部轻小说,拥有忠实的读者群体。出版社为了让《全职高手》能够顺利登陆日本市场,专门制作了宣传网页进行简单介绍,并提供了二十二章的日文版在线试读。因为小说原文中出现了大量竞技类网游的专有词汇,为了让更多的日本读者能够理解,网页上还安排了"用语解说"栏目。

中国的网络文学在发轫之初曾经受到日本的轻小说和动漫文化的影响,早期的一些网络文学无论是人物设定还是文风都有较为明显的对日本文化的模仿痕迹。但是经过二十余年的发展,中国网络文学的体量与热度已远超日本轻小说，在海外的影响力也逐年提升。"网文出海"反过来影响日本轻小说市场，对其完成反向输出，这是令人欣喜的转变。除了日文版外，《全职高手》的英文版在起点中文网的国际版也引起了外国读者的关注。在下一章我会摘录海外读者的留言，在此不再赘述。

在小说之外，《全职高手》动画番剧的海外传播也是提升 IP 影响力的一大利器。2017 年 4 月 7 日，《全职高手》动画版在俄罗斯上线，迅速在各大论坛、视频网站引起了极高的关注，大批观众在观看后留言，其中不乏对中国动漫重新改观的留言。例如以下摘录的留言：

> 我想强调的是，这部动画不是日本制作的，而是中国。
> 与日本动画相比，这部动画出彩于它的独树一帜，这是它独一无二的优势。

提起动漫，全世界的观众可能都会先想起日本，俄罗斯观众认为《全职高手》与日本动漫相比也绝不逊色。此外还有一些观众留言夸赞绘图精美，制作效果令人惊艳。

> 非常感谢如此精美的动画！我肯定会继续追剧的。被绘图惊艳到，主人公真心好看！
> 除了绘图水平，我还特别关注了战斗场面的呈现，它们不仅仅给予视觉上的美感，还有心灵上的。不可否认，它们简直太有趣，太引人入胜了。配乐也很不错。
> 3D 与 2D 相结合。一出现就抓人眼球的图画尤其引起我的注意。为什么？因为在点开第一集的时候，我本以为出现的会是一个仅用平滑线条绘制出的电脑图案和一堆可有可无的东西。然而这里的一切都呈现出高水准。
> 非常喜欢这部剧的绘图——人物塑造得太漂亮了。男主角也很有趣。他忧郁而倔强的性格简直太帅。动画片很有趣，很吸引我。如今我在等新的一季出来。

对于剧作情节内容也有观众留言生动有趣，人物鲜活：

      这是我第一次看中国制作的动画，我想说的是，它太成功了！情节的呈现好，人物本身简直惊艳！人物性格展开得缓慢、优雅，然而却很深刻：通过其他重要的细节的展现，你就会看懂这个人物要表达什么。剧中有讨喜且搞笑的片段，却没有荒谬可笑的、不自然的幽默，尺度把握得很好。

《全职高手》的动画番剧让俄罗斯观众重新认识了中国动画，在完成海外文化输出后收获满满赞誉。从具有极高人气的网络小说，到走俏海外的国产动漫"金字招牌"，阅文集团对《全职高手》的全版权运营模式向我们证明了网络小说 IP 商业开发的无限可能。《全职高手》从开始连载至今已经走过九个年头，相信在阅文集团的运营之下，它还能为我们带来更多的惊喜。正如主人公叶修所说，荣耀再玩十年也不会腻。希望《全职高手》的 IP 在未来的十年还能保持强大的影响力，为文化产业提供更多的 IP 开发的范本。

第八章

《全职高手》评论文本的考察

在对网络文学的研究考察中，文本的阅读固然重要，但同时对于文本之外的诸多"伴随文本"也应当被纳入研究视野，与文本的研究互为参照。"伴随文本"的概念由赵毅衡先生提出，"任何符号文本，都在文本之外携带着未进入文本自身的因素，但这些伴随文本深入影响着原文本的生产与解释"。在对网络文学的文本进行研究时，不可忽视伴随文本的影响。网络文学的创作与传统文学相比具有明显的开放性，伴随文本与原文本之间的互动会给创作带来较大影响。例如读者的评价甚至会实时改变文本情节的发展走向，所以对网络文学的伴随文本进行研究分析是具有重要意义的。

伴随文本可以有多种呈现方式，从类别上可以划分为显性伴随文本、生成性伴随文本与解释性伴随文本。其中评论文本就属于解释性伴随文本的一个类别。评论文本包括专家评论、研究论文和专著，以及读者评论等。通常来说受到关注度越高的作品，其评论文本的数量也越多。《全职高手》开创了起点中文网第一部千盟书纪录。所谓千盟书就是粉丝达到盟主等级的超过千人。盟主是起点中文网粉丝中最高等级的存在，有读者对某一本书的消费达到十万粉丝积分（即一千元人民币），才能成为该书的盟主。所以盟主的身份代表了粉丝对作品发自内心的喜爱。《全职高手》能够拥有过千盟主，足以看出读者对这部作品的肯定。

《全职高手》的评论文本中既有网络文学研究专著中的样本分析，也有读者在起点、豆瓣、知乎等各个平台发表的留言。我整理了部分文本，按照评论内容大致分为人物塑造、主题精神、情节叙事、海外读者评论四个方向，加上我的一些想法评述，希望能够从一些侧面展现读者粉丝心中的《全职高手》。

一、人物塑造方面的评论

毋庸置疑，《全职高手》中最出色的部分一定是人物塑造，特别是群像塑造。作者在人物塑造上的功力，通过前几本书的磨砺和积累，有了更加明显的进步。受欢迎的角色呈井喷式爆发的状态，除去主角叶修外，作者施以浓墨重彩的角色还有20个以上，此外光是有名字的角色至少还有50个。这么多人物的出场，并不会让读者觉得很凌乱或者是分不清楚，作者在刻画人物性格时很少直接着墨进行描写，大多是用人物的语言、行为和旁人的心理描写来凸显人物性格，造就了一大批鲜活的角色……作品的角色魅力十分讨喜，总有一款适合你。

（神戳戳的小白，发表于《全职高手1·放逐斗神》豆瓣读书，2013年10月30日）

我在阅读《全职高手》时的直观感受也是作者的人物群像塑造功力了得，尤其是对于一部网络小说而言，很多作者都会集中精力去塑造主角，配角只是主角的衬托，无法给读者留下深刻印象。但《全职高手》中每个配角的形象都非常鲜明，正如这位读者所说，总有一款适合你，所以这本书的配角都能拥有自己的粉丝应援团也就不足为奇了。

小说虽以男主人公叶修的经历为主线，但对于其他配角、龙套却也不吝花费笔墨，给予精准而充分的描绘，因而成功地塑造出了一组网文史上罕见的、数量庞大且个性鲜明的人物群像……

然剑有双刃。配角、龙套及相关支线剧情的大量引入，本质上是一种灌水行为。即使以高妙笔法掩饰，所灌之"水"甚至堪称精彩，但主线剧情的推进仍不免因此而无限延宕，使本就足够冗长的作品更显绵延涣散。

（高寒凝，收录于《中国网络文学二十年·典文集》，2019年版）

《全职高手》被邵燕君、薛静主编的《中国网络文学二十年·典文集》收录，这说明其网络文学经典作品的地位得到学者的肯定。在高寒凝的评语中同样也夸赞了《全职高手》群像描写异彩纷呈。但作为学术性专著其评述需辩证、客观，所以该评语也同时指出了小说的叙述中存在的"灌水"问题。这确实是超长篇小说的通病，这部作品也未能免俗。有些部分甚至更新了好几个月还在打斗场景中，情节没有丝毫推进，有明显的注水痕迹。

在《全职高手》这样独特的、有商业价值的群像小说的前期写作中，或许有这样两点十分重要：第一，首先要在开篇写出精彩而传统的网文套路，制造爽点，吸引读者……第二，尝试在网文套路中，小篇幅地、渐进地采用群像的叙事方式，……人们在少许分布群像描写的早期里，慢慢对配角们有了感情积累，然后不断扩大其比例，最终小说便能顺理成章地从网文套路中突围出来，给人惊艳之感。因而，套路与创新，单主角的爽点与群像剧的群星闪耀，它们在《全职高手》的前期中都有着重要地位。群像式网文的开头，或许便应是这样"两手抓"，侧重网文套路，但逐渐过渡到群像叙事的模式。

（邓溪瑶，发表于"北大网络文学论坛"微博，2016年8月5日）

这也是一篇从学术性角度解读《全职高手》的论文。邓溪瑶在文中详细分析了小说中对群像描写的处理方式，开头先以传统网文的套路，主角人生触底逆袭开始故事，在故事渐入佳境之后再过渡到群像叙事的模式。这的确是小说能够保持主线完整的情况下，完成群像人物刻画的秘诀。相比起单一的主人公打怪升级模式，更加能够吸引读者。

二、主题精神方面的评论

蝴蝶蓝很令我喜欢的地方就是他不会忽视角色的情感和信念

对战斗胜负的影响，不像别的作者，秀等级、亮技能，然后赢了，仿佛是他们一天里打完游戏了，把游戏心得写给我们看一样，时间长了越看越乏味。就像兴欣和嘉世最后因为叶修的一句"荣耀不是一个人的游戏"点醒了孙翔，最后以孙翔弃权结束了游戏一样，我觉得大概这次的最终决赛最后决定胜负的，将超出技术和等级，成为信仰和坚持上的对决。

（独爱热血，发表于起点中文网《全职高手》书友圈评论，

2014 年 3 月 31 日）

独爱热血这位网友的留言点出了《全职高手》与其他网游小说在创作上的区别。蝴蝶蓝不是在写游戏心得，小说中关于游戏的呈现其重点也不在于秀技能，而是强调坚持的信念，我在第四章中分析的追求胜利的竞技体育精神就是这种坚定的必胜信仰。

我们的人生被迫做出重大改变的时候，往往都会因为对不确定的未来，而产生迷茫和不安全的感觉。但是叶修虽对未来并不确定，作者却没有用半点笔墨去描写他的沮丧不安迷茫，他立刻又重新投入了网游中间，用自己的一级小号开始了荣耀之旅，这也是我对他产生钦佩之情的开始，而这样一部不颓废不沮丧的励志小说，也是让我一直能够追下去的原因。

（请保持高冷，发表于《全职高手 1·放逐斗神》豆瓣读书，

2018 年 9 月 3 日）

当人生面临重要转变，我们是徘徊沮丧，还是立即投入战斗？蝴蝶蓝通过叶修的抉择告诉读者，迷茫与不安不能打破困境，最好的态度是尽快收拾心情，重新迅速投入战斗。从这一点上来看，《全职高手》完全可以称得上是一本励志小说。

很多观众在看了电视剧后惊叹于主人公的精湛演技和逼真的 CG 游戏特效，而读过原著的读者则感动于那种永不言弃的电竞

精神，如同小说中所设定的网游的名字——荣耀，这也是一部以"荣耀"为核心精神的作品，书中"荣耀"绝不仅仅是一个游戏的名称，更是一种永不言败的精神，这集中体现在男主人公叶修的身上……

但叶修又一次用实际行动证明了自己，与俱乐部解约的叶修甘愿在陈果的网吧当网管，然后从头开始自己的荣耀征程，用全新的角色从零开始的勇气不是每个人都有的，而这过程中的艰辛也是旁人所无法感同身受的。他在游戏新区争副本纪录，周旋于各大俱乐部的追杀；组建"兴欣"公会，带领公会成员拾荒；当卧底，与其他公会抢野图BOSS，最终率领"兴欣"战队打败了嘉世，拿到了第四届联盟总冠军，正如叶修对陈果所说的，"纪录这种东西就是为了被打破而存在的，巅峰永远是存在于未来而不是过去"。

（蔡玉，发表于"安大网文研究"微信公众号，

2019 年 12 月 24 日）

蝴蝶蓝给书中的虚拟游戏取名为"荣耀"是非常有内涵的，正如蔡玉所言，书中"荣耀"绝不仅仅是一个游戏的名称，更是一种永不言败的精神。在叶修身上体现出的是"荣耀"二字所代表的永不言弃的电竞精神。在兴欣战队的众人身上体现的是每个人的成长与团队合作的精神，荣耀联盟中的所有职业选手一起用青春和热血诠释了何为荣耀，这份坚定追求梦想的精神令人动容。

三、情节叙事方面的评论

这本小说前半部分还可以，总有一种希望和对之后"兴欣燎原"的期待。而后面就有点糟糕了，全是联赛的内容。其中我认为大部分读者都会期待的一些剧情和氛围根本没有得到响应（比如新人进步的具体描写，又比如群像的刻画），作者的表现像恨不得下一秒就让本书完结一般，用极快的速度和一个诡异的一挑三

结束了全文。一面没有调动好后期的氛围，一面飞快地结束文章，就显得后半段的内容很干燥，或者说很噎人了。

（超级迪安，发表于起点中文网《全职高手》书友圈评论，
2019 年 8 月 6 日）

针对《全职高手》的叙事节奏，网友超级迪安在起点书友圈留言，小说的前半部分与后半部分存在一定的脱节，尤其是结局部分比较仓促结束，令人感到失望。就我的阅读体验而言，确实后半部分进入荣耀联赛的描写后，情节相对比较单一，基本上都是在描写比赛的内容，蝴蝶蓝在采访中也表示中后期写比赛，要让每一场比赛不同且又好看，比较费脑筋。所以读者在阅读的时候也会有后半段内容比较枯燥的感受。

在叙事方面，叶修显然是作品的前中期的叙事主体，就我个人看来，作品的中期七八百章左右在叙事视角方面做了一些轻微的调整。

从对"叶修个人"的主体叙事慢慢展开，出现了"群像式"的叙事方法。从围绕叶修进行叙事，开始出现围绕兴欣一群人，围绕比赛相关的一群人进行叙事的方法。这不仅仅是为了配合中后期对"联盟比赛"的描写，更为了将故事整体的剧情轴面的拓宽。

作品偶尔也会展开一些"叙事角度"的变化，例如：最后对轮回的总决赛，开头是由一个"龙套"，一个与比赛过程无关的第三者的视野、行动，展开对比赛的另一个角度的呈现。

这些算是小细节的写法也调节了由于几乎全部是"全知视角"下开始展开的写法带来的审美疲劳，也是非常有趣的变化。

（文学系学生 ing，发表于知乎"如何评价小说《全职高手》？"，
2017 年 8 月 19 日）

这位网友不愧是名为"文学系学生"，他从一个较为学术性的角度解读了《全职高手》中叙述视角的变化。他的分析和蔡玉的论点有相似之处，从不同角度指出了小说在叙事模式上的特色。小说开头先是

以叶修的叙事视角展开，到了群像描绘的环节开始转换叙述视角。这种叙述视角的转换在比赛中表现得尤为明显。在团队赛中，战队成员虽然位于一个地图中，但每个人担任的职责不同，在不同分工下要想体现每一位成员的行动，有必要进行视角切换。这种变化加强了小说的叙事能力。

> 全职高手这本小说，角色塑造方面毋庸置疑是出色的。但缺点也同样明显，行文过于冗长。……在起点上，拖字数搞长连载是很常见的"骗钱"手法。全职粉们可以摸着良心想想，蝴蝶蓝笔下每一场战斗是否必需？其中有多少可以完全省略？这里就要涉及文章载体的问题了。人在看网文和实体书时阅读速度是不一样的。冗长的行文放在网络上可能看起来无伤大雅，反正一扫就过，但放在实体书上却会变成致命缺陷。——"我翻了几十页怎么还没看到重点？！"这时，行文冗长的缺点便会被无限放大。读者不仅会丧失阅读欲望，更会丧失购买下一卷的欲望。
>
> （皮皮卡，发表于知乎"如何看待《全职高手》登陆日本？"，
> 2016 年 8 月 23 日）

皮皮卡非常直接地指出了《全职高手》以及很多网络小说都会有的通病，那就是篇幅实在过长了，很多比赛描写具有情节重复的地方。在第七章我分析了小说被日本出版社选中并翻译出版，当时这一事件在网络上引起热议，皮皮卡的留言也反映出部分网友的观点。因为日文版是实体出版物，在电脑上读屏或是手机阅读不太能感觉到篇幅过长的问题，但对于实体书来说面对着十几本书的厚度，可能会让读者望而生畏。的确行文冗长的缺点在纸质页面上会被放大，让部分读者失去阅读兴趣。

四、海外读者的评论

这一部分的评论全部摘自起点中文网国际版《全职高手》的网友

留言，笔者译。

Silvergreentwins: Long Live the God of Glory! He'll return to blow the Alliance to bits with his might!

（荣耀之神万岁！他会回来用他的力量摧毁联盟！）

Shankuro: So I came here after watching the Anime, hope this is going to be a good read!

（我看了动漫之后来到这里，希望这会是一次愉悦的阅读！）

Shwashha: I'm at the peak of curiosity regarding the next plot development. Interesting.

（我对接下来的情节的发展非常好奇。有意思。）

Bizzy: Whoah is this the novel version of the anime kings avatar? Nice. I've been searching for this since the anime doesn't have its season 2 yet.

（这是动漫《全职高手》的小说版吗？很好，我一直在寻找这个，因为动漫还没有第二季。）

EXCALLIBUR: Don't know really, I just got the feeling that this was the follow up to the story of MC becoming the best player.

（我不太清楚，我只是觉得这是让读者的视线一路追随着主角，看他成为最出色的选手的故事。）

NezumiAstin0509: I watched the animated version and was pretty intrigued. In the comments section, people were complaining about how some things were skipped and that it was rushed, therefore causing some characters to be introduced earlier than had originally planned. So, to calm my curious mind, I decided to read this.

（我看了动漫版，它引起了我很大的兴趣。在评论区，人们抱怨一些情节被跳过了，剧情发展很迅速，因此造成一些角色比原作出场时间提前了。所以，为了满足我的好奇心，我决定来读原作。）

Callanthe: It's interesting that the anime adaptation made YX slightly more stoic and less openly emotive. I still like both versions of him though.

（有趣的是，动漫改编版让 YX 变得更加坚忍，而且很少有情感外露。不过，两个版本我都喜欢。）

从摘录的留言中可以看到，不少海外读者是先观看了《全职高手》的动漫版，对这部作品产生了浓厚的兴趣，再来阅读小说原作。可见小说的影视化改编并在海外上线，对于原作的海外传播也有很大助力。近年来网络竞技类游戏在全球范围内的流行让更多人了解电子竞技文化，进而对网游小说产生阅读兴趣。《全职高手》对职业电子竞技选手与比赛场景的描写，既强调了竞技性，又具备团队合作的特色，对于海外读者来说也是具有许多共鸣点的一部作品。

综合以上《全职高手》海内外的读者评论可以看出，小说在人物塑造方面最受读者肯定。学者的评价多从群像性叙事的方法，以及主线叙事的传统网文套路等学术性的角度总结分析这部小说人物群像写法的特点。其他读者则从较为感性的层面来谈论每个人物给自己留下的印象。无论是粉丝的感性体悟，还是学者的理性分析，大家提及频率最高的词就是"群像"。《全职高手》能够成为现象级作品，背后少不了粉丝的支持，而很多粉丝"入坑"的原因是喜欢小说中鲜活的人物，每个角色的人设性格都各不相同，满足了读者粉丝各种不同偏好。

有位入坑八年的粉丝提到，仍然热爱《全职高手》的原因之一，是主人公叶修身上的自信与勇气一直激励着他。可见书中积极向上的主题精神，令这部作品在完结多年后依然吸引读者的关注。读者的评论中多数提到了信仰的力量，每一位荣耀的职业选手都同叶修一样有追求冠军的梦想，为了梦想不遗余力地拼搏，为了信念坚定不移地前行，这是蝴蝶蓝笔下永不言弃的电竞精神。热爱是一种非常纯粹又动人的情感，为了热爱的事业而战斗这是让人热血沸腾的感觉。从读者留言来看，《全职高手》的确为读者带来了正能量。

相对而言，在叙事方面，评论文本的负面意见集中在小说存在过于冗长的问题。尤其是小说的后半部分几乎全是职业联赛的内容，尽管蝴蝶蓝采用了叙述视角转换等方法降低叙事的枯燥感，但仍有读者觉得比赛的部分写得太仔细太长了，有注水之嫌。对于喜爱游戏之外的情节或是没有太多游戏经验的读者，可能会失去阅读的耐心。因此，小说在进行影视化改编时，进行了精简，只保留了主线核心情节。海外读者的留言中也提到了动漫情节发展迅速，他们是被动漫吸引才对原作产生兴趣的。

以上选取了《全职高手》部分有代表性的评论文本，希望能从客观的视角提供来自读者粉丝的反馈。

选 文

第一章

被驱逐的高手

"咔咔咔，嗒嗒……"

一双灵巧的手飞舞着操纵着键盘和鼠标，富有节奏的敲击声仿佛是一首轻快的乐章。屏幕中漫天的光华闪过，对手飞扬着血花倒了下去。

"呵呵。"叶秋笑了笑，抬手取下了衔在嘴角的烟头。银白的烟灰已经结成了长长一串，但在叶秋挥舞着鼠标、敲打着键盘展开操作的过程中，却没有被震落分毫。摘下的烟头很快被掐灭在了桌上的一个形状古怪的烟灰缸里，叶秋的手飞快地回到了键盘，正准备对对手说点什么，房门却"咣"的一声被人推开了。

叶秋没有回头，像是早就在等着这一刻一样，只是问了一句："来了？"

"来了。"苏沐橙的回答也同样简单。

"那就走吧！"叶秋拒绝了对手又一次的邀战，轻轻地从网游荣耀专用的登录器上摘下了一张卡片，起身走到门口时，顺手从一旁的衣架上摘下了外套。

夜已经挺深了，嘉世俱乐部却依旧灯火通明。叶秋和苏沐橙走出房间，一路走到了楼道的尽头。这里是一间宽大的会议室，刚入门便可看到一面几乎占满整面墙壁的电子显示屏，上面显示的是"荣耀职业联盟"的战绩排行和一些技术统计。

战绩排行：嘉世战队总排名第十九位，倒数第二。

对于曾经创造过联赛三连霸的王牌战队，这个成绩分外刺眼，此时却是明晃晃地挂在墙上，像是在无情地嘲笑着众人。

然而屋里气氛却是一点儿不见沉闷，相反倒是有些热络。嘉世的队员们此时正众星捧月般地围绕着一个人，对于叶秋踏入会议室他们视而不见，能扫上一眼的，眼神中也全是冷漠和嘲笑。

　　"叶秋，俱乐部已经决定，由新转会来的孙翔接替你的队长职务，一叶之秋今后也由孙翔来操控。"俱乐部经理看到叶秋进来，立刻回头说道。没有事先的沟通，没有婉转的表达，一来便是如此开门见山的冰冷通知，无情得就像甩开一团用过的手纸。

　　苏沐橙张口要说话，却被叶秋轻轻拉住，朝她微笑着摇了摇头，表示自己并不在意。

　　"叶哥，不好意思啊，一来就占了你的位置。"会议桌左手边第一席——嘉世战队队长的专属座位，本该是属于叶秋的座位。孙翔大大咧咧地坐在上边说了这么一句，眼睛却连瞟都没瞟叶秋一眼，这已经不是漠视，而是一种无视了。他的目光，更多的倒是落在了和叶秋一同进门的苏沐橙身上。

　　公道来说，苏沐橙也的确比叶秋更吸引眼球，她可是被称作荣耀职业联盟的头号美人。就算是出了这个圈子，扔到美女如云的娱乐圈，她也仍是不可多得的漂亮姑娘。

　　哪怕嘉世这些天天都能见到苏沐橙的队友，此时看到苏沐橙进来也不由得有些发怔。不过他们倒是很快回过神来，因为此时他们觉得有更重要的焦点人物值得他们去关注。

　　"哈哈，翔哥这话说的，这位置您来坐正合适。"回过神的众人连忙接着之前的话语抢台词。

　　"不错，某些人已经老了，过时喽！"

　　"一叶之秋也正该由翔哥您来操控，那才能真正发挥出斗神的实力。"

　　这就是众人此时关注的焦点。孙翔，荣耀职业联盟中新一代的天才级选手。去年初入联盟便稳获新人王称号，个人数据相比同年的MVP（最有价值选手）也不逞多让。本赛季孙翔率领实力平平的越云战队在联赛中排位第八，进军季后赛有望，却中途转会成绩一塌糊涂的嘉世俱乐部。全因为嘉世虽然战绩糟糕，却拥有在网游荣耀中被誉为斗神的账号角色：战斗法师一叶之秋。

这个入联盟不满两年的年轻人年纪不大，嘉世这些队员却厚着脸皮以哥相称，显然是已经看出孙翔将是他们嘉世战队未来的老大。孙翔很是舒服地收下了这些奉承，总算是舍得扭头扫了叶秋一眼，目光中尽是不屑。

　　"叶秋，把一叶之秋的账号卡交给孙翔吧！"俱乐部经理说道。

　　叶秋纵然再洒脱，此时心中也免不了有些刺痛。叶秋，一叶之秋，听名便可知道这账号与叶秋的关系，这本就是他初入荣耀这个游戏世界时所创的账号。十年了，这个账号相伴了叶秋整整十年，当初的菜鸟成了被誉为荣耀教科书级的大高手，当初的小小战斗法师，也成了荣耀中威名远播的"斗神"。然而七年前踏入职业圈，与俱乐部签订合同后，一叶之秋的所有权已转为俱乐部所有。叶秋早知道会有分离的一天，而这一天，终于来了。

　　叶秋的手指微微有一些颤抖。对于一个职业高手来说，稳定的双手是必需的，但现在，颤抖却发生在了叶秋——这个心理素质已经硬得不能再硬的老牌高手身上。苏沐橙扭过了头，她不想看到这一幕，却又无能为力。

　　在众人幸灾乐祸的目光中，一叶之秋那张银白的账号卡被递到了孙翔面前。

　　孙翔眼中闪现出兴奋和贪婪的目光，他甘愿转会加入近两年已经大不如前的嘉世俱乐部，为的就是这里拥有一叶之秋这个顶尖的账号。一叶之秋的原操纵者叶秋，近些年成绩不佳，与俱乐部不断爆发矛盾，孙翔有百分之百的信心可以取而代之。

　　"到手了！"接住账号卡的一瞬，孙翔一阵激动，结果却从卡片上感到了一丝抗力。

　　孙翔感觉到了叶秋的不舍，傲然一笑说："放手吧叶哥。看看你的手，居然抖成这个样子。这样的一双手又怎么能发挥出斗神的实力呢？还是让我来吧！我会让斗神的名号再度响彻整个荣耀的。你，退休啦！"

　　这话刚说完，孙翔就看到叶秋那一直满不在乎，只在交出一叶之秋时有些不舍的眼中突地闪过一丝锐色，他骇然地发现，叶秋那本在微微颤抖着的双手，突然间就稳稳地停住了。

"你喜欢这个游戏吗？"叶秋忽然直视着孙翔问道。

"什么？"孙翔愕然。

"如果喜欢，就把这一切当作是荣耀，而不是炫耀。"

"你说什么呢？这关你什么事了？"孙翔忽然有些失态，这一瞬，不知为何他觉得自己仿佛矮了叶秋一头，他不想这样在气势上输给对方。他来是为了取代叶秋，他来是为了得到斗神一叶之秋。

"收好它。"就在孙翔想重新鼓起气势时，叶秋却已经松开了账号卡，淡淡地说了一句，转身准备离开。

"叶秋！"就在此时，经理突然出声唤住了他。

叶秋停步，微微侧了侧头，听到经理已经在他身后说道："目前俱乐部暂时没有合适的比赛账号给你，你就先在队里担任陪练吧！"

陪练？一个在联盟中创造过王朝，拿尽所有个人荣誉的高手，此时竟然沦落到要当陪练！

对于这个安排孙翔大感兴趣，立刻接过声哈哈笑道："以叶哥你的水平，陪练一定没有问题的，荣耀职业联盟第一陪练非你莫属啊！"

"呵呵。"受此侮辱，叶秋竟然还笑得出来，回过身来望向经理，"陪练？我看不必了，解约吧！"

"解约？你是要主动提出解约吗？"经理的神情看起来很值得玩味。

"不错，我要求解约。"

"不要冲动啊！"苏沐橙连忙冲了过来阻拦。联盟有联盟的规定，合约期间除特殊原因，任何主动提出解约的一方都需要支付违约金，叶秋目前和嘉世还有一年半的合约，如果强行要求解约，损失会很大。但对于苏沐橙来说，她更怕的是叶秋的离开。

"老板还没有来，等老板来了再说吧！"苏沐橙希望叶秋能冷静下来。

叶秋却早已经瞥到了经理嘴角的那丝讥诮，他苦笑着朝苏沐橙摇了摇头："沐橙，你还不明白吗？要我走，这本身就是老板的目的。我的存在对于俱乐部来说，已经没有任何价值了，只是一个薪水包袱。"

"不会的，怎么会是包袱，你的实力绝不输给任何人。"苏沐橙说。

"这不单单是实力的问题，这是生意，而我，从来都是没有什么商业价值的。"叶秋说。

"你本该是有的，是你自己选择了放弃。"经理在此时突然冷冷地插口。

"不错，这是我的选择。"叶秋说。荣耀职业联盟如今进行得如火如荼，各路赞助商层出不穷。联盟中的明星高手那自然是接广告、做代言的抢手角色。但叶秋作为最为顶尖的选手，却从来都是拒绝任何广告和代言，甚至连各类采访、新闻发布会都拒绝参加，他就像是个很古老的网民，小心翼翼地在虚拟世界里藏匿着自己的真实身份。

对于这一点俱乐部很是不满。他们眼看着身边就落着一座金山，却无法从他身上挖掘到丝毫利益。也就是叶秋实力强横，帮俱乐部在联盟中打出了名气，赚满了荣誉，才让他们可以一直容忍。但随着现在的成绩不佳，一切都已经不复往日。

"联盟的商业化让我们存活下来，但现在……"叶秋没能再说下去，他也不知道这样的发展是好是坏。如今的联盟充满了铜臭，每一家俱乐部的老板第一考虑的都是如何利用战队来赚取利益。怀着对游戏的爱，为了荣誉而不懈地努力经营奋斗，叶秋怀念过去那个刚刚发展起来的联盟。而现在，对荣誉的追求，也不过是为了谋求更大的利益。

苏沐橙不再说话了，她本就是和叶秋同路走来，也是见证了这一切的老牌高手。她眼中噙满了泪水，她知道，叶秋是真的要离开了，拦他，也只会让他更痛苦。

"既然这样，我……"

"不用了。"叶秋笑着打断了苏沐橙，他知道她要说什么，"放心吧，我还没到绝望的时候，我会回来的。"

"不错，不愧是我认识的叶秋，真是有志气，那么现在咱们就来谈谈这笔违约金的问题吧！老实说，你在嘉世这么多年，劳苦功高，我们不会这么绝情。你既然想走，大家就坐下来好好谈谈，协商解约怎么样？"

"直说吧，你们什么条件？"叶秋问。

"爽快，条件很简单，只要你宣布退役。"经理说。

"退役。这条件你还说不绝情？"苏沐橙大为恼火。叶秋现年二十五岁，对于他们电子竞技的职业选手来说已算高龄，在这个年龄上退役并不奇怪。但叶秋方才已经表明他还不想放弃，嘉世经理这里立刻说出的协商条件就是退役，摆明了是在针对他。

退役选手自然没资格再参加职业比赛。虽然有退役就会有复出，但荣耀职业联盟规定退役选手要满一年后才可以复出，避免有些人今天退役明天复出这样换队玩。叶秋本就已是职业暮年，每一天都很宝贵，现在却要让他平白浪费掉一年。这一年之后，就算他再重新复出，高龄加上没有一年的高水平比赛来保持状态，单凭昔日的名气，是否有战队愿意接收他很成问题。要知道叶秋还有一个很致命的缺陷：他拒绝从事商业活动。

这看起来根本就是一个无法接受的协商条件，叶秋却很干脆地一点头："我同意。"

"你疯了？"苏沐橙大惊。

"累了这么多年了，休息一年有什么不好？"叶秋笑。

"你……你到底在想什么啊？"苏沐橙百般不解。

"没什么。"叶秋转过了头，这边经理早已将几份文书递了上来，叶秋接过来一看，笑了笑。对方还真是早有准备啊！想着，叶秋已经飞快地落笔签上了名字。

就要离开了……叶秋最后看了一眼这个自己待了七年的地方，他没有再说什么客气的告别话，默默地转身就准备离开。

"我送你。"苏沐橙是唯一一个跟在他身后的。

第二章

C 区 47 号

"切，跩什么跩啊！"

"让他退役也是为他好，他还能干什么呀？"

"就是就是，算他识相，没想着赖在俱乐部养老。"

叶秋和苏沐橙离开了，留在会议室的众人像是突然回过神来一样，风言风语的讨论又一次开始了。孙翔的脸色却是阴晴不定，他没有参与，而是凑到了经理的身边："我不明白，他怎么会接受这条件的？"

"他不得不接受。"经理说。

"为什么？"

"因为他付不起违约金。"经理说。

"不……不会吧？"孙翔惊讶，叶秋那可是在联盟打拼了七年的职业选手，而且是最顶尖的，就算他拒绝各类商业活动，单凭薪水也不至于付不起这解除一年半合同的违约金。

"你不是那个时代过来的，你没经历过。在联盟初期，职业选手可没有现在这么风光，人家都是勉强糊口，绝大部分人都是兼职。在那个时代被刷下来的人是很惨的，大好青春都用在了游戏上，没有一技之长，之后的生活大多拮据。叶秋是那个时代的天才，凭借水平一路走到今天，但是，他有很多那样的朋友。"

"你的意思，他的财产很多都用来接济他的那些朋友了？"孙翔瞪大了眼睛。

"不错。"

"那他既然也挺需要钱，为什么又不肯接受商业活动？"孙翔问。

"这个没有人知道原因。"经理说。

"你有没有什么猜测?"孙翔问。

"或许,是和他的家人有关。"经理说。

"哦?"

"从来没有人知道他家人的事,他也从来不说,这很奇怪,所以,我有这种怀疑。"经理说。

"这人身上……好多故事啊!"孙翔手里攥着叶秋交给他的一叶之秋账号卡,他也知道,一叶之秋是早在职业联盟还没有形成前,叶秋在网游中的娱乐账号,一直使用至今,是荣耀界最古老的账号之一。

"好了,不说他了,老板今天有事不能来,但是特意交给我这瓶他珍藏多年的红酒,专门用来为你接风。"经理说。

"哈哈,那真是多谢了!嘉世有了我,该翻身了。"

叶秋离开了。

苏沐橙站在俱乐部的大门口,她就是这样看着叶秋一路走到消失的。他不住地回身朝自己挥着手,苏沐橙早已经泪流满面。

没有太多的话别,叶秋一共只说了八个字:"休息一年,然后回来。"

苏沐橙一个字都没有说,只是重重地点了点头。她早已不再是当年那个稚气未脱的小女孩,她已经有勇气独自承担很多事情。

天空飘起了雪花,这个冬天,好冷。

下雪了?叶秋离开俱乐部时,心里也没想好下一步。持续了这么多年的生活,突然间就要改变,他也有一些不适应,他只想先这样好好地走走,一直地走,走到自己想清楚为止。

谁知道天都不给他这机会,偏偏在这时候下起了雪,而且越来越大。飞卷的雪花迅速打湿了他的肩头,头发也结起了冰溜,不躲一躲是不行了。

叶秋左右看看,路边有一间网吧,在这深夜依然是灯火辉煌,当即朝着网吧飞奔而去。

网吧里很暖和,冲进去的叶秋抖落了身上的雪花,在前台开了一台机器。

"C区47号机。"吧台的小姑娘报出机器的位置，随后递回开机者的身份证，结果抬头看时人已经没了。小姑娘也没有大惊小怪，显然这种事已经见多了。把身份证默默地收好，发现不见的人自然会来找。

C区47号机，叶秋沿着排号找来。这网吧规模不小，机器相当之多，而且还有二层。C区……叶秋看到了天花板上挂着的区号牌，他倒是不必上二楼了。

数到了第47号机时，叶秋却是一怔，这位置上分明已经坐着个女人，而且是在玩荣耀，正在竞技场里与人单挑，激烈的操作带着脑后束得高高的马尾一晃一晃。

望着她的侧脸，看到她屏中枪炮师的角色，叶秋有点恍惚，他差点儿以为是苏沐橙坐到了这个位置。

但他很快就知道这不是，苏沐橙总是那么温柔平静，哪怕是在激烈的PK对抗时，都能保持着微笑。说起来叶秋有时候看着她微笑着一炮把人轰杀成渣，再客气地说着抱歉时，莫名会觉得有些发寒。

至于眼前这姑娘，她的长相同样是那么漂亮清纯温柔，但那咬牙切齿蹂躏键盘鼠标的狠劲让人觉得她的样貌简直就是个彻头彻尾的大骗局。

"杀气太可怕了，不过很可惜……"叶秋看清了屏幕，他看出这个女人马上就要糟糕。果不其然，她刚刚露出的一个破绽被对手抓了个正着，一套连击过来，所剩无几的生命立刻"唰"一下被清空了。

"靠！"叶秋听到这女人怒喝了一声，挥手一敲键盘，直接把游戏都给关闭了。

叶秋正踌躇自己这位置还要不要了，女人已经转头，一眼瞅到了犹豫的叶秋，气冲冲地起身问道："上机啊？"

叶秋点头。

"坐这儿吧！"女人说完就已经离开了。

叶秋为这种普通玩家不淡定的竞技素质摇了摇头后，终于坐上了位置。

陈果郁闷，非常郁闷。刚刚和人在荣耀竞技场单挑，打了五十二局，结果居然一局都没赢，她简直不敢相信这是真的。

自己的账号可不差，陈果摸着她口袋里的"逐烟霞"，在普通玩家当中她这账号可以说是挺强的了。而陈果的水平也不算低，她玩荣耀也有足足五年了。方才她的对手，账号是不如她的，结果却打得她五十二局一局都赢不了。

　　"是个大高手。"陈果点点头下了个结论。

　　"老板娘，你游戏没退啊？怎么那人玩起来了。"陈果正边走边想，突然身边传来一句。陈果歪头一看，旁边机器上是网吧一熟客，正探着脑袋望向自己方才坐过的机器。

　　不好！陈果心下一惊连忙飞奔回去。荣耀的火爆，让荣耀账号的登录器已经成了电脑常规配件，在网吧更是必不可少。由于账号卡只需在登录游戏时插入，所以在网吧这种公众的地方，大家一般都是插卡登录后就把卡收好。

　　这一卡一号，卡丢了可以挂失，所以盗号算是绝种了。但在网吧这种地方，经常有人马虎大意忘退或是伪退游戏，结果被后来者顺手牵羊，捡了钱和装备。陈果刚才连输五十二局相当暴躁，一个没注意，游戏没退出而只是切回了电脑桌面。

　　陈果匆匆冲到近前，果然看到那家伙在操控着她的账号，只是好像不是在扫装备，而是在竞技场里和人打得津津有味。陈果还没来得及吼，就见屏幕上已经跳出了两个大字："荣耀！"

第三章
专职夜班

赢了？

陈果瞬间呆住了。闪出"荣耀"两个字这是竞技场标志性的获胜符号，意思等同于"KO"。

只是，自己这走开回来才多久？四十秒？五十秒？陈果抬腕看了一下表，绝对不到一分钟。结果呢？刚才自己连输五十二局的对手被这人不到一分钟就给"荣耀"掉了？

陈果甚至忘了冲上去抢回账号，她盼着这人能再打一把让自己好好看看，结果却是看到那人很是熟练地就已经退出了游戏。伸了个懒腰，好像对电脑没太大兴趣似的，东张西望了起来。这一扭头，正看到陈果瞪大眼睛在望着他，连忙解释："你刚没退游戏，我坐下战斗已经开始了，帮你打赢了，放心吧！"

"用了多久？"陈果问。

"四十多秒吧！"叶秋说。

陈果张大了嘴，对方却还略带遗憾地说："手冻僵了，不然的话三十秒就够了。"

三十秒……三十秒就能击败自己五十二局都拿不下一局的对手，这得是什么人啊？

难道是嘉世战队的职业高手？陈果突地想起。她知道嘉世俱乐部离她的网吧可不太远。可转念又一想，嘉世战队的人她能认出来啊！除非这人是那个从不露面的高手叶秋。

叶秋！一想到这个名字陈果激动了，但想到这个高手向来低调，自己扑上去问的话人家多半不会承认，踌躇了一下后，陈果突然想起什么，飞也似的跑回了前台。

"C区47号机的客人，登记的什么名字？"陈果问吧台小妹。

"叶修。"小妹说。

"叶修……叶秋吗？果然！"陈果激动了，在她看来这真是此地无银三百两，这样才说明这人就是叶秋，他要真写个叶秋上去，自己反倒不信呢！

"嘿嘿嘿……"陈果的笑容那叫一个阴险，她已经准备搜刮可以找到的所有东西去找这人签名了。叶秋的签名啊！谁有？谁都没有！

正想呢，小妹却又随口补了一句："他的身份证都忘这儿了。"

"身份证？"陈果听了一怔，这才意识到自己兴奋得糊涂了。网吧登记是要实名制的，肯定要出示身份证，哪有人能用假名登记？

"身份证呢？我看看。"陈果从小妹手中接过身份证一看，果然实实在在地写着叶修，顿时一阵失望，非常有把这修字改成秋的冲动。

得知这人并不是自己仰慕已久的低调高手后，虽同样好奇这人的实力，但兴趣却已经一下消了大半。陈果悻悻地回到C区47号处，把叶修的身份证递了回去："你身份证忘了拿了。"

"哦，谢谢。"叶修连忙接回，"你是网吧的？"

"嗯，我是这儿老板。"

"哦？老板，那太好了，我刚在你们这网吧的网页上看到，你们招网管是吗？"叶修问。

"啊……是啊……"陈果没想到这人突然来了这么一句，她正想着怎么让这人和自己切磋一把呢，这样倒是很有借口了。

"我看了，觉得条件我都符合，工作和待遇我也没问题，怎么样？考虑一下吧老板。"叶修说。

"哦，那你还得荣耀单挑赢我才行。"陈果说。

"啥？有这条吗？"叶修反过身去看。

"不用找了，我新加的。"陈果说。

叶修一怔，随即也明白过来自己刚才那把赢得太职业，这美女老板是对自己的实力有了好奇。只可惜……叶修苦笑着摇了摇头说："我赢不了你。"

"为什么？"陈果一怔。

"因为我没有可以赢你的账号。"叶修说。

"账号……你号几级，什么装备？"陈果问。

"没级，没装备。"叶修说。

"不会吧？"陈果有些不信，四十多秒就击败自己打不过的强敌，这样的人只有一个没级的新号，那水平是怎么练出来的？

"原来的号送人了。"叶修只能如此说。

"哦，这样啊……你倒大方。"陈果感慨，这人实力这么强，账号一定也不弱。厉害的账号那可是很值钱的，随便就送人，很豪迈。

"是啊，太大方了。"叶修苦笑。自己交出去的账号可是斗神一叶之秋，只用"大方"两个字来形容，说实话真是太小气了。

"是准备去新区玩了吗？"陈果问。

"新区？"叶修一怔，看了一眼今天的日期，恍然。

明天是荣耀运营十周年纪念日。荣耀从两周年纪念日开始，在每年的纪念日这天零点会开放一个新区。第十版账号卡的销售从三个月前就已经开始。在老区玩得不顺心的老玩家、准备进入荣耀的新手，都已经准备好了新区账号，对这个日子翘首以盼。

如今开放的已是荣耀十区，遥想一叶之秋那还是荣耀一区的账号，后来在荣耀更新第五章《神之领域》时，和诸多高手一起达到标准，完成了技巧挑战，成了首批拥有神之领域准入资格的玩家和账号。

如今一叶之秋已经易主，自己的荣耀职业生涯也告一段落，却碰巧遇上了一年一度的开新区，叶修的心思被触动，十年往事突然一起涌上心头。

"新区吗？"叶修喃喃自语。

"我记得在新区开放前是可以办理转区的吧？"叶修忽然问陈果。

"1级的空号才可以。"陈果说。

"那我来试试。"叶修说着从口袋里掏了张账号卡出来，飞快进了荣耀转区申请的页面。陈果望着这张账号卡很是惊讶："这不会是首版卡吧？"

"是首版卡。"叶修笑笑，荣耀的账号卡一年一版，首版卡距今那可就要接近十年了。

陈果诧异地看着叶修："你玩荣耀多少年？"卡是死的，人是活的，卡有十年，人则未必。

"快十年了。"叶修的回答证实了他是人卡合一。

陈果游龄五年就已经觉得挺老资格了，没想到眼前这家伙竟然比自己足足多出一倍。十年，那是荣耀第一批玩家啊，能一直玩到现在，还有兴致去新区，这是怎样的一种精神？

说话间，页面上已经显示"转区成功"。

"成了。"叶修抽回了账号卡，握在手中，瞬时又想起了这张首版卡所包含的点点滴滴。

"你说你想当网管？"一边的陈果忽然又说起了这事。

"是。"叶修连忙从回忆回到现实。

"你看的是哪一个？"陈果问。

"夜班那个。"叶修说。

"哦，你行？"陈果意外。夜班那个，是每天专值晚十一点到早七点的夜班，月薪比其他的要多三百块，但很少有人应聘。毕竟天天日夜颠倒很多人是不乐意的，所以陈果这边目前是大家轮换，这要真有人应聘了这个专职夜班的，大家倒是都解脱了。

"行的行的，我就喜欢夜里忙活。"叶修说。

陈果仔细地打量了一下眼前这人，头发胡须至少半月没打理过，脸有些虚胖，虽白净，却是那种病态的苍白，两眼正盯着自己，有些没精打采。这模样她见得多了，频繁来他网吧通宵的少年仔经常就是这么个模样，眼前这家伙年纪可不小，居然也这么颓废！鄙视。

鄙视归鄙视，有人愿意做全职夜猫陈果还是很欢迎的，更何况她也在好奇这人十年游龄的实力，当即就拍了板："行，那就收了你了。"

"多谢老板。"

"条件你都看清了，就照那个来。"陈果说。

"没问题。"

"那行，跟我来吧！"陈果做事干脆，收了叶修，立刻就开始把叶修当员工使唤，支使着他把今天新到还没收拾的一堆新键盘搬二楼储物间。

陈果的网吧叫"兴欣网络会所"，算是比较高档的网吧，上下两层，机器上千，二层地方稍小，但明显更豪华，是高档区。而且内有洞天，藏着一套两室一厅的套间，储物间也是在这套间里。叶修忙上忙下地搬键盘，已经考察了这套间。那招聘上可写了：包吃住的。叶修这刚好离开了俱乐部，下一步去哪也没想好，包吃住这样的条件对他来说等于安排了一个落脚点，这才对这网管职务感了兴趣。

现在看来，这套间大概就是"包住"的地方了，装修的虽简单，但干净整洁，非常不错，叶修很满意，一边想着一边把最后数套键盘搬上来摆放好。

"行了，这儿就是你的住处了。"看叶修干完了活儿，一边的陈果当即一指储物间里挤着的那张低矮的小床说。

"啊？"叶修一怔，他幻想的居处是外面那窗明几净的套间啊，哪怕是客厅沙发也好。这里……叶修抬头看了看，小储物间里就西墙顶上有一扇小窗，好像还正对着外面马路上的路灯，把储物间灯一关，小窗上立刻灯光昏暗，跟闹鬼似的。

"呃，这是差了点，你先将就吧……其实我这网吧现在有你不多，没你不少，不是很缺人，你看到的那个招聘都是挺久以前的了。"陈果说。

"哦，这样啊！没事没事，这儿挺好的。"叶修当即表态，不以为然的态度倒让陈果有些过意不去，这小小的储物间的确不像是个住人的地方。

"平时没事，就下边玩玩电脑什么的，没关系，自己人不收钱。"陈果说。

"老板你也很大方啊！"

"嗨，千多台电脑，差那一台啊！"陈果说。

"平时客流怎么样？"叶修问。

"还不错，反正我很满意。"陈果说着，"当然你值的夜班人是比较少的，大多就是附近大学跑来通宵的大学生，你其实没啥事，就是看看场子。"

"明白。"

"怎么着，为了适应新工作，今天晚上就通个宵怎么样？我也考查考查你，看看你的通宵能力怎么样。"陈果说。

"没问题，能力全满。"叶修朝陈果竖了两个大拇指表示通宵那正是自己的强项。

"那行，走，下去，接风请你吃个夜宵。"陈果说。

"哦？吃什么？"

"这时间也没什么了，马路对面有个小饭店应该还没关，你去看看，随便买几个菜回来，芹菜我不吃。"陈果一边说着一边在口袋里掏了两百块钱塞给叶修。

"下雪呢！"叶修说。

"就过个马路又不远，能浇多少雪啊？速度去。"陈果说。

叶修无奈，出门过马路买夜宵去了。这刚换了工作就被接连使唤，但心里却不觉有多郁闷。这女人随便和人聊几句就不把人当外人，这自来熟的劲道让人挺舒服，挺亲切。想到这时，叶修突然意识到，他甚至还没问自己这新老板叫什么名字。

第四章

神秘高手

"陈姐，你们又吃夜宵……"

买回了夜宵，陈果叫了网吧的员工们一起享用，菜香在网吧中肆意扩散，立刻引来上网群众的一阵哀号抗议。在一个晚饭都已经消化光了的时间段，突然闻到菜香味那不是享受，而是一种诱惑。

"要泡面的排队啊，不要乱。"陈果招呼。

"陈姐天天吃小灶，我们就吃泡面。"无法拒绝诱惑的群众只能拿网吧泡面解馋，看着人家的六菜一汤一脸的羡慕嫉妒恨。

"你要也想吃自己去对面买，别老想支使我的人去。"陈果说。

"下次您要去提前打声招呼，帮着带带也不成？"有人说。

"网吧多少人，带得过来吗？废这么多话，真这么想吃又懒得买，去要对面一电话，人家会不愿意送吗？"陈果说。

"陈姐有电话？借来抄一个。"有人说。

"我要电话干吗？我有人可以支使，干吗还要麻烦人家？"陈果说。

这次不只上网群众，网吧工作人员也跟着一起泪流满面了。叶修找到了机会，顺势问："老板姓陈啊？"

"嗯，陈果，我看过你身份证了，你没我大，叫姐我不介意，你也不吃亏。"陈果说。

"随便吧……"叶修干笑。

"今天的鱼香肉丝好辣啊，小楚你都吃了。"陈果饭也没吃多少，吃了一口鱼香肉丝后就吸着气把筷子扔了喝水去了，抱着水杯回来踢了叶修板凳一脚："吃完没，速度。"

"急啥？"叶修问。

"快到点了。"陈果抬腕给叶修看表，此时是晚上 11 点 53 分，距离荣耀第十区开放还有七分钟。

"你也要去？"叶修有点诧异。他之前玩过陈果的账号逐烟霞，五区账号，如果是开新区当天开始算的话，那到今天正好满五岁。那账号和他们职业选手的顶尖账号当然是没得比的，但在普通玩家群中已经是很不错了，没那么容易说放弃就放弃。

"看看热闹。"陈果说。

新区开放的确是相当热闹，原本普通的一天，就因为一个新区开放，让兴欣网吧在这个时间段依旧生意火爆。放眼望去像是新区玩家的包场，所有人都已经打开了登录界面，鼠标停留在尚且灰暗的第十区上蓄势待发。

初入新区，抢等级榜、抢副本首杀、抢副本通关纪录，等等，太多的事情等着玩家们去做，开荒就是这么让人激动。陈果望着这些客人，也禁不住有些被这种氛围打动，但回头一瞅，叶修却依然在那悠闲地挑着菜丝，对这种气氛居然无动于衷，实在太没有一个开荒者的素质了。

"喂！你怎么还在磨蹭啊？"陈果看起来比当事人还要着急。

"急什么？"叶修是真淡定，不是假装。不可否认荣耀宣传造势运营的成功，荣耀玩家对于游戏中各项竞争排名是前所未有地在乎。这些东西靠的是真正的实力，而不是金钱或是运气就能随便砸到的。只不过，对于一个已经拥有过荣耀所有最高荣誉的职业老鸟来说，这些东西在叶修眼里可就有些平淡无奇了。

只是眼看陈果满脸的杀气，叶修考虑着还是得给老板面子，终于舍得放下饭碗，挺不情愿地找了台电脑坐下了。

"靠，好像是我逼他玩的一样，什么人啊这是？"陈果在叶修身后很没脾气地数落着。网吧的另几个员工都在一边偷笑。他们发觉今天这个新来的网管大哥好像有点不一样，能随随便便就让他们的老板陈大小姐没脾气，这可不是一般人能做到的。

陈果坐到了叶修旁边的机器，随手登录了她的逐烟霞。其他九大区的玩家人气并没有因为第十区的新开而降低多少，越老的区越是如此，实在是因为荣耀的一个账号想经营起来并不容易。陈果的逐烟霞用了五年时间才在普通玩家中算是翘楚，哪舍得轻易抛弃。更何况到最后大家都会冲着十大区的共同地图神之领域去。

这神之领域可不只是一张图，那根本就是另一个世界，地图之大比得上五个大区的普通世界总和，这里有更难的副本、更强力的装备、更珍贵的材料，还有更自由的风气。是高手，就总会在神之领域相见，这里才是玩家最终拼搏的热土。

时间眼看就要到达零点，最后十秒，网吧里竟然有人不由自主地开始倒数，跟着这声音越来越大，最后一声"0"爆发出时，就见登录窗中的第十区一闪已经褪去了灰暗，网吧众人的动作那叫一个整齐划一，集体伸手将账号卡插入了登录器，鼠标点下了第十区。

陈果扭头望向叶修，结果险些没喷口血出来。人家都在抢入游戏，这家伙却是点开了一个网页在那优哉游哉地看着，抬眼一瞅，竟然是什么新手任务流程攻略。

"靠，你连这些都不会？还要看攻略？"要不是那张货真价实的首版卡，陈果打死也不会相信这家伙拥有十年游龄。

"这个新手的东西真的好多年没碰过了，哪里还记得啊！"叶修不紧不慢地说。

"难道你从来没带过新人，没指点过新手？"陈果说。

"这方面的……真没有。"叶修说。

"没有公德心。"陈果鄙视。

"是没有时间。"叶修说。

"没时间的人不会来玩游戏，玩游戏的人就是在打发多余的时间。"陈果说。

"我就是在忙着玩游戏。"叶修认真地说。

"那你的工作呢？"陈果说。

"玩游戏啊！"

"哟，还是个职业玩家呢？"陈果说。

叶修笑笑："还是挺高级的那种。"

"挺高级的？职业选手？"陈果一怔。

叶修自豪地点头。

"退下来了吧？"陈果说。

"你怎么知道？"

"废话，你这个年纪了。"陈果说。

叶修苦笑。

"我说怎么四十多秒就能收拾了那家伙，原来是个职业级的，虽然是个半吊子。"陈果说。

"半吊子？"

"有名的职业高手我都知道，叶修？我可从来没听过，不是半吊子是什么？"陈果问。

"哈哈，原来是这样。"叶修笑。

"别装了，其实你也不是退役的，是没能竞争到位置，被淘汰的吧？"陈果说。

叶修默然。

"不好意思啊……"陈果意识到这话有些戳到对方的伤心处了。

"没关系。"叶修叹了口气。

"别灰心，二十五岁不算太老，好好练练，重新再杀回去。"陈果说。

"正有此意。"叶修笑。

"真要有那一天，我还有事要拜托你。"陈果说。

"什么事？"

"签名。"陈果说。

"这个何必要等那一天，我现在提前给你签好吧！"

"臭美啊！谁要你的签名了，我是拜托你帮我搞到我偶像的签名。"陈果说。

"哦？谁？"

"苏沐橙，还有叶秋，叶秋的可能难点，那家伙喜欢装神秘。"陈果说。

"是这样吗？"叶修泪流满面，叶秋同志正在和你面对面聊天啊

98

姐姐。

"是的，他几乎从不露面。我说你虽然只是个半吊子，也是混这圈的啊，这都不知道？"陈果说。

"知道啊，我当然知道，告诉你一个秘密，其实我就是叶秋。"叶修说。

"是吗？我也告诉你一个秘密，其实我是苏沐橙来着。"陈果说。

"我真是叶秋。"叶修哭。

"我真是苏沐橙。"陈果说。

"我……"

"行了不和你逗了，看你的攻略去吧！"陈果一挥手，她倒是不再为叶修不紧不慢而上火了，这是混过职业圈的人物，就算是被淘汰的，用得着自己来操心吗？

但在视线回到自己的屏幕上之后，陈果却还是忍不住说了一句："其实你新手任务有什么不清楚的地方，问我就行了。"

"我想研究一下，只把奖励是属性点和技能点的任务做了，其他任务奖励无非就是经验和装备，那不如去混副本更快一些。"叶修说。

"对嘛，这才像是一个老鸟的思路，不过你不用自己研究了，把你看的那篇攻略翻到末页吧！"

"哦？"叶修听了点到末页一看，顿时一阵惭愧。想想也是，这新手任务的东西十年都没怎么变过了，那是被玩家吃得透得不能再透的东西。像他这种只做有价值任务的思路，那一般的老手都会选择，又怎么会没有人总结出这样的攻略呢？此时摆在眼前的就是他所需要的攻略。叶修当即准备照着攻略去领取任务，瞬时就泪流满面了。自己是被誉为荣耀教科书级别的男人啊！现在竟然在对着新手攻略做新手任务，这让人情何以堪！情何以堪啊？！

第五章

技能搭配

任务领得也挺坎坷，新开区这叫一个人多。荣耀历史上曾经在第二区开放时有过人多到挤满新手村，导致在线的玩家无法移动，不在线的人挤不上线的情况。所以自那以后，新开区时荣耀都会临时添加新手村若干来分流人群，第二区开区时的惨剧终于没有再重演。

这次第十的准备也很充足，每个新手村均分了蜂拥挤进线的玩家。放眼望去人虽多，但远没到人满为患。可是到了领任务的 NPC 身上却又是另一番光景了。大家都是要找这一个 NPC 领任务，一拥而上顿时挤成了团。荣耀里可不会有身体重叠或是穿越什么的，于是就见人围了一圈又一圈，里面的出不来，外面的进不去，好多玩家蹦蹦跳跳的，试图从别人的头顶上越过。但这才进游戏的 0 级小号，跳跃能力都很差，高度根本不够，放眼望去让人禁不住想起"蹦蹦跳跳真可爱"的美丽儿歌。

这样的局面再强的高手也是束手无策，旁边的陈果看得却是乐不可支，一脸的"我就知道会这样"，末了扫了眼叶修的角色，倒是把他的名字先记下来了：君莫笑。

在无数玩家的不断刷屏呐喊声中，局面渐渐有所好转，怎么解决？就是让出一条出口，让里面领完任务的玩家能出来，那局面就能继续了。

叶修指挥着君莫笑艰难地把任务都领了一遍，开始逐个完成。新手村嘛，主要是让玩家适应游戏的环境和操作，任务都带教学性质，叶修当然不至于还要这手把手的辅导，在又经历了抢怪、排队、挤人等，反正都是人多造成的问题后，第一拨能完成的任务总算是都完成了。过程中陈果时不时观摩点评一下，最终这些简单到爆的任务全部完成竟然足足用了两个小时，让叶修也忍不住感慨：高手算什么？在人民的海洋中，高手就是那浮云。

"终于清完了，7级了。"叶修交掉最后一个任务后又提升了一次提级，扭头跟陈果说着，结果就看到陈大小姐都已经歪倒在靠背上睡着了，脑袋还是朝着自己屏幕的方向呢！

就这还考查自己的通宵实力？叶修鄙视了一下，脱下外衣随手扔到了陈果身上，回身接着自己的开荒之旅。

翻开面板看看，这一拨任务完成后，君莫笑已经拥有了 340 个技能点。

荣耀中学习和提升技能都需要技能点，不同技能所需不一，从 10 个到 50 个都有。目前一个 70 级的满级角色，做完常规的任务，可以拥有 4000 个技能点。但这并不是技能点的上限，技能点的上限是 5000。但余下的这 1000 就需要一定的运气和实力才有可能得到了。

荣耀十年，目前还没有一个账号拥有 5000 个技能点，哪怕是被称为斗神的一叶之秋这个顶尖账号，技能点也只达到了 4840 点，还差着 160 点。160 点说多不多，说少也不少，全用在需要 50 技能点的大招上，可以多学三个大招，或者是将一个大招提升三个层次。对于一个顶尖高手来说，这是很大的一个优势了。

所以在新手任务时，经验装备奖励的任务可以忽视，技能点却不能不要。除此之外就是奖励属性点的。荣耀角色有四个基本属性：力量、智力、体力、精神。

力量影响物理攻击、防御、负重一类的属性；智力则影响法术攻击、防御、法力的多少；体力自然是影响生命的多少以及角色的耐久；精神则是提升一些状态技能的效果以及对异状态的抵抗能力。

四大属性随着角色等级的提升自然成长，只有在 20 级转职后会有各职业不同的成长率。至于任务方面的属性奖励，那是一视同仁的。力量的就是力量，智力的就是智力，力量系的职业你可以只去做给力量的任务，但同时给智力奖励的任务也欢迎你。

也就是说，如果没有转职后的成长修正的话，那么一个满级的账号，完成所有任务后，四大基本属性是完全一样的，不会有半点差异。所以该完成的任务必须全完成，以后再靠装备提升自己需要的属性。

所以此时对属性没什么可关注的，叶修看过面板后，立刻就让君莫笑揣着技能点去学技能了。

荣耀20级转职，20级前人物无职业，或者可以说是全职业，所有职业系的技能都能学，只要有足够的技能点。这也是方便玩家全方位的体验，从而在20级找到自己感兴趣的职业，随后的20级转职系统会还原技能点，重新学技能。但转职后就只能学习本职业的技能，休想再万金油了。

叶修不记得新手任务怎么做，不记得新手的副本怎么打，但新手的技能却不会忘。荣耀的技能平衡性极好，最低级的技能也自有它的作用，每个人都可以根据自己的喜好选择出一套自己的技能组合。毕竟技能点是有限的，正常情况下满级的4000点技能点不可能把所有技能学到满级，5000点也不可能，所以必须要有所取舍。

在技能的取舍方面，叶修这样的大高手自然是很有自己的一套了。他的一叶之秋职业虽只是战斗法师，但他本人被誉为教科书级别，那又岂是只会一个职业的？那必然是全职业精通才有资格。

叶修几乎想都没怎么想，就先跑去通用技能师那里学了两个5级可学的通用技能：疾跑、翻滚。

通用技能就是所有职业都可以学习的技能。叶修所学的这两个技能都很便宜，每个10技能点，让角色多出两种移动选择。

疾跑是提升移动的跑速，技能无冷却，但必须消耗耐久。耐久消耗光自动回到普通跑速。回复耐久需要行走或是静止。行走回复慢些，静止快些。

至于翻滚顾名思义，那就是让角色可以进行翻滚移动，前滚后滚左滚右滚斜着滚走着滚普通跑滚加速跑滚随便玩家，同样没冷却，但需要消耗耐久来完成。

随后去学习的职业技能叶修也是早有把握，很清楚目前这阶段哪些技能对他来说最实用。

首先就是天击，战斗法师技能。这种挑空技各系职业都有，性质都一样，就是攻击后让目标浮空，层次越高，浮空越高，伤害也越大，是最基本最常用的一个技能。叶修毕竟本尊是战斗法师，所以在挑空技上选择了战斗法师的天击。

　　再然后，龙牙，还是个战斗法师技能，直刺攻击，可令敌人进入短时间的僵直状态。叶修也是因为本尊职业的原因，顺手就学了。

　　这之后又学了神枪手的浮空弹，机械师的机械追踪，魔剑士的地裂波动剑，柔道的背摔，忍者的手里剑，剑客的格挡，元素法师的光电环，圣言者的治疗术。

　　这些低阶技能所需技能点不多，都是20以内，加上君莫笑才7级，提升技能层数也有限，最终340个技能点还有富余。叶修没有再去多学技能，在他看来这些已经足够应付当前的所有场面。

　　不过这套出自顶尖好手的技能组合，如果让寻常玩家看到了，一定会笑的。

第六章
千机伞

君莫笑技能选择可笑在哪里？

第一，低等级阶段很快就会过，在这个阶段细心搭配技能完全没必要，好多人干脆就是空白一片，直接让人带到 20 级转职再说。

第二，虽然 20 级以下是给玩家体验全职业的，但从进游戏开始，一般玩家心中都会有个大概的，法师系、剑士系，或是枪手系？这样的大方向是有的，但叶修的技能组合呢？竟然是跨越全系。不错，20级以下学习技能是不受限制，但使用却是有限制的，因为武器。

如神枪手的浮空弹，在当你手里拿的是剑士系的刀剑时，那是无论如何也无法使用的。所以像君莫笑这样的技能加法，背包里得带齐了所有职业系的武器，换来换去很是麻烦，只是初生的 20 级阶段，找这么多麻烦，那不是找罪受吗？除非是曾经流行过的散人。

什么是散人？没有职业就是散人，但是那已是满级 50 那个年代的事了，在提升了等级上限，出现职业觉醒任务后，散人这种玩法就已经消失了。如今的玩家看到君莫笑的这套技能，根本不会想到什么散人，只会想笑。

叶修却好像没想到这一点一样。君莫笑的身上现在只有一把白板的青铜剑，而且在学完技能路过杂货铺的时候，叶修竟然让他把这唯一的武器也卖掉了。

随后他径直走到仓库的储物箱，打开箱子，里面竟然躺着一件装备。

能转区的号本该是空号，空号的意思，就是经验、金钱、背包、储物箱，包括邮箱，都得是空的。

然而君莫笑这个刚刚转入十区的账号，储物箱里竟然夹带了一件装备。

没人知道这是怎么回事，但这一切却好像早在叶修的意料之内。他知道在这里能找到这件装备，但是，在找到的这一刻，叶修的神情上却看不到丝毫的喜悦，反倒是布满了哀伤。移动鼠标的右手又一次出现了罕见的颤抖。上一次这样，是在失去一叶之秋时；这一次，却是要取到这件装备时。

鼠标移上。

千机伞，等级5。

重量2.3千克，攻速5。

物理攻击180；法术攻击180。

没了，简单得连附加属性都没样，简直就像是一个白板武器。但千机伞的字色可一点都不白，而是银色。

荣耀装备等阶看字色就知，分橙紫蓝绿白。白装是无附加属性的，绿装多是任务给的过渡装，蓝装副本BOSS必掉，一些任务也有，是比重最大的主流装备。至于紫装和橙装就是高端货了，或人品或金钱，总要有点突出的地方才有可能获得。

千机伞银色的字色却不属于这五色。如果此时陈果醒着看到，她一定会惊讶。银色，那是自制装备的独有字色。自制装备是荣耀的一大特色，并不是游戏中的生活制造技能，而是靠游戏的一个装备编辑器做出的装备，属于高端内容。

在荣耀中有一句流传很广的话：自制装备未必是最强的，但最强的装备一定是自制的。

自制装备，正是可以超越史诗级橙字装备的存在，在职业联盟中，各俱乐部都拥有专门的团队，投入资金研究自制装备。斗神一叶之秋，手中就握有自制银武，战矛却邪！是荣耀中赫赫有名的一把武器，独此一家，绝无分号。

自制装备的特点，决定了它很难复制，每一件都是独一无二的。只不过它有可能是一件独一无二超越史诗的巅峰之作，也有可能是一件独一无二的垃圾。

千机伞呢？到底是垃圾还是极品？如果陈果醒着，如果她了解武器的属性，那么她立刻就可以判断出。

极品，千机伞是真正的极品，是像却邪一样超越同级橙武的极品。180的物理和法术攻击，这相当于一件10级的橙武，而且差不多是各系攻击最高的橙武。但攻击最高的武器，往往重量大，攻速低。千机伞的重量却不高，而且有着5的普通攻速，就算是和10级的橙武比，凭这点也足够完胜。

不过它的缺点也很明显：千机伞只有基本属性，没有任何附加。此外，5级，这是个一晃而过的等级，转眼就会落伍的等级。

叶修却没有在意这些，因为他知道这把千机伞着实是天才之作。经历过无数次的实验和失败，能做出这把5级的千机伞已经是莫大的成功。自制武器的特点，就在于掌握到思路和方案后就可以不断地提升，所以自制武器没有过时一说，靠装备编辑器可以让它不断地提升。

叶修轻轻地将千机伞取出，放到了君莫笑的手中。"开始吧！"他低声说了一句，随即控制君莫笑朝新手村的副本格林之森走去，看起来倒很像君莫笑听到了他的话一般。

格林之森是个五人副本，5级准入，10级以上成绩无效，意思就是不能参与各类榜单的比评。由于新手都是随机分布，所以虽然很多玩家呼朋唤友同来开荒，此时却一时间还聚不到一起。副本外以野队居多。叶修控制着君莫笑刚一到这儿，就已经接到了不少邀请，叶修也不怎么细挑，捡了个只缺一人的队伍就加进去了。

"齐了齐了齐了。"刚进队叶修就看到这个叫月中眠的队长在队伍里嚷着。

"出隐藏BOSS怎么分配？"叶修问了一句。

"唔，很有理想嘛！"从月中眠随口的感慨中便可以看出这人并不是真的新手，至少他没问什么是隐藏BOSS。

隐藏BOSS是在组队模式下进入副本才有概率遇到的，系统会在进副本的一刻给予玩家提示。隐藏 BOSS 的实力一般比副本的最终 BOSS 还要强横一些，更会爆一些普通 BOSS 不可能产出的装备或是物品。

像叶修这样顶尖的职业水平，其实完全有能力一个人单通这小副本。他组队，就是冲着这组队才会遇到的隐藏 BOSS。因为他需要隐藏 BOSS 掉出的材料，那些是千机伞继续提升肯定会用到的。叶修很清楚，比起让君莫笑升级，将千机伞提升上去才是更高难度的事，他决定从现在就做起，两手一起抓。

像格林之森这种低端副本，再好的装备也是很快就会被淘汰的，所以没什么价值。除去经验，这里比较诱人的就是隐藏 BOSS 掉的材料，这些材料是永远不会过时的，就是放在老区，也有大号为了这些材料来格林之森带新人撞隐藏 BOSS。

月中眠显然也知道这点，所以很快就宣布了隐藏 BOSS 的分配方案："那玩意儿掉的可都是钱啊，出来就大家摇骰吧！"

"成。"也只能是这样了，出了好东西就给自己？这只是个野队，完全没理由。

"好，都准备好了就进本。"月中眠敲了一句，在得到众人的肯定答复后，进入了副本。

叶修之前要和坐在旁边的陈果说话，所以一直没用耳麦，此时取来戴上，副本刚一进入，就听到一个声音在里面吼道："我靠，什么人品，说隐藏就来隐藏啊？"

第七章

暗夜猫妖

荣耀是直接支持语音的，而且非常逼真，就一个频道：当前。人物之间距离的远近会直接影响声音的大小，系统自有一套声音传播的运算。游戏里没有背景音乐，有的只是风吹草动的各类真实音效，这一戴上耳机，身临其境感十分强烈。

嚷嚷的人叶修估摸着是月中眠，他也已经看到了系统对于出现隐藏 BOSS 暗夜猫妖的提示。叶修敲了个"呵呵"发出后，就听到月中眠的声音："说话呀，打什么字？"

"有人在睡觉，不方便。"叶修如是敲上了字后，从口袋里掏出烟来，娴熟地一抖跳出一支烟，叼进嘴里歪头点燃。

"哦。"月中眠表示了理解，跟着问道："其他人呢？"

其他三人相继发言后，月中眠首先表示了失望："没有美眉啊！"

一片笑声中，队伍出发。

格林之森是个让新手玩家进一步熟悉游戏的小副本，难度能有多大？更何况月中眠显然不是新人，一路指挥，杀得很是顺畅。叶修让君莫笑一开始施展了两个圣言者的治疗术后，立刻就被月中眠当圣言者使用了，成了个纯辅助。其实在这种低级副本中没必要使用战法牧这种铁三角打法，但月中眠显然是这种打法下副本习惯了，完全就是按这套路来指挥的。他自己当着吸引仇恨的主 T，其他三人当伤害输出，君莫笑则被他任命成了后勤大总管。

在斯杀声与队友们的相互呼喝声中五人小队大步前进着，叶修手法老到，走位风骚，得到了队长的大肆表扬。叶修此时的心思却是一片恍惚，上一次和伙伴们一起下副本是什么时候的事了？这样的感觉已经多久没有了？

看着小怪一个一个地倒下，叶修的心思浮动着，他能回忆的实在是太多了，格林之森的冒险，让他甚至回忆到了十年前。

那个在荣耀初开便和自己相识的好友，那个彻夜不眠和自己大谈这个游戏的创新和未来的好友。他看清一切，说对了一切，打算好了一切，结果只因为一个意料之外的更新设定，梦想和希望就全都成了泡影，只留下了这把未完成的千机伞。

"你本该是荣耀最有天赋、最有成就的人才对……"手指在键盘上轻轻抹过，鼠标一抖，君莫笑一个回复术已经准确地加到了月中眠身上。在月中眠大赞这一加及时的时候，叶修的心思却完全不在游戏里。

"好了，接下来就是暗夜猫妖了。"月中眠砍翻眼前最后一只小怪后说着，叶修听到"暗夜猫妖"四个字，思绪立刻回转。隐藏 BOSS 未必是在副本全通后才出现，根据系统的指引，有时在中途的一个场景就有可能会遇到。而叶修他们这一次，暗夜猫妖的确就要在此间出现了。

"暗夜猫妖攻击有概率让人进入诅咒状态。不过诅咒而已嘛，没什么可怕的，不过这家伙速度快，我拉住它可能要点时间，大家开始多撑一会儿，不要慌不要乱。"月中眠布置战术。

众人点头，叶修也没有多说什么，月中眠的说法没有什么不对的地方。

"目前还没有系统公告呢，同志们，我们很有可能成为十区副本隐藏 BOSS 的首杀！"月中眠语气激动地给大家鼓劲。

"前进。"月中眠一声令下，五人继续前进。本就幽暗的格林之森因为天顶上一片乌云遮住了太阳变得更加昏沉起来，众人的脚步踩在林间发出的声音格外清晰。没有人说话，所有人全神贯注地留意着周围。

"阳关，你不要老看天，暗夜猫妖不可能从天上掉下来。"月中眠忽然来了这么一句。荣耀是第一人称视角游戏，屏幕所显基本就是一个真实的人类视角。由于细节出色，当移动视角看天时，角色肯定是要抬头的，月中眠看到队员阳关总是抬头望，忍不住批评。

"哈哈哈。"众人的一片笑声中，叶修忽地听到林边传来急速的沙沙声。这种声音不是脚步，而是身子和枝叶的摩擦声。

"来了。"叶修眼看打字可能会迟，连忙含糊地喊了一声，他这嘴里还咬着烟呢！与此同时手指轻轻弹了两下，君莫笑后跳转身一气呵成，已经对准了暗夜猫妖袭来的方向。

众人看到君莫笑的举动，知道是这位一直一言未发的兄弟关键时刻出声做出了提示。

"都退后。"月中眠喊了一声，他却不退反进，是想让自己直接成为暗夜猫妖的第一攻击目标。

其他三人也退后站位，和君莫笑并排，和月中眠保持了数个身位。所有人屏息凝视，但暗夜猫妖穿梭林间的沙沙声竟然也在这一刻停止了。

"怎么……"队员阳关刚刚说了两个字，"嗖"，一道黑影已从林中飞出，伴随着一声尖厉的猫叫，第一击倒真是扑向了站位最前的月中眠。

"来得好！"月中眠丝毫不惧，挥剑就上。暗夜猫妖体积小，移动快，这种怪非常考验玩家操作的准确。这四名玩家的水平叶修早看在眼里，估摸着月中眠拉稳暗夜猫妖可能要点时间，他甚至有点怀疑最终有可能是自己给他治疗的过程中把仇恨抢过来。不过那样也没什么，应付一个暗夜猫妖叶修一个人都够。

结果月中眠人品爆发，这一剑时机把握相当准确，将扑在空中的暗夜猫妖砍了个正着，而且随后一个侧滚，避掉了猫妖这一扑，省了君莫笑已经准备好的一个治疗术。

暗夜猫妖中剑扑空，但反应极快，翻身一爪就又挠了过来，月中眠竖剑身侧一挡，"当"一声响，剑磕猫爪，月中眠身子向后滑出半步，随即便是扬剑一记上挑。

漂亮！叶修忍不住心中赞道。月中眠这一记剑客技能格挡使用的时机恰到好处，反击的这个上挑也是丝毫不见拖泥带水，显然操作娴熟之极，原来自己看走眼了吗？这个月中眠的水平在自己判断之上啊！

月中眠上挑攻击后猫妖浮空，跟着一个连突刺，地裂破动剑，最后一记鬼斩划出一道暗紫色的刀光将暗夜猫妖劈飞出去，这一串连击让众人大声叫好。月中眠却不敢大意分毫，追上去接连又是两剑后，出声大喊："开杀。"

三位输出的队员早准备好了，立刻挥着武器施展开了自己所学的技能，月中眠也不再左躲右闪和暗夜猫妖周旋，开始靠君莫笑的治疗术相抗，以便把暗夜猫妖控制在一个稳定的位置内。

局面保持得很好，暗夜猫妖被扁的浪叫声在林中是一波接着一波，众人甚是兴奋，那三个真正的新人也已经在一路上从月中眠那儿了解到了隐藏 BOSS 的价值。众人满是期待地狠扁暗夜猫妖，叶修的心中却在此刻起了一点异样的想法。

"红血了，治疗术跟上。"暗夜猫妖的生命很快被杀到了十分之一以下，这个状态被玩家习惯性地称之为红血，许多 BOSS 在红血状态下都会有些新花样。格林之森只是新手副本，BOSS 都没这特殊才能，但暗夜猫妖可不一样，人家是隐藏 BOSS，没这才能对不起它这头衔。

不过暗夜猫妖的变化比较简单，就是狂暴，让自身的攻速和伤害提升一些，所以这个时段治疗的压力会大一些。

叶修估摸着以月中眠的水平，这个时候不要死撑，做做闪避，杀完这十分之一难度并不大，谁知这家伙继续一根筋地和暗夜猫妖死抗，而且反击得看起来有些手软。

"没蓝了？"叶修扫了一下队伍面板，显然不是这个问题。那么这个月中眠突然变得有些不给力，可就有些印证自己之前的想法了。叶修正准备出言提醒，就听得月中眠大叫了一声："我 ×，OT 了！！"

第八章
鱼死网破

就见暗夜猫妖突然飞身而起，撇下了一直在攻击的月中眠，一爪挠向了旁边另一个正在攻击的队员阳关。

"啊，对不起！"阳关新人一个，哪里避得开如此快速的一击，就这还急忙道歉呢，全因为月中眠一路给三位新人上课，向他们灌输OT肯定是输出的错，不可能是MT的错的队伍纪律。

"停，你不要攻击了。"月中眠连忙制止了阳关还击的打算，冲上来想抢回仇恨，谁知就这么一会儿，暗夜猫妖挠了阳关几下后又一个飞扑挠向了另一名队员。

"连环OT！你们玩我呢吧？"月中眠很是恼怒地咆哮着，那个被攻的队员也是手忙脚乱，而且他是个穿布衣的法师玩家，被狂暴后的暗夜猫妖这一挠可不得了，血掉得哗哗的。叶修反应超快，第一时间就让君莫笑开始对他进行治疗，但无奈有些东西并不是靠技术就能解决的。一个布衣法师，抗着狂暴后的隐藏BOSS，即便有人治疗又能坚持几秒？

答案很快就出来了，是七秒。君莫笑的治疗术那还有冷却呢，狂暴后的暗夜猫妖的挠抓撕咬却是一气呵成，月中眠扑去抢救，却也没来得及抢回仇恨，法师队员一命呜呼。

荣耀里，副本过程中死亡就离开副本，没有跑尸体重来一说，也就是说，原本的五人队，死一人，那就是一个四人队。

"靠，排着队OT，你们弄死我得了！！"月中眠崩溃中。那法师挂了后，猫妖的仇恨也没回到他身上，而是很犀利地就抓向了第三人。

第三人同样是一个布衣法师，而这一次叶修索性就没让君莫笑去治疗他，他让君莫笑的治疗术又回到了阳关的身上。

用治疗术刷法师也不过能顶暗夜猫妖七秒，但这七秒里阳关却是要挂了。因为狂暴后的暗夜猫妖不只是攻速和伤害提高，而且会出现异状态：出血。

阳关就很不幸地被暗夜猫妖挠出血了，叶修一直注意着他的生命下降。此时再去治疗法师，不过是七秒，但七秒里阳关必挂，七秒后法师也挂。除非这七秒内月中眠能抢回仇恨。

叶修像是对月中眠失去了信心，直接放弃法师治疗起了阳关。这当机立断的举动让月中眠大为恼火，劈头盖脸地怒吼起来："治疗干吗呢？"

叶修没有回答，那边法师没有支援瞬间倒地了，在月中眠的骂骂咧咧声中，暗夜猫妖倒是很不含糊地直接扑向了阳关。

阳关心惊胆战，问了句："打吗？"

"打个毛打，尽他妈胡搞！"月中眠一肚子的怨气也不知是在怨恨什么，骂骂咧咧地过来追猫妖抢仇恨。

十三秒。

叶修的心中盘算出了一个时间，这阳关也不知是不是衰神附体，之前的出血状态刚停，这暗夜猫妖过来一抓就又是一个出血。这种攻击状态概率都是很低的，但阳关却好像被加持了百分之百概率的光环。诅咒、出血，暗夜猫妖能给的状态他全拥有了，除了一死别无所求。

十三秒，就是叶修能帮他撑住的时间，这个时间里月中眠抢回仇恨他才可能有救，那么月中眠呢？

开怪时那么犀利的月中眠，此时却总是手打滑，一剑又一剑地劈空过去，在不断的诅咒怒骂声中，阳关也终于倒下了。

暗夜猫妖总算是舍得攻击月中眠了，而君莫笑的仇恨排在了最后，全因叶修的技术太好，没有任何多余的操作，仇恨自然是被控制到了最小的范围。

"兄弟，挺住啊！还有蓝吗？"月中眠一边迎上一边给叶修加油打气。

"是你挺住才对。"叶修敲上了一句话。

"放心吧，两人配合好，拿下没问题。"月中眠气势豪迈地叫着，结果又是一个手打滑，一剑劈空，被猫妖一爪子正挠脸上。

"加加加加加!!!"月中眠狂叫。

没有反应，操作一直很好很及时的君莫笑，这个时候却没有把治疗术施加到他身上。

"不能加，会OT。"月中眠看到君莫笑打出了一句话。

"你……"月中眠猛然回头，看到君莫笑悠然地站在林外大树下，正冷眼望着他。月中眠心中意识到有些不妙，这个君莫笑可不是菜鸟，目前明明离OT还早，他怎么会判断错误？

"不会OT的，快加。"月中眠只能如此喊着。结果却依然没有任何反应。

暗夜猫妖一爪又已经挠到，月中眠的反应突然提速，横剑一封，一个隔挡拦下了这一挠，人物滑开后，立刻又是一记上挑，正是他开怪时那娴熟无比的一套攻击，月中眠的手突然又不打滑了。

但这一次，他的连击却没有那么顺畅，因为这已是狂暴状态下的猫妖，提速后的移动和攻击让月中眠的动作都有些跟不上了。上挑后的连突刺最终刺了个空，反被猫妖给咬了一口。

"快加啊!!!"月中眠急了，他虽然比布衣法师还有阳关都能抗，但又不是无敌。

"加什么？"

"加血啊！"

"加血是什么？我只看到你在出血。"

"你……"月中眠气蒙了。

"可惜了，你如果能够单挑隐藏BOSS的话，那倒是可以在开怪前就把分配模式改成队长分配。那样就算队员不满离队，隐藏BOSS也是你的囊中物。"

"不过很遗憾，你水平不够，所以还得依赖队员来杀BOSS，所以你故意控制好仇恨，在合适的时候放暗夜猫妖去OT，把队员全清出去，留下残血的BOSS独自解决，东西自然是万无一失地进了你的口袋。至于副本能不能通关，比起隐藏BOSS来说就太不重要了。"

君莫笑发出的两段话，让月中眠额头见汗，他没想到这个一路上只说过一句话的家伙竟然看穿了他的全部计划。不错，阳关他们三个正是他故意控制仇恨让暗夜猫妖 OT 去咬死的。原本计划这个治疗在连续疯狂治疗三人的过程中，仇恨也将上位，但他没想到君莫笑竟然放弃了对其中一个法师的治疗，难道说从那个时候开始这家伙就已经看穿了自己的计划吗？他知道没有办法能救下其他人，所以也故意控制住仇恨，让自己的仇恨排序上前，到时却不给自己治疗，让自己死在暗夜猫妖爪下？

"兄弟……"月中眠看出这人不是善茬，连忙开始劝说，"这时候了，咱别计较这个了，反正那三个人咱也不认识。现在合力拿下猫妖，东西各有百分之五十的机会拿到，不是挺好？"

"百分之五十？我更喜欢百分之百呢！"

"那好……"月中眠暗自咬牙，"材料一般不会是只掉一样，到时你先选件你需要的，我放弃，余下的咱们再摇点，装备也可以全让给你。"没有治疗的支援，月中眠知道自己肯定撑不下去，只好做出退让。

"这个，很难让人相信啊！"

"那你想怎么样？"月中眠连说话都提速了，他的生命已经被猫妖挠掉大半了。狂暴后的猫妖他根本应付不了，这儿还要分心和叶修谈判，那叫一个狼狈。他已经暗暗记下了君莫笑这个名字，他发誓一定要让这个家伙好看。

"我想怎么样你就别操心了，安心去死吧！"

"你……你疯了，我死了，你不也活不下去吗？到时东西谁也拿不到。"生命只剩四分之一了。

"老兄，没必要非要鱼死网破啊！！"生命只剩五分之一。

"白痴吗你是！"七分之一。

"君莫笑，你是不想混了吧？知道我们月轮公会的厉害吗？"九分之一。

"你完了！"最后一丝。

"你妹……"暗夜猫妖一爪下去，世界清静了。

君莫笑一直没有动手，但也没有脱战，暗夜猫妖摆平了月中眠后立刻朝着他扑来。

叶修微微一笑，左手指尖在键盘上飞快地跳过几键，右手鼠标一滑，屏中君莫笑千机伞挥出的同时伞面竟然突然被打开，而且开得十分夸张，伞面伞骨竟然直接逆翻上去，在伞尖收束并拢，此时的千机伞看上去赫然像是一柄长矛。

并拢的伞骨，已经准准地刺到了暗夜猫妖的身上。

战斗法师技能：龙牙。

第九章
叶修的双手

陈果其实并没有通宵的习惯。只不过今天新区开放，跟着看看热闹罢了，这看过以后很快犯困，往椅背一靠不由得就迷糊了。

这样的睡眠质量当然不高，陈果只是不想挣扎着起来罢了。这半睡半醒间，耳中不由得留意到了身边键盘混搭着点击鼠标的声音。这种声音对一个网吧老板来说很是熟悉，但是此刻陈果听到的却有些不同。这声音时急时徐，忽轻忽重，听起来极具韵律，陈果从来没听过能把键盘和鼠标敲得跟打击乐器似的，这是在做梦？

陈果猛然惊醒，定了定神，再一细听发现好像真不是梦，这声音就从自己的旁边传来，从那个今天自己刚刚招募到的新网管叶修手下。

陈果坐起身想看，身上覆着的外衣滑下，连忙抓住一看，认出是叶修的外衣。看不出这人还挺细心，陈果暗道，只不过，这外衣多久没洗了？貌似有点馊了。

陈果拎起外套坐起，正准备和叶修说话，却一下子呆住了。

一双足以让人泪流满面的双手就这样出现在了她眼前——叶修的双手。

这双手看起来很薄，手指修长，骨节不像一般男人一样粗硬，却也很明晰。指尖很细，指甲修理得干干净净整整齐齐，这点和这家伙有些邋遢的外表严重不符。

陈果原本不是一个对手太注意的人，不过后来网吧来了一个手长得很好看的姑娘，受其影响才渐渐开始留意。此时却是被叶修这双手狠狠震惊了一把。

手是完美的手，敲打出的声音也和音乐似的，可这操作……单看叶修在键盘上跳动着的左手，陈果只有一个感觉：手速好慢。

手速，即单位时间内操作的次数，一般是以分钟计，简称 APM。荣耀不是战略类游戏，玩家只是在控制一个单位，但是技能使用复杂，动作操作精细度很高，所以对于手速还是拥有很大的需求。

一个手速高的玩家，出招能更快，操作精细起来，每一下按键的力度和时间，都直接影响游戏中角色的动作幅度。这能让角色在战斗中更加富有变化。只不过这种变化的好坏还得加以区分，有些人只不过是为了让自己的 APM 看上去惊艳好看一些而不停地操作罢了，真正能把每一个操作做到有的放矢，而又能出现高 APM 的，无一不是职业级的顶尖选手。

APM 二百，这是目前荣耀圈里一个比较公认的分水岭，普通玩家 APM 飙到二百以上的，基本都是乱搞。就是职业高手要打出二百以上的手速有时也需要一些特别的战斗环境，至少对手不能太弱，需要拿出二百以上的手速来应对。

普通玩家的话，百分之七十的人手速在八十到一百二十这个区域，百分之二十五是连八十都达不到的手残党，另有百分之五，那就是能超过一百二十，不断向二百发起冲击的，普通玩家中的高手，据说其中也不乏能达到二百这个职业水准的。

陈果的均速在一百二十上下浮动，不过由于多数情况下能一百二十挂个零头，所以陈果坚信自己属于那百分之五，是玩家中的高手。

但此时的叶修，在陈果眼中看来都不用疑惑，这绝对是个连八十都不到的手残党。一注意到这一点，陈果忽然发现之前听在耳中极富韵律的操作声音也不见了，此时听到的就是一个手残党因为缓慢所以清晰的操作。

"难道是睡迷糊了……"陈果晃了晃脑袋，想再听出之前睡梦中的那种感觉，却发现怎么也回味不到。现在她注意的就是这手残级的操作，以及一双好看得让人嫉妒的手。

陈果只顾得看这双手，都忘了去看屏幕，不过没多会儿叶修的双手已经停下，陈果这才反应过来，朝屏幕上一看，立刻瞪大了眼睛：

"暗夜猫妖？"

说出这话的时候，暗夜猫妖已经从空中高高地飞落地上，摔出了一地的东西。

与此同时，陈果看到屏幕上的信息区闪过一排醒目的系统公告：第十区，暗夜猫妖首杀：君莫笑。

"靠!!"陈果一巴掌拍到叶修肩头，"有两下子啊！"不管手残不手残了，居然能杀到首杀，这是陈果混到现在也从来没有过的成绩。

叶修正专注地准备去看掉了什么东西，这一巴掌真是全无防备，差点没把嘴上叼着的烟头给吃了。结果就见一串银白的烟灰潇洒地落到了键盘上。本在叶修斜后偷窥他操作的陈果身子也探过来了，一看到此情此景，什么隐藏BOSS的首杀已经全忘掉了，当场拔了叶修的耳机在他耳边咆哮："谁让你在这边抽烟的？"

"啊？"叶修嘴里烟头还咬着没灭呢，他有些不懂陈果这意思。

"禁止吸烟没看到啊！"陈果指着墙。

叶修扭头仔细端详了墙上的标志两眼："开玩笑的吧？网吧不让抽烟？"

"这边是无烟区，抽烟去另一块。"陈果朝网吧另一角指。

"那我们过去。"叶修说。

"不去，闻烟味我头疼。"陈果说。

"那怎么办？"叶修像是遇上了天大的事一样为难。

"少抽一根烟你能死啊？"陈果怒道。

"不能，但会头疼。"叶修说。

"你你你……"陈果发现她开始认识这个叶修了。储物间那样的居住条件他可以很随便地接受，但这绝不能说明这人是个省油的灯。

"我自己去吸烟区吧，老板你去休息好了。"叶修此时说道。

"等会儿，你还没说你这首杀是怎么回事呢！"陈果说。

"没啥，队伍人都挂了，BOSS血不多，我捡了个现成。"叶修说得挺轻松。

"还有这好事。"陈果语气中还是带着羡慕的。这种低级隐藏BOSS的首杀奖励她倒是不怎么稀罕，无非就是多些经验多些钱，不会发什么极品装备，但这个纪录却是会永远留在榜单，成为这区服里传说般的一个存在，这种感觉是很多玩家都很喜欢的。对于大部分普通玩家来说，上这样的榜单也就是在新手期有机会。到了中后期副本难度提升，无论副本首杀还是隐藏 BOSS 首杀都需要一个稳定默契的高水平团队才有可能。等到了神之领域那就连这样的高水平团队都没机会，那边的纪录全都是职业圈里的专业战队在保持。

第十章
无耻之徒

"看看爆了什么？"羡慕之余，陈果凑上来看暗夜猫妖爆出的东西，"猫指甲五个，垃圾；猫皮胸甲一件，凑合穿着吧，低级装备无所谓；暗夜猫指甲两个，暗夜猫爪一只，暗夜猫眼石一颗，嗯嗯，这些都不错，隐藏 BOSS 材料，留着肯定能卖钱；技能书一本……我靠，你什么人品啊？"

陈果已经喊出来了，而叶修此时也是大感意外，居然在这最低级的隐藏 BOSS 身上就爆到了技能书，这得是多大的人品？

技能书是什么？不是用来学技能的，而是增加技能点的，看它橙色的字样就知它的价值，满 4000 技能点以后想继续提升技能点，这玩意儿是途径之一。但这东西不可交易，所以拿钱是收不到的，只能靠自己的运气。君莫笑刚捡的这本加的不多，是最少的 5 点，但从最低级 BOSS 身上爆出，依然是红得不像话的人品。

技能书装进包裹的一瞬就已经被使用掉了，此外暗夜猫妖爆出的材料中，暗夜猫眼石和暗夜猫指甲都是继续完成千机伞会用到的材料。叶修心情也是大好，跟着随手一选，竟然是让君莫笑直接退出了副本。

"你不打完啊？"陈果诧异，虽然队伍只剩君莫笑一个人，但新手副本嘛，能在这个低等级单通的人很多。虽然见识了叶修的手残级操作，但陈果可没就这样把他定位成低手。这人四十秒就杀败了她五十二局都无法胜过的对手，这战绩可发生还没多久呢！

"我要换机器啊！"叶修说着已经准备去退游戏了，陈果正扫着屏幕，突然伸手一拦："等等，这什么情况？"

只见屏幕的当前聊天窗被大片同样的文字刷屏占满，内容非常清一色。

"君莫笑无耻之徒，为了私吞隐藏BOSS，故意不给全队治疗害死全队。大家当心。"

"君莫笑无耻之徒，为了私吞隐藏BOSS，故意不给全队治疗害死全队。大家当心。"

这统一的格式中夹杂着一些其他鄙视和斥骂，虽然系统对脏话会有自动屏蔽，但人民的智慧是无穷的，同音字什么的在这方面很好地承担起了使命。

叶修仔细看了几眼，从刷屏的名字中发现了月中眠，甚至看到了之前同队的阳关和一个法师，这家伙先一步出来，竟然在这里黑白颠倒混淆是非。

"怎么回事这是？"陈果问叶修。

叶修无奈，只能如此这般一说。

"靠，无耻啊，还要不要脸了！"陈果听完大怒。

"是啊，太无耻了。"叶修说。

"你怎么不生气？"陈果很奇怪。

"我很生气。"叶修说。

"你生气吗？我怎么一点儿也看不出来？"陈果纳闷，这叶修盯着屏幕上大片对他的诬蔑，脸上根本就没起变化。

"生气不一定就要摆在脸上。"叶修非但不怒，还在笑，随手退了游戏关了电脑，换去吸烟区依然是他此时最大的理想。

"我说你到底什么人品啊？头一回下副本就这么多事，遇隐藏BOSS，爆技能书，顺便还和人结了个仇。明早我来看你死了没有。"陈果说。

"老板慢走。"

陈果去休息了，叶修去了吸烟区。这边果然是烟雾缭绕，大功率的换气扇疯狂工作也无法起到净化空气的作用，只是制止了这边的烟雾进攻无烟区罢了。

再骨灰的烟民对二手烟也是没有任何感情的，叶修连忙自己也点上了一根，融入烟民的海洋，四下一扫，这边明显比无烟区要拥挤多了。通宵党少有不需要香烟来提神的。

好在网吧够大，叶修转了一圈还是找到了机器，也不讲究，过去就坐。兴欣是比较上档次的网吧，每台电脑之间都有点隔断，算是保护了隐私。就算没有，此时所有人都戴着耳机沉浸在荣耀的世界里，根本没人理会外物。

叶修重新连入游戏，戴好了耳机。

君莫笑依然是在格林之森外，别看这里人满为患，但戴了耳机也不至于吵得听不到东西。这和走到热闹的集市上没什么两样，不会热闹到你听不清身边人的说话。至于那种持续重复的如组队一类的信息，依然是靠文字刷屏的。

叶修一扫信息区，刷君莫笑的信息已经没了。用搜索功能是可以知道角色在不在线的，那个月中眠是老鸟，这些手段都挺熟悉。刚搜过君莫笑不在后就先停了工作。玩家过 20 级才能离开新手区域，那时世界频道、PK 一类的功能才会开通，20 级以下也只能是这样打打嘴仗。

不过月中眠这手段在当前也算毒了，君莫笑那是刚刚上过系统公告首杀的人，世界皆知，月中眠在这儿刷他的名字，很容易引起注意。结果就是现在君莫笑组不到队，发出去的申请统统被拒。玩家未必是相信了月中眠的言论，但却都已经开始提防君莫笑。

叶修无奈地笑了笑，他想组队，真只是为了隐藏 BOSS 去的，他需要那些材料。但现在组不上队，那只能逼他速度练级了。

荣耀中的副本都是人越少经验越多，但考虑到效率问题，还是人多划算。但君莫笑不一样啊，手中的千机伞五级银武。普通玩家呢，此时手中武器还以蓝绿为主，蓝绿那比千机伞可就差了足足三四个档次。荣耀里，5 级一个档次，也就是说，千机伞相当于 20 级的蓝武，25 级的绿武。

这个优势在低级阶段相当逆天，因为君莫笑一把武器的输出相当于同级四五把武器，去除掉角色自身属性的影响，君莫笑一人就顶三人，再加上叶修的技术，单刷副本根本不输给五人队，比起新手队可能还要更快。

君莫笑迈步准备去单刷副本，没几步突然面前横出一人，叶修一看，竟然是月中眠，这家伙眼睛倒毒，这人山人海的地方竟然能把自己给找出来。

"喂喂。"叶修扶了扶耳麦，试着语音连通了没有。

"喂你妹啊！"月中眠倒是很不客气。

第十一章
差人加一个

叶修居然又是笑了笑，开口问道："有事啊？"

这口气之平淡，之随意，让月中眠都接不上话了，他有些不敢相信这是他刚刚刷了半天屏的对象。要说群众是被蒙蔽的，但他和君莫笑那都是心知肚明的，这就是赤裸裸的诬蔑。怎么这个家伙还这么没事人一样？难道刚才的刷屏他没看见？

"君莫笑无耻之徒，为了私吞隐藏BOSS，故意不给全队治疗害死全队。大家当心。"

月中眠连忙把他存好的这话又发了两遍，期待着叶修的反应，结果就听到叶修说："还刷？你不去练级了？"

"我……我让你知道我的厉害！现在知道我们月轮公会不是好惹的了吧？"月中眠这话本是准备好的台词，但现在说着只觉得上下句的语境完全不对，就好像刀子捅到了棉花上一样，非常不给力。

"知道了，我现在都组不到队了。"叶修说。

一听这话月中眠总算有点舒坦了，哈哈一笑说："让你再犯贱。"

却不想叶修接着说："你们是不是差人啊？组我一个？"

月中眠顿时目瞪口呆："我靠，你真是贱得可以啊……"

"呵呵，加一个加一个，现在也知根知底了，大家好好合作怎么样？"叶修说着竟然主动一个入队申请送过去了。

月中眠他们这边的确是一个四人队，当然不是之前的原班人马，这三个都是月中眠口中月轮公会的成员。但建公会那也得离开新手村后的事，可见都是老区一起转来第十区开荒，结果分到了同一个新手村的。月中眠想去阴BOSS，当然不方便和自己人组队，所以就去混野队，结果出师不利，碰到了叶修，赔了夫人又折兵。连忙搬公会的人来当救兵，顺便把之前的队友也忽悠上一起去刷屏，想当场就把君莫笑搞臭。

结果呢？结果就是眼下，人家对这些好像分外不在意，没队要了，人干脆来申请你的队。月中眠望着眼前的入队申请，不知是该点确定还是取消了。

月中眠一时茫然了，有前车之鉴，他觉得这人不是一个简单角色，这么做总会是有什么目的吧？正犹豫，一边的哥们儿私发条消息："组上他，这家伙自己找死，进了副本还不由着咱们耍？"

月中眠一想也是，自己这边四个人，全是自家兄弟，完全没理由怕对方一个。

于是叶修跟着这四人又一次进了格林之森，这次人品没爆发，进去也不见暗夜猫妖。叶修笑着问道："还需要我治疗吗？"

"不用。大家一起杀。"月中眠四人说着都已经朝怪冲了上去，这四人显然不是荣耀新手，技术都很老到，这种水平，有两三个人就足够通了格林之森这副本，现在凑了一队人，效率真如飞一样。叶修也不多话，指挥君莫笑千机伞甩成长矛，冲上了阵。

天击、龙牙，这两招是技能攻击。除技能之外角色当然还有普通攻击，普通攻击通过玩家对攻击方向、力度的控制会产生多种方式，如直刺、横劈、竖砍、上挑等。这些攻击施展出来，有时和技能的造型很像，但效果不同。比如天击就是上挑攻击的一种，但浮空效果比普通攻击的上挑要强很多，伤害也更大。而龙牙则是直刺，比普通直刺出招收招更快，而且能制造短暂僵直，僵直状态下目标是无法做出任何动作的。

叶修此时抛去技能不用，就用普通攻击已经足够杀得格林之森这些小怪落花流水了。只是有时一矛劈出收回时，本是没有怪的地方会突然被人推个怪过来。叶修笑笑不理，照单全收，知道这是月中眠那帮家伙故意把小怪往自己这儿推，想制造自己被围攻的场面。

但围攻就围攻，有单刷副本实力的叶修哪会在乎这个？最多一次被五只格林之森的小怪围住，一记天击挑飞小怪冲出包围，反手一记横扫，右劈右砍，五个小怪排着队被他虐，月中眠四个人故意在旁边袖手旁观，结果就见君莫笑在怪物群中杀进杀出，威武得不行，看得四人都有些妒忌了。

"这人的技术不错。"队中一个叫田七的家伙首先点头表示了肯定。

"是个老鸟了，看这手法，他单刷格林之森我觉得难度不大。"又一人说。

"他是有两下子，狂暴的暗夜猫妖都被他单挑掉了，这我真没想到，他的水平至少在我之上。"月中眠说。

"这水平在格林之森无论如何也是弄不死他了。"一人下结论。

"要不刷到 10 级我们就去蜘蛛洞穴？"田七望向其他三人。

蜘蛛洞穴是 10 到 15 级的副本，比起格林之森来说难度提高了一大截，如果说格林之森只是给玩家学习游戏用的，到了 10 级，从蜘蛛洞穴开始，玩家就需要开始正式接触一些技巧性的东西了。蜘蛛洞穴，顾名思义小怪就是蜘蛛，主要有两种，一种远程的，吐出的网有被束缚的概率，被束缚的玩家无法移动；另一种是近战的，被咬后有概率中毒，中毒玩家持续掉血。像这种会产生异状态的攻击在格林之森那儿只有隐藏 BOSS 才有。

除了普通小怪，蜘蛛洞穴还有 BOSS 三只：远程小 BOSS 一只，近战小 BOSS 一只，蜘蛛王为最终 BOSS。隐藏 BOSS 有概率遇到蜘蛛精、蜘蛛战士、蜘蛛领主。

由于 1 级到 10 级升级很快，如果真是一个新人，很可能还没练出什么游戏技术，这时候就开荒蜘蛛副本基本有去无回，所以在新手攻略上蜘蛛洞穴从未被推荐过。会考虑去这个副本的，就只会是月中眠他们这种本身已经具备一定技术的老玩家。

"蜘蛛洞穴送了这家伙去死的话，我们就只剩四个人了，通关有问题吗？"月中眠稍有疑虑。

"不遇隐藏 BOSS 的话应该没问题。"田七说。

"遇了隐藏 BOSS，加上他也拿不下啊，蜘蛛洞穴比这边可难多了。"一人说。

"说得也是，那我们抓紧升级，10 级去蜘蛛洞穴。"月中眠说。

这时一直没怎么说过话的一位突开口道："我们先带着他升级？然后再害他死一次？"

月中眠听后一怔，这么一听他们这个计划着实蛋疼，但田七却已经找到了解释："应该说，是先拿他当苦力，然后再一脚把他踹开。"

"对对对，就是这样。"月中眠很是欣慰。

第十二章
蜘蛛洞穴（一）

四个家伙很嚣张，鬼鬼祟祟地在一边商量，让叶修这边一个人干苦力。好在他们也没完全把叶修当白痴看，计较妥当后四人一拥而上开始帮叶修清怪，一边清一边为他们非常怠工的行为解释一下："刚才公会有点事，有点不专心了，现在好了。"

"大家加油。"叶修淡淡说了一句，丝毫不见起疑。

四人心中窃喜，于是这段时间倒是同心协力，四个老手，加叶修一个大高手，这新手副本刷起来就颇有几分碾压的风采了，每个人都杀得甚是痛快，外表来看丝毫不见当中的鬼胎。

"这家伙的攻击好高啊，发现没有？"田七这边和月中眠却还在小声嘀咕着。

"好像是，用的那矛是什么装备，我从没见过。"月中眠说。

"我也不知道，低级战矛没注意过。"田七说。

"一会儿弄死这家伙的时候能爆出来就好了。"月中眠说。

"爆出来能有啥用，攻击再高也是低级货，用不了几天。"田七说。

"那倒也是。"月中眠点头。

双方互不招惹，和谐合作，格林之森进进出出，效率非常，比较可惜的就是一直没遇到过隐藏BOSS暗夜猫妖。

杀了几拨后，君莫笑是第一个达到10级的。没办法，谁让他是暗夜猫妖首杀呢，那是有相当丰厚的一笔经验奖励的。格林之森也就这么一个隐藏BOSS，单凭这一下，君莫笑此时在第十区等级榜上相当靠前，不过第一个突破10级的角色却很遗憾不是他。那玩家叫蓝河，首破 10 级已经是他第二次上系统公告了，第一次是和其他四人一起完成了格林之森首杀。

看到君莫笑快一步到了 10 级，月中眠等人都一阵紧张，唯恐这家伙就此闪人忙活 10 级的事去了。谁知叶修只是笑着说了句"升了呢"，然后在一片恭喜声中就又跟着四人进了格林之森。

一个暗夜猫妖首杀拉开的经验倒也不算太多，这一趟副本出来月中眠四人齐齐到了 10 级。五个人身上也都添补了不少装备。

"兄弟，咱们配合得不错，现在我们四个也都 10 级了，咱去蜘蛛洞穴闯一闯怎么样？"田七过来对叶修说着。月中眠和叶修是有过过节的，这突然就变得亲热怎么也让人觉着古怪，于是月中眠就继续着他对叶修并不顺眼的态度，由田七以和事佬的姿态和叶修时不时打个哈哈。

叶修听了这建议大为赞同，只是表示要去先学习一下技能。技能点这个东西不光是任务给，此外还有升级时的奖励、杀怪到一定数目，还有一些挑战任务，靠这些都很是硬性的指标可以最终达到 4000。这回是 7 级升到 10 级，技能点没积攒出来多少，但关键是 10 级又是一个可以学新技能的阶段。

其他四人当然也是要学，于是各找导师学了技能，之后再前往蜘蛛洞穴会合。

蜘蛛洞穴门口的人不是很多，毕竟他们这一队人也算是升得较快的玩家，而且参照新手攻略进行的玩家都不会考虑这个副本。

门外只有一些零星的玩家在组野队，由于这副本难度大，所以互相都会询问一下装备情况，组队没那么畅快。叶修他们五人倒是干脆，来了啥话不说，直接就进，只是这一次，月中眠四人又开始鬼祟起来了。

"立刻搞死还是看看情况？"一人悄声问。

"要不先看看，这人着实是一个好打手，先利用着，BOSS 的时候再设计他怎么样？"田七提议。

"嗯。"其他人都没意见，老实说他们和叶修没仇，眼见这人打得这么出色，是队里第一输出战力，都有些舍不得让他走了，但碍于月中眠这朋友的面子，终于还是要走到这一步，几人嘴上不说，心里都挺惋惜。

"解毒剂都带了吧？"进了本后田七问众人，大家都答"嗯"，只是叶修又是随意笑了笑说："没必要。"

"这家伙，找死。"月中眠很是不爽叶修那自信满满的口吻。

"更方便我们行事。"田七倒总是很看得开。

蜘蛛洞穴里光线幽暗，随处可见破落的蛛网，地上时不时就见一些散落的尸骨，看起来阴森恐怖。月中眠等人都有点紧张，荣耀中死亡那是会掉经验的，普通世界是百分之十，装备也有可能掉落，但概率比较低。这点到了神之领域更可怕，死亡会掉经验百分之二十，装备也有相当高的概率爆出。

再看君莫笑，此时却还像在格林之森似的，提着他的战矛大步走在前方。月中眠四人一看这家伙主动探雷，倒也好。

叶修对这些低级副本都早忘差不多了，他印象里自己当年好像还做过一个蜘蛛洞穴的攻略，现在却一点儿也想不起来，想想这都已经过去快十年了。

叶修正唏嘘，一边石缝突然蹿出一团黑影，直朝君莫笑面上扑来。叶修左手磕键盘右手拉鼠标，君莫笑向后一个翻滚避过这一扑，起身就是一记天击。

扑来的是近战带毒的绿蜘蛛，中了这次天击后翻着大肚子被挑起，对浮空目标追加攻击是荣耀中最基本的操作，叶修岂会错过？键盘鼠标一阵密集的响声后，君莫笑向前一跳提矛挺上，从空中到落地对着绿蜘蛛就是一通狂刺。噗噗噗噗接连四枪，枪枪命中，绿蜘蛛被直接钉到一边石缝上。

"我 ×，不是吧！"田七大惊。

"浮空四连刺！！"另一人配合惊叫。

"10 级就能打出浮空四连刺？"第三人道。

月中眠则只顾得张大嘴惊讶，说不出话来。

浮空四连刺，这是一个多少人知道，但却做不出来的战斗法师连击。理论上说起来很简单，就是用普通攻击的直刺、龙牙，再加上战斗法师 10 级技能连突的两记连刺，对浮空目标完成四记直刺攻击。

"我听说手速 170 以上才有可能做出这套连击。"田七说。

"那是转职战斗法师后有攻速加成的情况下吧？"另一人提醒。

"他现在只是个散人啊……"

"散人和战斗法师的攻速差多少？"

"不知道啊，还要考虑装备，他现在的装备不可能有加攻速的。"君莫笑身上的装备基本都是和他们一起副本的时候拿到的。

"武器呢？是不是他那武器的问题？"

"别找原因了，就算让你们转成战斗法师，给你们一身加攻速的流光套装，你们打得出来浮空四连刺吗？"

一片沉默，如果他们打得出来，他们就不会这么惊讶了。

"这到底是什么人？"三人齐齐望向了月中眠。

第十三章
蜘蛛洞穴（二）

"我说，这个人我觉得我们还是不要去得罪的好。"田七的语气有些严肃了，话是对着三人说的，但目光却只是朝向了月中眠。

"对啊，170以上的手速，这是大高手啊！"又一人附和。

"170只是保守估计，他现在是散人无装备就浮空四连刺，我觉得手速怕是得过200吧？"

"200的手速……咱们公会里恐怕只有会长有这个水平吧？"

"非但不应该得罪，还应该好好拉拢才是。"

"这样的高手，我觉得他可能应该已经是有背景的。"

几人议论纷纷，只有月中眠一直没有开口。这些个道理他都是明白的，其实在一起下了这么多次副本后，月中眠对叶修的怨恨也已经淡了，如果再能把那家伙成功害死一次那就彻底功德圆满了。但现在知道这人是个大高手，要对付他很有压力后，月中眠心底的怨念反倒又被激发了起来。这种感觉他自己都说不清楚，羡慕嫉妒恨什么都有。正要说点什么，结果一看自己三个弟兄此时都正在观赏君莫笑打怪，嘴里不住地惊叹。月中眠连忙也转过去一看，才发现到了蜘蛛洞穴，这人技术之强劲才算真有了体现。

格林之森那边小怪太弱，君莫笑攻击又高，怪灭得太快自然看不出什么，BOSS是血厚点，但都是一拥而上围殴，也不明显。如今看到他在这单挑皮血更厚的蜘蛛，这技术水平表现得可就更明显了。

"连击已经十七下了。"

"从浮空四连刺以后就没断过……"

"好像是借了墙壁的反弹，接了一个普通攻击上挑。"

"完了的那个天击我真以为他要接不上了。"

"太漂亮了。"

三人这边不住的赞叹声，让月中眠很不是滋味，走过去正想说话，田七已经转过来面向他："听我劝，不要再和这人过不去了。你不爽别搭理他就是了，其他我来和他交涉吧！"

月中眠默默地点了点头，心里有点小酸楚，他知道，田七他们这是已经准备去拉拢这人了。这种水平的高手哪个公会不想抢着要？相比之下，自己不过是月轮公会很普通的一员，没人会为了他再去和这样的高手过不去的。

"打得漂亮！"那只绿蜘蛛被君莫笑一气连到底给直接打死了，田七三人立刻围上去赞叹着，这赞叹都不需要刻意，因为人家这技术真的是没得说。

"兄弟，现在才看出来你身手大大不凡啊！"田七说着。

"没什么。"那人还是那么不以为然，对于这样的赞叹，仿佛和之前月中眠对他的那些陷害一样，这人都没有什么感觉似的。

"兄弟是别区哪个公会过来的开荒高手吗？"田七问是这样问，但心底里却觉着可能性不大，公会的人哪会这么孤单？这人八成就是单身一人。

"没有，我就自己。"果然。

"是吗？居然没公会？兄弟这种水平打着灯笼都难找啊，怎么会没有公会抢着要？"田七故作惊讶。

"新区嘛，还没有公会。"叶修说。

田七一怔。新区是没公会，但以前的老区呢？这样的高手总不可能是刚刚开始玩荣耀的吧！但人不说，田七估计很有可能是和原公会有什么不愉快，所以负气出走跑新区来玩了。这是个机会啊！正好要让人感受到他们月轮公会大家庭般的温暖。

"兄弟以前哪个区的？"田七开始问答游戏。

"我好久没玩了。"答非所问，问答游戏第一道题就卡壳了。

"哦哦……"田七也只能在这儿哦了，怎么寻找聊天的突破口呢？

田七挠墙中。

结果对方显然对聊天并没有太大的兴趣，继续走在最前，不过这次田七等人却是紧密地围绕在了君莫笑周遭，俨然是已经把他当作队伍的核心了，月中眠心里别扭，却也只能默不作声。

有这大高手坐镇，副本进展极其顺利。四人携带的解毒剂果然是一个没用，因为君莫笑会把蜘蛛们的仇恨抢先全拉到自己身上，然后凭借娴熟的走位、翻滚、跳跃等技巧腾挪闪避，四人有时甚至会沉迷在君莫笑华丽的技巧中忘了打怪。

"前面这一堆我记得蜘蛛很多的，一杀光第一个小 BOSS 就会出现，而且是毒是网是随机的，是这副本里的一个难点。我们……"田七说"我们"的时候就看到君莫笑已经杀上去了，无奈改口，"好吧我们上吧……"

田七的记忆没有错，这片地穴中蜘蛛小怪的确很多，足足有七只，三毒四网，而且仇恨连锁，众人刚一接近，七只蜘蛛已经齐齐冲出。

"快上！"田七招呼其他三兄弟，君莫笑他是没脸去指挥的，人水平不知要比他高多少。不过这次这里一共七只蜘蛛，田七觉得君莫笑技巧再高也不可能把仇恨全拉走，毕竟现在才 10 级，没有群拉仇恨的技能呢！所以他招呼大家一起向前，给君莫笑分担压力。

结果就听"哗"一声响，君莫笑手中战矛一抖，直接一个大半圆划了出去，四只蜘蛛全被劈到，两只冲来，两只吐网。君莫笑向后一个小跳，躲过两张蛛网的同时半空转身，手中战矛再抖，"噗噗"两声，身后两只蜘蛛各中一枪，落地后侧身翻开，躲开中枪蜘蛛新吐到的网，起身一记天击，第七只蜘蛛被挑上了天，网都叶不出来了。

田七四人顿时风中凌乱。

"这还是人吗？"四人都很想说这句话的，但荣耀这该死的当前语音，说了就会让人听到，好像不太好，可除了这句话，实在没有言语能表达他们此刻的心情了。

"180 度的横扫，我×！"众人憋得只能用敲字去私聊。

"小后跳半空转身，还能准确刺两枪！"

"滚动后的天击时机掌握得刚刚好，浮空最大。"

"这不是人类！！"众人一致认定。以上这些技巧全是基本动作的结合，但却不是人人都甩得出来。就拿 180 度的横扫来说，不过就是个普通攻击，但出横扫靠的是鼠标甩动，甩得越快幅度越大，此外也和角色的攻速等属性有关。在 10 级这个阶段，能甩出 180 度的横扫绝不是一般人可以办到的。

第十四章

蜘蛛洞穴（三）

众人真是膜拜得死去活来了，就连月中眠也不得不承认，这人硬生生用技术做到了在 10 级时不可能的群拉七只小怪，这太不讲理了。

"兄弟，你这战斗法师的技术真是……太霸道了。"田七这次真是不带丝毫恭维讨好的意思，他要不去称赞这么一句，自己就要被憋出内伤了。

"呵呵，还好了。"君莫笑身陷七怪包围，戳刺挑劈，依然是游刃有余。田七他们也不好意思干看，一拥而上。他们也都是老手，对仇恨控制到位，不会乱了君莫笑牵怪的节奏，原本以为很难应付的七只小怪，最后又是轻轻松松就化解了。但四人都明白，这轻松化解是建立在那人变态发挥的基础上，没有这么一个人，根本就不会有这样的局面。

七只小蜘蛛刚灭，就听一声很怪的尖叫，第一只小 BOSS 闪亮登场了。众人还没见着蜘蛛，先听到了蜘蛛的声音，完了就见一团很浓厚的紫雾喷了过来。

"是毒蜘蛛。"田七高喊着，但这团紫雾来得太突然，范围又很大，有两位都没能躲过，连忙一边跑一边抽出解毒剂来使用，用完却是大惊，这生命还是冒着泡地往下降啊！

"怎么没用？"两人大惊。

"解毒剂的等级低了。"叶修说。

"日！"两人齐骂，这是他们低级没来过，高级后再回来碾压这副本不会察觉的问题。那时他们等级对怪都是压制，怪的这点小毒也不会放在眼里，根本不会想着解毒什么的。但现在，精心准备了解毒剂，结果在关键的 BOSS 战里居然用不上，这不坑爹吗？

君莫笑甩手给了他们两人一人一个治疗，完了已经朝着一号 BOSS 冲去，同时开始指挥没中毒的田七和月中眠，挥矛指了一个方向后喊道："田七一点钟站位，小月月去四点钟站位。"

"小月月……"月中眠险些吐口血出来，但现在不是纠结的时候，田七已经问都不问就跑向一点钟位置，月中眠也赶紧就位。一号 BOSS 随着毒雾已经冲了出来，这家伙膀大腰圆，比普通蜘蛛大了足足有两圈。这种体积庞大的怪物，玩家要击中难度明显比打中暗夜猫妖那种体积小的怪要容易，但体积大的怪却另有优势：由于身子较重，这种怪无论浮空技或是其他一些制造位移的技能在他们身上效果都要打折扣，折扣多少还要看它的具体体重和攻击者的力量。

这一号 BOSS 对当前玩家来说已是个庞然大物，君莫笑挑出的一枪虽然命中，但根本颤都没颤一下，显然这种普通攻击的上挑对它来说已经谈不上什么浮空效果。

经验丰富的叶修对此当然不会意外，手指连弹，君莫笑又是接连四枪刺了出去。大蜘蛛尖叫了一声，昂头一口浓雾吐了过来，君莫笑却早已转身疾跑溜一边去了。

这 BOSS 体积虽大，但行动却一点儿也不比普通蜘蛛来得慢，而且跳跃力出众，蹦着就要给君莫笑来个泰山压顶。君莫笑翻身滚开，那边被唤为"小月月"的月中眠寂寞了："喂，你让我们站好位了一个人玩啊？"

"那两个，一个去七点位，一个去九点位。"叶修喊着。

"距离多大啊？"两人一边跑一边问。

"半径两米吧！"叶修说。

两人也相继落位后，四人已经站成一个小圈，面面相觑也不知道这到底是想干什么。看他还在那儿一个人和 BOSS 周旋，难道只是安排了座位让他们看戏吗？

君莫笑左躲右闪，引着 BOSS 终于开始一路往这边跑，四人连忙准备迎战，BOSS 却在此时突然一跳，高高跃起，眼看落下就要把月中眠给压扁，月中眠连忙抽身想闪，结果听到叶修喊了一声："别动！！"

报复！这家伙又在借机报复我。月中眠只觉心中一片雪亮，想也没想就没听叶修的话，一个翻滚避开，结果再抬头一看，君莫笑早一个天击挑在了落下蜘蛛BOSS的肚皮上。天击这专业的浮空技能、浮空效果当然比普通攻击的上挑强很多，下落的蜘蛛受了这一下，空中一滞，移动方向已经发生了转移。虽然天击的浮空效果也不剩多少，但怪本身就是在空中，这么改方向一飞，落下来正好掉进了那四人站位的当间。

"田七前踢，九点位上连突刺，七点位击退，小月月快点回位！"叶修和这四个人下了这么久副本，早看清他们四人所学的职业技能，此时布置完包围连技能怎么用也指挥上了。

田七冲上去前踢，这是个拳法家技能，对怪有点推后作用，到这大蜘蛛BOSS身上虽然有了折扣，但到底还是让它移动了稍许。

九点位的玩家这时也已经跳上一个连突刺，这个剑客技能和田七的前踢性质上一样，被踢到面前的BOSS再度被击开，而到了这里，这些个也是有经验的玩家已经明白了叶修的意图，七点位玩家不敢大意地迎上，一个击退上去。

他这个是骑士技能，意思听名字就知道，这位移效果倒是所有人技能中最优秀的一个。但是BOSS被击退后移向的四点钟位置却无人接应，这原本是月中眠的位置，却因为以为叶修要害死他而躲到了一边，此时虽然在往回跑，却已经有些来不及。

众人都已经明白叶修是要靠这些位移技能打撞球一样把BOSS弹来弹去，这个思路倒是看准了他们四人的技能和长处。他们的长处是什么？熟啊！他们四人都是老区过来的朋友，互相之间已有默契，能打出这个配合。

只是现在，好容易制造出的局面却因为月中眠要毁于一旦了，连田七等人都有些不高兴。

就在这BOSS眼看就要出圈的关键时刻，君莫笑的身影却突然出现在了四点钟位置。

几人都是一怔，君莫笑原本是去站十一点位了，根本没见他移动，怎么突然就出现在了这里？几人朝十一点位一看，发现那里赫然也有一个君莫笑。

"靠！"田七恍然。

忍者 10 级技能：影分身术。

第十五章
蜘蛛洞穴（四）

影分身术本是一个迷惑对手的技能，不过对于经验丰富的玩家对手来说，真假很容易被看穿。所以迷惑作用在对 NPC 时比较显著，和玩家的对战里，影分身术倒是一个常被忍者们当作瞬移来使用的技能。

此时的君莫笑正是如此。假身留在了原位，而他的真身利用影分身术的技能性质瞬间移动到了原本应该是月中眠把守的四点钟位。

众人却还在担忧，因为战斗法师在 10 级这个阶段没有像他们一样的这种位移技能，君莫笑要怎么把蜘蛛 BOSS 重新给推回来？

他们很快知道他们是多虑了。君莫笑没有技能，但他有技术。一个天击将蜘蛛 BOSS 挑起了一点点浮空，就利用这一点时机，一个连突出去，蜘蛛 BOSS 身中两枪被推向了月中眠。

月中眠此时已经站到了原本是君莫笑的十一点钟位置，他的身边还站着君莫笑的影分身。此时的月中眠十分不好意思，他倒希望君莫笑当时就能破口骂他几句，结果这人什么也不说，就是准准地把 BOSS 推了过来。

该做什么月中眠很清楚，一个连突刺接上，大蜘蛛再次被踢走。

月中眠做好迎接众人批评的心理准备，结果听到的却是大家的惊讶声："出血了。"

出血的不是某个人，而是蜘蛛 BOSS。这出血状态也不是随便的普通攻击可以打出的，要么是武器带这效果，要么是技能带这效果。

当前没有人的武器有这效果。

但有这效果的技能却还是存在的。

连突，战斗法师的连突。只不过连突的出血是一个隐藏效果，不是概率触发，而是要靠玩家自己打出。

打出的方法是：让连突的两段攻击完全重叠在目标的同一个部位。同一个部位的意思，不是两下都打在胳膊上就行，而是指第一下在哪扎了个洞，第二下就要往这洞里再扎一下。做到这一点后，出血效果才有概率被触发，这个概率是多少，由于是隐藏效果，没有数据显示，玩家测试后，大致认定概率在百分之五十左右。

这个概率已经算是相当高，不过前提是要完成这个操作。这个操作对一个不会动的死靶来说很容易，但在不断移动的实战中，却一定要眼快、手准。

荣耀中有很多类似这样的隐藏技能效果，都要靠强悍的操作才能打出的。

如果是一般人用连突打出了出血，田七他们大概会认为是运气。但此时叶修用君莫笑打出，他们却一致认为这是技术。对于叶修的操作他们已经是彻底的心服口服了。不只操作方面，对这个BOSS的控制围杀，团队指挥也是天衣无缝，这人不是一般的高手，而是高手中的高手。

田七已经有些不好意思去拉拢叶修了。因为他们月轮公会在荣耀实在算不上是什么了不起的公会，在神之领域中排名五十开外，没有任何一个副本纪录是他们保持的。这么寻常的一个公会，田七自己都觉得配不上人家这身手。

其他几人不知是不是生出了和田七一样的心思，总之众人都只是默默地出手攻击。过程中也难免有一些小疏漏的地方，但叶修都有及时出声提醒，没有酿出什么大祸，一号BOSS就这么有惊无险地被杀掉了。捡尸出了件蓝装，低级装备大家也无所谓，反正一晃就要淘汰，不过此时几人却是一致要求君莫笑捡了，月中眠虽然没说话，却也是默默地选择了放弃。

叶修一看，也就是个有比没有强的10级蓝字腰带，大家都放弃，他也就没客气，随手捡了换上，继续前进。

之后都是一样的打法，二号BOSS是吐网的远程攻击型，比较烦的是经常吐网粘到穴壁上飞来跳去的装蜘蛛侠。不过在叶修的指挥下，五人最终把这家伙围到了角落。这次不是打撞球了，而是轮番使用有僵直效果的技能，在叶修的调度下把这二号BOSS直接僵直到死，再没吐过一口网。

四人对叶修的膜拜自然是又深了一层。这人是他们的MT，而且是输出的主力，时不时还给他们治疗，完了还布置战术，指挥实施……四人已经没有言语可以形容了，就是膜拜膜拜再膜拜。

蜘蛛洞穴的大BOSS蜘蛛王也是蜘蛛洞穴副本的一个难点，这家伙身兼了两只蜘蛛小BOSS的特长，能吐网能喷毒。毛茸茸的八条大腿，肚皮一圈一圈的花纹，在比两只小BOSS又更大了一号的体积衬托下十分恶心。

面对这个最终BOSS，田七等人却一点儿都不紧张，因为他们知道在君莫笑的指挥下，对付这个二合一也不会有什么问题。

结果就如他们所预料的一样有惊无险，这个二合一性质的蜘蛛王无非就是比一、二号BOSS更胖，更多些伎俩罢了。叶修指挥着四人控制住场面，最终顺利将其拿下。

首杀！此时系统公告上赫然列上了五人组的名姓。

月中眠、田七、暮云深、浅生离、君莫笑，第十区首杀蜘蛛洞穴！

田七四人从惊讶，转而进入狂喜。他们升级倒也不算慢，不过却完全没想到他们竟然抢下了蜘蛛洞穴的首杀。这多亏了有君莫笑这大高手，否则不可能这么顺利。

"靠！"与此同时，某新手村蜘蛛洞穴里的五人在看到这条系统公告后却是异口同声地叫了出来。

他们的面前，最终BOSS蜘蛛王只剩一丝残血，不出十秒就可以被拿下，但现在，他们偏偏就输在了这十秒上。

悔恨、不甘，五人幻想着无数种可以弥补上这十秒的如果，结果却也只能是认清现实。他们豪情壮志，准备让他们的公会完成第十区所有副本的首杀，结果这才杀到第二个副本，首杀就已经花落他家。

十秒，就输了十秒。

"君莫笑？这人是不是之前首杀暗夜猫妖的那家伙？"蜘蛛王已经倒下，五人也已经顺利打通副本，却没有丝毫的喜悦。

"好像是他。"

"这人什么来头？也已经上了两次公告了，蓝河，和你一样啊！"

第十六章
领主 BOSS（一）

这个蓝河自然就是和君莫笑一样双上系统公告的玩家蓝河。他的来头可不小，隶属于目前荣耀三大公会之一的蓝溪阁。在神之领域拥有剑客角色的蓝桥春雪，是蓝溪阁的五大高手之一。不过资深玩家都清楚，像蓝溪阁这样的顶尖公会背后都是有职业俱乐部支持的，五大高手还不算他们的顶端，背后俱乐部战队的职业高手才是。

蓝溪阁的幕后是蓝雨俱乐部的战队，队里最顶尖的高手叫黄少天，账号夜雨声烦，职业剑客，在荣耀圈中被誉为剑圣，是和斗神一叶之秋齐名的角色。

第十区开放，蓝溪阁由蓝河领了一帮玩家来新区开荒，为公会在新区发展势力，吸纳新鲜血液。如不是这种三大公会的人物，也不会有豪情想要霸占新区的所有副本纪录，谁想到刚到10级副本蜘蛛洞穴计划就告夭折，而且只是差了十秒。兄弟们郁闷，蓝河心情也好不到哪儿去。

"君莫笑……"念叨了下这个名字，蓝河也和大家有着共同的茫然。如他们蓝溪阁一样档次的公会相互角力的战场主要是在神之领域。竞争多年，相互之间各有什么好手都是知根知底。这一次各派了什么高手来第十区开荒也是各有打探，情报都掌握得差不多。这个叫君莫笑的却不在他们打探到的名单之上，难不成是哪家高手偷开了小号进来？

"和他同队的那四个人有情报吗？"蓝河问着。

"没有。"一起的兄弟说着。

"联系分布在各村的兄弟问问，看有没有知道的。"蓝河说。由于新手村分布随机，他们蓝溪阁过来的人也没那么巧就都在一起，大家都是原地发展，一边自己升级一边挖掘有前途的新人，等到了 20 级离开新手村建立公会后再会合。

过来的蓝溪阁玩家是以蓝河为首，他这边自然就算是指挥中心了。其实任何一家大公会过来的人都不至于遍布所有新手村，这玩意儿随机分配，说不准。可是就在蓝河他们再一次杀进蜘蛛洞穴加紧练级时，打听到的情况终于有了点儿反馈。

只是这反馈的情报非但没有让他们清楚这队人的情报，反而让他们更加凌乱了。

反馈情报指出，在某村的格林之森副本外，方才五人队中的叫月中眠的人曾刷屏指责过君莫笑在副本中故意使坏抢走了隐藏 BOSS……

"什么乱七八糟的这是？"众人听了很费解。

这个君莫笑先使坏抢了别人的隐藏 BOSS 完成首杀，再和这些人组队完成了蜘蛛洞穴的首杀？这么蹊跷的事情让经验丰富的五个老鸟都分外不解。

"先不要理了，抓紧练级，20 级后总有机会见面。"蓝河沉声说着，继续领队厮杀。

某村的蜘蛛洞穴外，田七等四人却还沉浸在副本首杀的激动中不能自拔。他们比起蓝河这种高手都差着好多档次，所以对于首杀什么的，基本停留在幻想阶段，谁想到真有机会完成，一时间激动得不知说什么好了。

而他们的大功臣君莫笑呢？却还是一副平静得要死的模样，只是淡淡地说一句："经验不少哦！"

"高手，这多亏了你啊！"田七等人将君莫笑团团围着。他们玩了这么久荣耀，今天总算是明白了什么叫顶尖高手。顶尖高手，就是可以因为他一个人的存在就让本该是新手绕道的副本变得如履平地般容易。田七甚至有些觉得，这样的一个高手，哪怕是放弃了公会去追随也是相当值得的。

相比田七他们三人的兴高采烈，月中眠此时的心情相当阴郁。他眼睁着原本的仇人变成了兄弟们心目中的英雄，而且在刚才的副本里自己还持小人之心，让兄弟们都对他很有些意见。此时再不说点什么，脸上真是很挂不住了。月中眠一咬牙，跳到了君莫笑前："你技术是很不错，这我承认，不过我发誓，总有一天我会赶上你！"

"你是认真的吗？"叶修笑。

"是！"月中眠极具挑衅意味地说了一个字。

"加油。"叶修还了他两个字，走开了。

"我 ×……"月中眠挠墙挠疯了，"你鄙视我啊！你蔑视我啊！你嘲笑我啊！高手不是都应该这样回应挑战的吗？你 TM 没事人一样地说句'加油'算是怎么回事啊？"

"小月月，别闹了。"田七过来搞安抚工作。

"你才是小月月。"月中眠怒道。

"先下本，先下本。抓紧时间练级。"另两个兄弟暮云深和浅生离过来招呼了一声后，又颠颠地跑去找君莫笑加好友去了。

"靠，加好友不叫我。"田七也连忙冲过去。

月中眠咬牙中，却意外接到了君莫笑主动发来的交友请求。

拒绝，月中眠很痛快地拒绝了。

如果他再申请的话……月中眠想着。但这种如果没有发生，君莫笑那边已经进副本了，田七三个相继跟上，月中眠一个人被晾在外面，半晌后才收到田七询问的消息。月中眠这个郁闷啊，再进副本一看，靠，四个人根本没等他，都杀过一路了，敢情是刚刚才发现他不在的。

月中眠有心再退出去，结果田七的消息又来了。兄弟的关心月中眠还是挺受用，转念一想不能因为那个家伙冷了兄弟们的心，最后还是赶了上去。田七这家伙还是很擅长搞关系，敏锐地发现了月中眠的不爽，于是又是一通私聊进行安抚，月中眠情绪好转了许多。

这一次副本依然杀得顺风顺水，瞬时又一轮杀过。转头出来再不多话，直接第三轮，结果进了副本就收到系统提示：你们误入了蜘蛛领主的洞穴。

"隐藏 BOSS。"田七惊呼了一下，然后望向了君莫笑。

如果没有这位高人，蜘蛛洞的隐藏 BOSS 在如今这个条件下他们是绝不敢碰的，系统也是很体谅这一点，隐藏 BOSS 并不会堵在玩家通关副本的必经之路上，是可杀可不杀的，是否通关依然是以是否杀了最终 BOSS 为标准。此时几人一致望向了君莫笑，是想看看有这高人坐镇是否能有杀了隐藏 BOSS 的手段。

"哦，出隐藏 BOSS 了啊！"叶修说着，"呃，隐藏 BOSS 的话……"

"杀不了吗？"田七等人略有点失望。

"不是杀不了，是我有点需求。蜘蛛领主好像是会爆强力蛛丝的吧，这个东西能不能给我，其他的材料或是装备我会都放弃，你们随便拿。"叶修说。

第十七章

领主 BOSS（二）

"没问题！！"田七等人几乎想也没想就同意，此时在他们的眼中，这位高手的价值已经大于隐藏 BOSS 掉出的那些值钱材料。他们正愁找不到什么示好的手段，想不到这高手竟然有需求，那真是太好了。别说只要强力蛛丝，就是把材料全拿去，这个时候田七他们也不会太犹豫的。

而且田七这家伙要示好就索性做到位，转个身说："小月月，把队长给高手兄吧！"

"再这么叫我，我就杀了你！"月中眠咬牙。

"哈哈，很可爱的啊，为什么不喜欢？"田七笑着说完，却也不把玩笑开过分，连忙接着道："不叫就不叫吧！队长给高手兄。"

月中眠明白这意思，让对方当了队长，再设置成队长分配，那就可以彻底打消对方的疑虑，互相之间都可以取得完全的信任。都到了这种地步，月中眠也算是看出来了，君莫笑已经不需要再耍什么阴谋，他要真想独吞，一句话，自己这仨哥们儿也不会有意见的。月中眠也无奈，把队长就这么移交了过去。

结果君莫笑却也没修改什么队长权限，只是说了一句"继续吧"，就领着众人上了。

杀法没什么变化，自然一切都很顺利。前方洞穴的道路出现了岔道口，众人都知其中一边就是蜘蛛领主的巢穴了。君莫笑没有犹豫，直接就朝藏领主的这边走出，四人紧随其后。

这条通道是普通副本里没有的，途中有一些蜘蛛卵，玩家一接近就会孵化，跳出来的小蜘蛛体积极小，窜来窜去地攻击玩家，伤害不高，但因为又小又快，很不容易打中。四人瞪得眼睛都快冒泡了，基本上三五下攻击才能击中一下，但看君莫笑那边，抬手一矛出去，从不落空，一下一只，清得那叫一个快。看到四人这狼狈的模样，又反手过来支援。四人都是长出了口气，这要没这人，他们倒是可以见着蜘蛛领主，但这路上可能就得磨掉一小时。

"你说我们会不会再成为蜘蛛领主的首杀啊？"浅生离对未来有点小憧憬。

"这个得看运气，不知道我们遇得是不是够早。"田七说。

"首杀是我们，说明我们已经是最早下蜘蛛洞穴的一队人了。我们的速度也不慢，现在是第三轮，没有隐藏 BOSS 首杀的系统消息，我觉得我们希望挺大。"浅生离倒是挺会分析。

"这要没点实力的，隐藏 BOSS 遇到也不敢杀啊！"暮云深感慨了一下。

"多亏有高手兄。"田七说。

"是是是。"那俩附和。

"我说你们恶不恶心。"月中眠分外鄙视这三人总是和君莫笑套近乎的行为，而且不怕君莫笑听到。

三人都是郁闷又尴尬，对月中眠都不免有些火大。要说最初那过节，也是你小子不对在先啊，怎么就不能退一步了？田七对月中眠又是一通私聊教育。月中眠道理上当然是说不过田七，最后就是一个"反正我就是不爽他"的态度。田七也有些没耐心了，当即表示不爽出了副本你滚蛋，别在这儿有一出没一出地添乱。

月中眠心酸啊，委屈啊，这终于到了为了高手抛弃他这个小平民的时候了吗？

"到了。"叶修一直是走在最前，看到前方是洞里又套了一个洞穴，知道这是蜘蛛领主的栖息之地了。

"这怎么杀？"田七问。

"你们等会儿，我切出去看看攻略。"叶修说。

四人顿时又乱了。这是什么情况？事到临头了才要去看攻略，有这么临阵磨枪的吗？

"高手兄，你这个……"田七含糊着不知如何表达，结果君莫笑站那儿是一点儿反应都没，还真是切出游戏看攻略去了。四人茫然啊！他们本已经下定结论这人是个超级大高手了，但超级大高手身上怎么会发生这种事？

"难道是……换人了？"田七说出了一个令人惊恐的猜测。

"我就说啊！这么牛×的高手，不好好在神之领域待着，怎么可能孤身跑来新区开荒啊！！"浅生离说。

"妈的，之前是真高手帮着玩的，现在伪高手换回来了？ BOSS 都不会打跑去看攻略了？"暮云深说。

高手兄，你怎么能这样抛下我们啊？哪怕把这个 BOSS 过了也好啊！三人泪流满面。月中眠一边不吭声，他突然也有了一个猜想，这人对自己的行为那么平静无反应，难道就是因为那个时候和最初自己碰到的不是一个人？

正陷入这种想象不能自拔，叶修已经看完了攻略回来。

"好了。"叶修说着。

"高手兄……你……是不是换人了？"田七小心地问着。

"换人？"叶修没明白。

"这号，一直是你一个人在玩吗？"田七问。

"是啊！"叶修说。

"那我有些不懂了，你这么牛的高手，打 BOSS 还需要看攻略？"田七说。

"这副本好多年没卜过了，不看攻略哪记得怎么打。"叶修说。

"那之前……"

"之前我也是看了攻略的啊！"叶修说。

四人目瞪口呆。

"什么时候？"田七问。

"学技能的时候，学完随便瞄了几眼。不过太长了，隐藏 BOSS 这边就先没看。"叶修说。

四人继续不解中。蜘蛛洞穴的攻略他们当然也早就研究过了，可根本就没有君莫笑一路指挥进行的打法，他看的又是哪门子的攻略？

叶修这边却已经对蜘蛛领主的打法进行解说："刚才看了一下蜘蛛领主的介绍，对付它我们依然可以采用对付吐网小 BOSS 的方法，围住后通过配合无限僵直。但这里有一个难点，蜘蛛领主会不断地放出蜘蛛卵，这个是不会受任何技能中断的。孵化出的小蜘蛛和过道中的类似，但咬中后会令目标有强制性的三秒钟禁锢。禁锢状态你们都知道的吧？不能移动攻击，也不能被攻击，虽然没有伤害，但会造成我们配合的中断，所以我们绝对不能被小蜘蛛咬到。"

"那应该怎么做？"田七问。

"小蜘蛛由我来负责清理，你们放心。所以我们最终的难点就是，你们四个人能不能配合着对蜘蛛领主完成连续的僵直攻击？"

第十八章
领主 BOSS（三）

"这是攻略上的打法？"田七他们可不是新人，哪会随便被忽悠。他们看过的攻略中根本就没有这种打法，如果哪篇攻略有，那作者肯定会被挖苦到体无完肤。为啥？因为这根本就只是存在于理论的可能。四个人对蜘蛛领主保持无限僵直，这个还算可以做到。但只靠一个人，谁敢保证一次失误都不出，把所有的小蜘蛛给点杀干净？

小蜘蛛只要有一只控制不住，咬到四人组任何一个，配合就会中断。蜘蛛领主那是会上天，会入地，吐网拉人，喷毒吐雾，在三个隐藏 BOSS 中是最强力的一个。四个人正在围杀，突然给了它这样的反击机会，有可能当场就团扑掉。

"怎么样？能做到吗？"叶修却还在问。

"喂喂，这个问题你应该问你自己吧？你能保证一只小蜘蛛都不会漏过？"月中眠说。

"当然。所以关键就在你们。四个人围杀，又是等级最高的蜘蛛领主，配合的节奏就要加快，我再做提示也没有用，听到我说再做反应，很有可能已经慢了，所以只能靠你们四个相互之间的默契了，怎么样？有没有问题？"叶修问。

"有没有其他打法？"田七问了一句，老实说，他们四个不是很有信心。

"以你们的职业技能搭配，恐怕是没有了。"叶修说。

"你是看了我们的职业技能，临时决定出的打法？"

"没错。"

四人震惊，又一次地震惊。他们还在奇怪叶修说是看了攻略，可蜘蛛洞穴杀的几次都根本不见攻略所说的打法。现在他们知道了，叶修看攻略，根本不是去看打法，他只是去了解了一下蜘蛛洞穴BOSS的特点，而后临时设计出了一套适合他们这支队伍的打法。没有实验，没有磨合，直接指挥，结果直接通关。

　　这一次让四人震惊到的，不是华丽的操作，不是出众的意识，不是优秀的领导指挥，而是对游戏极深的理解。田七等人此刻深深地觉得，对这人，高手两个字已经不够形容了，必须有一个更高级的词汇出现才行……

　　但是四人却犹豫了。因为这一次他们无法完全依赖，他们四人也必须要做到独当一面。他们本来就不是什么高手，只不过是熟手，比起新入游戏的新手强上一些的普通玩家罢了，叶修说的这一点，能不能做到？他们着实没有信心。

　　四人犹豫着，叶修却也不催促。五人就这么静静地站在了蜘蛛领土的老巢外面。就在这时，消息框突然闪过系统消息，蜘蛛洞穴的另一隐藏BOSS蜘蛛精首杀已经被完成了。

　　田七咬牙一想，别说现在是抢首杀的时候，就算是平时随便哪个副本，遇了隐藏BOSS也少有人不试一下就放弃的。真要做不到，飞快闪人也是可以的。新手村副本有一点好处，强行退出副本的话，人虽然是尸体一样需要恢复，但不会扣经验。新手村毕竟是很照顾新人玩家的地方。

　　"试试吧？"田七望向其他三个兄弟，那三人在看到这系统提示的首杀消息，也是被激发起了斗志，齐声答应。

　　"拼了！"田七代表兄弟向队长君莫笑表态。

　　"四个人足够施展这打法，好好回忆一下前几次的节奏，现在只是要加快一些，不要试图算清楚时间，要靠感觉。"叶修说。

　　"明白了。"

　　"我去开怪。"叶修说着指挥君莫笑到了巢穴洞口，人没进去，只是拿武器的手抬了一下，突然就转身疾退回来。

　　"开了？"四人惊诧中。

"开了。"叶修说。

四人都在挠头。这怪怎么开的？他们都没看到，都当君莫笑要进去呢，谁知就洞口站了一下。这样的开法得是远程职业啊！

"他带枪了吧？"

"肯定是了。"

几人正猜，巢穴中发出一声尖厉的嘶吼。蜘蛛领主在睡梦中被吵醒，众人只觉得整个洞穴仿佛都在颤抖一般，领主这是要出巢了。

"左右散开，注意！"叶修喊了一声，田七四人左右各分二人站位置。就见洞口一团浓雾，蜘蛛领主吐着毒就冲了出来，直接是一个飞跃朝着君莫笑扑了过去。

君莫笑不退反进，直接朝前冲着迎上，眼看就要被扑到，突然身子一低，嗖一下一个滑铲就从蜘蛛领主的腹下滑了过去。

"看我就说他带着枪的吧！"浅生离叫着，滑铲这是枪手的基本攻击动作。

滑过的君莫笑跳身而起，半空拧身一矛就捅到了蜘蛛领主的屁股上，借着蜘蛛领主的前扑之势就把蜘蛛领主送进了四人组的闪击中。

"上！"叶修喊着。四人却都有些手忙脚乱，之前三个 BOSS 叶修都需要一点时间来引怪陷入布置，谁知最强的领主这里竟然这么干脆利落，直接一招就把 BOSS 送上不归路了。

"我先来！"田七大叫一声上前迎击。

"然后我。"暮云深上。

"我。"浅生离上。

"……"月中眠不上也得上了。

结果月中眠上完田七泪奔："技能还在冷却。"

"太快了。"叶修的君莫笑已经飞奔过来补了一个龙牙，蜘蛛领主继续僵直中。

"抓紧时间熟悉节奏。"叶修说着指挥君莫笑一矛挑飞了一只刚刚从领主下的卵中孵化出的小蜘蛛。

"嗯！"田七一看，领主下蛋原来也不是一上来就功能全开的，开始下得挺慢，这意味着他们有磨合时间，因为这大高手完全有能力边应付少量的小蜘蛛边兼顾他们这边的无限僵直。

"又快了。"一圈下来，田七又是技能还在冷却。

"别紧张，掌握好节奏。"叶修提醒着。

"快了，浅生离出手早了。"

"还是快，还是浅生离。"

"还是快，这次是小月月，浅生离降好节奏了，你得跟上调整。"叶修一边忙着打小蜘蛛一边帮他们僵直，一边观察是哪个人没有掌握好。

蜘蛛领主的生命不断下降中，排卵量明显增大，由开始的一个，到两个、三个。

"行了，就是这一圈的节奏，掌握好！"终于成了一次，这一圈四人配合得恰到好处。

第十九章
领主 BOSS（四）

"节奏……节奏……"田七四人念叨着这两个字都有些精神分裂了。他们眼中没有蜘蛛领主，没有攻击目标，只有如何把握好时机使出技能。

成功的一圈过去，又一圈依然是成功，四人心下都是欣喜。已经掌握到了吗？虽然也说不清是什么感觉，但好像到了那个时刻，不由自主地就会去放出技能。

叶修这时也没有工夫再去照顾他们了，丢下一句"加油"后，开始绕着蜘蛛领主四处追打着小蜘蛛。

枪枪出去，从不落空，小蜘蛛都是一点就死。这在目前只有叶修能做到。其他玩家就算能有这样的操作技术，但在新区目前的水平，玩家武器只在 10 级，对小蜘蛛是做不到一击秒杀的。一只小蜘蛛要攻击两下的话，那就是叶修也没有绝对的把握做到完全清场。

"注意力保持集中！加油。"叶修一边忙一边不时提醒四人。他很清楚这种机械式的重复操作，很容易陷入惯性式的麻木。到时稍有一点走神迟钝，惨剧就会发生。

田七四人丝毫不敢大意，死盯着其他三位兄弟的动作，至于君莫笑那边对小蜘蛛的清杀情况他们根本顾不上去关心，虽然他们心里明白其实清小蜘蛛是比他们难度更大，而且同样一失误就致命的工作。

蜘蛛领主的生命已经下降到一半了。

田七重复持续着同一个操作，而且节奏很快，都觉得手指有些僵硬，他们开始怀疑自己能不能坚持下去。田七难得大胆地分神看了一眼君莫笑那边的情况。

君莫笑正在四下奔飞，蜘蛛领主现在的下蛋数已经成了一次六个！

六只小蜘蛛，破壳而出后不问缘由不问仇恨，完全是随机地就朝目标扑去。君莫笑的战矛通体乌黑，只有伞尖似有一点光亮，挥舞过去就见寒光点点，被戳中的小蜘蛛吱吱乱叫一声便当场毙命。

"不好！！"田七心下一惊，他眼瞅着有一只小蜘蛛飞快地朝着暮云深飞去，但君莫笑距它尚远，似乎有些赶不到了。

结果就听"砰"一声闷响，那只小蜘蛛身上一闪火花，突然就爆体碎裂了。

"怎么回事？"田七一阵恍惚，还好他没忘了他的使命，到他的攻击一点儿都没落下。

"好像是被枪手打中一样。"田七想着，只是当时只顾看那小蜘蛛，没留意到君莫笑的举动。想想之前远程拉出 BOSS 的事，看来可以确认这人还带着其他职业武器了。

田七这会儿心里挺活泛，但朝其他几个兄弟一看，都是闷头死盯着眼前，脖子连扭都不扭一下的。田七突然发现，自己这短暂地分了一下小神，似乎让自己的疲劳紧张的双手轻松了不少。

可就眼下田七也不敢去向兄弟们介绍自己这经验，每个人走了神，谁知道后果是怎么样的？

"希望不要出任何岔子吧……"田七心中默默地想着。

月中眠此时却觉得自己已经快要到极限了。双手异常地僵硬，似乎已经失去了灵活，他都不知道每一圈时自己是如何完成操作的。目光死盯在屏幕之上，忽然间会觉得屏幕距离自己很遥远，看不清上面的一切。

感觉，要记住感觉……

月中眠在一遍遍地提醒着自己，他压力很大，他很怕自己发生失误。他知道兄弟已经对他有些意见，更不想让那个君莫笑小瞧。

挺住啊！月中眠咬牙坚持，蜘蛛领主的生命，最开始觉得下降得好快，但现在却觉得下降得好慢。都过去这么久了，为什么还有三分之一？我到底能不能坚持到最后？

田七在恍惚中让自己得到了休息，月中眠却是在恍惚中加大了自己的压力。但不管怎么说，两个人都没有发生失误，无限僵直的配合犹自在继续。

就在这时，浅生离突然发出一声惊叫。

他失误了！

在一开始的磨合中，他就是最慢进入状态，总是把握不到节奏的一个，坚持了这么久，他终于是发生了纰漏，和先前一样，他的出招又快了！在他这里，蜘蛛领主依然会是僵直，他之后的月中眠也可以跟上。但再之后呢？到了田七却没有任何办法了，因为浅生离快了这一分，田七的技能无法冷却完毕，他没有技能让蜘蛛头领继续僵直下去。

四人心下都已是一片死灰，他们盼着那个奇迹一般的高手会有办法补救，结果就见蜘蛛领主屁股一抬，偏偏就赶在这个时候产下了八颗卵。

完了……四人绝望了，月中眠把他的技能打出去以后，只能是悲哀地望向了田七。

田七没有技能，他完全不知道该如何是好。失去控制的蜘蛛领主会做出什么动作？这些都是他们无法预见的。

"田七闪开！"

就在一片绝望中，一个足够让他们瞬间燃起希望的声音响起。田七没有丝毫迟疑，立即朝旁一让，战矛从他身侧划过，君莫笑一记龙牙直刺蜘蛛头领。

僵直状态被补上了，但是没人控制的八只小蜘蛛已经全部分散去准备扑咬众人。众人手足无措，不知是该继续攻击蜘蛛领主还是应付一下小蜘蛛。结果就见龙牙击中蜘蛛领主的君莫笑继续跨前两步，手中战矛一折竟然折成两截，左右手臂各挂一段，双臂一探，已将蜘蛛领主用双手挟住。

"哈！"君莫笑双臂一举，将蜘蛛领主抬过头顶，身子顺势向后一翻，一个铁板桥，已将蜘蛛领主摔到了自己身后。

柔道技能：背摔。

这一技能可不单单是对目标有伤害，背摔目标触地后会有一个小范围的震地波，是一个后续的范围伤害。君莫笑这一背摔砸出的震地波，范围恰到好处，刚刚好把八只小蜘蛛波击在内。小蜘蛛们翻着肚皮一跳，哗啦啦全成了尸体。

"田七！"叶修喊了一声，一边田七早有准备，立刻一拳递上，蜘蛛领主僵直状态得到了继续保持。

"大家当心了，这样的局面不是每次都救得回来的。"叶修说道。

第二十章
领主BOSS（五）

　　暮云深、浅生离、月中眠，一个一个相继扑上进攻。他们都是惊出一手冷汗，此时抓着鼠标都觉得打滑，可又哪有时间去擦，都是瞪着眼不敢再有丝毫大意。

　　场面再度稳住，不敢分心的四人都没工夫去回味方才的场面。蜘蛛领主在大家的持续攻击下继续下降。从三分之一，到四分之一，五分之一……

　　"快红血了，大家注意。"叶修出言提醒。

　　"红血怎么办？"田七问。隐藏BOSS红血必然有爆发。他看过攻略，蜘蛛头领红血后会进入霸体状态，霸体状态下是无法被僵直的。

　　"强杀！"叶修说。

　　听到这两个字，四人居然都没有感到紧张，反倒是兴奋。他们保持一个操作已经太久了，真是宁可死也想换个操作手法痛快地爽一把。

　　"红了！"田七喊道。

　　"暮云深踩个小蜘蛛。"叶修喊道。

　　"啊？"暮云深虽对这个指令万分不解，但一边疑惑一边已经下意识地迎上了朝他扑来的一只小蜘蛛，看起来还真是特意给他准备的。

　　小蜘蛛一口咬住暮云深，他立刻无法再做动作，蜘蛛头领竟然也一扭身子张着恶心的大嘴朝着他咬来，吓得暮云深一声惊叫。

　　结果……结果却是没事。

　　小蜘蛛咬住后强行进入三秒钟禁锢状态的暮云深虽不能动，但同时也是无敌状态，即使是蜘蛛头领也伤不到他分毫。叶修竟然是利用这一点，给大家迎来了三秒痛击蜘蛛头领的时间。

蜘蛛头领一边发飙一边继续狂撒卵，叶修则继续注意清理着产出的小蜘蛛，只是他细心观察着小蜘蛛的动向，不去碰咬暮云深的。暮云深也算是开了窍，主动找着小蜘蛛去被咬。他们虽然不是高手，却也是熟手，这时已经明白了这一步的战术意图。

由于之前四人围杀蜘蛛头领，都堆起了大量的仇恨。暮云深因为是四人中攻击力最高，所以此时仇恨最大。叶修的指挥就是利用这一点，让蜘蛛头领自己产下的、本为是打乱玩家配合的小蜘蛛成了最稳妥的保护伞。

这个战术在中前期是没法用的，因为只有到了最后，暮云深堆起的仇恨才够稳。此外蜘蛛头领也是到了这个阶段才将它的繁殖能力燃烧到了极限，产出了足够多的小蜘蛛。暮云深被它们排着队咬，全程保持无敌。

小蜘蛛咬中虽也有点伤害，但是不高。君莫笑那边又会瞅机会抽冷子地给他一个治疗，完全无碍。

蜘蛛头领这又是吐网又是喷毒，身体能用的器官全都用上了，但根本无济于事。只是在这样持续的攻击中，终于还是有人仇恨超过了暮云深。

蜘蛛头领换了攻击目标，但接着的仇恨第一月中眠早已经学着暮云深的样去找小蜘蛛咬了。而负责清理小蜘蛛的君莫笑更是提前预见到了这一步一样，事先留下的就是奔着月中眠去的小蜘蛛。

最凶险的 BOSS 红血战到现在彻底沦为了一场游戏，大家嘻嘻哈哈地欺负着蜘蛛头领，终于是把这个蜘蛛洞穴的最强者戏弄死了。

首先闪出的就是系统提示。

君莫笑、田七、暮云深、浅生离、月中眠完成了蜘蛛洞穴隐藏BOSS 蜘蛛头领的首杀。

"帅啊！！！"田七等人激动地呐喊着，如果可以，他们绝对会将君莫笑抬起往天上扔。他们可以肯定，这一战，没有这人他们一定不可能完成。他们无限僵直蜘蛛头领就搞得压力很大了，但其实负责杀小蜘蛛是难度更高的事。

更可怕的是他中途的救场，最后看清仇恨对小蜘蛛的精准控场，再到整个打法的设计……

没法说了。

田七等人真的找不出言语形容，他们玩荣耀到现在，别说见了，连想都想象不到会有这么牛的人物。

"高手兄，强力蛛丝爆了有四个。"田七跑去看了蜘蛛头领爆出的东西，向叶修汇报了一声，痛快地选择了放弃。

其他人也是二话没有，遵守约定碰都不碰。

"谢谢。"叶修道了一声，过去将四个强力蛛丝捡进了包裹。

"剩下的你们拿吧！"叶修也说话算数。

"都你拿吧，都你拿吧！！"游戏中在爆出东西后罕有的谦让因为对叶修的彻底折服，丝毫不拖泥带水地发生了。

除去强力蛛丝，蜘蛛领土还爆了两个蛛毒液，一双15级的栗木长靴，蓝字轻甲，加3点力量。除此之外，竟然还出了一把紫字武器。

桃木太刀，等级15。

重量2.6千克，攻速8。

物理攻击165，法术攻击178。

力量＋10，智力＋14。

太刀是属于刀剑系武器，剑士职业选用，攻击力是法术属性偏高。其实在荣耀中武器都是或物理或法术有个偏重点的，千机伞两项一样高，一看就是银武白制的手笔。

相较之下，这把桃木太刀正好是和千机伞的属性持平。15级的紫武，正相当于5级银武。不过这桃木太刀拥有附加属性，攻速又比千机伞高一个档次，单从属性来说已经优于千机伞了。

叶修看到这把太刀，也赞叹今天运气不错。蓝装那是BOSS必掉的，隐藏材料也是隐藏BOSS必出的，但之前的技能书，和现在这紫武，那都是要撞大运才会见着的东西。

就算低级装备很快会淘汰，但能有这么一把紫武，在15级到20

级的阶段还是能比一般人威武很多，而且由于是紫武，完全可以用到25级。就冲这刀，原本不打算散人期间玩剑士系职业的玩家改玩剑士先升级都是值得的。

那四人都咽了下口水，尤其暮云深和月中眠，他们两个本来就在玩剑士系职业，这把武器真是十分适合。

"呵呵，这刀没用，你们谁要谁拿吧！"叶修这边看了看后，果断地选择了放弃，蛛毒液和栗木长靴也没有选择，真是完全按照他先前所说在做。

"高手兄你还是都拿了吧！"田七很诚恳，"要不是你带我们，我们也见不着这些东西啊！"

"呵呵，要不是有你们一起组队，我杀蜘蛛领主也有难度啊！"叶修说。

四人一怔。听到了没有？人没有说杀不了，只是说有难度。

第二十一章
天都亮了

叶修果断地放弃，田七四人也就不再客气了。他们都是老熟人，东西分起来也和谐。蛛毒液那是卖钱的玩意儿，谁捡都一样，卖了钱再平分。栗木长靴普通蓝装，大家胡乱摇了下点，最后被暮云深华丽的 100 点给秒杀了。至于桃木太刀，按他们准备玩的职业来说应是暮云深或是月中眠的。暮云深刚拿了栗木长靴，虽然价值上远不能和桃木太刀同日而语，但还是痛痛快快地选择了放弃。月中眠最后拿到了桃木太刀，又激动，又有些怪怪的滋味。

首杀蜘蛛洞穴，现在又首杀了蜘蛛领主，两次经验大赏拿到，君莫笑已经升上了 12 级，田七他们四个这趟副本出去也是必升。接下来去杀普通 BOSS 那是熟门熟路，很快解决。

副本里出来，月中眠又纠结上了，他之前已经是打定主意这趟出来就离队走人的，但这刚刚拿到了桃木太刀，拿了装备就闪人，好像有些不仗义。闪吧，不好；不闪吧，田七话都放那了，自己不闪忒没面子。

结果还是田七会做人，过来主动招呼了一声，好像副本里的话只是一句玩笑似的，就这么揭过了。君莫笑领队，大家再入蜘蛛洞穴。

比起月中眠的纠结，更郁闷的那就是蓝溪阁的蓝河一行人了。蜘蛛洞穴首杀没拿到，三大隐藏 BOSS，两个已经被人抢了。他们这时是第四次进了副本，结果还是没有遇着，正苦 × 呢，系统又是一条公告上来。蜘蛛洞穴三大隐藏 BOSS 剩的最后一个蜘蛛战士也已经被人首杀了。

首杀蜘蛛战士的是三大公会之一中草堂的人马，而之前第一个完成隐藏BOSS首杀的则是三大公会另一家霸气雄图的人。由此可以看出三大公会本该是势均力敌，但这次冒出来个叫君莫笑的家伙，目前第十区首杀榜上上榜最多：三次。而且领着队伍把10级阶段的首杀榜抢掉了两个，弄得蓝溪阁的人现在很没面子。

要说隐藏BOSS吧，实在遇不着也只能说运气不好。但副本首杀的那十秒，现在想起犹想吐血。

首杀全没了。蓝河等人顿时副本下得都有些没精打采。

"这个君莫笑到底什么来头，让那边村子的人注意一下。"蓝河有些烦躁地说着。

让他们很没好感的叶修等人此时却是斗志高昂，副本出出进进，忙得那叫一个不亦乐乎。第十区新开这一夜，就这么匆匆忙忙过去了，有人欢喜有人忧。

陈果一觉醒来已经是十一点了，临近中午。她本来生活挺规律的，很少睡懒觉。不过昨天第十区新开，跟着那个新来的家伙看了看热闹，弄得自己睡得也很迟。陈果算了算时间，发现这一觉也有了八个小时，满意地伸了个懒腰后从床上爬了起来。

陈果就住在网吧，准确地说，就是二楼的那个套间，和叶修同住一片屋檐。

比起初来的叶修，陈果对这里的环境就别提有多熟悉了，她从小就是在兴欣网吧里长大的，吃饭、睡觉、做功课。学生时代起，别人放学都是回家，而她一放学就是钻进网吧，为此可没少闹出误会。

兴欣网吧是她的家，陈果从小就有了这个根深蒂固的念头。因为她的父亲就是如此，他像经营着自己的家一样小心经营着这间网吧，从网吧还很小很小，陈果也很小很小的时候开始。如今家变得很大，可家里却只剩下她一个人。

刚刚参加高考的那年，陈果的父亲就因为突发心脏病去世了。

陈果没有母亲，至少她的印象里没有过。在办完父亲的丧事后，家中亲戚讨论着如何处理网吧，如何安排陈果时，陈果想也没想，扔掉了她的大学录取通知书就接过了网吧。在亲朋好友惊讶的目光中，像她的父亲一样继续经营着网吧，照看着家。

一晃已经过去九年。现在的陈果完全有能力给自己买一套舒适的住宅，但是她从来没有过这样的念头，就住在网吧里，她觉得很好。在网吧里她总会觉得踏实和平静，或许这就是家的感觉，虽是一个人，却不觉孤单。

"今天天气很好嘛！"站在窗边的陈果望着窗外，银白的世界让阳光越发灿烂。

"老爸也来晒晒吧！"陈果玩笑似的说着，拿起了床头那张和父亲的合影，放到了窗台，迎着窗外。

穿衣、洗漱，陈果神清气爽地在客厅溜了一圈，看到储物间的门已经是开着的，探脑袋瞄了一眼，却不见叶修的人。

"人呢？"陈果嘀咕着。

拉开房门，陈果立刻步入了她的网吧。网吧已经是爆满，全因为荣耀第十区的新开。通宵党下去了，立刻就有早班党接上。每个屏幕上都是荣耀的画面，每个人都戴着耳机对着耳麦身临其境地说笑着、怒吼着。

陈果下了楼到了前台，问了一下吧台值班小妹叶修的去向。

小妹指了指吸烟区的深区。

"还玩呢？"陈果大惊，迈步朝那边走去。

吸烟区是一片乌烟瘴气，叶修更是身处当中的重灾区，陈果拧着眉头挥打着烟雾，冲到了叶修跟前就掀他耳机："还玩！不要命了你？"

叶修飞快转过头来点了点道了声"早"，立刻扭回去继续"啪啪"地操作。

陈果扫了一眼屏幕："蜘蛛洞穴啊！"

"嗯。"

"多少级了？"

"17。"

陈果一惊，又细看了下屏幕上君莫笑的经验条，17级都已经快是过去式了，这趟副本出来稳升18级。

此时距离十二点整还有二十分钟，新区，十二小时内升到18级，这绝对是一个开荒纪录。虽然系统方面没有这种纪录统计，但在论坛之类的地方有无数人用这些数据来证明自己练级是多么的牛。

陈果的下一眼，看清的是叶修的队友。

月中眠？陈果忽然觉得这名字在哪见过。细一想，立刻回忆过来。

"这人不是昨晚刷你屏的？"陈果指着队友列表中的月中眠。

"是啊！"

"那你怎么还和他组队？"陈果分外不理解。

"因为他刷了屏，所以别人都不组我了。"叶修说。

"谁问你这个原因了。"陈果气道。

"我这么大的人了，难道和他刷屏对骂？"叶修笑问。

第二十二章
叶秋退役（上）

陈果还是不理解，就算叶修不介意，可对方又怎么会接纳他入队？

"这到底是怎么回事？"陈果问。

"我估计他们开始加我入队是想设计我一下来着，但后来看我打得好，觉得我对他们很有帮助，就放过我了。"叶修说。

"那你就这么心甘情愿给他们打工啊，有没有点出息你？"陈果替叶修觉得窝火。

"没什么啊，还行。"叶修一边说着，屏幕上一矛甩过，干倒了五人围攻着的蜘蛛王。陈果就见信息栏里唰唰唰一排整齐的系统消息，同队中的田七、月中眠、暮云深和浅生离齐齐对蜘蛛王爆出的装备选择了放弃。

"这是什么意思？"陈果惊讶。

"我对他们帮助大嘛，所以他们非得让我先捡装备，唉，真没办法啊！"叶修一边说着，一边也果断选了放弃。优先选择权下，他早已经凑齐一身蓝装了，但这些家伙依然还要让他过日一下。

陈果目瞪口呆，敢情叶修的描述是谦虚了，他这哪是打工来了，这是给人当老大来了吧？打完BOSS优先选择装备，这绝对是队伍中极核心的人才有资格。而且前提还得是在亲友团里，大家互相认识，才会让劳苦功高的人优先。但自己看到的这队人呢？睡觉之前貌似还是互相算计过的仇人，怎么一觉醒来就全收成小弟了？

"你给我说清楚这到底是怎么回事。"陈果这回是不肯罢休了，非得问出个结果不可。

"就是我帮助大啊！"叶修说。

"能有多大？"

"带着他们完成了蜘蛛洞穴和蜘蛛领主的首杀。"叶修说。

"你这一晚上完成了三个首杀？"陈果震惊中，她的逐烟霞玩了有五年，一个首杀都没见过。人只玩了一个通宵加一个早上，十二小时都不到，首杀混了三个。这对比太扎眼了。

"运气好。"叶修说着，伸了个懒腰从位置上站起。屏幕上一队人都已经退出了副本，耳机里依稀传来了道别声。叶修抓了陈果手中耳机把麦送到自己嘴边吼了两句再见，随即就退出了游戏。

"好困，我去睡了。"叶修说。

"要不要吃点东西再睡？"陈果一边说一边打量叶修，老实说她从叶修脸上真看不出什么"困"字。这人通宵了一个晚上加一个上午，看起来是有点没精打采，但问题是昨天初次见面时这人就是这么个半死不活的颓废样，真看不出这么久没睡对他有什么杀伤力。

"不用了，睡完再吃吧！"叶修关了电脑招呼了一声就跑了。二楼那套间的钥匙昨天陈果也给过他了，开门回到自己那可怜的小储物间蒙头就睡。要说这间屋倒是很适合白天睡觉，房门一关，就靠顶上那个小窗的光亮，基本不存在什么光线干扰。

叶修倒下后迅速睡着了。这一觉睡得很饱，再醒来时天又一次黑透了。很难想象一个刚刚经历完人生重大起落的家伙能睡得这么没心没肺。从床上坐起，叶修也没去开灯，摸了根烟点着，静静地吸完后，起身出了房间。

套间的两间卧室房门都锁着，叶修知道这两间一间是陈果在住，另一间是一个叫唐柔的姑娘，据说是在兴欣网吧做最久的员工，已经混了快两年，不过这几天请了假没在。至于网吧的其他需要管住的员工则住在附近小区，陈果在那里租有一间套房专供网吧员工居住。叶修现在是那边的候补，陈果表示一旦有人不干走人，他就有机会获得一个床位。

去卫生间方便的时候，叶修看到镜子上贴着个便利贴，无聊瞟了两眼，发现便利贴竟然是写给他的。陈果已经帮他准备了洗漱用具放在了洗漱架上。

叶修撕下了便利贴，有点小茫然。主要是没想到这新老板会有这么细心的一面，至于感动什么的，这点小事真不至于，感谢差不多。

洗漱收拾了一下后，叶修出来看了看时间，已经九点多了，一天没吃需要觅点食了。从套间里出来一进网吧，就觉得有点异常。二层虽然是收费更高一些的高档区，但此刻冷清得却有一点过分。叶修奇怪地朝楼下走着，结果竟然越走越暗，网吧一层此时竟然没有开灯。

"出什么事了？"叶修茫然地东张西望，发现一层灯虽没开，但人不少，甚至有不少人是挤在过道上。正南的墙壁上，高高挂着张200英寸的投影幕布，上面播放着投影仪放出的画面，声音在整个网吧中回荡着。所有人都很安静，坐在电脑席位上的，或是站在过道中的，似乎都已经忘了网吧是做什么，只是把这里当作影院一样静静地注视着投影幕。叶修也很快听到了画面解说的声音，两个他再熟悉不过的名字反复地出现着。

叶秋，一叶之秋。

投影所播放的，赫然是他荣耀职业生涯历程的画面片断，解说也是极尽煽情能事地描述着他生涯中取得的一系列成就与荣誉。

三届联盟总冠军，三次获联盟最有价值选手，两次输出之星，一次一击必杀。

无论团队还是个人，叶秋都是荣耀职业联盟中的一个巅峰，是现在所有荣耀职业选手要超越的目标。

"下面，就让我们共同来缅怀叶秋操控下的斗神一叶之秋带给我们的一系列精彩画面。"解说用低沉的悲腔嗓音说罢，投影幕上开始播放斗神一叶之秋所向披靡的面画。这是在任何时刻都足以引起观众兴奋的精彩画面。但在此时，网吧里所有人都是静静地，没有叫好，没有欢呼，大家只是沉默地看着这一幕又一幕闪过，他们知道，这一切，从今天中午起就都已成为过去。

当日中午，嘉世俱乐部召开新闻发布会，宣布了队长叶秋决定退役的消息。

这个一向神秘的高手，连自己的退役发布会都没有参加，大家只是看到了嘉世经理所出示的叶秋亲笔签署的退役声明。嘉世经理随后声称，退役的叶秋婉拒了俱乐部其他职务的邀请，现已只身离开了嘉世俱乐部。

　　画面不断地闪动着。战斗、厮杀、纪录，解说员适时地进行着解说，渐已到了叶秋和嘉世惨淡的近况。网吧的观众群中，也隐隐开始有了抽泣的声音。

第二十三章
叶秋退役（下）

俱乐部可以请来孙翔这样的新一代高手重新振作。可是一代王者呢？却只能独自承受岁月的消磨，在这个时候选择黯然离开。

他走得潇洒，但他的内心却绝不是心甘情愿，他还想要奋斗，他还没有觉得自己的职业生涯已经到了尽头。可是他却已经没的选择。接受条件，留在俱乐部当陪练？这看似也是一个忍辱负重的选择，但是叶修看得更穿、更透。他很清楚，俱乐部是料定他会不甘这种侮辱，一定会选择离开，这才给了他这种选择。一旦他出人意料地接受，那么俱乐部还会想出别的法子来逼迫他。

这很残酷，但对于俱乐部来说这只是一个生意上的选择，本就是不掺杂任何个人情感在里面，联盟已经因为商业化而变得无情。

叶修还不到退役的时候，其实就是俱乐部也明白这一点。以退役为条件，就是他们清楚这一点的证明。他们既想甩掉这个包袱，却又怕别的竞争对手趁机捡到便宜变得强大。他们宁可叶修烂掉，也绝不想他成为对手。

于是逼叶修退役就成了他们最想要的结果，无疑他们成功了。叶修能看懂这一切，却也只能照着他们的剧本去走。鱼死网破的挣扎？他不想，因为他还有路要继续。退役一年，这被逼做出的选择未尝不会是一种机遇，退一步海阔天空嘛！虽然这一步看起来有些太大……

"到此为止了……"当投影幕上滚动而过这样的字幕时，叶修终于看不下去了。这媒体做节目就是故意往煽情里整，弄得网吧里有人都已经直接哭出声了。可论心酸、怀念、凄苦，在场的所有观众，又有谁比得上他这个当事人？叶修挤出人堆逃出了网吧，站在大门外长出了口气，结果居然还有抽泣声传进耳中，回头一看，竟然是陈果一个人躲在门外，眼睛也是亮晶晶的。

互相都发现了，不打招呼好像不好，叶修只好招呼："老板，哭着呢？"

"你个禽兽，你就一点儿感觉都没有？"陈果说。

"太有了，这不撑不住都逃出来了嘛。"叶修说。

"滚！"陈果骂道，"有纸没有？"

叶修浑身摸了摸："烟盒行吗？"

"……"

"我去拿。"没等老板发作，叶修连忙跑回网吧找纸。

网吧里的哭声似乎更大，男男女女都有。叶修这回也是真扛不住狠狠地心酸了一把，他很清楚这些人是在为谁而落泪，一想到这点，眼眶也是忍不住一热。叶修匆忙跑去前台要了包纸巾，冲出来就塞到陈果手里，背过身去，掏出烟来点了一根，狠狠地吸了一口。

"干吗？你也哭啊？要不要纸？"身后的陈果似有察觉。

"怎么会，我怎么会哭呢？"叶修转过身来，顺便吐了一口烟，喷得陈果满脸。伤感的眼泪刚刚用纸巾拭去，烟熏得又流下来了。

陈果挥手把烟打开，竟然意外地没说什么，把手里那包纸巾又塞回到叶修手里，转身就回了网吧。

叶修靠在网吧门外，静静地抽完了这根烟，抽了张纸巾，狠甩了一把鼻涕，大步走向了网吧对面的小饭馆。

等叶修叼着牙签一副吃饱喝足的模样回到网吧时，缅怀叶秋同志退役的放映专场终于结束了，不过网吧里气氛还没褪干净，不少人红着眼睛。好在整个场子里大多人都是这样，也没什么不好意思的。倒是像叶修这样神情自若的，很容易被大家视为没心没肺的禽兽。你要不解释一下你是不玩荣耀的，都不好意思和人打招呼。

陈大老板眼下也不知道哪去了，叶修去前台找小妹打听，主要是问问这搞个专场是怎么一回事。

一问才知道，原来兴欣网吧但凡在有荣耀比赛的时候，就会搞搞这样的直播专场。今天本来是没有赛事的，但发生了叶秋退役这样的重大事件，电子竞技频道也是加紧制作了这么一期特别节目，于是兴欣网吧也就当比赛放映了一下。

若是以往比赛放映结束，那每个人看过后都是热血沸腾，游戏冲动空前热烈，直接导致网吧爆满，收入攀高。但今天这一出过后，荣耀玩家们都是罕见的情绪低落，有的当即回家抱枕头去了，有的则约三五好友借酒宣泄去了，当然也有留网吧继续打游戏的，毕竟不可能人人都是叶秋的粉丝，对于他退役无动于衷的也总是有的。不过在大氛围的感染下也是受点影响的，虽然在坚持打游戏，却也有些没精打采。

整个兴欣网吧显得很安静，要换了平常这个时候，荣耀玩家绝对正抱着耳麦或侃侃而谈或大吼乱叫，热闹得不得了。

叶修这儿正思考干点什么，就看到陈果从二楼转了下来，连忙上去招呼："老板，今天我开始正式上班吗？"

"行。"陈果说，"不过正式上班你可不能随便找地儿坐了，得守着吧台这边。"

"可以玩游戏吗？"

"可以，就用那台。"陈果指了指此时吧台小妹正在看韩剧的电脑。

"抽烟呢？"叶修问。

陈果看了他一眼，无奈地点了点头："抽吧抽吧，但我早上过来时不许有烟味，也不许有烟灰落下。"

"明白。"叶修说。

随后陈果又教了叶修一下如何给客人开机下机，末了道："其实这时间大多是些刷夜的客人，在十一点前就都排好的，早七点就自动停机了，基本没你什么事，你人守着就行。客人有事的话会按铃。"

"万一是机器故障怎么办？"叶修问了下，他虽不是电白，但也没有能处理故障的身手。

"重启。"陈果说。

叶修抹汗："重启还是不好呢？"

"换台机器。"陈果说。

叶修再汗，刚想再问，陈果已经抢着说："你都值夜班，空机多的是，随便换，但机器什么问题你要记下来，第二天再找专门的人处理。"

"哦，明白了。"叶修点头。

第二十四章
副本纪录

不久前还因为叶秋退役偷偷抹眼泪的陈果此时已经和平时没什么两样了，详细给叶修介绍了一遍他需要知道的东西后，就随便找了一台电脑玩荣耀去了。

叶修站在不远处扫了几眼，看到陈果是进了竞技场与人 PK，但明显心不在焉，PK 中屡屡出现一些重大失误，多低级的都有。接连输了三把后，陈果键盘一拍退了游戏，回头就看到叶修在那儿剔着牙装没事人，瞪了他一眼后，跑回二楼去了。

叶修看看时间，距离自己上班的十一点已经没多久了。吧台小妹显然也对时间的掌控相当有火候，韩剧的进度条恰到好处。随着这一集播完，时间刚好跳到十一点，小妹站起来朝叶修笑了笑："叶哥那我下班啦？"

"去吧去吧！"叶修这等电脑都等半天了。网吧十一点下班的员工不止这小妹一个，白天傍晚的时间段毕竟不会像通宵这么冷清，一个人肯定照顾不过来。网吧的员工虽和叶修还不熟，但已认识，客气地打了招呼后就一一离开了。

网吧变得异常冷清，键盘和鼠标声清晰地回荡着，相比昨晚新开区的热闹全然是另一番景象。想到这全都因自己退役事件而起，叶修轻轻叹了口气，坐进了吧台。

插入账号卡，接入游戏。一上线便接连收到消息，叶修翻开一看，是田七那哥儿几个排着队的问候。

"高手兄，来啦！"

田七、暮云深、浅生离，三个人一样的问候，没有月中眠。

"都在呢？"叶修给三人都回了一下。

"呃，月中眠没来。"田七回复道。

"又闹别扭呢？"叶修想起那个小子。

"没有，他心情不好，今天不是叶秋宣布退役了吗？他很喜欢叶秋，所以情绪有点低落，晚上不来玩了。"田七说。

叶修真是哭笑不得，想不到那小子竟然还是自己的粉丝来着。那要让他知道自己就是叶秋，他曾对他的偶像又卑鄙又无耻，不知这小子会做何感想。

"缺个人的话，蜘蛛洞穴遇隐藏 BOSS 就不太好杀了。"叶修说。

"随便再组一个？"田七征询高手兄的意见。

"要不我们去骷髅墓地？"叶修说。

"好啊好啊！！"田七连忙答应。

骷髅墓地是 15—20 级的副本，田七他们其实早就想去了，而且指望着在叶修的率领下再拿几个首杀。可是叶修的念头和需求却和他们不同，对于副本首杀这种荣耀，叶修根本就不放在心上。而且想拿首杀，就得一直保持等级在第一集团。这一点叶修是无法做到的，不是他技术不够，而是时间不够。

早上下线时，君莫笑 18 级的等级赫然排在第十区等级前五名，但现在呢？叶修点开排名再看，君莫笑的名字已经无影无踪，排在等级榜前列的，已然是清一色的 22 级。

为什么？因为人家大公会那是有组织地来冲级抢首杀的，一个账号三两个人同时使用，角色二十四小时在线，玩的是车轮战术，以勤补拙。叶修技术再强劲，也拼不过人家。

正因为这种种原因，所以普通区的副本首杀含金量一般。除了挂上名字比较好看以外，也只是反映出这支队伍的升级速度大过于他们的技术和实力。

相比之下，更能体现一支队伍技术和实力的，是副本通关纪录。

这个纪录是以时间为限，起初是一个由系统统一制定的时间纪录，有队伍打破即挂上队伍名单以及新的纪录时间，再打破再换。这个破纪录奖励可以反复领取，而且奖励丰厚，不像首杀纪录一样就是点经验金钱混事，是百分之百会给队伍奖励至少一件紫字以上的装备，其他随机奖励若干。

这个荣誉模式新手区是没有的，出了新手区以后20级以上的副本才开始有。叶修顺带看了一下，20级的副本冰霜森林首杀早已经完成，原系统纪录也已经被刷新过了，后面标注着的是刷新次数。目前被刷新了三次，挂在榜上的是公会中草堂的队伍，纪录为26分12秒48，时间是18点23分。

叶修挠了挠头，有点惭愧。这个副本是个什么情况他印象也很模糊，但他知道这个纪录肯定还会被破。现在最高等级玩家才22级，最终成绩一般都会是一队25级的玩家刷出来的。而队中只要有一名玩家是超过25级的，副本成绩就无效。

"高手兄，我们已经到骷髅墓地了。"田七这时发来消息。这哥儿几个等级也和下线时保持一致，看来和叶修一样是睡了一天。

"好，我马上到。"叶修连忙让君莫笑朝骷髅墓地跑去，按说早上15级时他们就可以去这个副本了，但叶修千机伞目前的提升对"强力蛛丝"这东西需求极大。昨天和田七他们表明了自己的需求态度，意思就是15级不打算换副本后，那四个家伙最后却也留了下来，跟着叶修往死里刷蜘蛛洞穴。

就这么一直刷，"强力蛛丝"还是不够数，这东西隐藏BOSS蜘蛛领主必掉，普通BOSS蜘蛛王和两小蜘蛛有一定的概率掉。叶修他们辛苦刷到11点，隐藏BOSS又出过三次，其中领主一次，得"强力蛛丝"五个，其他两次都是蜘蛛战士，百分之百不掉这玩意儿，再就是小BOSS们零零碎碎掉的，一共才七个，加上首杀时得到的四个一共才刷了十六个，距离叶修需求的四十个还差二十四个。

就照昨天这样的进度，自己还得这么刷两天。叶修暗自盘算着，田七这帮人跟着他已经硬是在蜘蛛洞穴升到了快18级，等过了20，那再刷蜘蛛洞穴就是差着5级了。荣耀里5级总是一个很重要的坎儿，比如装备，比如技能，比如杀怪经验。超过副本等级5级以上，那得到的经验就会锐减，那时候"练级"都会变得不成立，叶修肯定不好意思再带着田七他们来蜘蛛洞穴给他当义务工。

　　这么靠人品干刷不是个事，看来得找找其他办法了。叶修一边想着，君莫笑已到骷髅墓地，好友栏里找到田七申请组队，迅速入队后田七消息发来："还要再加一个人吗？"

　　"不加也可以。"叶修回道。说起来，骷髅墓地其实也有必需的材料，到现在也还没搞到。这拿着千机伞还没威武多久呢，已经成了拖累。小号开荒不易啊，叶修叹息着，迈步进了骷髅墓地。

第二十五章
有没有听我说话

"高手兄这边有需求吗?"

叶修一边戴耳机,一边看到田七发来的消息。

"骷髅勇士的佩剑我有需求。"叶修回道。

"装饰的那个佩剑?"田七有点儿意外。

"对。"叶修说。

"哦……有需求咱就不加人了,就咱们四个吧!"田七也很上道,优先需求的话,那加个人来半天讲不清,而且没准人到时还不守信用。你要设置队长分配,那直接就能把生人吓跑。谁知道你到时候给不给人分配啊?所以干脆还是熟人四个最稳妥。

"行。"叶修也同意这种省麻烦的方案。

田七三个相继进了副本,齐声念叨:"来个隐藏 BOSS 吧!"

"杀隐藏上瘾啊?"叶修笑。

三人发出淫荡的"嘿嘿"声,自从跟着叶修,他们就对隐藏 BOSS 很有想法。不出隐藏那直接就是碾压,没压力。

"上吧!"叶修说着,君莫笑又是甩出战矛头前开路,田七、暮云深、浅生离娴熟尾随。骷髅墓地细雨阵阵,远近可见飘晃的碧绿鬼火,音效是若有若无的鬼嚎,时不时就突然拔尖一下凄厉地来两嗓子,让人头皮发麻。

不对……不只是头皮发麻,然后好像还有风吹到自己耳根了?

叶修心理素质强硬,确定这不是心理作用而是真有东西在吹,当即手上操作不停,脑袋下意识朝左后方一转,就见一张白花花的脸上两颗黑溜溜的眼珠直瞪着自己，眨都不带眨的，樱红的嘴唇更像是随时要滴下血来……

"啪！"叶修左手一巴掌直接按在键盘上这才把身形稳住，这一下足足按住了有七八个键，游戏中君莫笑顿时像抽风一样接连失误。好在对战的只是小怪，田七等人迅速救场总算撑住。只是昨天一起下副本那么久都没见高手兄有过半次失误，今天这才刚开始怎么就像个傻×一样胡搞八搞？难道说伪高手什么的又出现了？可刚刚已经连通了语音，听着就是高手兄的声音啊！

叶修此时也已经急急转回了头，飞快操作迅速稳住了局面。田七等人长出了一口气，接着就听到高手兄说："老板娘你大半夜的不睡觉，敷个面膜跑出来装什么白面超人？"

"什么？"田七一怔。

"有八卦。"浅生离私密。

三人立刻保持安静，竖着耳朵打怪。

"睡不着，下来坐坐。"陈果把脸上的面膜揭下来后说道。

"田七退后，浅生离顶一下，暮云深注意四点方向。"叶修指挥战斗。

陈果静静地看了一会儿叶修他们打怪，忽然冒出一句："我觉得叶秋不应该退役。"

"对。"叶修说。

"他只是因为所处的位置太高，所以嘉世一出现问题时，总是第一个就被推上了风口浪尖。"陈果说。

"哦。"

"嘉世的比赛我一直都有看。我觉得叶秋和斗神一叶之秋没有以前那么强，原因是多方面的。"陈果说。

"……"叶修沉默。

"现在的职业联盟越来越成熟，强手如林。像枪王、剑圣、拳皇、魔术师他们，选手实力不比叶秋差，账号角色也和一叶之秋一样强力。"

"……"继续沉默。

"如今已经不是当初那个可以独领风骚的年代，但人们总还是希望叶秋可以像当年一样可以凭一己之力就创造辉煌，这根本是大家对他的要求太过火了才对。"陈果说着。

"田七，回来一点，冲太前了。暮云深你和浅生离站一起，这边我一个人就可以顶住。"叶修一边指挥一边"啪啪"地操作着。

"我靠！"陈果腾地火起，起身扑过去就掐了叶修的脖子一边狂摇一边咆哮，"你有没有听到我说话？有没有听到我说话？"

网吧所有客人精神为之一振。熟客更是偷眼朝这方向望来，想看看是哪个不要命的敢招惹我们陈大老板，这么高分贝的咆哮，今晚怕是有人要死无葬身之地了。

叶修脑袋上的耳机摇了几下就掉下来了，里面依稀传出田七三人颤抖的声音："听到了听到了……"

叶修在如此劣境下依然保持双手的稳定坚持操作，精神绝佳。游戏中君莫笑继续着完美无瑕的表现，主人叶修却已经透不上气来快要被掐死了。

叶修舌头都快要掉出来了，陈果总算是放开了双手，叶修大声咳嗽着，目光却还是移也不移地盯在屏幕上，一边问陈果："你说什么？"一边腾出一只手飞快地捡起耳机对着耳麦嚷了一句："田七退后，退后。"

喊完立刻扔了耳麦快手飞回键盘操作，忙得戴到头上的工夫都没有。游戏里他们四个正对付 BOSS 呢，本来就少一人，更缺不了叶修对君莫笑的操控。

陈果看着这家伙实在是没脾气了，总不能真上去把人掐死吧？无奈又坐下后，弄开了跟前那台电脑的游戏："你带我玩一会儿。"

叶修回头看了一眼："那台是服务器啊！"

"我是老板。"陈果说。

叶修无语，这条法则比不许用服务器之类的要有力多了。

"我怎么带你玩？"叶修头也不回地问着，和 BOSS 正激烈战斗中。

"十区的账号卡我也有。"陈果掏了张卡朝叶修舞了一下。结果叶修就"哦"了一声，还是没回头。陈果怒啊，真想把这人直接掐死后院挖个坑埋了算了。

"那你先进游戏任务。"叶修说。

"不做任务了，带我下副本。"陈果有点赌气，她已经决定叶修说东她就要向西了。

"你还 1 级怎么下副本？"叶修说，格林之森就是最低级副本了，5—10 级。角色不到 5 级是进不去的。

"你想办法。"陈果说。

"好，我想想啊！"叶修哼哼着，手底下"啪啪"地操作，突然快手又抢起耳麦："浅生离快回原位，要被围了。你们几个怎么了？失误很多啊！"

喊完扔下耳麦，就听到脑后一串手指骨被捏响的声音，陈果咬着牙问道："想到办法了没有？"

"想到了。"叶修忙道。

"啊？"陈果惊讶，这根本就是不可能解决的系统设置，这人居然有办法？

"不想任务，就先去杀怪，杀到 5 级就行了。"叶修说。

"我先杀了你！！"

第二十六章

忘了看攻略了

　　叶修当然没被陈果杀死，陈果也当然不可能1级就进5级的格林之森，到最后陈果只能是开着她的十区小号寂寞地去领任务。再怎么说，这也是比干杀怪更快的方式。

　　叶修百忙之中总算舍得回头看了一眼，瞥到屏幕上的角色："逐烟霞？这ID我好像在哪里见过？"

　　陈果差点儿一头撞死在显示器上，龇着牙扭过头来："就是我的大号ID啊！"

　　"哦，我说呢！"叶修的头早扭回去了，陈果突然发现，自己从坐到这儿到现在，除了刚开始敷着面膜时那家伙回头过一眼，再就没见过这人正面。一个骷髅墓地而已，有必要这么专注吗？

　　可这么一想，就更没脾气了，因为的确需要这么专注。骷髅墓地这个副本小怪出现的随意性非常强，经常是一个不小心某块地方散落的一堆碎骨就拼成一具骷髅，或者是一块松土里钻出一个骷髅。这个副本没有可固定的路线和攻击目标，每来一次都是新的享受，非常考验玩家的注意力和反应。更何况叶修他们队伍就四个人，更需要专心。

　　这么一看叶修的所有举动都是合情又合理，自己被气是一点儿都不占理，陈果只好一边郁闷一边继续做着新手任务。

　　此时距离第十区开放也只不过一天罢了，新手区依然是新手如云，导致陈果任务进行得很不顺利。连叶修那样的顶尖高手在这种环境下做完这些任务都用了两个小时，陈果更不用说。哪怕情况比昨天要好些，排队、抢怪，这个大方向的格局却没变。

过程中，冷不丁地听到旁边冷飕飕地飘来一句："就知道会是这样。"

陈果怒了，心道这下是在取笑自己了吧？但回过头来一看，叶修耳机不知什么时候都已经戴好在头上了，继续专注地和人下着本呢！这话是在和自己说吗？陈果暗自嘀咕呢，终究不好去无理取闹，继续默默敲怪。

叶修他们这边这次骷髅墓穴最终算是有惊无险地过了。过程比较曲折坎坷，因为田七三人对这个副本反应明显有点跟不上，那种突然冒出的骷髅他们十有八九要中招。

最终 BOSS 倒下时，田七三人都是一身汗。如果不是有叶修，换了月中眠来这本他们铁定过不了。倒不是说这个副本难度已经到了必须有顶尖高手坐镇，而是因为这本对玩家的有效杀伤很多，必须要有圣言者来专职治疗。显然这又是新手村给玩家上课的副本，让新手们知道职业配合的重要性。

结果有叶修的君莫笑在，又是治疗又是输出又是扛怪，就这么把骷髅洞穴给碾过去了。出来后叶修回头看了眼，陈果还在新手区那儿排队呢，于是也没去理会，再进。田七三个心里多少有点忐忑，这本他们似乎有点拖累的嫌疑，以高手兄的身手，完全可以找到比他们三个强太多的搭档，再不好好表现被高手兄嫌弃了怎么办？

于是这一次田七三人的注意力是百分之一百二十地集中起来，小心、谨慎，对那些突然冒出的骷髅反应速度有了明显改观，副本进度加快了许多。

骷髅墓穴的副本同样有三个隐藏 BOSS：骷髅勇士、骷髅法帅和骷髅领主。但在这个副本出不出隐藏不是进门就给提示的，因为三个隐藏 BOSS 都是很贱地随时可以从哪块阴影里冒出来，要到那个时候系统才会给予提示，经常有运气不好的队伍在发现系统提示的时候队里已经有人被 BOSS 秒掉了。

有叶修坐镇，这么粗心大意的事情总不至于发生。不过第二次副本比第一次更顺利地打穿后，隐藏 BOSS 却依然未见。

已经两次副本通关，叶修又回头看陈果那边，仍专注地在新手村外和其他人抢怪中，叶修多探了探头瞟了一眼她的角色等级，已经 4 级了，很快就会到 5 级。

"赶紧再刷一次。"叶修心下想着连忙又进，田七三个也不迟疑。

杀杀杀，走走走。突然前方一块歪斜的墓碑一个轻微的耸动，田七三人犹自不知地朝前走着，叶修已经急忙大叫："退后。"

三人现在对叶修的指令那都是不经大脑立即执行，当即齐齐后跳。君莫笑的身影已经一晃从他们当间穿过。墓碑在那样轻微的一下耸动后，突然哗一下就破土而出，直朝着四人这边飞来。

叶修叫了一声"小心"。早已经开始警觉的田七三人飞快闪避，没被这一墓碑拍着。墓碑飞起露出的地穴中已经露出半个骷髅的身体，看那一身精奇完整的骨骼，已知这绝不是那些肋条都不全的普通骷髅小怪。系统消息也在此时郑重宣布：你们踏入了骷髅勇士的长眠之地。

"总算遇到了。"叶修欣慰道。

"怎么打？"田七等人忙问。

结果露出半截身的骷髅勇士已如火箭一般蹿出地穴，展示出了他强劲的跳跃能力。半空中舒展他的骷髅身躯，身上长眠时沾染的尘土哗啦啦下雨般撒落，手中挥起的一把巨剑看起来残缺不堪，但却有一整个人那么大。

"糟糕。"叶修说。

"怎么了？"田七三人忙问。

"忘了看攻略了。"叶修说。

三人齐吐血。高手兄你真是太神奇了！

"我去帮你看看吗？"暮云深喊着。

"不行，攻击卷到你就死了。"叶修说话的时候，骷髅勇士那跳杀的一剑已经落地，地动山摇，产生的冲击波范围极大，跑得慢了点的浅生离竟然被冲击波气浪直接掀了个狗吃屎。

骷髅勇士黑洞洞的两个眼眶一扫，似乎在寻找攻击的目标。

"那谁引一下，我好去查攻略啊！"暮云深说。

"不用了。"叶修一边说着，一边取下耳机回过头来喊叫，"老板，老板。"

"干吗？"陈果"啪啪"地操作着，只应声，不回头。

"帮我查个攻略。"叶修说。

"攻略？什么攻略？"陈果诧异地转过来望着。

"骷髅勇士的攻略。"叶修一边控制君莫笑一边指了下屏幕。

陈果的头又险些撞屏幕上去了："你们遇到BOSS才开始查攻略啊？早干什么去了？"

第二十七章
二十四下攻略

"忘了。"叶修的回答是那么的朴实无华，让陈果根本没法再挑理。她那边只是在排队抢怪而已，一点儿也不紧张，连忙切出了游戏，网上搜起骷髅墓地的攻略，边点开边问叶修："哪个 BOSS 来着？"

"骷髅勇士。主要是看一下怎么百分之百爆到他的佩剑。"叶修说。

"佩剑？百分之百爆？"对于陈果来说，合适等级来这个副本也是五年前的事了。佩剑她总算还知道，因为她时不时会来带带新人，对这东西有印象，但攻略有这样的内容却全不知晓，毕竟她的记忆基本都是开大号来碾压，不需要再看什么攻略。

"有的，你就拿这个当主题搜。"叶修回答得相当自信。虽然具体内容他忘了，但他记得肯定有这么一个东西，因为那就是他写的。

陈果连忙在搜索的关键词上弄上"骷髅勇士""佩剑""100%"一类的关键词，这一搜果然搜了出来。一看帖子的时间，距今已经十年。陈果点进去一看，立刻"呀"了一声："是叶秋写的帖子。"帖子的作者名赫然是一叶之秋，这个在荣耀圈不是秘密，谁都知道荣耀还没开始职业联盟只是一个纯网游的时候，叶秋以这 ID 为名就已经是很有名的高手，否则也不会职业联盟一成立就被力邀成了职业选手。

"对，就是那个，看一下佩剑环扣部位要击中多少下。"叶修说。

"啊？"陈果从没看过这个帖子，一时间不知道叶修说的是什么，连忙飞快地浏览了一遍，最后竟然真找到了叶修问的东西。

"二十四下，还配了有效部位的贴图，要看吗？"陈果说。

"放大我看一下。"叶修说。

陈果点开图片，拉到最大："喂，看啊！"

接着就见叶修以迅雷不及掩耳的速度唰地一回头，约摸停顿了不到一秒，头已经甩了回去。

"看完了？"陈果诧异。

"嗯。"叶修说。

"还需要什么？"

"不需要了。"叶修说着。他倒是记得对物理攻击也是有要求的。虽不记得具体多少，但以千机伞180的物理攻击，加上力量属性，他相信君莫笑肯定能达到标准。

"田七，往左边去；暮云深你绕到后边；浅离生稍退一点，下一斩的冲击波会伤到你。"叶修开始指挥三人走位，而他却开始正面寻找攻击的机会。刚才四人只是躲闪，没有叶修的指令谁都没去攻击。田七三人只当是叶修要找对付骷髅勇士的法子，却不知叶修要收拾骷髅勇士并不需要看攻略，他要找的只是百分之百爆到佩剑的法子。

这佩剑只是装饰挂件，对人物实力没有任何影响，所以才会有这种百分之百爆出的方法，但也是需要极高的技巧。

陈果此时已经扔下手中的游戏，站到了叶修的身后，她倒要看看叶修怎么能完成二十四次击中佩剑的环扣。她看过攻略，那个环扣在骷髅勇士腰间，四四方方，体积不大，此时从游戏实景画面上来看，不到两米的近身距离根本没法找。

叶修却已经操纵着君莫笑迎了上去。在他对几人的治疗过程中，骷髅勇士早已经把君莫笑锁定为了第一仇恨，君莫笑一直左躲右闪，田七二人则一直在四下游走，就等叶修看罢攻略后听其指挥开始攻击。

但叶修搞清攻略后对三人的安排却是把三人摆得更远了。三人都不知叶修用意，只知听令。在看到君莫笑迎上了骷髅勇士，心下都是一紧：终于要开始了。

骷髅勇士大步奔来，浑身上下的骨骼发出沉闷刺耳的摩擦声。叶修指挥君莫笑快速迎上，目光却只在骷髅勇士的腰间搜寻着。站在他身后的陈果此时发现：这实操比攻略难多了。攻略上把环扣清晰地截出来让人去看，但在实战中，这骷髅勇士晃晃悠悠，动作对环扣还有许多无意间的遮掩。

骷髅勇士身高剑长，距离君莫笑尚有两米时已经举起了巨剑。叶修却不慌不忙，论攻速，他的千机伞攻速5绝对在巨剑之上，巨剑的攻速一般都是最慢的1。论攻击距离，骷髅勇士这把巨剑虽巨，却也不能和直接就是长兵器的战矛相提并论。

叶修沉稳地一推鼠标，君莫笑战矛抖出，后发先至，一记龙牙捅了个正着。骷髅勇士一个短暂的小僵直中，君莫笑已经欺近身去，一个天击挑出。

骷髅勇士的体重比暗夜猫妖要重，却也比不上蜘蛛洞穴那些肥头大肚子的蜘蛛BOSS。中了天击后浮空不高也不低。君莫笑顺势一矛划过，就听到"噌"的一声响，这一击发出了与之前敲打在骷髅勇士那干骨头上截然不同的声响。

"打中了。"陈果在叶修身后激动地叫着。

"一次而已。"叶修随口应着，手指一弹，君莫笑战矛挑完回身又是一劈，被天击挑翻在地的骷髅勇士被追加了一个扫地攻击，又是"噌"的一声，这一击也是正劈在了它腰间的环扣。

叶修没有贪心，两次打中后立刻操纵君莫笑跳开。倒地骷髅勇士起身时一撑地面，一个小范围的冲击波360度震开。为了防止被无耻的玩家用击倒加扫地的技能无限折腾，绝大多数BOSS都有这么一手起身时震地的冲击波攻击。

陈果在后面观看，见已打中环扣两次，初时还替叶修开门红感到高兴，但再一回味，却觉得只在刚才那么瞬息之间就两次准确击中小小的环扣，这操作其实是相当恐怖的。正愣神，耳中又是"噌"的一声响。

君莫笑跳开得真是恰到好处，只是刚刚好躲到了起身冲击波的边缘。冲击波攻击一过，叶修已经指挥君莫笑又一次冲上，一矛正顶在了环扣上。

骷髅勇士双手翻起就是一记倒撩，君莫笑却刚好一个后滚，那巨剑仿佛是擦着他的身子而过，旁观的田七等三人甚至都看不出这一剑到底是不是对君莫笑造成了伤害。只是从他们队伍列表中共享观看的生命和法力值中，发现这一剑是完完全全地被躲过了。

第二十八章

职业水准的

　　田七三人大气都不敢出，怕影响了君莫笑战斗。同时三人又是全神戒备，随时准备听令上去开始发动攻击。谁知左等右等，就见君莫笑和骷髅勇士斗得险象环生，却丝毫没有招呼他们上前帮忙的意思。田七他们三人，一个左，一个右，一个在骷髅勇士的大后方，全部都稳稳地停在骷髅勇士时而会有的攻击冲击波外。

　　"他不会是想要单挑了吧？"暮云深给田七发消息说着。

　　"老实说我也有点儿怀疑。"田七说。

　　"单挑隐藏 BOSS ？"这几个字暮云深光是敲出来都觉得特别惊悚。

　　"这也不是绝没有人能做到……"田七说。

　　"高手兄太强了，到底什么来头啊？这水平，我觉得咱们会长也不够。"暮云深说。

　　"完全不够。"田七下了结论。可怜月轮公会的会长因为 200 的手速成为公会上下膜拜的对象。结果来第十区开荒才一天，革命队伍里就出了三个叛徒，对老大已经是不屑一顾了。

　　就这会儿，浅生离也来了消息："不会是要单挑吧？"游戏里的语音就一个"当前"，没有什么传音入密，此时三人要靠语音的话，站位有距离，声音得大着点。于是怕打扰到挑怪的高手兄，都在这儿偷偷发着消息。

　　"有可能。"田七和暮云深都接了浅生离消息，一齐回着。

　　"太牛了，要不要录下来啊？"浅生离问，游戏里有录像功能。

　　"这个，高手兄没说，还是不要了吧！"田七说。

"哦。"浅离生应了一声，不再吱声，三人继续观摩君莫笑挑怪，那一杆战矛耍得真是娴熟无比，躲闪、腾挪，打得跟武侠片似的。田七等人大开眼界，和这一比，普通玩家打怪或 PK 那根本就和挺着胸膛比胸肌似的，糙，太糙了！

陈果站在叶修身后，一直努力地数着击中次数。要说观赏角度，她反倒不如田七他们三个。因为她等于是和叶修一样，都是君莫笑的第一人称视角。这样看，看不到太多君莫笑的动作。反倒因为君莫笑视线的旋转变换弄得陈果快要晕过去了。她根本就跟不上屏幕上那飞快的视线画面转换，经常冷不丁地一转，她就不知道人物是在朝着哪个方向，骷髅勇士又是身处何方了。环扣？骷髅勇士在哪都经常搞不明白还说什么环扣。

但就在她看来乱成一团的情况下，叶修的操作却依旧清晰明了。头晕的陈果朝叶修操作的双手看去，发现叶修左手的跳动明显比昨天自己看时要快，而握着鼠标的右手移动则更快，但是动作不多，经常是一下移动后就立刻点下了左键或是右键。

陈果很惊讶，她当然知道一般左键是普通攻击，右键是技能攻击，而屏中光标移动所指，便是这一击的方向和位置。叶修或移或点都是干脆利落，丝毫不见拖泥带水。再看屏幕，发现无论画面在多么快速的变换中，鼠标总是一移到位，之后没有丝毫颤抖地就会打出攻击。

叶修的右手，不仅仅是快，而且稳，非常地稳。

"职业水准的，果然不一样。"陈果惊叹着，与此同时叶修挂在脖上的耳机中又传出细微的"噌"声。陈果听得清楚，她也只能靠这点细微的声音计数了。二十，这已经是二十次击中环扣，但君莫笑的生命呢？在这过程中竟然一点儿都没损伤，这意味着骷髅勇士至今没能伤到他分毫。

"暮云深，崩山击！"叶修突地低头朝耳麦喊了一声。

"到我们出场了吗？"暮云深本都以为这次不用他们三个上阵了，但一听到叶修叫声，二话不说拔剑冲上。君莫笑刚好一记天击将骷髅勇士挑起摔向了他，暮云深迎上举刀就是一个崩山击，将骷髅勇士从半空劈到地，满满地劈出了一个八段连击，这已经是崩山击的极限。

"格挡!"叶修这话依然是在提醒暮云深,不过暮云深显然也早有此意,叶修话没落完他已经摆好格挡架势。骷髅勇士起身冲击波扫到剑身,"当"的一声响将暮云深推了开去。暮云深的格挡已有 4 级,能化解掉百分之七十的物理伤害。这起身冲击波本也不是什么大招,这一格之后的百分之三十伤害自然更算不了什么。

叶修这边的君莫笑却是早早地跳身避开冲击波,完了立刻反击,龙牙上去将骷髅勇士僵直。暮云深这边心领神会,不需提醒僵直技能已经蓄势待发。

"田七、浅生离!"叶修叫了一声,两人也已经飞奔而来,和暮云深一样快速理解战术意图,僵直技能随时准备奉上。

"怎么了?"陈果却是不解叶修怎么突然要人上来帮忙了。

"没看到吗?"叶修问了下,随即让君莫笑低头看了一眼,陈果立刻看到将骷髅勇士的脚边,它的佩剑正静静地躺在那儿,竟然已经被击断环扣后掉落爆出了。

"怎么回事?不是二十四下吗?"陈果诧异。虽然耳机是挂在叶修脖子上离她有点远,但那个"噌"的金属声在和骷髅勇士的战斗中非常扎耳,陈果觉得自己不会听漏。

"是二十四下呀!"叶修说。

"我怎么就听到了二十下?"陈果说。

"有四次用的是连突,所以是二段攻击,速度太快,你大概没听出来。补上这四次不就刚好二十四次了?"叶修说。

陈果惊诧:"连突两段打到同一位置?那能打出隐藏效果出血吧?我怎么好像没见?四次一次都没出?被环扣挡住了不算?"

"骷髅出血状态免疫的吧?"叶修说。

陈果闹了个大红脸。荣耀中有不少种怪物都是出血状态免疫的,骷髅类正是其中之一。血肉都没有了,还出个啥血?这设定就是这么个思路,这是很基本的常识,陈果这老鸟居然一时间忘记了。

都怪这家伙,视角转来转去的,打的是什么怪都给忘了。

陈果愤愤地坐回她电脑前,新手村外依旧人一堆,小怪依然要靠抢。正烦着,就听那边叶修问了一句:"老板你准备通宵吗?"

第二十九章
"首杀队"

"干吗？"陈果反问。

"你要通宵的话，那你在这儿，我去吸烟区坐好了。"叶修说。

"你去吸烟区坐了那到底是你值班还是我值班？"陈果气道。

"哦，那要不老板你换个地儿坐？你不是不喜欢闻烟味吗？"叶修说。

陈果泪流满面。虽然她很明白这也是在替她着想，但这种被嫌弃的感觉是怎么回事啊？

叶修这边手里却已经攥着烟盒，暗示陈果抉择的时候到了，要么坐这儿替叶修值班，要么就一边玩儿去。

"算了，不玩儿了，我睡觉去。"陈果愤然退了游戏，起身跑掉了。

叶修回头目送了一下陈果，冷不丁发现陈果刷完的账号卡扔桌上了没拿。这不是忘，而是陈果把网吧当家的，家里乱放一下东西很正常。叶修脑中立刻跳出一个主意，连忙喊道："老板你的卡没拿，晚上要不要我帮你练练？"

"随便你吧！"陈果随口应了声。

叶修点了点头，以接近三百的手速飞快地点了根烟，叼在了嘴上。骷髅勇士的围杀还在继续，但叶修这又是说话又是点烟也丝毫没受影响。此时继续专注打游戏，不大会儿骷髅勇士已被干掉。叶修需要的佩剑早就已经躺在地上了，过去捡起，其他东西果断放弃。田七等人也不再推来推去，三人看职业分装备，其他材料随便扫进包。田七说："高手兄，昨天几个隐藏BOSS弄到的其他你不需要的高级材料我们准备先留着，以后价钱高了再卖。现在新开区，全是些骗新人的奸商在低价收。以后价格正规了，卖了再分那部分钱给你哈。"

"我已经拿了我那份了，那些就是你们的。"叶修说。

"能者多拿，高手兄你就别太谦虚了。"田七说。

叶修笑笑，也就不多说什么了。四人继续把副本刷完，田七问道："要不要再加个人？"

叶修明白他的意思，需求的东西已经拿到了。队伍再多个人的话，会比较有效率一些。

"随便吧！不过今天我就先练到20了，完了要去带个朋友练练。"叶修说。

"哦哦，好的。要我们帮忙吗？"田七说着，其实叶修和陈果对话时也没特意关了耳麦之类的，田七他们模模糊糊地也听了不少。

"不用了，你们忙你们的就好。"叶修说。

"哦。"田七他们都不多嘴，和叶修才认识一天，虽然是在网游里建立关系比较快，但作为成年人，大家还是都很知分寸的。

出来副本田七开始喊人加队，开荒新手区组队那太容易了，一长串的申请名单中，田七最后挑了个等级17级的女玩家入队。

女玩家名字叫沉玉，进队后一扫队员名单就激动了。

田七、暮云深、浅生离、君莫笑，这不就是蜘蛛洞穴和蜘蛛领主首杀的队伍吗？想不到自己能加入这样的高手队，沉玉在接通了语音后就把她的兴奋之情传达给了每一个人知道。

荣耀里因为语音系统的普及，倒是把人妖基本杜绝掉了。玩家们一起活动的时候，肯定都是直接用语音交流，哪个女角色要是一直只敲字不说话，大家第一时间就会起疑心。当然你要一男的说话声音跟女人似的，这天赋异禀也只能让人防不胜防了。

田七三人听着姑娘说话，一边都很不经意地从姑娘身前一米走了一遭，叶修知道，他们这是看相貌去了。

荣耀角色模板就两种，一个男，一个女。具体样貌体型有编辑器，自己设计也行，直接随机生成也行，喜欢真实的，更可以直接把自己照片扫进编辑器，再提供部分基本数据后，编辑器就可以自动生成游戏里的角色模型，和本人基本一致。于是游戏里的女玩家的样貌是不是本人，是每个男玩家都非常关心的问题。据说一些有经验的狼性玩家可以一眼就看出女玩家的样貌是真是假。

田七三人似乎都不具备这种"狼"属性，围观了一下新来的沉玉姑娘后就得出了"普通"二字，是真是假，不知道。

沉玉姑娘却很积极，表达了对首杀队的膜拜后，又表示对能加入首杀队感到荣幸，完了又对首杀队的高手到现在居然还在18级表示了惊讶，再最后则对自己有没有机会成为首杀队的固定一员提交了申请。

对此田七只能很遗憾地解释，他们的队伍本还有一位弟兄，只是今天没来才多出来个位置。

沉玉姑娘十分遗憾，但还没放弃，既然主力队当不上，她开始努力申请是否能得到一个替补的位置，并打听他们都是什么公会什么组织的。

这问题让田七他们很不好回答，很显然外人把他们是当成一支高手队来膜拜的。现在他们还没进副本，沉玉也是如此。但只要进了副本开始工作，有经验的玩家立刻都会发现这支队伍中其实就是君莫笑是高人一个，其他几人根本不值一提。

沉玉的这些问题，这些期待，其实都只能落到高手兄头上。现在她又问公会什么的……田七他们是有公会来着，但现在是有高手兄的大神光环啊，拿他们公会的名字出来显摆那不是自己打脸吗？

"呃，我们还是抓紧时间下本吧！"田七转移话题，率先跑进。暮云深等人急忙跟上。进了副本，自然是叶修开始指挥，刚说一句话，沉玉就已经奇怪地接口："咦，是谁在说话？"

她刚入队就叽叽喳喳说了一堆，全是田七他们三人在和她聊，叶修这进了本才是第一次开口。

"君莫笑，我们队的大神，我们能完成首杀也全是靠他，没他的话我们这队不值一提。"田七找到了机会，实话实说，说完顿时觉得轻松不少。

"拜大神！"沉玉打字配图标再加自己语音。

"呵呵，走吧！"叶修笑了笑，领队头前开路。指挥、杀怪，不大一会儿明显的高手风范就已经显露无余了。但在这样的真材实料面前，沉玉反倒没有什么太激动的反应。

田七等人看出来了，这妞是个真正的新手玩家。

"这妹子毁了。"暮云深悄悄说着。

"嗯，起点太高了，才新人就见识了这么极端的高手，以后怎么和凡人们混？"田七说。

"悲剧啊！"浅生离感慨着。

第三十章
双开刷隐藏

　　沉玉无疑是个很乖巧的新人，从进了副本开始就保持安静，细心地听指挥，认真地执行。虽然作为新人依旧难免出错，但总是第一时间抱以歉意，大家也不好去过多地指责。说起来，沉玉犯错误时田七三人比她还要紧张，他们害怕高手兄因此而感到不耐烦啊！很多高手对于这样初出茅庐的新人都是很没耐心的。

　　不过副本过半后，田七三人算是放下心来了。高手兄水平这么高，却不是他们想象中的那种目空一切的高手，对于新人，他的耐心甚至比田七他们还要足。对于一些沉玉听不懂的指示，高手兄甚至会去给她解释那些专用的术语。

　　不过多了这么一个新人，刷副本的效率也就那么回事了。田七等人看高手兄都不在乎，也就不去理会了。一边打怪一边帮着教导小白，倒也其乐融融。

　　一聊之后这才知道，沉玉这才是第一次下副本。她一路都是做任务升上来的，能清的都已经清了，就剩了一堆需要在副本里完成的任务内容，这才来副本外混队，结果一混就混了这么一个名牌队伍，自然是很惊喜。

　　在高手辅导下，一轮副本结束，再进一轮，沉玉已经变得有模有样。她只是没玩过荣耀而已，并不是完全没接触过游戏的小白。

　　终于，数轮副本刷过后，君莫笑和田七他们几个齐齐升上了20级，沉玉等级差了一些，此时还在19级努力。叶修一看，索性又带队刷了几轮，连沉玉也一起带到了20级。

这当中一共又出了两次隐藏BOSS，叶修领队顺利杀过。不过这天再没见紫橙以上装备，就一些稀有材料。沉玉新人当然不知这些材料其实才是低级副本里最有价值的东西，就盯着那些个装备流口水了。不过田七等人在高手兄坐镇时不好意思猥琐，向沉玉讲解了这些东西的价值。结果沉玉真是太乖巧了，以自己是新人，捡了材料也不会用为由，统统都选择了放弃。

田七等人顿时对这妹子好感提升一百倍，表示会记她一份，以后卖了再分钱。

"行了，那你们就先忙着，我去了。"出了副本叶修和四人招呼着。

"高手兄你不去转职吗？"20级到了，所有人要做的事就是转职，然后离开新手村。

"不忙，你们先去吧！"

"那高手兄我们再联系。"田七说。

"大神再见！"沉玉此时已经和这几个人混得是半生不熟了。而且一直听田七等人讲述君莫笑的威武事迹，最终就叫定了大神这个称谓。

叶修笑笑，和四人告别离去。四人回新手村接转职任务去了，叶修一边让君莫笑朝格林之森副本这边走去，一边转身把陈果的账号卡给登录了，将这个第十区的5级逐烟霞登录进了游戏。

不错，荣耀虽然不能双开，但是有两台电脑的话，一个人玩两个号那是谁也无法阻止你的。这正是叶修打的主意，只要两人以上，那就算是队伍，就有机会碰隐藏。暗夜猫妖这边叶修还需要打一些材料呢！

第一趟，没出隐藏，叶修二话没说，直接退出副本。两个角色变成了濒危模式，濒危模式生命法力全清空，所有属性下降百分之八十，基本就是废人一个，需要休息十分钟来恢复。但怎么说也比打穿副本快些。格林之森君莫笑已经是没经验了。本来说是带着逐烟霞练练的，但陈果说随便，于是叶修就这样随便了。

起来抽根烟，喝口水，四下走动走动，回来君莫笑和逐烟霞都已恢复。再进副本，又没出隐藏，叶修再次果断选择退出。

如果十分钟一次，一小时也就六次。否则单刷格林之森的话，怎么也要在十五到二十分钟，节省到的时间还是很显著的。不过这个法子也就新手村能一直刷到够。新手村以后的正规副本都是有次数限制的。一天五次，一天三次，甚至一天一次，一周一次，都是各有限制的。

这次的十分钟叶修跑去看起了攻略，这些初期的东西真的忘了不少，老是跑到副本里了再去看攻略也不是个事。

十分钟过去，再进格林之森，还是没出隐藏。叶修不急，退出来看攻略。

第四次、第五次……

叶修的人品好像在第一天的时候都败光了，五次进副本居然一个隐藏都没遇。终于，第六次，系统发出了叶修期待已久的暗夜猫妖的提示。叶修长出了口气，开始打本。理论上逐烟霞进来了就没用了，退出去或者扔到入口不动都可以。不过叶修想着反正也是要打本的，索性带着吃吃经验。于是开始两头操作，先把逐烟霞摆好位置，君莫笑开了怪再带过来在有效范围里杀死让逐烟霞吃经验。一会儿这头，一会儿那头，忙得不亦乐乎。

网吧半夜起来上厕所的客人路过吧台，看到这模样都目瞪口呆。

"哥们儿，你玩就算了，还开着两台玩，太猛了吧你？"

叶修转头朝人笑笑，也不说话，这边操作不停。暗夜猫妖只要出来，其他就没悬念了。叶修需要的东西百分之百会掉，人品就是决定一下数量。结果爆东西的那一刻叶修的人品又燃了起来，他所需要的暗夜猫指甲一下掉了四个。加上第一次时的两个，已经有六个了，这东西叶修一共需要八个，再刷出一次就足够了。

刷完暗夜猫妖的叶修又华丽地直接退了副本。继续十分钟一次的无限刷隐藏大法。

一次没有，两次没有。叶修第三次回来准备拼人品时，突然发现有一条待处理的系统消息，点开一看，系统提示：玩家蓝河申请加您为好友，是否同意。

蓝河？那是谁？叶修看了看君莫笑附近，没有找到这么个名字的玩家，但想来也就是看自己一个20级号在格林之森外站岗，所以想加了好友求带的。叶修随手点了忽视，结果发现还有一条，再点，再有，还点，还有……

一气点下去，这十分钟里，这个叫蓝河的人竟然锲而不舍向君莫笑发了十八条申请。

忽视不是拒绝，被忽视的消息是可以重新提出来操作的。叶修感慨此人毅力，于是翻出了一条消息，点击了同意。

第三十一章
这是个人才

"你好，认识一下，我是蓝溪阁公会的蓝河，大号蓝桥春雪。"刚同意完好友请求，对方的消息已经发了过来，没说什么"在吗"一类的废话，开门见山，直接介绍自己，可以看出是个很自信的人。

"你好。"叶修简单回复。他毕竟在荣耀圈混了十年，三大公会之一的蓝溪阁还是很清楚的。至于蓝桥春雪，这是什么人物叶修就不太知道了。如果是黄少天和他的剑圣夜雨声烦的话叶修倒是会熟一些。

蓝河显然不知他准备打交道的这位是一个比他位面还要高许多的高手，毕竟他蓝桥春雪的名号在网游界已经是可以吓倒一片人了。蓝河自信地认为对方已经知道他是谁了，于是进行着下一步的交流："兄弟忙什么呢？"

"刷本。"叶修没站着聊天，发消息的同时君莫笑和逐烟霞都已经进了格林之森了。

"哦？哪个副本？"蓝河问。

"格林之森。"

蓝河迷糊了五秒钟，完了猜了一个他觉得是唯一的可能："带朋友呢？"

"算是吧……"叶修说。

"呃，我们这边下冰霜森林还差一个人，不知兄弟有没有兴趣？"蓝河发消息。

"哦？为什么找上我？"叶修问道。

为什么找上你？这问题让蓝河看得好生感慨，这说起来话可就长了，足足有一整天那么长。

最初君莫笑一队人连抢蜘蛛洞穴两个首杀，让蓝溪阁公会在这个副本上一事无成很没面子，大家都觉得挺是恼火。但在有意打听了一下君莫笑这个上榜三次的家伙和这支队伍的情况后，蓝溪阁的人却从中发现了一些不寻常的事。

首杀就是这家伙同队的队友，竟然是之前和他闹过矛盾的人。

那个喊话刷屏的月中眠，所吐内容涉及隐藏BOSS，从时间来看，正是君莫笑单人抢下的暗夜猫妖。刷屏的内容是说君莫笑为了私吞BOSS故意害死全队，这么一个卑鄙无耻的家伙，接下来月中眠却又怎么会和他混到一队去了？

这过程中到底发生了什么谁也不知，但至少说明一点，这个连抢两个蜘蛛洞穴首杀的队伍，不是亲友团，而是一支野队，而且还是一支内部有矛盾的野队。

这样的一支队伍竟然能抢两个首杀，实力就很不简单了。而君莫笑则明显是这队伍的焦点。这个为了隐藏BOSS害死全队的无耻之徒，竟然能被人重新接纳，这人靠的是什么？

除此之外，还有一个细心的蓝溪阁玩家留意到了一个细节。这支野队抢到的两次蜘蛛洞穴首杀，公告时队伍名单的排名先后并不一样。名单中排第一位的，肯定是这支队伍的队长。第一次时，这支队伍的队长还是月中眠，但到了第二次时，队长却换成了君莫笑。

队长这个身份可是很严肃的，能踢人，能设置队伍分配方式，而这队伍竟然愿意把队长交给一个无耻抢BOSS的人，这又说明了什么？

这一切，都说明了他们对这人的依赖性，没有这人，他们根本就拿不下首杀。

这人着实是个人才，而且很有可能是个没有公会归属的人才。

有公会的人才，不可能开荒去混野队；有公会的人才，同样不可能不是二十四小时在线。

蓝溪阁的人通过这一天的观察打听分析，最终得出了如此结论。正所谓千军易得，一将难求，这样的人才实在应该积极争取。这才有了蓝河连发十八个好友申请的事件发生。好友申请发了，没同意也没拒绝，那不是没看见就是给忽视了，蓝河决定用这样的方式让对方感受到诚意。事实上他的做法挺成功，连续十八个好友申请，让原本准备无视的叶修最终同意了好友申请。

不过此时对方问到为什么要找他，蓝河当然不会说得这么曲折复杂，只是说新区刚开就连上三次首杀榜，一看就是高手，所以希望能交个朋友，云云。

"实不相瞒，我们准备挑战冰霜森林现在的通关纪录，缺兄弟你这样的一个顶尖高手。如果破了纪录，紫装直接归你，怎么样？我们公会只是要个纪录。"蓝河没急着拉拢人入公会。荣耀这么久了，各公会有什么名牌高手大家互相都知道，这个君莫笑却从没听说过。蓝河估计这人要么就是某公会的高手来新区随便玩玩，要么就是那种一直对公会什么的没兴趣，专混野外的世外高人。

第一种那直接不用理，肯定是拉不到。至于第二种，对公会本身就没兴趣，上来单刀直入肯定得碰钉子。

所以蓝河决定先邀人一起下个副本，增进一下友谊，大家都是高手，配合起来一愉快，很容易就惺惺相惜。再来他们到底还是得亲眼见识一下这人的实力，是不是如他们推断的那么值得拉拢。至于承诺出去的紫装，那就是个表明自己诚意的筹码。冰霜森林，顶多也就是件25级的紫装，有比没有强而已。用不着在低级装备上流连忘返斤斤计较。说实话对方如果真是大高手的话也不会多在乎这个，可这已经是当前副本最拿得出手的筹码了。

收到这邀请的叶修却是眼前一亮，飞快地给蓝河回复消息："紫装就不必了，如果可以的话，我想要点其他的东西。"

"什么？"蓝河问。

"稀有材料。"叶修说。

"哈哈，兄弟倒也是明白人。"蓝河一看对方果然是见过世面的。对低等级的紫装什么的并不在意，当前最保值的东西的确就是这些稀有材料，这是哪怕到了游戏后期都会用到的东西，永不淘汰。

"强力蛛丝七十二个。"叶修开价。

"没问题。"蓝河答应得很爽快。强力蛛丝虽也算稀有材料，但由于是产自新手区的副本，可以无限刷，加上又是连普通 BOSS 都有概率掉落，可以说是稀有材料里很廉价的了。

"还要一个白巫女的密银吊坠。"叶修说。

"可以啊，现在就可以给你。"蓝河一边回消息一边笑，密银吊坠和叶修在骷髅勇士身上打到的佩剑一样是无属性的装饰品，全无价值，也就是一些姑娘喜欢拿来当首饰罢了。

"还有白狼的利齿，要八个。"叶修说。

"这个……兄弟你又是强力蛛丝，又是密银吊坠，现在还要利齿，这会不会太多了啊？"蓝河有些不高兴了。

第三十二章
讨价还价

　　白狼、白巫女，这都是冰霜森林的隐藏BOSS。密银吊坠这种没有实用价值的东西也就算了，蓝河完全不心疼，但白狼的利齿那可就很珍贵了。

　　冰霜森林那不再是新手村的教学副本了，每人一天最多下四次，四次里能不能碰到隐藏BOSS尚且难说，更别提碰到隐藏BOSS的时候还有三分之二的概率不是白狼。

　　如果叶修只是要这八个白狼利齿，蓝河倒还不至于犹豫。但在要过七十二个强力蛛丝后又要八个白狼利齿，蓝河只觉得这人有些贪得无厌，不愧是为了隐藏BOSS会害死一队人的无耻之徒。这人技术再好，但人品不行啊，把这样的人拉拢进公会，合适吗？

　　蓝河这已经开始犹豫了，叶修那边却不紧不慢地回了他的消息："多吗？那密银吊坠我就不要了，好吧？"

　　蓝河哭笑不得，飞快回道："兄弟，大家都是明白人，密银吊坠这种东西你想要多少个我根本就无所谓，但强力蛛丝和白狼利齿……"

　　"那你说多少个合适？"叶修问。

　　"二选一。"蓝河说。

　　"这个……真是好难选啊！"叶修说。

　　"鱼和熊掌不可兼得啊兄弟。"蓝河语重心长。

　　"那就白狼利齿吧！"叶修说。

　　"好。"蓝河长出一口气。

　　"强力蛛丝多少也意思点吧？"叶修又说。

蓝河差点儿吐血。

"四十个怎么样？"叶修问。

"老兄，你这……"蓝河有些不知道该怎么说了。

"三十个？"

"呃……"

"二十五。这总可以了吧？"叶修问。

蓝河久久无语，手搭在键盘上，就是找不出合适的字眼。

"二十四？"

蓝河的心忽然一下就软了，人都到了一个一个降低试探的份儿上了，堂堂蓝溪阁为了一个强力蛛丝和人讨价还价，丢不丢人？蓝河当即一拍键盘："行了，就这么着吧！"

"哦。"

蓝河这刚长出了口气，结果又一条消息跳了过来："那密银吊坠多给几个，反正你也无所谓不是吗？"

蓝河咣当就从椅子上摔下去了，这到底什么人啊？密银吊坠根本没什么用的东西，这点便宜也要占？

"这东西你要那么多干什么？"蓝河分外想不通地问着。

"这种东西，在你我眼里是全无用处，不过在有些人眼里，那价值就不一样了。"叶修说。

蓝河当然知道叶修说的是那些喜欢这些装饰的姑娘，果然这家伙要这些也就是为了泡妞吗？要一个送送也就算了，一下要这么多，这是想泡多少个妞啊？蓝河深深鄙视了一下这人后问道："那你要几个？"

"你不是无所谓吗？那就都给我吧？"叶修说。

"我们也没几个，就两个……"蓝河只好扯谎，同时深恨自己嘴欠说什么"根本无所谓"。的确，这玩意儿没什么实际价值，但也是很稀有的装饰，给公会的妹子们当福利是相当好的选择，白白全给了这人也有点心疼。

"……"

叶修只回了一个省略号，却扎得蓝河面红耳赤。这谎的确扯得有够拙劣的，但反正已经扯了，蓝河也就厚着脸皮死撑："那就这样了？"

"如果出了隐藏，怎么分配？"叶修又问了句。

"大家摇点嘛！"蓝河回答很痛快。

"……"

省略号，又见省略号。蓝河叹息，一个努力多占便宜的人，怎么会在这上被忽悠到。摇点，看似公平。但蓝河他们四人是亲友，这边一个孤身外人，摇点等于是四对一，他们占大便宜。这人显然也是很清楚这一点的。

"哈哈，开玩笑……"蓝河连忙打哈哈，"出了隐藏，纪录恐怕就拿不下了，总不好让兄弟白忙。隐藏掉的东西，兄弟先挑一样，怎么样？"

"好，那就这么说定了。"叶修答应了。

"那兄弟什么时候过来？我们的人都在冰霜森林这边呢！"蓝河说。

"哦，稍等下，我这个副本出来。"叶修说。

"好。"蓝河点头，末了看看好友里的叶修，"兄弟是不是还要先转一下职？"

"不用，就先这样吧！"

蓝河一怔："这……"

"先不说了，我抓紧时间过本。"叶修回道。

于是蓝河默默地关掉了消息，思前想后，总觉得有些不对。仔细琢磨了半天，突然一拍大腿。

搞什么啊？自己的目的本是邀这家伙一起下一趟副本来联络下感情，结果却在报酬奖励上讨价还价了半天，这么一来性质全变了，弄得跟请人来打工似的，他们蓝溪阁犯得着请外人来打工吗？

一想到这点，蓝河突然对自己讨价还价争取来的那些报酬都觉得心疼了，觉着好像白送出去了一样。但忽地，又想到了这些东西送出的条件：破通关纪录。

蓝河一下就怔住了。

差一人啊，破纪录什么的都只是他的说辞。他们蓝溪阁这次新区一共来了四十个公会一流高手，组个五人队怎么可能差人？差人，那只是给邀人一个说得过去的理由，至于破纪录，那是给大家伪装出一个共同奋斗的目标，这样更容易沟通。

坦白说，蓝河完全没觉得随便邀来个人就能创造出新的通关纪录。半夜十二点过后，副本次数刷新，蓝河已经领着目前蓝溪阁最精锐的一支五人队刷了三次冰霜森林，和目前中草堂的纪录都有一个稳定的差距。如果真能因为一个人的到来而改变，这人的实力岂不是要比他们公会的精英还要强？

蓝河觉得君莫笑是个人才，但也没觉得是比他们公会精英还要强的人才。但这人最后却是认真地和他在通关的报酬上讨价还价，难道这人是认真的？他才20级啊，而且还说先不转职，这样他还觉得能把纪录给刷新了？

"蓝河，你联系那人怎么样了？"正在这时，蓝河身边同队的高手系舟问道。

"请到了，他一会儿就过来，你们谁让个位置？"蓝河望向同队其他四人。

"哦，那我歇会儿吧！"某人说。

蓝河"嗯"了一声后，这人随即退出了队伍。余下四人蹲在副本门口，候着君莫笑的大驾，蓝河心中依旧是犹疑不定。

第三十三章
来搞笑的吧

叶修这边迅速挑翻暗夜猫妖后捡了暗夜猫指甲三个，加之前六个共有九个，已经达到他的要求，很是欣慰。除此像暗夜猫爪叶修目前也凑了四个了，这东西他不需要，但有人需要。等帮他们拿下副本通关纪录后，以货易货的要求应该不会被拒绝。

叶修想着已经让君莫笑退出了副本，逐烟霞这边已经直接退出游戏了。休息了十分钟等濒危状态解除，回了新手村一趟，又学了一些技能把1255点技能点用了个干净。一般玩家到20级时技能点只有1250，君莫笑因为一本技能书多出来5点，算是一个微小的领先。

技能打点完毕，随即便离开了新手村，正式踏上了荣耀大陆。

这里开始系统不会再帮着搞什么分流人群的事了。冰霜森林偌大一片，周围全是玩家。荣耀很多副本都没有一个固定的入口，就拿冰霜森林来说，这片树林就是一个副本，随便从哪个方向踏进去都可以。

"你们在哪边？我到冰霜森林一带了。"冰霜森林外很是热闹，告别新手村后，市场交易也逐渐起步，冰霜森林外成了第一市场，不少人支摊做起了生意。叶修边走边随意逛了两个摊子，价钱都是乱七八糟。不懂的玩家，怕东西卖低吃亏，都往高里标；懂的玩家，这会儿不会做什么稀有材料的买卖，卖的都是些20来级的装备。

但这些装备也就是一路做任务升上来的新人玩家会看上眼，毕竟任务大多给的绿装，比蓝装差着一个档次。像君莫笑这样一路副本升上来的，早已经一身蓝装齐备。

扫了几摊没什么发现，蓝河消息已回，告诉了叶修坐标。叶修连忙赶去，不一会儿，头顶君莫笑的名字出现在了蓝河一队人眼中，四人顿时倒吸了一口凉气。这个第十区第一个引起他们重视的高手，真是太潮了，这一身装备混搭的风格，这都 TM 是什么玩意儿？

四人目瞪口呆辨认着君莫笑身上的装备。荣耀中没有什么鉴定或是查看人物资料之类的设定，全靠玩家肉眼侦察，看装备的造型和细节来辨识装备。君莫笑这一身，布皮锁重板五样齐全。

这种风格在新手村里还常见，但居然穿到荣耀大陆上那就超级另类了。因为离开新手村的都是 20 级玩家，都已经转职，转职后不是说装备就不能乱穿了，但因为各职业都有自己精通的装备，所以一般人都会选择本职业精通的装备类型。偶尔会因为特别的要求穿几件其他类型，但像君莫笑这样，从头到脚穿满五种类型的真的没有。

四人尚在茫然中，叶修已经让君莫笑到了四人身旁，戴上耳麦耳机"喂喂"两声试了下音。

"能听到。"蓝河这边接话。

"大家好。"叶修打招呼。

"你好……"

"介绍一下，系舟、灯花夜、雷鸣电光，都是我们蓝溪阁精英堂的高手。"蓝河把另三人给介绍了一下。

"大家好大家好，再稍稍等我片刻啊！不好意思。"叶修冒出了这么一句，人就没动静了。其他三人趁着君莫笑还没入队，队伍频道里疯狂敲字吐槽。

"你没找错人吧？"灯花夜问。

"废话！"

"职都不转？"雷鸣电光的问题。

"他说他再看看……"

"就他这样子，能帮我们拿下纪录？"灯花夜很怀疑。

"拿不下就拿不下呗，我们的目的主要是看看这人的深浅。"蓝河说。

"别的不知道，他这 ID 的深浅我已经看出来了。"雷鸣电光说。

"什么？"

"君莫笑嘛，就是让大家不要笑，这哥们儿是来搞笑的吧？"雷鸣电光说。

"大家不要以貌取人，人没有转职嘛，这样穿正常。"蓝河也不知这话是不是也顺便给自己一个理由。就君莫笑这一身混搭他也有些不适应，荣耀大陆上多少年没见过这么自由奔放的穿着打扮了。

"这人不转职，难道是想玩散人？"一直没吱声的系舟突然开口了，他是资历相当老的玩家，知道很久以前有过一个散人当道的年代。

"散人？过去式了吧！不是因为50级没有觉醒任务所以没法继续升级吗？"灯花夜没有系舟这么老资格，但也见多识广，知道这么一段过去。

当时是荣耀三周年第三区开放，荣耀做出了第一次提升等级上限的更新，将原本的50满级提升至了55。

而角色想在50级时继续获取升级经验，必须完成职业觉醒任务。散人因为没有觉醒任务，所以等级的上限依旧停留在了50级。5级，在荣耀里从装备到技能那都是一个阶段性的差距，但这还只是开始，随着以后等级上限的继续提升，散人和各职业的差距将会无休止地被放大下去，谁都清楚，散人已经失去了意义。

"难道他想先玩到50级再转职？"灯花夜说。

"那样不会缺属性点吗？"雷鸣电光疑惑着。各职业属性成长都不一样。50级的剑客和50级的元素法师，那脱光装备属性差别绝对一目了然。散人的成长自然不会和任何职业一样，到了50级自成一格，再转其他职业，这20—50级之间30级的成长会被修正过去吗？

"这谁知道……现在还有人会关心这问题？"灯花夜说。

众人沉默，他们是高手，是精英高手，但这个问题的确没关注过，也没必要关注，谁会到了20级不转职啊？多少年都没见过这样的人了。

"我们猜什么啊？直接问问不就行了。"灯花夜人直接，几步到了君莫笑面前："兄弟，不转职打算玩散人啊？"

没反应。

"兄弟，在吗？"灯花夜喊。

"刚才说等等，可能离开了。"蓝河说。

"散人的话，他带齐了所有武器吗？"雷鸣电光好奇地绕君莫笑转了两个圈圈，君莫笑此时两手空空，没拿武器。因为他的武器千机伞此时已经被叶修摆到了装备编辑器上。装备摆上的一刻，立刻不再是本来面目，而是编辑器自动读取出的千机伞的构造编辑图，而千机伞之复杂，足足显示了有好几页屏幕。

　　而叶修此时，正小心翼翼地将从格林之森暗夜猫妖那里刷到的暗夜猫指甲，小心翼翼地拿取起来，朝千机伞构造图中支撑起伞面的伞骨尖端点去。

第三十四章
来点暴力的

　　一个、两个、三个……

　　叶修的脸上再没有平时那半死不活的颓废样，两眼眨也不眨，神情极度专注，右手稳稳地，将暗夜猫指甲一个一个放了进去，不偏也不斜地放完八个后，叶修稍微松了口气。活动了一下右手，点选了伞面倒翻时的结构图，又是一点一点地，将支撑伞面的八根伞骨从与伞杆的连接轴里抽出，随后取下了这个连接轴。

　　连接轴造型精巧，但叶修取出它后却是动作很快地丢到了一边的一个图框中，和它并排摆放的另一格槽里，放着的却是从暗夜猫妖处打到的暗夜猫眼石。点击格槽边的一个"复制"选项后，一个进度条跳了出来，格槽中的暗夜猫眼石开始被不断地旋转打磨。进度条结束后，赫然已变得和从千机伞上卸下的连接轴一个模样。

　　连接轴被叶修放回了编辑器的材料库中，而用暗夜猫眼石复制出的连接轴则被他重新装回了千机伞顶端。八根伞骨每嵌入一根，都会发出一声轻微的卡住声。八根都嵌完后，结构图已恢复了原貌，叶修细细检查了一遍，终于长出了一口气。

　　望着眼前编辑器中的构造图，叶修点起了一根烟，怔怔地出了神。

　　自制装备，精华就在构造图以及所需要材料的编辑研究上。千机伞在这方面的研究大部分已经完成，残缺的地方也早已经有了思路，目前完全未知的只是 50 级以后的提升，毕竟在研究制作出千机伞的那个时代，荣耀最高等级就只是 50 级。

　　叶修伸手点下了编辑界面中的"确定"选项，又是一个进度条跳出，背景画面上千机伞的结构图以动画的形式活动播放着，进度条走罢，画面固定，几个小修改过的地方已经变更。伞骨的尖端，八个暗夜猫指甲伸出了伞面边缘。

叶修关闭了编辑器，返回游戏，朝君莫笑包裹里一看，千机伞的属性并未发生改变。鼠标点中一移，君莫笑已提伞在手顺势一抖，伞面倒翻已成了战矛形态。战矛尖端，镶在伞骨上的八个暗夜猫指甲或尖或刺或钩，寒芒闪过，锐利非常。再看千机伞的属性，赫然已变。

　　千机伞（矛形态），等级15。
　　重量2.3千克，攻速5。
　　物理攻击290；法术攻击220。

相比伞形态，法术攻击提升不大，但物理攻击赫然提升110点。与同级的橙紫蓝绿白战矛相比，差5—25个等级差。

君莫笑忽地翻出了武器，吓了正围观的蓝河四人一跳。随后看这人手中的战矛，作为精英高手的竟然都不认识。

"兄弟回来了？"蓝河一边上去搭话一边丢了个组队邀请过去。

"嗯。"叶修应声进了队伍。

"先加一下我们公会吧？这样副本纪录才会列上我们公会的名号。"蓝河说着又扔了个邀请。20级离开新手村就可以建公会了，蓝溪阁他们自然早有准备，出了村就把蓝溪阁成立起来。

"明白。"叶修确认后，成了蓝溪阁的一员，如果一队五人全是同行会成员，完成的各项游戏类的挑战纪录才会以行会名冠名。

"那咱们这就开始？"

"等下……"叶修说话的工夫，已经打量过了这四人的装备，从而也判断出了这四人的职业。

蓝河，职业剑士系的剑客，武器20级紫武炎日，属刀剑系中的光剑。

系舟，职业圣言系的牧师，武器20级紫武圣光十字架。

灯花夜，职业圣言系的圣骑士，武器20级紫武正义守护，属圣言系的战斧。

雷鸣电光，职业法师系的元素法师，武器20级紫武紫铜法杖。

除了武器，四人身上的装备、饰品以蓝装为主，个别部位有紫装，都是很符合本职业的选择。仅仅开区一天，身上装备就已经如此程度，显然并不是因为四人人品多强，而是靠公会集体的力量被优先武装了起来。

"又有什么事啊？"灯花夜有些不耐烦。

"想刷通关纪录的话，我建议职业搭配稍改一下。"叶修说。

"怎么改？"蓝河问。

"牧师就不要了吧！"叶修很直接地说出来了。

"……"系舟作为牧师还没讲话，比较直接的灯花夜已经嚷出来了："不要牧师？你开什么玩笑。"

"去掉牧师，加一个输出职业提高速度。"叶修不紧不慢地说。

"兄弟，你这个主意好像有点不靠谱吧？"蓝河却是比较耐心地说着。

"压力是大了点，但大家都是高手，专心一些注意走位、闪避，可以不需要治疗。"叶修说。

"大家本来就不需要治疗，治疗是给MT的。"

"嗯，所以……我的意思MT也不要了，圣骑士输出有限，换个更暴力的人来吧！"

"靠！！！"灯花夜刚还替系舟打抱不平呢，没想到这一转眼的工夫自己也被嫌弃了，"不要MT？小怪的时候算了，大家靠技术，BOSS的时候怎么办？仇恨谁来控制，你吗？"

"嗯。"叶修说。

"你嗯是什么意思！"灯花夜很火大。

"我来控制仇恨。"叶修说。

"……"一队人都无语了，此时叶修就在队里，而且也在他们公会里，四人都没个可以说悄悄话的地方了。蓝河皱着眉说："你的意思，是组五输出的暴力队？"

"对啊，这才是过本最快的组合。"叶修说。

"你当这是新手村啊？"灯花夜叫道。

"无论什么副本，当然都是全输出最快。"叶修说。

"这话没错，但问题是，全输出能不能活着把本打完啊！"蓝河说。

"当然可以，不过我希望由我来指挥。"叶修说。

"……"蓝河也中枪了，在踹了两个人后，这家伙还要抢他的指挥权。

"好！"灯花夜突然大叫了一声，"我倒要看看你多大本事，系舟，退队叫人。"说完灯花夜已经离开了队伍，系舟还在茫然犹豫，一边的雷鸣电光冲着灯花夜叫："喂喂，敢情你们是退出队伍，死了没损失是吧！"

"出息劲儿！"灯花夜鄙视雷鸣电光，一边催促系舟，"系舟快退出来，我喊人了已经。"

第三十五章
一波流（上）

系舟显然不像灯花夜这么冲动，还待在队伍里没动，给蓝河去了条消息："怎么弄？"

"你觉得呢？"蓝河反问。

"我倒是很有些好奇，只是很遗憾啊，被排除了，没法亲眼目睹。"系舟说。

"这么说你不觉得他是在吹牛装 13 了？"蓝河说。

"不像，或许就是因为他没转职这一点，让他敢于不带牧师，急需的时候他可以临时客串一下。"系舟说。

"嗯，我也觉得他没必要搭上自己来浪费大家的时间，那就试试吧！"蓝河说。

"那我退了。"系舟说着离开了队伍。

"云归过来了。公会里的大部分人都已经没次数了。"灯花夜这边说着。云归本就是他们这支精英队的一员，因为要给君莫笑腾位置临时离开，此时归队。还差的一人在精英堂里却不好找了。精英堂那都是高手，下副本都很积极，这个时间除了蓝河他们这样特意等了一次的，不是已经把次数刷完的就是正在刷最后一次的。

结果高手们看到灯花夜呼人还好奇地八卦上了。谁都知道灯花夜他们那队已经有公会最强的三个输出了，三人又都在线，怎么还在喊输出？

"有没有冰霜森林还没去过的，越暴力越好，速度来，挑战纪录！"灯花夜也不解释，只是玩命地在公会频道里刷着。

"我来吧！"终于有人应声了，灯花夜一看是知月倾城。这是个姑娘，在精英堂这种高手聚集的地方女玩家比例是相当少的，是个妞大家就当宝贝一样。各队抢来抢去，把和姑娘一起下一次副本弄得跟福利似的，搞到最后高手姑娘反倒都没个固定队。

"倾城啊，那你过来吧！"灯花夜也不多话，报了位置过去。

云归和知月倾城很快就到了，加入了蓝河的队伍。云归本就是这队人，知道情况，知月倾城却有些茫然，这队伍没有 MT 没有治疗，多了一个不认识的人，职业……居然木有职业？

"大神，这两位你看还合适吗？"灯花夜对君莫笑话里带刺地说着。

于是叶修就真的认真看了两眼："嗯，可以的。"

云归也是元素法师，武器是 20 级紫武水灵法杖。同是 20 级法杖，水灵法杖和紫铜法杖在基本属性上都差不多，区别只在附加属性，一个是火焰爆弹技能等级加 1，另一个则是冰霜雪球技能等级加 1。从法杖的选择上，可以看出这两位元素法师所修元素路线并不一样。

至于知月倾城则是个魔道学者，这职业同是法师系的一员，被称为法师中的科学家，运用大量的魔法道具来进行战斗，而且拥有一定的近身战斗能力。

知月倾城用的武器是 20 级紫武水晶魔杖，而不是魔道学者专属的扫把。如此叶修也无法从她的武器上判断出她的技能路线，不得不多问一句："什么流派的？"

"暗系体术流。"知月倾城说。

"修鲁鲁有加吗？"叶修问。修鲁鲁是魔道学者的一个挑衅引怪的技能。

"随级加。"知月倾城回答。随级加的意思就是，技能一到可以提升的时候，就立刻花费技能点让其升级。

"哦，太好了。"叶修说。

"大神满意了？"灯花夜在旁问道。

"嗯，可以了，准备进吧！"叶修说。

知月倾城到现在也没整明白是什么情况呢，结果就听到蓝河宣布："大家听着，这趟副本由君莫笑指挥。"

“你指挥？”知月倾城很意外。

“嗯。”叶修说。

“为什么？”知月倾城有些不解。

“为了通关纪录。”叶修说着，已迈步进了副本。

“喂喂……”蓝河这喊着人却已经没入森林没了，显然是已经进了副本。蓝河那个郁闷啊！要怎么打得在副本外先讨论啊，进了副本可就开始计时了，那时再讲解多浪费时间啊！

“大神都进去了，你们还在等什么，快进去颤抖吧，凡人们！”灯花夜大声笑道。

“出来再找你。”蓝河骂了句，四人也连忙进了副本。

冰霜森林里的小怪是一种绿皮蓝鼻子的哥布林，有远攻的，有近战的，还有会魔法的，种类繁多，明显已经不再像新手村那么单调有规律可循。而且所有哥布林模样完全一样，不到出手攻击，根本不知道对手是哪一型号。

蓝河四人齐进本后，副本计时正式开始。大家都没在门口傻站，抓紧时间赶路，一边听着叶修下达的指示：“有魔道学者就好打多了，我们用一波流。”

蓝河吓一大跳：“怎么用一波流？”

“一波流你不懂？”叶修比蓝河更惊讶。

蓝河当然懂，荣耀里一波流的意思就是一次就把能开到的怪全引出来，然后聚怪一波全灭。但这个打法是在对副本有一定的等级压制，而且拥有强力MT的时候才能用，同级副本里没听说过用一波流的。

“一波流就是……”

“我懂我懂，我就不明白我们怎么用一波流？”蓝河说。

“我去引怪，然后修鲁鲁聚怪，火法烈焰冲击，冰法暴风雪，然后……”

“你说和没说一样，行了你去开怪吧！我们一波流。”蓝河泪流满面了，这基本流程他当然也知道，但一波流的关键在开怪的那人身上，能不能带着一波怪活着回来，这是个问题。结果人轻描淡写四个字“我去引怪”就把最关键的问题概括了，蓝河说再多也是浪费时间，算了，死就死吧！蓝河发了一个瀑布汗的表情表达自己此刻的心情。

其他三位看蓝河这样说，也都认命了，排队瀑布汗表情跟上。就叶修最后敲了个微笑，喊道："上了。"

君莫笑跑出去了，蓝河等人望着他的背影，觉得什么壮士一去不复返也不过就是如此了。

"不得不说，人还是很豪迈的，我欣赏他。"雷鸣电光吐槽中。

"都跟上。"前方传来喊声。四人齐抬着瀑布脸迈步跟上，已经看到君莫笑接近了两个哥布林。两个哥布林一个开始扔石头，另一个开始搓冰箭术，四人齐声道："悲剧啊，上来就是两个远程怪。"

石头和冰箭飞出，但就见君莫笑的身子似乎只是晃了两晃，石头和冰箭就已经擦着他身飞过了。

"我靠，不是吧？ Z 字抖动！"蓝河惊叫。

第三十六章
一波流（中）

"Z字抖动"其实依然只是一个移动中的变向操作，左一移，右一移，同时不放弃向前，划出来的最终是个"Z"字轨迹。但当这个操作进行得太快时，移动幅度就会变得很小，角色瞬息之间完成变向，看上去就会不像是移动，只仅仅像是抖动了一下。

如果只是仅仅飞快地操作一下让人物达到"看起来抖动"的效果，那能做到的玩家就太多了，但能把"Z字抖动"运用到实战中，那就必然是大高手了。仅靠这种最小幅度的移动来躲避攻击，不用说也知道这人的判断和操作有多么精准了。

不只蓝河，雷鸣电闪他们三个自然也是识货的，此时震惊在这一个精妙的操作之下，就见君莫笑已经冲到了两个哥布林身前，抬手已经一掌，一圈气劲播散出去，两个哥布林轰一声就已经被震飞出去。

战斗法师15级技能：落花掌。这一技能拥有很强的吹飞效果，哥布林身小体轻，中这一掌飞出去数米之远。

君莫笑没有任何停歇，身形又往另一边冲出一截，那边又是两只哥布林，一有玩家进入仇恨范围立刻掏出了大棍，倒是两个近战攻击的。

于是这一次君莫笑再没凑到两个家伙身边，直接继续朝前冲去。向前吹飞的两个哥布林已经爬起身，一个又准备扔石头，一个又正在搓冰箭。君莫笑人还距离它们两米战矛已经抖出来，噗噗两声，两只哥布林石头没扔出来，搓冰箭的也被中断，君莫笑又一矛扫出，两怪被放倒，踩着它们就跑过去。

下一目标是正前方十点钟方向的两只哥布林，这次两个一个掏棒一个搓冰箭，冰箭飞出时，君莫笑直接跳起，顺便也从掏了大棒冲过来的哥布林头顶上飞了过去。半空已经一矛递出，将接着在搓冰箭的哥布林给打断，落地后一绕已经闪到这哥布林身后。两哥布林一个转身，一个举大棒转身来追。君莫笑抬手又是落花掌，两怪被轰飞，而且不偏不斜，正好撞在之前两个远程哥布林身上。两个哥布林悲哀地又一次技能没出来就扑地了。

就这样，各处或站岗，或巡逻的哥布林，被君莫笑或引，或轰，全部给惊动了。近战哥布林齐齐舞着大棒尖叫着追赶君莫笑，远攻的则也都在忙碌地施展着自己的手段，冰霜森林一下子变得热闹非凡。蓝河等人追在后面，一个个都是迟疑不定，不可否认这个君莫笑在技术上的确相当有两下子，但是……把副本闹腾得如此鸡飞狗跳，这看起来怎么也像是一队高级玩家过来碾压副本了。

此时的蓝河四人都已经看不到君莫笑了，他们身前是大堆尖叫着的哥布林，朝着前面不断追赶着。君莫笑呢？蓝河他们只能从两个地方知道他还活着，一是队伍列表，君莫笑的生命还有一大半，活得相当精神；二是时不时可以看到君莫笑跳起来的身影，一晃，落下，就又被哥布林们给挡住了。

"这……这已经有二十多只了吧……"云归声音有点颤，20来级下副本就搞成这个样子，这太雄伟了。

"还不杀吗？"知月倾城早准备好了修鲁鲁。

"我现在想知道他一会儿怎么返回来。"雷鸣电光望着眼前已经把路全给霸了的哥布林怪堆，语气中带着钦佩。

"不会是要我就这样把修鲁鲁丢出去吧？这聚不到啊！"知月倾城着急道。由于哥布林攻击方式有远有近，此时就分成了两个集团军，一部分举大棒地紧追不舍，另一部分则保持着距离，要君莫笑跑出他们的远程范围才会开始跑几步。

"干什么？你们难道是在问我？我可什么也不知道。"蓝河说。

话音刚落，这边的雷鸣电光突然也开始蹦蹦跳跳，努力想看看怪堆的后面是什么情况。这挺搞笑的举动此时另三人却都笑不出来，蓝河连忙问道："什么情况？"

"怪聚得相当漂亮！"雷鸣电光说。

"哦？"蓝河也有蹦着看看的冲动，但身为蓝溪阁五大高手之一，第十区的会长大人，还是要保持一点身份的，于是淡淡地问道，"怎么聚的？"

"我怎么知道，反正怪一团一团的。"雷鸣电光正一边蹦一边说着，所有人都突然就听到一连串的掌击声。

"落花！我靠，这一掌轰得好爽啊！"雷鸣电光大叫着，其他三人也看到前方的哥布林们一下子乱了，这一记落花掌不知轰飞了多少哥布林，倒飞出来的大棒哥布林撞着后面的远程哥布林，一下子倒了一大片。四人的视野一下子开阔起来，就见前方怪堆里君莫笑右手提矛在身后，左手推在身前，衣襟飘飘，还保持着落花掌的造型，身遭附近全是横七竖八的哥布林。

这一瞬的画面停留了连一秒钟都没有，但君莫笑这一刹那的威武造型却一下子印在四人脑海中。但是下一秒，横七竖八的哥布林们已经爬起来了，无畏地准备再度冲上。君莫笑跳身而起，雷鸣电光抓紧时间吐槽："干吗，他准备飞过来啊？"

结果……

"他飞了，他真的飞了。"雷鸣电光泪流满面地叫着。

面朝他们的君莫笑跳起后转身一百八十度，随后一声枪响，人突然就朝着他们这边倒飞过来。蓝河他们都是识货人啊，一下就看出来了，这是枪手们的空中移动技术，在空中开火，利用枪械的后坐力让人物在空中完成倒飞。枪械的后坐力越大，倒飞的距离越远。君莫笑这一下起码是步枪以上级别，一个倒飞直接从怪堆头顶上穿越，落地时，反倒是跑到四人身后去了。

哥布林们疯狂转过身来，潮水般就要冲来，结果正迎着他们的却是蓝河四人。四人都是一头大汗，随即就听到君莫笑的声音："法师攻击，修鲁鲁准备放了。"

几人连忙凝视一看，大惊。

这一瞬间，翻身疯狂追来的哥布林：远程的原地不动施展着攻击，近战的在朝这边赶路，所有小怪正好全都拥在了一起，抱成一团，绝对是群攻的最佳时机。

第三十七章
一波流（下）

"快，快攻击！！"蓝河连忙叫着。一波流最难的引怪环节居然真的被这个没职业的家伙给完成了，但是想把这一堆怪一次就剿灭可也没那么容易，绝不可能是两个法师一人一个法术就能给全刷掉的。

雷鸣电闪和云归不敢怠慢，一个用烈焰冲击，另一个用暴风雪。

两个法术各属两个系列，虽是同级技能，但效果各不相同。火法讲究的是爆发力，烈焰冲击一经释放，哥布林脚下燃起一个火焰法阵，"腾"一声响，冲天的火焰拔地而起，足有三米多高。

哥布林们受到冲击，全都浮空而起，在烈焰的冲击下尖叫翻腾，但这一技能不是烟花，腾起的火柱一秒钟就没了，哥布林们跟着已经要往地下摔去，云归的暴风雪却已在此时"哗啦啦"地降了起来，冰雹夹杂着雪花，个个都有包子大小，毫不留情地朝着哥布林们身上砸去。

烈焰冲击的攻击就是那么一下，暴风雪却要持续四秒，平均每秒落一下。论总伤害，暴风雪更高，但瞬间输出明显是烈焰冲击更猛，这就是冰系与火系各自的特点。

"修鲁鲁！"叶修喊着，知月倾城早做了准备，连忙把"修鲁鲁"准准地丢了出去，正是怪堆的中心。

这"修鲁鲁"就是个布娃娃一样的东西，对半径两米以内的怪有嘲讽作用，强制怪物将仇恨放到它身上。当然，这些也不是无条件的，首先修鲁鲁的等级不能比怪低，其次普通修鲁鲁对精英、BOSS、领主之类的怪是无效的，必须再用魔道的另一被动技能"修鲁鲁改良"来逐一实现。目前知月倾城的等级还不够学"修鲁鲁改良"，但她的"修鲁鲁"是随级加，等级方面没有问题，这一扔出，所有哥布林都朝着"修鲁鲁"跑去了。

"只能顶一会会儿！"知月倾城扔完连忙喊道。修鲁鲁效果时间倒是超长，有足足二十秒，但问题是这小布娃娃生命没多少。怪被吸引了仇恨当然不是围观去的，而是会攻击。这么一大堆的哥布林，修鲁鲁转眼就会被拍碎。

雷鸣电光的烈焰冲击和云归的暴风雪当然也是有冷却的，一个要六秒，一个要八秒，此时两人正在狂扔各自的单体攻击小法术，面对这么大堆的哥布林明显力不从心。

"够了！"叶修一边说着一边让君莫笑冲了上去。有了修鲁鲁的效果，哥布林变得更加齐整。近战的都围到了修鲁鲁身边，远战的都已经开始攻击修鲁鲁。修鲁鲁出来也就那么一秒，就被打成了碎片。但君莫笑已经在此时又冲进了它们身遭，战矛不见了，左右手各握了一支东方棍，抓起一只哥布林拧身就是一个背摔。

背摔冲地波散开，哥布林整整齐齐倒了一片。

"剑客准备银光落刃！起身放。"叶修喊着。

到现在还没发挥过的蓝河听到这个指令一怔，但随即反应过来，拎着光剑炎日急忙上前。

所有哥布林正在整齐地起身，蓝河已经跳上半空，看准小怪正中，双手将剑推出，仿佛御剑飞行一般，急速落到怪堆当中。

剑客技能：银光落刃。

银光落刃是跳跃高度越高，威力越大，所产生冲击波的范围也就越大。蓝河不愧为蓝溪阁的五大高手之一，叶修喊出指示后立刻就领会了意图，这一记银光落刃用得极其完美，冲击波扩散开去后，刚刚爬地而起的众小怪又一次整齐地倒地了。

接连的范围技，不求太高的伤害，只求聚起的小怪始终倒地无法起身攻击。但是，即便是背摔和银光落刃也是有冷却的，只靠这两个技能交换使用不可能完全控场。修鲁鲁的冷却那就更长了，有三十秒，短时间里根本指望不上。

"这家伙还有什么职业的范围技吗？"蓝河是这样认为的，脑子里也在回忆所有职业转职前的技能中还有什么像是背摔或是银光落刃这样的。结果就听到人家接下来的指挥："暗影斗篷。"

"对哦！"蓝河恍然，就见知月倾城迈步上去手一挥，一道紫黑色的斗篷从她袖里飞出，唰一下已将诸多的哥布林围在了当间，跟着斗篷一个收束，哥布林们尖叫着被勒成了团，齐刷刷地又倒下了。

"这样冷却好像就差不多了。"蓝河盘算着几个技能的冷却时间，结果就听到下一步指示："烈焰冲击。"

雷鸣电光烈焰冲击的冷却果然结束，听令释放。读条结束后，正赶上哥布林们又一次坚强地站起来。

火柱冲天，哥布林空中翻滚了一圈，再一落地，又是两秒过去了。蓝河这才醒悟，原来连这都算是一个控场技能了。

高手！真的是高手！居然可以利用这些本不是控场技能的特点，打出控场一般的效果，对同等级副本完成一波流，真是太强了！

蓝河清楚，到了这个地步，只要没有人发生操作上的失误，这个一波流就算是打成了。

蓝河明白，其他几人又何尝不是？带着惊诧，在叶修的指挥下技能一个接着一个，哥布林们就在起身、倒地中不断地挣扎着。当杂七杂八的东西掉满了一地后，四人才回过神来，二十多只哥布林，竟然真的奇迹般地被一波流掉了。

"抓紧时间继续。"对方却好像不觉得这有什么神奇似的，喊了一声就立刻继续前进了。

蓝河四人连忙跟上，地上东西随便瞟了几眼看没什么值钱东西就没去理会了。刷通关纪录中，哪有工夫在这上面浪费时间？

就这时副本外的灯花夜发来消息："怎么样啊？还活着吗？"

"大神，真 TMD 是大神！！"蓝河回道。

"说什么呢？"

"一波流！一波流！"

"一你个头啊，说什么呢？"灯花夜莫名其妙。

"我们在一波流推副本啊！"蓝河说。

"开什么玩笑？"灯花夜不信。

"等着看我们上电视吧，哈哈哈！"荣耀玩家把上系统公告形象地称之为"上电视"。

　　灯花夜呆呆地关掉了消息窗，一边的系舟问："怎么样？"

　　"他们……在一波流推怪。"灯花夜说。

　　"一波流？"系舟也呆住了。

第三十八章
输出是什么？

副本推进速度快得惊人，蓝河喜上眉梢。叶修这边也觉得挺省心，蓝河他们这四人组比起田七、月中眠无论从装备到技术都要强出很多，自己在第一次一波流中指挥了一次后，再以后就基本不用喊话了。这四人明白了意图后，自己就能判断形势在最合适的时机采取准确的行动。

仅仅用了两波，到冰霜森林一号 BOSS 途中的小怪就全被消灭干净了。蓝河看了一下时间，才用了五分钟不到。小怪已经不足为虑，接下来挡在他们面前的就是 BOSS 问题。

一号 BOSS，哥布林巡守，比普通小怪哥布林更加强壮一些，手提一根带刺狼牙棍，物理攻击极高。这种 BOSS 虽没什么风骚的技能，但就是这朴实无华的抡棍攻击就让很多队伍束手无策。

原因无他，就是因为按普通队 MT 拉仇恨的打法，要硬扛这样的高攻 BOSS，只能靠堆防御和堆体力来解决，达不到这样的数据标准，那就得靠技术。技术这坑意儿那就不是想有就有的，于是在数据达不到要求的情况下，只有高手能应付，一般玩家只能干瞪眼去收装备。

技术层面，蓝河不会再对君莫笑有任何怀疑了。人无职业 20 级，就能拉着二十多只哥布林团团转，谁要说这样的人没技术蓝河都不答应。可面对 BOSS，蓝河不担心君莫笑的技术会死在哥布林巡守身上，只担心仇恨是不是能拉稳。这要一个不小心，巡守的大棒落到法师身上，那基本就是秒杀了。

"我开怪了，大家尽力输出。"叶修说。

"等几秒？"蓝河倍儿专业地问着，一般MT开怪都会先自己杀上几秒，堆点仇恨起来，以免其他人上来一个大招就直接OT。

"不用等，开了就上。"叶修说。

"开了就上？"四人齐声惊呼。

"抢纪录啊，抓紧时间，开了！"叶修说罢已经敲着键盘让君莫笑冲上，蓝河四人稍怔了怔，却还是没敢大意。小怪上省了不少时间，他们觉得在BOSS还是求稳一下，于是四个人非常默契地都没有动，就见君莫笑冲到哥布林巡守身前一矛捅了上去。

龙牙、天击、连突、普通上挑、普通直击，又天击……

"等什么呢？"

听到一声喊叫，蓝河四个如梦初醒，可又有些不知所措。从君莫笑开怪开始，这哥布林巡守就一直在天上翻跟头，这是华丽的浮空无限连啊！四人不由自主地都想看看这君莫笑能连到多少下，想看看这BOSS什么时候才掉地……

但人这一喊，四人反应过来这不是欣赏视频来了，连忙吟唱的吟唱，翻魔法道具的翻道具，拔剑的拔剑，一气儿冲了上去。

火焰、寒冰、星星弹、剑光……四人的攻击一气儿而至，配合得错落有致，谁也不会挡着谁的视线，谁也不会阻着谁走位。只是每个人心里都带着一丝戒备，提心吊胆地怕自己攻击太暴力招来BOSS的大棒。

虽然君莫笑说大家尽力输出，但他毕竟不是专业的MT。专业MT如骑士，转职后很多仇恨控制技能不说，很多原本20级前的技能也会附加上一些仇恨相关的内容。这些技能，没转职的君莫笑倒是也能学，但这种仇恨效果他的技能上却是不带的。

所以四个人打怪都有些收敛，没加出全部实力，倍儿专业地在那控制仇恨。打着打着就听到君莫笑冷不丁地冒了一句："全力输出啊！不会OT的。"

四人一看这哥们儿这么自信，不给面子也不好，于是牙一咬，拼了。每个人都开始咬牙切齿地疯狂追求输出的最大化了。

荣耀里没有仇恨计算之类的辅助信息，输出、治疗统计也都是在副本通关后才会统计。四人都是高手，自有一套最熟最猛的打法，之前大家是控制着怕 OT，此时心底深处却好像有点盼着想 OT，好像不 OT 一下就显得自己这输出是山寨一样。

结果，哥布林巡守始终都没瞥过他们四人中的任何一位，那大棒只是朝着君莫笑招呼。君莫笑移动极快，更强的是任何移动都不影响他对巡守的攻击，他整个人从来都没站着不动过，一直保持着在哥布林身边不停地转动。

蓝河也是近身攻击职业，此时越看越是心惊。君莫笑这种打法，系统 BOSS 应对迅速，能一直转身追着他，无论左转右转都不落后，所以作用也仅仅是躲避了 BOSS 的攻击。但如果是在 PK 中，这种打法足够把一般玩家转到吐，看来此人 PK 也是一把好手。

哥布林巡守终于倒下了，四人最终也没能得到丝毫眷顾。四人都有些不好意思说这是一场围殴，他们围是围了，殴也尽力了，但好像被殴的当事人并不知道他们四人的存在。

"兄弟你怎么能拉得这么稳的？"蓝河忍不住问道。他觉得就是专业的 MT 灯花夜在，自己如此暴力的输出下也早该 OT 好几次了。

"输出比你们高就行了。"叶修回答他。

蓝河木了，云归震惊了，知月倾城无语了，雷鸣电光吐槽了："原来他不是 MT，他也是一个输出……"

四人泪流满面。是啊，原来对方只是一个比他们更暴力的输出而已。

君莫笑马不停蹄又去开下一波的小哥布林了，四人追在后面窃窃私语。

"输出竟然比我们都高。"云归嘀咕。

"而且高出不少，不然仇恨不会这么稳。"知月倾城说。

"他技术很好我承认，但能靠输出拉这么稳，攻击也绝对不能低。他那把战矛你们谁认识？"蓝河问。

"不认识，长得怪怪的，像个大头蒜。"雷鸣电光说。

"你家大头蒜长那样啊？"云归说。

"艺术的夸张懂不懂？"雷鸣电光说。

"滚蛋。"云归鄙视。

"都闭嘴，开怪了，专心点。"蓝河说。

前方君莫笑又开始一波流地引怪，四人不敢大意，虽然已经成功了两次，但他们深知这当中的风险，任何一个技能有偏差都有可能控丢几只哥布林，后果不堪设想。

引怪、聚怪、灭怪。每个人的发挥都很完美，两波后 2 号 BOSS 沿途小怪全灭。面对 2 号 BOSS，蓝河四人再没客气，一上来就全力输出。结果……结果四人只是又一次默默地追在了去开下一波怪的君莫笑身后。

"好快啊，纪录肯定要被我们刷了。"雷鸣电光突然好生感慨。

"而且是大幅度地刷新。"蓝河十分欣慰。

"爽！"云归似乎也很开心。

"……"知月倾城不知该说什么。

输出什么的，不想再提了。

第三十九章
冰霜赛恩

冰霜森林的最终 BOSS 是哥布林领主冰霜赛恩。从有名字这一点上来看就知这副本 BOSS 比新手村的隐藏 BOSS 还要受重视。

赛恩的体型和普通哥布林相比未见有什么差别，但狰狞的面容看来却更显得阴险狡诈，至少他没有像普通哥布林一样有一个很抢眼的滑稽蓝鼻头。因为冰霜赛恩的整个肤色都是这样蔚蓝的，背转身去不要露脸，倒也像个可爱的宠物。

但所有玩家却都知道这家伙一点儿都不可爱。冰霜赛恩右手中的那把冰刀，和它矮小的身躯一般高。挥舞时就有寒风阵阵，攻击到的距离远比玩家眼中看到的要远。由于这家伙一些特殊的攻击手段，必然是第一仇恨的 MT 经常在这里受到控制。所以在冰霜森林的攻略里，都是推荐队伍要带两个 MT 的，在面对一号 BOSS 哥布林巡守和冰霜赛恩时压力都能降低不少。

至于叶修，又哪会是照攻略来的寻常玩家，看那四人都到了跟前，说了一句"上了"，就让君莫笑提矛冲上了。这也是因为这一队队友的素质确实很高，如果换了田七他们那伙人，少不得得多交代几句，而且实战中还需多有照看，远不如蓝河这些人省心。

蓝河四人也不多话，跟着一起就上。君莫笑冲在最前，当先引起冰霜赛恩的注意。这家伙的行动速度比普通哥布林快了足足两倍，两条小短腿仿佛车轮般甩动着，顷刻间就已经冲到了君莫笑跟前。

结果下一秒冰霜赛恩就已经被挑空在了天上。

好强！蓝河四人默默地看着，默默地赞着。别看这仅仅是一击，但以冰霜赛恩的速度和灵巧，想一击就中绝没有那么容易。对付这BOSS连开怪都是难点，就拿蓝河他们的MT灯花夜来说，上一趟下冰霜森林时在第三次攻击时才砍到，而后一套小连击建立起了仇恨。就这已经算是很不错的成绩了。换些一般的队伍来，经常是MT被搞到残疾也没建立好仇恨，最终倒是常把仇恨建到无奈给MT治疗的牧师身上去。

君莫笑这边挑空冰霜赛恩，跟着就是几个技能追上，打出一套浮空中的连击。但冰霜赛恩那可是有名字的BOSS，对付有可能无限的浮空连没有点儿手段怎么行？就见半空中的它突然蓝光一闪，立刻踪影不见。蓝河等人都没有大惊小怪，冰霜赛恩就是有这么一个瞬间移动的技能。

正在找寻这家伙移动到哪儿，四人却都听到"噗"一记被刺中的声音，望过去时，就见君莫笑的战矛依然在冰霜赛恩的身上戳戳戳……

蓝河四人一怔，再往原处一看，原位置上也还有个君莫笑来着。

影分身吗……四人当然看得出来，这些技能都见得多了，没什么可大惊小怪的，让人惊诧的是君莫笑能第一时间就追上冰霜赛恩的瞬移。想到这点，蓝河四人都有些惊恐，他们知道冰霜赛恩在瞬间移动前也是会有一些表现的，就像一个法师施展法术，从他吟唱时举手投足所指的位置，是可以大致判断出这一法术释放的位置。但是这毕竟是个瞬发法术，表现也只是短短的一瞬，结果君莫笑依然能捕捉清楚对方瞬移的位置，这种事不是在理论上才有可能的吗？

冰霜赛恩的瞬间移动当然也是有冷却的，用了一次不灵，被君莫笑一通海扁，全面落在下风。估计它当BOSS这么久也没这么窝囊过，想出刀，想出法术，但却总被对方抢先一步给破坏了。

"大家上。"蓝河发现他们四人好像又开始欣赏起单挑视频了，连忙招呼了一声一起冲上。

和冰霜赛恩的战斗，本是一场行走在仇恨边缘的战斗。如蓝河他们这种只带一个MT的高手队，更需要细细判断MT与冰霜赛恩之间的仇恨，以免OT。但现在，在君莫笑这种打起冰霜赛恩都不会出空招的强力输出下，四人全没了这种顾忌。就算冰霜赛恩的主要仇恨不在他们身上，他们也难免会有失手没打中的时候。冰霜赛恩的移动实在太快，而且不是 MT 拉住仇恨后就会站那儿和 MT 死磕的傻 BOSS。

瞬移！又瞬移了！蓝河等人骂着，冰霜赛恩瞬间移动冷却一好就会使用，但今天遇着了对手，君莫笑利用影分身施展出的瞬间移动不比它慢。最后只剩蓝河他们四个郁闷地拍着键盘调转方向追过来赶过去。这一幕已经是多次上演了。

"注意，快红血了。"这时叶修忽地沉声说了一句。

"嗯。"四人应声，红血这么严重的问题他们当然也早都注意到了。冰霜赛恩在红血状态时施展法术会是霸体状态，所以无法被一般攻击打断，而且施放速度更快，有一个瞬间卷起数道冰旋风的法术，对于正在围杀他的玩家非常致命。

"快退！"蓝河突见冰霜赛恩眼中凶光一现，大冰刀唰唰舞出几个刀花，冰旋风就要卷起了，连忙喊了一声便率先从冰霜赛恩身边退开去。另三人却不是这种贴身攻击型的，不用这么紧张，但也是集中精神做出调整，这个冰旋风是没有仇恨目标的，出来后就四散乱转。

谁知就听轰一声，冰旋风没出来，冰霜赛恩却是被摔趴在地了。背摔！君莫笑用了一个背摔，这技能是可以破霸体的。

"跑什么，你没学裂波斩吗？"叶修奇怪地说了一句。

蓝河知道这话是对他说的，裂波斩是魔剑士的一个技能，也是可以破霸体的。由于是 20 级以下的技能，所以转职剑客的蓝河也可以学，而且一般剑客也都会学一级，不求伤害，就专为破霸体用。

破霸体的技能当然可以打断霸体状态下的法术，但问题是这是冰霜赛恩啊！MT 开怪时经常把仇恨开到治疗身上去的冰霜赛恩！谁敢押上全队来赌自己这一破霸体技能能准确打中？

蓝河其实也不是那么没把握，但由于有可能因为自己这一个失手就破坏了整个局面，所以他选择稳妥，结果被点了名。蓝河有点尴尬，于是厚颜无耻地回答："嗯，没学。"

嘘声响起，但那三人总算理解蓝河的心情，没嘘太久。

"要学啊，破霸体很有用。"叶修说。

"我知道……技能点没够，所以暂时没学，回头就去点一级。"蓝河面红耳赤，自己正在被教导基本知识啊……

第四十章
纪录刷新

蓝河悻悻地返回来继续攻击，有心在冰霜赛恩再出大招时来个裂波斩为自己正名，却只恨刚刚说自己裂波斩没学来着。现在突然又用一个，怎么解释？原来不小心什么时候学了没看见？靠，太拙劣了，蓝河随便想想都觉得脸红。

冰霜赛恩暴走后的最大威胁因为君莫笑这种无比自信的发挥给化解掉了。它也再没有什么新的花样，在五人暴力地围击下，终于倒地了。装备爆出，但蓝河等人根本就不关心，所有人齐盯向了系统消息的窗口。

> 恭喜蓝溪阁玩家蓝河、雷鸣电光、君莫笑、云归、知月倾城打破副本冰霜森林通关纪录，成绩20分24秒11。

蓝河四人亲身感受了这次副本通关全过程，早在消灭掉第一波怪的时候，他们就知道只要不失误，破纪录是必然的。他们本不该对这结果有什么意外，但是这个破纪录的幅度却依然让四人很是澎湃了一下。

上一个纪录是中草堂的26分12秒48，结果他们一次性就给提高了五分多钟。

纪录这种东西哪有这样大步提高的？以蓝河他们这些过来人的身份，都知这东西被轮个十次八次都算是少的，每次提升的幅度基本都在一分以内，像蓝河他们这样简约省事直接提升五分多钟的事，着实有些不讲理。

相比起来，其他玩家看到这系统消息后那就是完全震惊了。

20 级转过职离开了新手村的田七等人，在冰霜森林这边又寻摸了一个玩家后正在副本里杀得焦头烂额，此时副本的一半都还没过去，结果就见这条消息刷出，田七等人一怔，那个新和他们混在一起的沉玉已经叫了出来：“看，是大神，大神上电视了！！”

新人对于“上电视”这个新词学习得倒是挺快。

“嗯，是啊……”田七等人闷闷地答着，心里有点苦涩。蓝溪阁，他们当然知道这是荣耀三大公会之一，也只有这样顶尖的公会才配得上高手兄的实力。至于他们这种二流公会二流人物，能被高手兄领着上过两次电视已经该觉得满足了吧？

三人都这儿忧伤呢，那边沉玉却还在嘀咕：“冰霜森林？不就是我们正在打的这个副本吗？”

“是啊！”田七说。

“二十分钟……我们也打了有二十分钟了呀，现在打到哪了？”沉玉问。

“一半……”田七郁闷。看吧，这就是认识高手兄后产生的流毒，这样两厢一对比，大家成绩完全不在一个位面，由此可是会对游戏观产生怀疑的，这很严重。

他们此时队中的第五人，是一个叫夜未央的牧师，一直专心于治疗，没怎么说过话。此时听到四人这边讨论，冷不丁地插了句话：“你们的首杀纪录主要就是靠那人拿下的？”

田七一怔。他们三人的确也是上过电视，比如沉玉入队时就曾连带他们三个一起膜拜过。这让田七他们在组新人的时候备感压力。一旦又如沉玉一般，进来看到三人名字以为加入了一个神之队，结果没有高手兄大家又怎么神得起来？到时候多尴尬。

这个叫夜未央的牧师入队后并没有发表这些惊诧言论，只是一些普通的寒暄，再就是一些打怪时的配合交流，田七三人都当他没注意到他们三个是首杀队的成员，心中有点小失落，又有些小庆幸。哪知这人此时突然来了这么一句，原来也早早就注意到三人身份的。而且跟着三人的队，二十分钟了冰霜森林才杀一半，但君莫笑那边却是二十分钟破纪录上电视。这很直观地反映出：首杀队里君莫笑是真高手，其他人都是水货。

该来的尴尬到底还是来了，田七三人挺无奈地回答："是啊，全靠那兄弟。"

"靠，我说呢，跟着你们下了二十分钟，怎么也看不出你们哪里是高手。"夜未央说。

"你也太直接了吧！"实事求是后换来的是更加尴尬，田七几人不爽。

"好了好了，接下来听我指挥。"夜未央这人突然就活跃起来了。

"为什么？"大家都问。

"我是霸气雄图的高手夜未央，之前想看你们的实力才一直不发表意见的，跟你讲我已经忍很久了，你指挥的都什么乱七八糟的，我来我来。"夜未央说。

"靠！"原指挥田七郁闷不已，这什么人啊！哪有自己称自己是高手的，相比来，高手兄多谦虚啊，只拿行动来说话的。

"用不着。"田七完全没有被对方霸气雄图的名气给吓倒。

"大哥别这样啊！我们赶紧杀完出本，我还有事呢！"夜未央说。

"……"

"我来吧我来吧！"

"……"

"求你了。"

"靠，你来你来。"田七服了，这 TM 是什么高手啊！很让人对高手两字产生破灭的感觉。

"好，接下来听我指挥。"夜未央这一转眼的工夫，连装备都换了，手提一个十字架吊坠，银光璀璨，一看就不是一般货色。

"妈的，这家伙一直在装啊！"田七等人算是看出来了。

夜未央这边一面指挥，一面给公会发去消息："走眼了，那个首杀队只有君莫笑一个是高手，其他全是山寨。"

"这不迟了，君莫笑已经被蓝溪阁弄过去了。纪录一下提升了五分钟，太可怕了，绝对是因为这人的加入。"

"唉唉唉唉。"夜未央叹息。

"你干吗呢？"

"我 TM 带着那帮山寨高手副本呢我。"夜未央回复。

与此同时，同样是通关纪录被刷新后，原纪录保持者中草堂的人马也是哗然一片。

"20 分 24 秒 11！靠，这个太离谱了吧！蓝河那家伙没这实力。"中草堂开荒会长，也是先前带队破纪录的高手车前子大发议论。

"是那个君莫笑吧！肯定是这人加入提升了他们的实力。"同队高手胖大海说。

"MD，我问问蓝河！"车前子说着就给蓝河发消息，都是三大公会的上层高手，神之领域就认识，好友还是互相加过的。

"喂喂，不讲究啊你们，整这么一个大高手啊！"车前子发消息给蓝河。

"哈哈哈哈，服不服？服不服？20 分 24 秒 11，你 25 级的时候能破吗？"蓝河得意道，在那高手面前略有点苦 ×，但除此以外还是倍儿有面子啊！爽。蓝河想着。

第四十一章
退得干脆

　　蓝河等人出来副本的时候，门外系舟和灯花夜还在候着。早在队伍上电视的时候二人已经佩服得五体投地了。他们就是原队伍的成员啊，完全清楚队伍实力，百分之百确认这五分钟纪录的提升是那个君莫笑的缘故。

　　先前对君莫笑很有些不信任的灯花夜此时也很不好意思，最后讷讷地吐了句：“真是大神哪，膜拜膜拜，先前失礼了。”

　　另一边，系舟向雷鸣电光打听是怎么刷的本，雷鸣电光讲得是唾沫横飞，云归和知月倾城在一边频频侧目：MB的你敢再更扯点吗？你这样讲这副本十分钟就该打穿了。

　　“好了，现在副本纪录已经破了。”叶修对蓝河说。

　　“是的是的，厉害厉害。”蓝河连声应道。

　　“老兄……”叶修欲言又止。

　　“在呢在呢！”

　　“东西啊！”叶修说。

　　“什么东西？哦哦！你看我，高兴得忘了。”蓝河反应过来对方这是在要承诺的东西，“系舟，东西呢？”

　　东西蓝河没有随身带着，就是系舟也是蓝河在副本过程中确认纪录可破后招呼他去取的。荣耀里人物的移动、跳跃、攻速都和一身负重关系相当大，所以像是刷副本纪录或是PK这种需要最强实力的时候，大家都是尽可能地轻装上阵。

　　系舟拿着东西过来向君莫笑提交了交易申请，叶修同意后，东西被摆上了交易栏，赫然是：强力蛛丝七十二个，密银吊坠两个，还有八个白狼的利齿。

"怎么？"叶修不解，这分明是他最初叫的价，而不是回过价后的内容。

"兄弟这一下直接提高了五分钟的纪录，不知帮我们省了多少工夫。"蓝河说。

"哦，这样啊！"叶修有点哭笑不得。他要这些材料不是图钱，全是为了打造千机伞。强力蛛丝他本来就是只需要二十四个，叫到七十二就是为了留个还价空间，盘算了那么多，结果现在人家又心甘情愿地真给了七十二个。白给谁不要啊？叶修不客气地就收下了。再说蓝河说的那话也很在理。纪录一次提升五分钟，着实帮他们省了不少事，不然这五分钟的提升空间他们不知要和其他公会角逐多少次呢！

"谢了啊！"叶修说。

"不客气，兄弟你看……"蓝河话刚说了一半，抓狂了。

退了！怎么已经退了？这人居然在收到东西后就直接退出公会了。蓝河这儿正想开始游说这人留在他们公会来着。东西往多里给，一方面是纪录刷得给力，另一方面也是确认了这的确是个超级大高手，值得收买。

我就知道！蓝河悲愤地想着，这谈了价钱就会变成一场交易，拉拢这样的高手应该谈感情啊！

"我看什么？"这边已经退了公会的叶修还在问蓝河刚才说了半截的话。

"有空常联系，以后多合作。"蓝河有气无力地说。

"好的。"叶修说。

"兄弟要不要下副本？差人不？差多少人你开口，我给你叫。"蓝河说。

"哦，先不用了，我还有别的事，先走了啊！"叶修说。

"哦哦，再见再见。"蓝河泪流满面目送君莫笑离开，雷鸣电光、系舟等人早在公会频道里看到"君莫笑退出公会"的系统消息，正在诧异，看人走了立刻回了上来。

"怎么退了？"云归问。

"事完了，可不就退了。"蓝河没好气。

"怎么不留他？"系舟问。

"他那技术，退会操作比我说话快。"蓝河说。

这玩意儿也讲操作速度吗？众人目瞪口呆，这蓝河是被气傻了吧！

"拉拢这种高手，光靠好处没用，人那水平，过来帮你做点事就对得起你给的好处了，所以他拿人也不手软。得多套关系，拉感情。"系舟说。

"对啊！我本来就是这么想的，怎么就……"蓝河郁闷地总结着自己是怎么就把一段本该建立起革命友谊的副本活动谈成了一次交易的。

"唉唉，要不用美人计吧，赶快通知老大让他派几个美女过来。"雷鸣电光说。

"咳咳。"有人发出咳嗽声。

"然后配合知月行动。"雷鸣电光补充。

"……"知月倾城对此很无语，只是望着君莫笑还没完全消失的身影。

"知月你一直望着那个方向啊？难道你……"灯花夜绕着知月倾城跑了两圈。

"你已经迫不及待地要出手了？"雷鸣电光说。

知月倾城却根本没去理会这些，静静地说："你们不觉得这人强得有些过分了？"

众人一怔，随即沉默。

"我们这些人，总该已经算是荣耀里的一线高手了吧？就算我们不是，蓝河肯定要算是吧？但这人的水平我看还要高出一截，那他算是哪个级别的高手？"知月倾城说。

"咳咳，我是太久没玩小号了……"蓝河说。

"大家都是小号。"知月提醒。

"他的武器比我的还要好，我估计有可能是橙装。"蓝河说。

"他还没转职。"知月再提醒，总而言之大家就是互有优劣。

"好吧我承认，这人的水平怕是比我要高。"蓝河发现自己的面子是挣不回来了，"不过荣耀玩家太多了，有这样潜藏的高手不值得意外吧？大家又不是没见过，比如绕岸垂杨。"

一提到这个名字，所有人突然就沉默下来了。因为他们都清楚，这是个让蓝河并不怎么开心的名字。

这人是他们蓝溪阁最近风头很劲的一个高手，以前一直没有太大的名气，但这一段时间在神之领域的副本等各类战斗中表现极其强劲，随着公会的重视，一身装备也越来越好，蓝溪阁里已经有很多的人议论这五大高手是不是该更新一下了。而五大高手中被拿来和绕岸垂杨比较最多的就是蓝桥春雪，蓝河的大号，因为两人职业相同，都是剑客。

剑客由于极具武侠风，在荣耀里很受欢迎，是人气角色之一。

这个绕岸垂杨被大家拿来讨论后也很不谦虚，经常在公会频道里晒他的输出纪录、击杀纪录，说说昨天竞技场打败了哪个高手，前天野图里单枪匹马挑掉了多少人什么的，明显是很想和蓝河的蓝桥春雪比个高下，就差没直接约出来单挑一场了。

而这次蓝河受命领人来第十区开荒，公会里已有传言说这就是公会有意让绕岸垂杨上位，在故意支开蓝河。

第四十二章
待价而沽

蓝河是个爱面子的人。被绕岸垂杨在公会里这样挤对，脸上很有些挂不住。最后是他主动约了绕岸垂杨，准备去竞技场切磋切磋。绕岸垂杨等的就是这样一个机会，自然是很痛快地答应。

同公会的人竞技场里切磋一下本是很平常的事。但是这一场切磋蓝溪阁的人却知道不是那么简单，这一场切磋的胜负，将决定到底谁才有资格列为蓝溪阁五大高手。

结果这一场却没打成，蓝溪阁的会长就在这时候发话，让蓝河带人去第十区开荒。

蓝河暂时离开了神之领域，在新区开始忙碌，不开心的事也暂时丢在了一旁。但此时，一个突然冒起的高手，让他猛然间提到了绕岸垂杨，身边朋友都不知该如何接话了。

正一片默然，蓝河突然收到一条消息，翻开一看，是中草堂的车前子："哈哈哈，怎么刚刚破了纪录，高手就退会了啊？"

蓝河一怔，随即大怒："你个不要脸的，又在我们公会里安了人了？"

"别这么不讲究，好像你没在我们公会安人似的。"车前子说。

"我还没安。"蓝河理直气壮，互插卧底这事的确寻常，不过由于新区才开第二天，蓝河这边还没顾上搞这些事呢！

"有本事你一直别插！"车前子来消息说。

蓝河灵机一动，回道："嘿嘿，你要是主动把我们的人招进会就只能怪你自己眼拙了。"

车前子收到这条消息也是一怔："你什么意思？"

蓝河不回。

"切，我知道你只是唬我，老蓝啊，这种小花招就别使了，太幼稚。"车前子说。

"没工夫理你，练级去了。"蓝河回道。

蓝河忙他的去了，车前子这边却纠结起来了。受线子汇报，说君莫笑已经退出了蓝溪阁，车前子大乐，一边准备着手拉拢，一边还要去消息嘲笑蓝河一下，没想到蓝河阴阳怪气来了这么一句，仿佛君莫笑是他故意放出去让他们这些大公会来吸纳的。

车前子觉得这八成是蓝河故弄玄虚，但又不敢十分确认。

对于卧底什么的，游戏里不好防，过分地纠结也只是徒增烦恼，但君莫笑这种级别的角色可不一样。这是大高手，来公会肯定是要被重用，不是那种随便挂个名的基础角色。这样的人物如果是卧底，那就比较灾难了。

荣耀里原有一家不输给三大公会的强力公会就是因为卧底倒下的。当时公会所器重的高手，正是敌对公会派来的卧底，最后卧底势力成熟，原形毕露，卷了一帮人和物资就离开了公会，让公会元气大伤。但更致命的一击是，公会在恢复元气的过程中重心级的人物，结果又TMD是卧底，最后在关键时候又卷势力走人。超强公会就此一蹶不振。

此事件之后，荣耀里的公会对想上位的高手都十分谨慎，越是大公会越是如此。而且上次的卧底大事件中，那位金牌卧底就是趁开新区之机，混入开荒公会从底层做起，稳扎稳打，一路杀到神之领域。此人之坚忍，不愧是荣耀卧底之王。

而今这个君莫笑呢？在第十区突然冒尖，比任何人都吸引眼球，这样的人必然是各大公会争抢的对象，这人会不会是卧底呢？这年头，卧底都搞这么高调啊？车前子感慨之余，却还是决定和君莫笑接触一下。只要自己心存戒备，掌握好主动权就是了。

离开冰霜森林的君莫笑此时正往布尔斯赶去。冰霜森林地处荣耀大陆的西南边境地带，布尔斯就是在它附近的一个边陲小镇。无论哪个区，这里都是新人离开新手村后的第一落脚点，从来不乏热闹。君莫笑离开新手村后就直接跑冰霜森林下副本去了，还没来得及去布尔斯镇登记一下户口。户口在哪，角色死亡后就在哪里复活，这是荣耀的规则。

布尔斯镇不大，但该有的设施一应俱全。叶修让君莫笑先去了一趟仓库，把新得到的强力蛛丝等物存了进去。看到储物箱里多达88个的强力蛛丝，叶修笑着摇了摇头。

留下了48个强力蛛丝后，剩下的东西全被叶修导入到了装备编辑器的材料库。正准备进入装备编辑器，突然消息跳动，点开一看，是田七。

"恭喜高手兄，刚才下副本的时候看到你刷新了冰霜森林的纪录，厉害啊！"田七的消息说着。

"呵呵，没什么。"

"你加入蓝溪阁了是吗？"田七问道。

"没有，就是帮他们打个纪录，临时加了一下。现在已经退了。"叶修说。

"啊？"田七诧异。

"你们副本下几次了？"叶修忽然问道。

"两次了。"田七说。

"差人吗？我还有三次没下。"叶修突然又想先把副本的次数用掉。

"有啊！当然有。"田七先是一怔，随即回过神来，高手兄竟然还愿意和他们下副本，这真是太好了。

"我马上过来。"叶修当即让君莫笑离开了仓库，又朝冰霜森林赶去。

田七他们只是一些很普通的游戏玩家，没有蓝溪阁高手的那种水平。和蓝溪阁的人一起下副本会更加有效率。但叶修却宁可和田七这些人一起。他看得出大公会的拉拢之意，他也明白蓝溪阁的实力是足够提供他千机伞的物资。只不过，加入公会就会形成某种责任和义务，公会给你安排队伍下副本、练级、带做任务；反过来也就需要你成为帮别人下副本、练级或是任务的一员，叶修可不想这样被束手束脚。

对于技术顶尖的他来说，不加入任何一个公会，反倒意味着有和任何一个公会合作的可能。今天帮蓝溪阁刷了一趟纪录，下次就有可能是帮中草堂。

每个有点眼力的人，都会意识到他的价值，每个想创造纪录的公会，都会来找他帮手。

如此待价而沽，比起加入一家公会在一棵树上吊死，岂不是要美好得多？

第四十三章
不要牧师

　　田七他们也是刚出副本一会儿，在那个叫夜未央的指挥下，副本后半段的确更加顺利，可以看出这人是比他们水平更高、经验更丰富的高手。但对那家伙田七他们一点儿都不膜拜，其实他们都没察觉，不只是沉玉，他们自己也已经中了高手流毒。夜未央这已经是玩家中很高的水平了，但却丝毫不入他们的法眼。

　　从副本出来后，这家伙就很神奇地站在一旁，一副"来吧，毫不留情地称赞我吧"的模样，结果就收到一条系统消息："你被踢除了队伍。"

　　"靠，混账，为什么踢我？"夜未央大怒。

　　"你不是有事吗？赶紧忙去吧！"田七说。

　　"我现在又没事了。"夜未央说。

　　"不好意思，那也没位置了，我们有朋友要过来。"田七说。

　　夜未央听这话眼睛一亮，连忙道："难道是那个君莫笑？"

　　"不关你事吧？"田七说。

　　结果这个夜未央居然就是不肯走，死皮赖脸地就在四人身边打转。田七烦啊，有心砍死这家伙，但人是霸气雄图的高手，田七倒真不敢下这毒手。这家伙不走，有什么用意？田七猜也猜得出来。不由得更加心烦，和这样的高手争，他们争不过啊！他们实力平平，能和高手兄偶尔下几次本已算运气，现在如果有一支霸气雄图的高手队可供选择，高手兄还会和他们一起混？他们也不过认识一天，还没啥交情呢！

正心烦意乱，君莫笑的身影已经渐渐走近，沉玉已经大喊出来："大神！！"

游戏里一样声音越大，就会传得越远，但问题是这音量大小是真人发出的，可以想象，沉玉此时无论是在家还是在网吧那都是真扯着嗓子做了一声吼……这个，要是有旁人的话，真挺傻的。

君莫笑那边举了下手中战矛，算是给他们打了个招呼。田七等人正准备上前，结果夜未央跑得比兔子还快，嗖的一下就已经抢先冲上去了。

"你就是君莫笑？久仰久仰，我是霸气雄图的高手夜未央。"夜未央上去就介绍自己。

"你好。"叶修应了一声，转问已经围上来的田七等人："你们朋友？"

"是的是的，我是和田七兄刚刚一起下副本的生死之交。"夜未央说。

"靠，谁啊你是！"田七从没见过这么没脸没皮的家伙。

"田七老兄，不要出了副本就不认人嘛！"夜未央说。

田七真想踢死这个家伙，急忙先给了高手兄一个入队邀请。一边朝夜未央喊："我们下本了，你忙你自己的去吧！"

"带我一个吧，带我一个吧！"夜未央不住地叫着，那模样哪像一个高手？就是老区新手村求带的新人也没这么不要脸的，人求带起码都是用打字的。

"没位置了。"田七说。

"好妹了，让个位置给哥哥好不好？"夜未央这家伙竟然找准了这队伍的软肋，死皮赖脸去缠沉玉了。

沉玉既是新人，又没见过这么没脸没皮的家伙，一时手足无措，不知如何处置，眼看就要对那家伙妥协了，叶修及时出手。

"你是牧师啊？"叶修问。

"是啊，技术很好的，高手。"夜未央一边说一边还拿出他那个银光璀璨的十字吊坠出来。田七他们都不认识这玩意儿，但看得出来肯定是好货。

"冰晶十字架，橙武啊！"叶修说。

"哇，果然是高手，有眼力！带我一个吧！"夜未央大赞。

"我们不要牧师。"叶修说。

秒杀！这就是秒杀！六个字的秒杀！

很活跃的夜未央瞬间就没声了，田七等人真是膜拜死高手兄了。

"我们不要牧师！"多么有气场。这换了一般人来，站在冰霜森林副本门口给人说"我们不要牧师"，连田七都要鄙视他们吹牛。但高手兄就是不一样，高手兄说不要牧师，那就当然不需要牧师，牧师一边玩去！

"进本进本进本。"田七大声招呼着。

没人再去理会夜未央，夜未央就像个雕塑，眼看着五人排队进了副本。

"高手兄，怎么杀？"田七进本就把队长直接交给君莫笑了。

"我引怪，你们尽力输出就行了。"叶修说。

一波流虽然最大的难点是在拉怪聚怪的 MT 身上，但对其他几人也有很高的要求，和这几个人一起，叶修也没信心能打得出来。

有高手兄坐镇，田七等人只觉得副本刷得都是心旷神怡，就是沉玉同学有些不懂事，居然问高手兄："大神，我们能刷新纪录吗？"

这问题不是自取其辱吗？他们刷不了纪录，问题可不是在高手兄身上，是在他们这些不是高手的人身上。田七等人很是惭愧地就抢着帮高手兄把这尴尬的问题回答掉了。

副本进展顺利，BOSS 掉了装备田七等人还是整齐放弃让叶修先挑，不过一旦是这些家伙本职业精通的装备，叶修还是会让给他们。

两趟副本很快杀完，没出隐藏 BOSS，也没出什么惊艳装备。君莫笑还能再下一次副本，田七他们却已经没次数了，只能很是惋惜地离开，结果一出副本，就见夜未央那家伙正站在外面，第一趟副本出来时这家伙本已经是离开了的。

看到五人，夜未央立刻跑了过来。

"没次数了吗？"这小子乐呵呵地，让田七分外想揍他。和他们一起下过副本的夜未央是知道他们只能下两次的。

"我还有一次。"叶修倒是诚实。

"这么巧，我也还有一次呢！"夜未央说。

"是吗？"叶修笑着。

"还有更巧的呢！你看我这边有三个朋友，刚刚好也只剩下一次，你说巧不巧？"夜未央说着，副本外的人堆里已经过来了三人，头顶上都顶着霸气雄图的公会称号。

"那还真是巧。"叶修说。

"既然这么巧，不如我们就顺便一起把这一次给刷了？"夜未央说。

"要不要再顺便刷个纪录？"叶修问。

"好啊好啊！"夜未央大喜。

"要刷纪录的话，有两个条件。"叶修说。

"你说。"

"第一，要收费。"叶修说。

"唔，这个好商量。"夜未央说，"另一个呢？"

"不要牧师。"叶修笑笑说。

第四十四章
各种收费

"哈哈哈哈……"田七等人笑得那叫一个张扬，之前还嫌沉玉高叫"大神"有点傻，他们这会儿的笑声则已经达到了让旁人误以为是精神病的境界。

副本外的许多玩家听到这边笑这么大声都纷纷转视角过来看，结果就看到一个叫夜未央的人在当前频道里狂刷了二十多个脸被炸成黑灰的卡通表情。

"出什么事了？"玩家们互相问着，可是谁也不知道。于是众人小心翼翼地把自己的角色往这边挪着，试图听到点什么。

于是就听到貌似是那个刚刚奔放刷屏的夜未央似乎在咬着牙说话："那你需要什么职业配备？"

"法术攻击 430 以上的火系元素法师三个、22 级以上修鲁鲁随级加、会暗影斗篷的魔道学者一个。技术要好，操作要稳，零容错。"叶修说。

夜未央一怔，带三个法师，这是一个输出暴力到极致的队伍。法师防低血薄，魔道学者也不过是穿皮甲，略强而已。整个队伍都是极端的攻强守弱，一个 OT 就有可能全军覆灭。这果然是一个零容错的队伍。零容错的意思，就是一次失误都不许犯。

对于如此苛刻的要求，夜未央却没有太意外。因为现在的纪录高挂榜上：20 分 24 秒 11。

如此强悍的纪录，想打破，自然需要非常苛刻的手段。一支发生了失误的队伍，光救场就不知要浪费多少时间，这样的队伍注定会和纪录无缘。

"这样的队伍，眼下可能还凑不起来。"夜未央说。其实不只眼下，短时间里他们都凑不起来。而且不只是霸气雄图，任何一家公会现在都不可能有三个法术攻击430以上的火系元素法师。

430的法术攻击，意味着武器必须是20级的紫法杖。紫法杖又哪有那么容易出？就算出了，也未必就是火系用的。霸气雄图目前紫武元素法师一共就三个，而且很不幸一个火系的都没有。

"没关系，能凑起来的时候再联系。"叶修说。

"除此以外还有别的选择吗？"夜未央说。

"25级的话。"叶修说。

25级那是一个全新阶段，新的装备，新的技能，所有人实力大提升。像冰霜森林这种20—25级的副本，各大区最终保持的纪录无一不是在全队25级的时候创造的。

"行，那先加个好友吧！"夜未央说。

"嗯。"叶修和夜未央互相把好友加上。

一本正经了好一会儿的夜未央，加完好友后原形毕露："那现在我们不需要刷什么纪录了，我们这边四缺一，你随我们下一趟吧！"

"靠！"田七等人惊叹。此人真是打不死踩不扁的死皮赖脸超级无敌小强。

"可以。"这边叶修却一样答应，"那收费就可以低点。"

"这也要收费？难道你和他们一起下也是收费的？"夜未央说。

"收费倒没有，但是装备都是队长分配，我是队长。"叶修说。

"那没问题，我们也这样。"夜未央痛快道。

一旁的田七等人听着很不爽啊！他们的队伍的确是高手兄优先分配装备，但他们知道高手兄人厚道，真是适合他们用的东西，从来没和他们抢过。蜘蛛洞穴的时候连紫武都让出来了，月中眠那还是和他有过节的人呢！

"你可看清楚了，我还没转职呢，什么装备我都要的。"叶修说。

"区区几件装备而已，走了走了，出发。"夜未央频频发出队伍邀请，却都因对方尚在队伍中被系统自动拒绝，终于叶修这边退出了队伍，把君莫笑加进了夜未央的队。这是个一 MT 一治疗三输出的标准队，进队后夜未央就把队长交给了君莫笑。

"那就走吧！"叶修指挥君莫笑进了副本。

"走！"夜未央领着其他三人跟上了。对于这个结果他还是很满意的，纪录什么的他不着急，他就是想看看这个君莫笑到底有什么身手。

冰霜森林里冰雪飘零，四下无声，五人齐站了一排，没人动，也没人说话。

静态画面保持了约摸有半分钟。

"喂喂！"夜未央好像在试耳麦。

"你喂什么？"叶修问。

"有人说话吗？我一直没听到有人说话。"夜未央说。

"是没人说话吧？"叶修说。

"没人说话。"另三人表示了肯定。

"为什么不说话？"夜未央说。

"你问谁？"

"你啊！"

"我为什么要说话？"叶修反问。

"指挥啊！"夜未央说。

"我指挥？"

"嗯。"

"指挥费。"

二十多个炸成黑灰的表情刷屏……另三人都风中凌乱了："哥们儿你不至于吧？"

"呵呵。"叶修笑。

"指挥费怎么算？"夜未央发现今天是遇着对手了，没办法啊，谁让今天是他在巴结别人呢？夜未央暗自气闷。

"十根白狼毫吧！"叶修说。

"兄弟你好黑啊！！"四人齐声道。白狼毫不是毛笔，是冰霜森林隐藏 BOSS 白狼概率爆出的狼毛，属稀有材料。

"可以不用我指挥呀！"叶修说。

夜未央思前想后，为了全面了解一个高手的素质和水平，听一下他的指挥是十分必要的，于是一咬牙："行，不过得出去给，没带身上。"

"他说话算数吗？"叶修问其他三人。大公会都不会出尔反尔，比如和蓝河口头约定后，叶修就一点儿都没怀疑对方会翻脸不认账。但这个夜未央死皮赖脸的程度实在匪夷所思，必须要表示一下怀疑。

"算数算数。"另三人忙道。

"那好吧！"叶修答应。

"赶紧吧！"夜未央说。

"好。MT开怪，输出上，治疗看好MT。"叶修指挥。

四人愣神，又是静态画面半分钟。

"完了？"夜未央问。

"当然。"

"这算什么指挥！"夜未央崩溃。

"你们都是高手，该怎么做，你们懂的。"叶修说。

夜未央发现好像有点上当了，如果就是这样按部就班的打法，他们这个队的确根本就不用指挥，大家全自动行事就可以了。不行，必须得对得起十根白狼毫的指挥费啊！

"不行不行，这样不算。"夜未央叫着，"你得一步步地指挥。"

"好吧……"叶修说，"骑士，去开十点钟方向那两只哥布林。有三种可能，两只都是远程时，最快速度接近，在快被远程打到时，用落凤锤，可以刚好跳过攻击并震翻两只怪，之后近身攻击，先拉稳其中之一的仇恨；两只一远一近时，用星落锤打断远程怪的攻击，近身怪近身时用击退弹开，优先拉稳远程的仇恨；两只都是近身时，落凤锤起手，击退弹开一只，剩下一只建立仇恨。明白了吗？"

骑士泪流满面：这样手把手地指挥，难道我是白痴吗？

第四十五章
原创攻略

30 分 8 秒 71。

这是叶修跟着夜未央四人最终通关副本后的成绩。这是一个很中规中矩的成绩。一支寻常的五人队通关冰霜森林一般都在三十分钟上下。

成绩没什么可说的，但夜未央对整个过程真是咬牙切齿。

指挥费真是没白给啊！从头到尾君莫笑的指挥没停过。但是就像是指挥那个骑士一样，就是把最普通的打法朴实地讲解了一遍。如果带着四个初出茅庐的新人，这一趟副本可以让他们受益匪浅。但对于夜未央来说，这趟副本他算是白下了，全过程他看不出丝毫高手的特别出色之处。

结果只是被指挥的他们四人特别压抑。他们也算是高手，但这个打法、这个指挥完全是凡人级别的，真是显得他们很白痴。

夜未央觉得君莫笑是在有意伪装，他试着故意犯错误，想激发出点儿大高手的素质来。于是大高手耐心地向夜未央解释你刚才错了，你应该如何如何如何……

听到那三个哥们儿的偷笑声，夜未央明白，得，现在自己是真被当成白痴了。最后唯一能看出点端倪的，就是君莫笑没有转职，但在输出和队中另两位完全持平，他那把武器至少不会差。不过这战矛是什么？夜未央从没见过。

"兄弟，你这是坑我们啊！"出得副本来，夜未央说着。

"怎么这么说，我的指挥不对？"叶修说。

"……"夜未央不知该说什么好，指挥虽普通，但是却无可挑剔，没有遗漏任何细节。如果不是夜未央有意失误，照他的指挥做下来不会发生任何意外。这至少说明这家伙的基本功是相当扎实的。夜未央努力让自己接受，努力让自己认为这一趟副本不是白忙，自己是有收获的。

"去拿白狼毫？"叶修问。

夜未央泪流满面啊！人家这才是有收获的。拿到白狼毫后，叶修告辞离开了。夜未央角色没动，人也是坐在电脑前发怔。

突然身边有人戳了他两下，夜未央转头过来，他旁边坐着的正是刚才一起下过副本的队友之一，此时指着电脑屏幕示意夜未央去看。他的屏幕上不是游戏画面，而是荣耀游戏网页上的帖子。

夜未央凑过去看，就听得那人在说："我听来听去觉得他的指挥很熟很熟，就来看了一下……"

夜未央只看了几眼，差点儿一口血喷到屏幕上。去TMD基本功，去TMD无可挑剔，王八蛋的指挥居然直接是照着攻略念的，一个字都没差，这当然不会遗漏任何细节。

"被耍了……"那哥们儿说着。十根白狼毫啊！换来的就是一篇点击率都过了百万的攻略帖子。

夜未央却是备感无奈。被耍也是自找啊！人没说要和你下副本，自己死皮赖脸硬缠着要下；人没说要指挥，自己死皮赖脸要人来指挥；人开始也没念攻略，是自己非要人一步一步指挥。

一步一步个蛋啊？就他们这种队伍的素质，从来没听说过要一步一步指挥的，自己提这样的要求本身就是蛋疼，看，现在真疼了吧！

"禽兽啊！"夜未央咬着牙，回自己位置噼里啪啦给君莫笑发消息："兄弟你不厚道啊！拿篇攻略来忽悠我们？"

"不会啊，那攻略也是我原创的。"叶修说。

是吗？夜未央连忙又转过头问那哥们儿："那攻略谁写的？"

那哥们儿显然也没注意这事，连忙又翻回前页，看了后说："一叶之秋。"

夜未央大怒，转过来继续砸键盘："吹什么啊吹，那攻略是叶秋大神的。"

"对啊，就是我嘛！"

无耻！太 TMD 无耻了……夜未央完全无语了。

"有事离开一下，再联系。"夜未央跟着又收到对方发来的这么一条消息。

逃避，这是逃避！半夜三点钟，能有什么事？夜未央想着。

兴欣网吧里，叶修正抱着几瓶可乐给客人送过去……

一夜无话。

早上七点，客人们开始纷纷下机离开的时候，叶修的君莫笑总算是升上了21级。离开新手区后，升级就变得没有新手村那么快了。一来所需经验有大幅度的提升变化，二来下副本次数开始受到限制。虽然20这个等级看起来可以去无限刷新手村的骷髅墓地，但真要这么做就会发现骷髅墓地现在已经被当作差5级的副本一样被削弱了经验。

20级以后，除了副本，玩家需要靠更多的任务还有打野怪的方式来升级了。

第十区等级榜的前列，叶修看到了蓝河、夜未央这些人的名字，都是24级。显然都是靠24小时在线，才能在开区不满两天就达到这样的成绩。他们这种公会出力培养出来的角色，明显和普通玩家之间有一个断层。24级这个第一梯队后面，22、23这两个等级阶段几乎处于真空，只是比例很少的一部分人。而20、21级就已经是刚开区就抢入游戏勤劳奋斗过的，像君莫笑、田七都是如此，他们这种游戏时间，已经算是挺疯狂的了。

更多的玩家，这时候还连新手村都没离开呢！

"叶哥早啊！"这时网吧上早班的网管小弟、收银小妹等人都准时来上班了，和叶修打着招呼。

"早。"叶修退出游戏让出了吧台的电脑。

"大家忙着，我下班了。"

"好。"

和众人招呼了声，叶修伸着懒腰回了二楼套间。开门时就听到客厅里传来电视的声音。

"老板起这么早？"叶修说着进了屋，结果看到电视是开着，陈果却是躺在沙发上直接睡着了。身上什么也没盖，冻得缩成了一个虾米团。

"老板，回屋睡吧！"叶修过去拍打了两下，陈果转过身去，对于睡梦被打扰脸现厌恶的表情。

叶修无奈，看陈果的房间门也没关，进去帮陈果找点盖的东西。下意识地打量了陈果的房间几眼，发现这屋里地板、墙、吊顶都挺新，但屋里摆设的家具、床之类看起来却都挺陈旧。叶修没去多想，从陈果乱糟糟的床上拎了被子出来，盖到了陈果身上，关掉电视，转到他那可怜的储物间休息去了。

第四十六章
轻而易举的荣耀

陈果自己都记不清有过多少次在这张沙发上看电视看到睡着，经常是被冻醒后默默地爬回床上去。今次醒来，却发现自己暖暖地蜷在被窝里，被子的味道很熟悉，是自己的没错。还没醒透的陈果满以为自己是睡在床上来着，卷着被子舒服地翻了一个身，咣一下就从沙发上掉了下来。

掉地的陈果犹自抱着被子，半晌才回过神来，这才知道自己还在沙发上。沙发不高，摔不出什么事，只是又好气又好笑。陈果抱着被子爬起身，看到小储物间的门关着，知道这一切都是那个新来的叶修做的。

被子放回卧室，卫生间洗漱，正收拾到一半，房门被人敲响，陈果叼着牙刷开了门，就看到一个姑娘大包小包笑盈盈地站在门外。

"咦，小唐你回来啦！"陈果咬着牙刷满嘴泡沫地说着。

"是啊，你怎么才起来？"唐柔大包小包不方便拿钥匙这才叫了门，结果就见陈果这副模样。

"昨晚睡得迟嘛！"陈果满嘴泡沫还要坚持聊天。

"先把牙刷了去吧！"唐柔进屋后把东西随手搁地，将陈果推进了卫生间。

"听说你新招来个人？"陈果刷牙，唐柔斜靠在门外，望着那关着的储物间门歪头问着陈果。

"是啊！他们和你说啦？"

"嗯。"

"暂时没地方住，我让他先睡那了。"陈果说。

"听说才来一天就把你气得够呛？"唐柔显然在楼下听来了不少新闻。

陈果很无语，何止够呛啊！昨晚自己都想掐死这家伙来着。但是这人一边这么气人，一边又给自己披衣服盖被子，好事坏事全摊他头上了。

"怎么了？"唐柔看到陈果不吱声在那走神。

"没什么，他荣耀打得很好。"陈果说。

"有多好？像你一样吗？"唐柔笑。

"死丫头……"陈果翻白眼，提起这个她很有些郁闷。唐柔这个姑娘本是不玩荣耀的。陈果试图培养她来和自己一起玩，就拿着逐烟霞一边和人在竞技场PK，一边向唐柔介绍这游戏的魅力所在。

一心二用，那一把陈果被人虐得挺惨，不过唐柔当即表示"让她来试试"，让陈果备感欣慰。

第一把，唐柔也被人虐得挺惨，随即又向陈果询问了一些操作方面的细节。第二把，还是输，于是陈果主动介绍了一下当前这个对手可以采用的一些打法。于是第三把，唐柔就把这个对手给反虐了。

"这很简单嘛！"唐柔回过头来对陈果说这话时，刚刚还很有兴趣的模样已经消失了。陈果在一旁却只有目瞪口呆的份儿。完完全全的一个新人，用两把熟悉了一下操作，了解了一下打法后，就已经可以反虐别人了。

那个对手的水平陈果也说不太清楚，她当即从网吧客人手里借用到了一个和之前那对手同职业的账号。陈果虽然是玩枪炮师的，但其他职业多少也知道点儿，至少比一个接触荣耀不过三把的人要强，再加上个她娴熟的操作……

结果竟然还是被虐。

陈果简直不敢相信，拖着已经不准备再继续的唐柔又打了若干把，虽然勉强也赢了几次，但越打输得越多，显然是唐柔已经越来越熟练了。

而陈果这时候也发现唐柔如此不可思议的原因所在。

手速！这姑娘竟然天生手速惊人，让当时已有了三年荣耀游龄，自以为已差不多快是一个高玩的陈果惭愧不已。

天赋啊！这是天赋。如此有天赋不玩荣耀真是太浪费了。陈果开始更加努力生拉硬拽地想把唐柔拉进荣耀大陆，最后却很是失败。陈果眉飞色舞介绍的荣耀大陆的魅力，屡次换来的都只是张阿欠连天的睡脸。

陈果努力了足足两个月未见丝毫成效，最后一件事让她彻底绝望了：神之领域的挑战任务。要进入神之领域，玩家需要完成一系列的任务，当中有一些普通的杀怪任务，一些灭BOSS的任务，一些寻找材料的任务，还有一些竞技场PK胜利的任务。但最最让玩家头痛的，还是当中的技巧挑战任务。

技巧挑战任务不只要求击败对手，还要求在击败对手的过程中达到系统的许多操作要求。如连击的段数、背击的总伤害量、凌空追击的次数段数，等等。

多少人都是卡在这一环节，死活过不了关。陈果也是，在技巧挑战上被牢牢卡住，死活达不到要求。

结果，却是唐柔拿着她的账号，研究了几天后，帮她完成了神之领域的技巧挑战任务。

陈果彻底无语了，她算是明白唐柔为什么对这游戏死活提不起兴趣了，因为在大多数人眼中需要努力争取、刻苦练习才能得到的东西对她来说却是轻而易举。

荣耀以"荣耀"为名，就是希望玩家把装备、把技术、把每个纪录当成是荣耀。而玩家们会认同，也正是因为这些东西的确来之不易，需要努力来争取。

但对唐柔来说呢？多少玩家被卡得死去活来的技巧挑战她几天就完成了，又哪会产生什么荣耀的感觉。任何人也不会把端起杯子喝口水这么简单的事视为荣耀。

陈果绝望了，但又不想放弃，这两年来时不时有个厉害对手时就拉唐柔去试试，结果唐柔一次又一次地回头问她："就这么简单啊？"

老这么整陈果脸上也挂不住啊！自己对付不了的，人回头就是一句"这么简单",这让人情何以堪。于是最近几个月陈果连这种事都很少做。不过此时提到叶修,陈果这封印很久的念头又燃起来了。突然一抹嘴巴一摔毛巾,顶着乱糟糟的头发就要去砸叶修的门:"我去叫他起来你们试试。"

"哎,算了吧!"唐柔连忙把陈果拉住了,"人不是刚下夜班休息吗?等他起来再说吧!"

"哦,那也好。"陈果想想也暂且作罢了,去拿了毛巾正准备接着洗,突然又想起来一件事,"对了,他的手也和你的手一样,很好看。"

第四十七章
我玩散人

"你帮我盖被子，我给你留早餐。"

叶修起来洗漱时，又在镜子上看到了便利贴。收拾完出来客厅桌上一看，无语哽咽。大下午三点，吃哪门子的豆浆油条啊？而且还是冷的。不过怎么说也是老板特意留的，得给面子。叶修拿了根油条塞嘴里，叼着就出门了。

网吧继续着荣耀开区带来的火爆，不过兴欣场子够大，还是比较少有满座没位子的时刻，叶修转了一圈，寻找着在烟区找个空位，结果一摸口袋发现烟盒已经空了，这比吃冷油条更让人痛苦啊！更痛苦的是，烟没了，钱也没了，这日子还怎么过？

叶修觉着自己应该向老板预支点工资了，说管吃住的，但自己吃得少啊，平均一天就一顿两顿，省下来的不知道折成烟钱行不行。不过想想陈果对烟的厌恶，叶修觉得自己这个构想怕是挺难成为现实。

正胡思乱想，身后有人拍他，连忙转头。

拍叶修的是陈果，叶修这一转头，嘴里叼的油条差点儿没舔陈果脸上去。陈果那个气啊，立刻开始数落："烟你也叼着，油条你也叼着，还有什么是你不能叼的啊？你就不能拿手扶着点？"

一说到这儿，陈果又想起叶修的手是那么好看。那么好看的手拿烟被熏着，拿油条被油粘着，这都太可惜了。难道说，叼烟叼油条这是对的？靠，这都什么乱七八糟的念头。陈果甩了甩头，瞪了叶修一眼后说："跟我来。"

叶修跟着陈果朝前台方向过去，唐柔此时正坐在台内，看到陈果领了叶修过来，已经先一步站起身来，微笑。

"唐柔，叶修。"陈果左右介绍了一下。

"你好。"唐柔伸出手来，陈果望着这手，好生羡慕。叶修的手的确好看，但到底是男人的手，如果真生在女人身上那就稍嫌大了些。唐柔这却是真正的女人手，什么羊脂美玉青葱柔荑什么的，用来描述唐柔的手都不会觉得过分。

"你好你好。"叶修这边，油条刚刚三两下填嘴里，嚼得正生猛，发音比较不清晰。看唐柔伸手过来也连忙迎了上去。

两人握了握，唐柔也很是注意地看了一眼叶修的手，却很有分寸，只是握手时顺势扫了一眼，随后目光就继续礼貌地望着叶修的双眼了。

两人的手随便握了下就已经各自抽回，叶修面上和平时没什么两样，心里却是挺诧异的，因为他没想到这个叫唐柔的姑娘会是这样。

样貌、身材，这姑娘都很出色，但更让人感觉不凡的却是她身上流露出的气质。形态、仪容、衣着，哪儿都找不出让人不舒服的地方。这是一个从任何角度看过去都是传说中的无死角美女。只是不同于一般女人的短发乍一看有些另类，但多看几眼之后却觉得这样的短发更显得清新俏丽。

不过叶修诧异的重点却并不在这儿，他诧异的是这样出色的一个姑娘怎么会甘于在网吧打了近两年的零工？

兴欣网吧无论再怎么大规模，说到底能发家致富的也只是老板陈果。对于普通员工来说，这里的待遇就算能好一些，却也说不上是什么有发展前途的工作。

网管、收银……有哪个年轻人会把这些职业当作自己毕生的追求？这些无非就是暂时混口饭吃的临时工罢了。这样的工作，普通人做两年都嫌长了，更何况是唐柔这样一看就很出色的女孩。

"来来来，你们来打一把。"陈果没让叶修继续琢磨下去，介绍了二人认识后就直奔主题。她可都等了一天了，很克制才没去把叶修直接从床上拖出来。

"打什么？"叶修问。

"荣耀啊！还能打什么？"陈果说。

"哦，你也玩荣耀啊？"叶修问唐柔。

"没有，我不会玩的。"唐柔笑。

陈果听了很不高兴："你不会玩，那我算怎么回事？"

"你是真的会玩，我就是那么回事而已。"唐柔说。

"那么回事是怎么回事啊？"叶修不解。

"你别听她谦虚，她很会玩的。"陈果说着已经拖二人过去一人坐了一台机器。

"小唐你就用我的逐烟霞吧！"陈果说，末了问叶修："你呢？昨晚 20 级了吧？转什么职业了？"

"还没转。"叶修说。

"怎么不转？"

"我玩散人。"叶修说。

"散人？"陈果很是诧异，散人的年月就是有游龄五年的她都没经历过，只是听前辈老鸟们有提起，用那些老鸟的话来说：那就是一个传说。

"散人怎么玩啊？ 50 级以后怎么升级？"陈果说。

"曾经是不能，但现在可以。"叶修说。

"怎么升？"陈果问。

"神之领域。"叶修说。

"开什么玩笑？"陈果瞪大了眼睛，"你 50 级就想完成神之领域的挑战？"

"厉害吧？"

"厉害你个头！"陈果说，"50 级挑战神之领域……"陈果想分析一下这有多难，但一时间竟然说不出个所以然，因为这当中难点实在太多太多了，她都不知该从何说起了。

"你要想看到的话，就千万别解雇我。"叶修笑着说。

"你疯了。"陈果下结论。

叶修笑笑，一边登录账号一边说："我号才 21 级啊，和你那 70 级的打得去修正场。"

"你想用那破号？"陈果眼睛瞪得贼大。

"那我用什么？"叶修不解。

"你要玩什么职业，我去给你借个啊！"这也是刚才陈果问叶修转了什么职业的目的。陈果网吧熟客不知有多少，借个把账号临时用一下还是相当有把握的。

"散人……"

"滚！"

唐柔在一边颇有兴趣地看着这二人，发现真和大家所说的一样，这人很能让陈果生气啊！

"随便打一下吧，不用那么认真嘛！"唐柔说。

"就是。"叶修附和。

"21级和70级怎么打。"陈果说。

"修正场啊！"叶修说。

陈果很无语，修正场那就是练习用的，胜负都不计入角色的评定。因为在修正场，系统会对角色的所有属性、装备进行修正。被修正后，哪怕是21级和一个70级满级的角色相比属性也不会不堪到哪去。但就算属性被修正了，技能上的差别却无法弥补。21级的角色肯定没有20级以后的各项技能，这个是不会被修正出来的。21级和70级就算是在修正场打，还是有劣势的。

"你忘了，我这是散人，20级还是70级无所谓。"叶修说。

陈果反应过来。不错，散人的话，的确无所谓，因为散人本来就不会有20级以上的中高阶技能的。

第四十八章
千变万化

　　"好，我今儿也开开眼，看看传说中的散人！"陈果说着，从她玩荣耀开始，散人这玩法就已经绝迹了。

　　"建房间，嗯，地图就选那个，对最小那个。"陈果叉腰站在唐柔后面指挥着。荣耀的竞技场是共同服务器，进入竞技场后可以跨区竞技。角色会被称上区服的名字，这样就算是重名的也可以区分开来。

　　"邀请他，君莫笑，对，就是这三个字。"陈果说着，唐柔进行了邀请，系统提示：您邀请的玩家不在竞技区。

　　"干什么呢，速度！"陈果喊。

　　"等会儿啊，技能点用一下。"君莫笑昨晚升级、刷副本、任务，又攒了点技能点，还没顾上使用。

　　"磨磨蹭蹭。"陈果嘟囔着。

　　她着急，唐柔这儿却是不紧不慢，翻看着逐烟霞身上的装备："最近有没有搞到什么好装备啊？"她虽不玩，但对逐烟霞这账号的了解度不比陈果低，陈果喜欢讲这些嘛！

　　"没有，哪那么容易啊！"陈果一边回答着，不耐烦地朝叶修那边扫了眼，却看到那家伙鬼鬼祟祟地在朝她招手，却是暗示她过去。

　　搞什么？陈果暗自嘀咕着走了过去，目光询问。

　　"特意要我和她打一场，没什么特殊原因吧？"叶修小声地问着。

　　"你以为呢？"

　　"我不知道啊，这不问你呢！不需要让她吧？"叶修说。

　　"让？你能打赢她再说吧！"陈果说。

"哦哦。"叶修点了点头，让君莫笑传送进了竞技场："好了。"

唐柔邀请，叶修接受，陈果又跑回了唐柔背后。结果叶修没急着准备，在那抻着脖子望向这边问着："就这么打啊？要不要玩点彩头？"

"什么彩头？"陈果不解。

"比如赌包烟什么的。"叶修提议。

陈果差点儿气死，刚要吼，唐柔却是乐道："可以啊！不过烟我不会，也没有，咱们就打个一百块钱的赌怎么样？"

"行啊行啊！"叶修高兴。

"那就果果作证，我一百块押这儿了。"唐柔掏了一百块递给陈果。

"你俩认真的？"陈果诧异。

"随便玩一下嘛！"唐柔笑。

"行。"陈果痛快地接过唐柔的百元，望向叶修："你的呢？"

"我的……嗯，那什么，我这里有一包名贵的烟盒……"

"穷疯了吧你？"陈果真是好气又好笑，也掏了一百出来晃了下："这我借你的啊，工资里扣。"

"好的好的，马上还你。"叶修说。

"很自信嘛，开始了啊！"唐柔说。

"开始开始。"

画面一转，双方已进入竞技场，地图是最小的擂台图，对战的双方各居一角。陈果担任场外指导："他没有转职，这种叫散人，技能的变化比较多，通过看他手里的武器可以判断他会使用什么职业的技能。"

"哦。"唐柔应了声，她虽然没有正式玩过荣耀，但一年多来被陈果拖着也打过不少场 PK，基本各职业的角色也都见识过了。

"那他手里这个是什么武器？"唐柔一指屏幕。

"这个……这个……"陈果看了半天，没认出来，直接问："你手里什么武器？"

"赖皮啊！"叶修说，"还带问的？"

"我看着像把雨伞？"唐柔让逐烟霞朝前跳了几步拉近了点镜头后

说着。

"雨伞？没这种武器啊，是个扫把吧？"陈果也趴下来看。

"我来了啊！"叶修这边说着，已让君莫笑跑动起来，一条直线直朝逐烟霞冲了过来。

唐柔的操作果然极快，君莫笑一动便已经一晃鼠标一炮准准打来，但就见眼前一花，冲来的君莫笑闪动了一下就已经避过了这一炮。一边观看的陈果却是知道这个操作的技术名词：Z字抖动，操作原理简单，但实战中很难掌握的技术。

闪过这一炮后的君莫笑距离拉近了很多，身子一沉，一记倒地的滑铲就已经朝逐烟霞飞铲过来。

"狡猾啊！"陈果感慨着，滑铲虽属枪手系，但却是一个体术技能，所以用什么武器是无所谓的，这一记攻击依然没有暴露出他手上拿的那玩意儿是什么。

唐柔的手速也果然不负陈果的期望，滑铲击中前逐烟霞已经侧身滚开，跟着翻身而起已经准备使用体术技能还击，躲避、走位、攻击都是迅猛非常。

谁知眼前画面突得银光一闪，君莫笑的右手竟从他左手提着的不知名武器中抽出了一把利剑。

而这道银光也不仅仅是抽出了武器这么简单，这是剑客技能：拔刀斩！

这一击大出陈果意料之外，换作是她纵然想做出反应手怕也是要慢了。哪像唐柔，左手此时已在键盘上敲完了两下，右手鼠标一推，逐烟霞一个后跳躲开的同时，手臂一扬便准备放一炮出去。

这一手既躲过了拔刀斩的攻击，又做出了还击，一炮射出后，利用后坐力更可以"飞炮"倒飞拉开距离。简直就是一举三得，陈果正想叫声好，却不想君莫笑一个拔刀斩后剑早已归鞘，顺势就连"剑"带"鞘"朝空中的逐烟霞追打过来，此时已经甩到了面前。

这一变化更快，陈果已经顾不上琢磨剑客的哪个攻击是带剑鞘来砸的，只是觉得这一磕距离逐烟霞还有一点距离，却不想君莫笑那手中的玩意儿突然像伞一样张开，刹那间已是伞面倒翻，伞骨逆折，在伞顶上方收拢，仿佛一个硕大的枪头，一下就捅中了逐烟霞。紧接着就见君莫笑提手一翻，这一枪带着逐烟霞画出了一道半圆，将逐烟霞头下脚上地甩翻在地。

陈果大吃一惊，因为这一招可不是什么普通攻击，这个技能叫"圆舞棍"，属于法师系中的战斗法师招式。散人会这个技能不稀奇，但问题是君莫笑刚刚用那玩意儿施展了拔刀斩，那么就应该是剑士系武器，怎么转眼一变又成了法师系的战矛？

唐柔心中的惊诧却更在操作方面，几个回合下来，自己的操作竟然慢了一拍，这是她始料未及的事。

由于荣耀是代入感很强的第一人称视角，所以像圆舞棍这种技能，相比起伤害，突然之间这种天翻地覆让人找不到方向的破坏感更会让人觉得棘手。陈果也算是有一定经验的老手了，不至于这么轻易就晕。但唐柔只是偶尔替她玩一下，虽有手速带来的极快操作，应付这种突如其来的视角变换却是有些判断力不足。

匆忙间辨清方向扭身转向，却不想逐烟霞竟然无法翻身而起，视角抬头一看，君莫笑正一脚将其踩在地上，手中那玩意儿又变回原来模样。这一次总算是近距离摆了个造型，陈果和唐柔都看出这还真是一把雨伞，伞尖却已经对准了逐烟霞的头。

两人还没震惊完呢，伞尖蹿出了一串火舌，砰砰砰一通枪响，正打在躺地的逐烟霞身上。

枪手系漫游枪手技能：踏射。

第四十九章
真的不会玩

"我靠，这是个什么玩意儿？"陈果目瞪口呆，君莫笑手中这把武器竟然是三位一体，剑、矛、枪可变身的武器？

相比起陈果的惊骇，对荣耀了解不多的唐柔倒是没太被吓住，手指飞快跳动，逐烟霞就地一个旋风脚。

君莫笑后跳躲开，逐烟霞抬手便是一记反坦克炮。唐柔的操作快，这技能本身发动也快，距离又近，君莫笑被轰了个正着，当场就化成了一抹轻烟。

唐柔、陈果都是一怔，别说修正场里不可能这样一招就把人秒杀，就算秒了，人死留尸，哪有化成一抹轻烟仿佛飞升的？

不好！唐柔意识到的时候已经迟了，就见眼前一团血花飞起，是从逐烟霞的颈间喷出。

刺客技能：割喉。这一技能需要背身施展，有无视防御的背身攻击加成，虽是低阶技能，伤害却相当可观。

至于之前那个被反坦克炮轰成轻烟的君莫笑，现在两人都明白了，那是忍者技能影分身。君莫笑在后跳躲避自己的旋风脚时就施展出来，将分身留在了身前，真身却是分到了她身后，完成了这一击割喉。

接连遭受打击的唐柔神情已变得非常认真，连串的键盘鼠标声响过，逐烟霞一个箭步穿过血花轻跳，离地不到半米已经完成了180度转身，操作之快可见一斑。

鼠标飞速移动，正想寻找目标开火，结果视角转过已见刀光带着一片血雾劈头斩到。剑士系狂剑士技能：崩山击。

散人所学和各职业技能虽然没有专业职业的修正和加成，但原有的效果却都不会差。崩山击半空将逐烟霞斩落，坠地后还有一个短暂的弹起小浮空。君莫笑飞快抓住这瞬息间的机会，提膝一撞，把逐烟霞顶到了空中，千机伞一甩，对着空中的逐烟霞就是一通扫射。这技能陈果、唐柔都是熟得要死，这就是枪炮师的技能BBQ。

空中被枪火串烧了一遍的逐烟霞坠地后立刻翻身起来再战，结果视角转一圈却不见君莫笑的身影，只见一只绿皮哥布林摇摇晃晃地朝她扔来石块，唐柔、陈果齐崩溃，这是法师系中召唤师的召唤宠物。

抬手一炮轰杀哥布林，君莫笑突然从天而降，在逐烟霞头顶上一通乱踩。格斗系拳法家技能：鹰踏。

唐柔此时哪还有开局前那"随便玩下"的心态，被踩后的逐烟霞早已提炮斜指空中，准备将君莫笑轰下，不料君莫笑那伞尖又一次提前对准了她，火舌一喷，逐烟霞头顶上冒出一朵血花，君莫笑却是借着这一枪的后坐力，一个潇洒的"飞炮"倒飞了出去。

近战其实对枪炮师是极其不利的，唐柔一直想用"飞炮"拉开距离未果，却不料这次是对方主动飞远。连遭打击的逐烟霞生命已经无多，却连君莫笑的衣服边都没有摸着一下。唐柔全然没有要放弃的意思，正准备继续攻击，却听到对面的叶修说了一句："不打了吧？"

"为什么？"唐柔问。

"原来你真的不会玩。"叶修说。

"……"唐柔一时竟不知该如何去说。除了平时陈果兴致勃勃当开心事说给她听的一些东西，她对荣耀真的一无所知。可就是这样，凭借手速带来的极快操作，硬是在竞技场帮陈果打掉了许多陈果都赢不了的对手，甚至完成了难倒一大片玩家的神之领域技巧挑战。

唐柔可以说不会荣耀，但却很强。就是这个原因，让陈果千方百计地想把她拉到这个游戏里来。但同样也是这个原因，让唐柔对荣耀这个游戏始终提不起兴趣。很多人会因为一个事自己轻松上手进而顺利地发展下去，唐柔却相反，对于这种自己可以轻松做到的事情，怎么也认真不起来。

折腾了这么久的陈果也算是看出来了，这是个好胜心极强的姑娘。

当遇到让她难以应对的事时，不需任何提点，她自己就会铆足劲儿冲上去克服。

就像当初逐烟霞冲击神之领域的技巧挑战，唐柔也是失败了很多次后才挑战成功的。那段时间她所爆发出来的冲劲儿，看上去比陈果要喜欢荣耀一百倍。

陈果满以为这一次已经可以打动唐柔了，谁知当完成了技巧挑战后，唐柔很快又对荣耀失去了兴趣。刷装备什么的，这种攒人品的事唐柔从来都是不当回事的。

说到底，荣耀在唐柔眼中是一件"就这么简单"的事，想要她感兴趣，先得改变她的这种印象。所以陈果一直想找个唐柔对付不了的对手让她意识到难度。可惜适得其反，唐柔在竞技场遇到的所谓高手，都会很快被唐柔虐掉。

那些声名在外的名人，那些职业圈的真正高手，陈果不止一次地和唐柔讲着，唐柔却都是不以为然地笑笑。没办法，事实才能胜于雄辩，可这样的高手又让陈果上哪找去？

直到早上唐柔回来时，陈果才突然萌生了让叶修试一试的想法。叶修确切有多强陈果也说不清，但到底是个职业圈里混过的，怎么也得比普通人强些，大不了再被唐柔说一句"就这么简单"。

这是陈果的初衷，但和叶修一打交道就要被这人气着，一气陈果就忘了自己原来的想法，站在唐柔背后盼着唐柔把叶修给虐了替她出气。直到现在唐柔被打得全无还手之力，叶修甚至说她"不会玩"时，陈果这才终于回过神来。

"不会玩？"陈果觉得这个评价还是有些过了。这样都算不会玩，那那么多唐柔的手下败将该怎么算啊？还有，这家伙强得有些过分啊，居然从头到尾完全压制着唐柔，职业圈里混过的果然不一样。平时看比赛看录像没觉得强到这么逆天啊！看来还是对手的问题，职业高手对职业高手都是势均力敌，这一和普通玩家打上，高下立判。

对面的叶修已经站起了身，点了点头说："操作倒是挺快的，但左右手之间的协调性一塌糊涂，视角快速转换时的适应性和判断力基本为零，对装备、对技能的了解远远不够，实战经验少，打法固化，这样还算会玩？这个水平，想打败我的话，再过一百年吧！"

第五十章
再　来

"喂喂，你过了啊！"陈果真有点生气了，虽然她的确想找个人来刺激唐柔一下，但没想到这个叶修竟然把唐柔说得一无是处，有必要这么过分吗？

"哦，不好意思。"叶修说，"是有些过了。一百年什么的，就是个夸张的形容，不是真需要那么久的。"

听了前半句，陈果还诧异这家伙真在认错，等听完后面的，气得鼻子都要歪了。

"你就不能说点好的。"陈果一边说一边看了唐柔一眼，心想自己真是苦×啊！老想刺激这妹子一下，但现在真刺激了又怕刺激过了头。

"呃……操作挺快的，我说过了啊！"叶修说。

"还有呢？"陈果说。

"还有……"叶修很努力地想了想，目光游移向了别的地方，"长得蛮漂亮的。"

陈果吐血。这是在夸人吧？但问题现在是在讨论游戏的问题，他冒出一句"长得蛮漂亮的"，这不还是摆明了在说对方在游戏上一无是处？

唐柔要燃了，要燃了……陈果低头看去，就见唐柔咬着嘴唇，右手还紧紧握在鼠标上。换是陈果，这会儿八成已经拿键盘砸人了，但唐柔毕竟不是她，只是冷冷地说了句："打完再说。"

"不用打了，刚才是我手下留情。不然鹰踏之后银光落刃，天击扫地，龙击落花圆舞棍，你就已经倒了。"叶修说。

"那你为什么不继续？"唐柔问。

"那样我就赢了，就得拿你这一百块钱。但你根本就不会玩，胜之不武，这一百块钱实在不好意思赚，算了吧！"叶修说着，又望向陈果："老板，那一百块是我的啊！工资里扣，说好的。"

"你你你……"陈果气得半死，抓起那一百块捏了个团扔过去，"拿去。"

"谢谢。"叶修连忙接着。他口袋倒不是真空得一分钱都没有，但烟这东西对他来说就像吃饭一样是固定消费，得从长远打算，有备无患。

"输了就是输了，不用你让，这一百块你拿走。"唐柔站起身来，取了她押下的那一百块递了过去。

"算了吧，真不好意思要。"叶修说。

"拿着！"陈果在这边瞪了叶修一眼，她多少知道唐柔的脾气，这姑娘又好强又认真，叶修真要死活不收这钱，这事不好收场。她现在就怕啊，就怕这叶修也是个钻牛角尖的家伙，死活不收，那该怎么办？

结果就听到叶修说："那你给老板吧，我还她钱。"

王八蛋！把球踢我这边来了。陈果怒，但看唐柔全没这个意思，完全不想激化矛盾的陈果只好主动上去把钱拿了："那这账就算清了啊！"

"我们再打一把。"唐柔丢下一句话后坐下。陈果只有泪流满面的份儿了，这就是唐柔，不会像自己一样吼着去和人争辩，人家是行动派，事实胜于雄辩的坚定支持者，只会用实力轰得你无话可说。

由于是练习性质的修正场，不计什么胜负分数，进退也是自由。唐柔坐下后直接选了再来一次，不等对面的叶修说什么便又扯了一张一百放到桌上："还是一把一百，虽然我不太会玩，但我希望你能认真对待。"

叶修转头望向陈果，陈果摊了摊手，意思她是管不了了，你自己搞出来的自己收拾吧！

"好吧……"叶修没有多说什么，默默坐下。

新一局开始，陈果依旧是站在唐柔身后，但这回只是默默地观看，不再多话，也不再大惊小怪。情况和上一局没有丝毫的变化，逐烟霞在连君莫笑的衣角都没沾着的情况下完败。唯一的区别是，君莫笑这次没有再留情，直接杀光了逐烟霞的生命。

"再来！"唐柔二话不说，扯张一百又拍下，选择再来一次。

还是输。

"再来！"

再输。

"再来！"

再输。

叶修一言不发，陈果在这边也看不到那边坐在电脑背后的叶修的神情。她只是看得出君莫笑的发挥的确没有丝毫的放水，认真，谨慎，不放过任何机会，心狠手辣。

不少网吧的客人都渐渐注意到了这边的比赛，一些熟客已经放下手中的机器凑过来看热闹了。

熟客大多都是认识唐柔的，这美女可是他们不少人关注 YY 的对象。所以大多知道唐柔不玩荣耀，但荣耀 PK 水平着实不低。此时就见她桌上一张一张拍起来的百元大钞，所有人都是目瞪口呆。

至于她的对手呢？刚来两天值过一次夜班网管，熟客也不见得马上就认识。只是盯着屏幕看了一会儿战斗后，唐柔身后突然有个人惊讶道："君莫笑，是第十区的君莫笑。"

"是吗？在哪里在哪里？"这一言忽然就惊起了很多人，原本没过来看热闹的家伙闻声也赶来了不少，大家一起跑到唐柔后面努力辨认着她那个对手所顶的"ID"。

唐柔和叶修，两人竟然都没受到这些干扰，继续一丝不苟地打着比赛。陈果看到这些人对君莫笑的反应后却很是诧异，揪了一个旁边的家伙道："君莫笑怎么了？"

"第十区现在最火的角色。新手村三个首杀，冰霜森林副本纪录保持者，已经加入蓝溪阁了。"

"哪啊！我认识蓝溪阁的人，君莫笑昨天就是帮他们打个了纪录，刷完就退公会了。"

"我 ×，蓝溪阁都看不上，他想怎么样啊？"

"喂，小声点，人就在对面。"

"啥，对面那个就是吗？"

不明真相的群众甚至还没搞明白唐柔这拍着钞票较劲的人就是她对面的家伙。

"呀，又输了……"

"这是第多少把了？"

"不知道啊，我来时就开始了。"

"桌上有五百块了吧？"

"有了有了。"

"呀呀，又拍了一张！"

"唐 MM 加油啊……"

就这样，唐柔接连输掉了整整十把。十把加起来不能说连君莫笑的衣角都挨不着了，但在每个观众的眼中，都完全看不出她有什么取胜的机会。之前对她的一些加油打气声，已经换成了劝阻，也有人开始鄙视君莫笑忒不知道怜香惜玉了。

"再来！"唐柔却丝毫不为所动，又一次喊出这话，只是手一翻钱包后，却怔住了。

没法再来了……因为她没钱了。

第五十一章
藏不住的武器

　　叶修听到唐柔喊"再来"，没有丝毫动摇，只是稳稳握着鼠标，做好再一次斩杀这姑娘的准备。只是这次喊过后，却始终不见进比赛，叶修站起身看了一眼，瞅到唐柔桌上瘪瘪的空钱包。

　　"终于没钱了？"叶修笑。

　　这人……就是打算自己把钱输光然后停手吗！唐柔噌地站起来："等我去拿。"

　　"唐 MM 算了吧……"周围认识唐柔的人都在劝。

　　"小唐……"陈果也连忙过来拦，以这姑娘好胜的劲儿，陈果丝毫不怀疑她会一直输到破产。最讨厌的就是那个叶修了，赢了也不给人点台阶下。

　　结果就听到叶修在对面说："算了吧！这样逞匹夫之勇也没什么意思……"

　　还在讥讽！陈果怒了，转过身刚要说话，就听到叶修接着说："好好学一下吧，起码搞清楚你和我的差距在哪，有多大。荣耀不是光有操作就可以赢的。想和我打有的是机会。"

　　陈果一怔，这个入情入理，这家伙总算说了句人话。但是偏偏这个时候才说，已经燃起来的唐柔还能听进去吗？

　　唐柔的脚步却已经停了，站在那出神。周围一片寂静，所有人好像都在等着一个什么重大的结果似的。陈果突觉旁边好像有什么动静，扭头一看，叶修在那儿对她又使眼色又打手势的，一看，这混账居然是在叫她把钱递过去！！

陈果气啊！但也知道以唐柔的脾气这拍出来的钱肯定不可能再装回去。此时也不理叶修，朝围观党们挥手："看什么看什么，结束了已经，散了散了。"

围观党看看唐柔这边似乎真的不会再有动静，却也不散，而是呼啦一下全围叶修那边去了："哥们儿你那什么武器？"

这个问题只要是个玩荣耀的玩家都不可能不关心，这一问出来，连陈果耳朵都竖起来了，又想去听结果，这边又想安抚一下唐柔，简直是忙死了。

"呵呵，没什么，一个自己做的玩具而已。"叶修说。

"自制武器？？"有人反应快，立刻读懂"自己做"这三个字的含义，惊讶地嚷了出来。

顿时一片哗然。自制装备，这根本就不是普通玩家会涉及的高端内容。荣耀运营了十年，网上公布出来的一些自制装备的做法，做出来的顶多也就是橙字装备的程度。真正传说中的超越橙字装备的银装，玩家只在职业联赛中见过。这些职业俱乐部又怎么可能把银装的制作方法给公开？那可是他们在职业联赛中竞争角逐的利器。

"哥们儿能看看吗？"有人在叶修身边问着。

"可以啊！"叶修笑着给围观党们看千机伞。

陈果这边伸手搂在唐柔肩上，一边说着"走走走，上去歇会儿"，一边情不自禁地抻着脖子想看看叶修的君莫笑手里拿的到底是什么玩意儿。唐柔看到她这模样，也忍不住笑道："想看就去看呀！"

陈果闻声回头一看，唐柔竟然没在抑郁纠结，顿时大为放心。却继续搂着唐柔往楼上去，很威风地说："哼，我回头再看，敢不给我看我开了他。"

围观党们这边看了千机伞的属性，都是一阵惊讶。大家都是识货的，而且现在又大多是在玩新区的，正好对低级武器很熟悉，一看便知这是真银武！传说中超越橙武的银武。

"牛啊这个，怎么做的啊？"有人脱口而出。

叶修笑而不语，于是也根本没人去追问，连先前脱口而出的家伙都自觉有些失言。自制装备哪一件不是呕心沥血弄出来的？哪有随随便便就去打听别人心血的。

"可惜了啊！只有5级……"

"刚开区而已啊！就现在能弄到的材料，你还能做个70级的出来啊？"

"不是吧？我听说自制武器只看材料，不看材料等级啊！"

"靠，你懂啊，你懂你做一个。"

"听说，听说而已……"

玩家们议论纷纷，叶修只是笑着听着却不去参与讨论。这个高端内容普通玩家都只是一知半解，说不上个什么所以然。不过传说中的自制银武就出现在了身边，就这已经值得大家好好说道说道了，不过所有人都不忘在后面加一句：可惜只有5级。

5级的装备，哪怕再逆天也没什么价值，所有人都明白这个道理。虽然玩家大多也知道自制武器是可以通过编辑器提升的，但是，提升和自制也是一样有难度的，当中有点差池就有可能把武器弄坏。5级……这起点忒低，需要提升的空间实在太大。玩家们都下意识地觉得把这东西直接提升上去，还不如直接做个高级的。

"哥们儿你还会做什么职业的银武啊？"有人倒是很会抓问题关键，比起一件银武，眼前这个会做银武的手艺人才更有价值。

"没有了，就这个也是不知怎么扔了一堆材料就瞎搞出来的。"叶修说。

"哥们儿你要是还会做什么，材料我自己出，你尽管开价钱。"还有人不死心，自制装备啊！平时都觉得是遥不可及的东西，今天竟然就在自己身边出现。

"真不会了。要会我还坐在这儿？"叶修说。

不死心的人沉默。的确，会做自制武器的人那是比一般游戏高手还珍贵的人才，可以关起门来发财，也可以去职业俱乐部的技术团队里谋个差事。

"哥们儿下副本吗？一起啊！"这时还有人开始邀请叶修一起游戏了，显然是同玩第十区的人。

"次数已经没了。"叶修笑道。

"有机会一起啊！"

"好。"

客气的客气，套磁的套磁，玩家终于渐渐地散了。叶修长出了口气。说实话自制武器太珍贵了，本是应该以财不外露的精神保护起来的。荣耀里又不能通过系统查看别人装备，还是比较利于隐瞒。

但问题是千机伞实在太特殊，游戏里哪有这样能变形态的武器？有点常识的玩家都能猜出这是自制。而这又是这武器最大的价值和特点，实战中不可能不去运用，所以这武器根本就藏不住。

叶修叹息着，刚把装备界面关了，就见陈果以迅雷不及掩耳之势从二楼扑面杀到，跑到叶修背后就问："什么武器什么武器？"

"自制武器，自己看……"叶修无奈地又点开了。

"呃……"陈果欣赏中，肚子里和其他玩家一样有十万个为什么，却也知道有些不该问的东西是不合适问的。

"就是因为这武器，所以你打算玩散人？"陈果问。

"聪明。"叶修表扬。

"你太深藏不露了。"陈果发现需要重新审视叶修。这个被职业圈子淘汰了的家伙，比自己想象的要高深啊！虽然其实自己也不知道职业圈到底有多高……

"我藏过吗？"叶修却在反问。

第五十二章
职业选择

给陈果参观完千机伞后，唐柔也已经又从楼上回到了楼下。叶修和陈果齐望着她，没人说话。

"钱怎么就这样放着？"唐柔走到了她原来的位置跟前，将拍在桌上的钱很自然地叠在了一起，理了理后给叶修递了过来。

陈果叹息，这姑娘到底还是认真，不会把说出去的话当空气。陈果此时只希望叶修赶紧把这钱收了，不要再节外生枝。

叶修果然没让她失望，站起来就把钱给接来了。这明明是陈果所希望的，但不知为何看到叶修做出这举动后陈果瞬时就是一股无名火起。

"还真好意思收啊你？"陈果说。

"为什么不好意思？"叶修和唐柔齐声道。

陈果败了，合着到最后数她里外不是人。

"这钱我迟早会赢回来的。"唐柔把钱交到叶修手上时说。

"我可以负责任地告诉你，这比你想象的要困难得多。"叶修微笑着说了这么一句后，接过钱塞进了口袋，随手退出了游戏，朝二人打了个招呼就离开了。

"你看这家伙是不是气死个人？"陈果咬着牙对唐柔说。

"放轻松，放轻松。"结果倒是被鄙视的人在这儿给不相关的陈果顺气。

"你快点好好练练，然后狠狠修理一下这家伙，灭灭他的威风。"陈果说。

"你觉得我和他的差距到底有多大？"唐柔问陈果。

"这个……"陈果有些脸红，就算唐柔还不会玩，但这话也就是叶修敢说，在陈果眼中唐柔那已经算是高手了。唐柔都比她要厉害，叶修更不用说，两个境界都在她之上的人，她又哪里看得出两人的深浅？更别提两人之间有多少差距了。她如果能判断出两人的水平，那么介绍叶修和唐柔 PK 也就不会抱着随便试试的心态了。

"这个我真看不出来。"陈果只得承认。

唐柔低头望着屏幕上还没有退出的逐烟霞，半晌后道："看来他说得对，我连和他的差距在哪，有多大都找不着，我得全面补一下课才行。"

陈果此时心中其实是在窃喜的。这唐柔终于是如她所愿开始对荣耀产生兴趣了，只是不好在面上表露出来，继续一本正经地说："正好前天刚开新区，我去给你拿张账号卡。"

"哦。"唐柔的顺从让陈果心花怒放，她这开网吧的，荣耀账号卡充值卡什么的当然都是应有尽有，连忙给唐柔取了一张就陪她去建立新角色了。

起名，进游戏。新手村里的新手任务那是整个游戏里再简单不过的内容了，要换了平日这么简单的玩意儿唐柔顶多半分钟就会扔一边去了，但如今却是格外地认真，连一些陈果觉得完全没必要去注意的那些新手指南她都很认真地阅读了一遍。这姑娘终于是把她的认真劲儿使用到荣耀上了，陈果有一种修成正果的感觉，迫不及待地就开始和唐柔讨论一个很重大的问题。

"你想玩什么职业？"

"还没想好啊！"唐柔说。

"用不着急着决定，在 20 级以前所有职业的初阶技能你都可以学，你可以都学来试试，看看哪个职业你用起来最顺手。"陈果说。

"保持这个样子，干脆不转级地升下去，就是叶修玩的那个散人了是吧？"唐柔问着。

"他那是胡玩呢，你可不要学。"陈果吓了一跳。

"胡玩？"唐柔不懂。

"所有角色到了50级以后，需要完成职业觉醒任务，才能继续获取经验来升级。但是没转职的散人是没有觉醒任务的，所以到了50级就没法再升，当初就是因为这个原因散人这种玩法才彻底消失的。"陈果说。

"刚才叶修不是说现在50级可以去神之领域继续提升等级吗？"唐柔说。

"拜托，神之领域耶！那挑战任务你帮我做过的，那么难，50级的账号怎么可能完成？"陈果说。

"那叶修他……"

"他疯了。"陈果直接没好气地打断唐柔。

"如果他能做到，我却做不到，还不是说明他比较强？"唐柔说。

陈果怔了一下后立刻道："如果他能做到，你也可以去尝试啊！任何人都可以在50级就开始神之领域的挑战任务，这点又不限制。"

"还有啊！"陈果接着说，"叶修的那个武器你记得吗？那才是他会选择玩散人的原因。那家伙居然有自制武器，这才开区两天啊！真不知道他是怎么搞到的。"陈果说着说着自己又疑惑上了。这是她心中的十万个为什么，但没好意思直接问出来。

"自制武器？就是你常说的职业玩家才有的那种很厉害的装备？"唐柔问道。她现在的这些问题算是彻头彻尾地暴露了她真是荣耀小白一只。

"对。而且他那个蛮厉害的，虽然只有5级，但却是真正的超越橙武的银武。我看这家伙是有手段把这银武继续升上去的，否则不可能为了一件5级银武就玩散人。"陈果说。

"银武怎么做呢？"唐柔问。

"妹子，这内容就太高端了，我还想知道呢！"陈果说。

"不如你也和我一样玩枪炮师吧！你也玩过我的账号好多次了，这职业你最熟，玩起来上手肯定快。"陈果不想在自制装备的内容上和唐柔谈论太多，她怕再描述这个系统的难度又把这姑娘的好胜心给激发到这方面上，那就有些走火入魔了。自制装备这个系统实在太复杂，多少人试图挑战最后都是枉死在这上面。陈果可不想唐柔把大好精力花费在这方面。

　　枪炮师……唐柔未置可否，虽然以前对荣耀没什么兴趣，不过零零碎碎也玩了这么些。对枪炮师这个职业唐柔心底里兴趣不大，她倒是更喜欢那种近战打击类型的，感觉技巧性更强一些。不过陈果对枪炮师这个职业是很钟爱的，唐柔不想泼她冷水。正想着，突然记起了陈果经常说起的另一个职业："对了，那个你经常讲的，你说是最厉害的，什么神的那个？那是什么职业？"

　　"斗神一叶之秋！"陈果脱口而出，说出的一瞬间，神色却一下子黯然起来。

第五十三章
战斗法师

"对对，就是那个，那个斗神是什么职业？"唐柔虽然连"斗神一叶之秋"的名号都没有记住，但因为陈果常提，总算是在她心里留下了些许存在感。除了这个，存在感更强一些的是枪炮师"沐雨橙风"，这是导致陈果也玩枪炮师的直接原因，陈果的第一偶像，挂在嘴边更多的角色。

唐柔一边说着一边朝陈果望去，却立刻看到了陈果脸上的黯然。

"怎么了？"唐柔吓了一跳，认识陈果两年，愤怒的陈果是司空见惯了，这样露出伤感的模样可还是头一遭。

"叶秋……退役了。"陈果说。

"叶秋？就是一叶之秋的主人是吗？"唐柔说。

"嗯。"

"那一叶之秋呢？"

"一叶之秋还在，可是……"

陈果也描述不清这种关系。冰冷的职业联盟中，角色和选手被生生地划分成了两个部分。对于喜欢荣耀的玩家来说，有的人羡慕职业级的那些强力角色，有些人则仰慕职业选手的高超技术。于是像斗神这种称号，起初有些人认为是给一叶之秋的，有些人则认为更该属于一叶之秋背后的操纵者叶秋，这当中存在争议。但渐渐地，类似这样的争议，都把称号归属了角色。

只因为角色是铁打的营盘，选手却是那流水的兵。

选手会闹转会，选手会有状态下滑乃至过气，选手会有最终的退役，但角色却不会。只要俱乐部愿意，角色就可以一直牢牢地掌握在自己手中不断提升，时间越久，技能点就有可能越多，装备就有可能越强悍。目前在荣耀中叱咤风云的数大角色，几乎都是一区时便建立起来，存在年限接近十年的。它们的操纵者都已经换了不知道多少位，但它们的威名却从响起时就再未有过堕落。

花有重开日，人无再少年。一个强力的角色，只要有一个强力的选手操控，就能展示出它的威力；而选手呢？在自然规律面前，谁也无法战胜时间这个无情的杀手。

叶秋和一叶之秋却是个少见的例外。角色和操纵者搭档达十年，这在联盟中绝无仅有。当其他的角色经历着操纵者的变换，一个个选手消失在了幕后，把名号留给角色时，斗神，却一直被叶秋和一叶之秋共享着。从这个名号被叫响的那天起，斗神就一直是属于他们两个。

只可惜，一叶之秋终究也是角色，而叶秋终究还是个选手。选手注定是要先走一步，由角色把名号永远地继承下去。

在其他角色已经发生过数次交接时，斗神，这才只是第一次。所以会有大把的玩家辛酸落泪了，会有陈果一提到斗神一叶之秋就开始黯然神伤。对于她来说，叶秋离开的一瞬，斗神这个称号一下就变得不完整了。原本寄托了很多感情的一样东西，突然就这样被撕裂了。

唐柔理解不了陈果的这份哀伤，她只能静静地坐在一边陪着她，一言不发地拉着她的手。

但陈果毕竟是陈果，昨天就已经狠狠地忧伤过了，反复在这里忧伤那可不是她的风格。只黯然了一会儿她的神采已经再度飞扬起来，望着唐柔说："斗神的职业是战斗法师，怎么，你想玩儿吗？"

"好啊！说不定什么时候我会成为那个一叶之秋的主人，到时我就是新斗神也说不定呢？"唐柔说。

"啊！这个目标比起打倒叶修什么的可要崇高一千倍啊！小唐你一定要以此为目标努力啊！"陈果笑着说。

"好啊！"唐柔也在微笑着点头。

"那我现在就来给你讲一下战斗法师这个职业？"陈果说。

"嗯。"唐柔点头。

"战斗法师属于法师系职业，是以魔法强化自身来进行近身肉搏战斗，武器精通有两种，长棍或者战矛。长棍攻速一般为8，出招快。战矛攻速一般为2，比较慢，但攻击高，范围大。我个人更喜欢战矛，更加霸气，不霸气怎么好意思称斗神呢？你看一叶之秋不也是用战矛的，有一次……"

"果果……"唐柔提醒陈果跑题了。

"哦……"陈果咳了一下，继续讲，"战斗法师最主要的特点就是可以强化自身属性的魔法炫纹和觉醒时学会的斗者意志。尤其斗者意志，这完全是操纵者凭借自己技术来提升角色能力的一个被动技能，如果看到一个战斗法师越战越强，千万不要意外。一叶之秋会被誉为斗神，就是因为叶秋的操作能够……"

"果果！"唐柔已经无奈了。

"好吧好吧，我们来看视频，一边看一边给你讲好不好？"陈果说。

"嗯嗯。"唐柔点着头。陈果这边都不用在网上搜，斗神的视频她还少吗？不知道收集了有多少，点出一个就眉飞色舞地给唐柔讲了起来，讲着讲着开始只剩下惊叹了。

"哎呀，你看你看，这一下……吼吼吼，88个背身连击，你知道这能让斗者意志提升多少属性吗？哈哈哈，这傻货，自己就撞上去了。"

"果果……"唐柔第三次无奈了。

"你不觉得我应该先看点比较初级的吗？你一上来就让我学习战斗法师中最顶尖的高手？"唐柔很是无力地说。

"哦，这样啊！那让我找找啊！"

两个姑娘就这样沉浸了对战斗法师的学习当中，有小网管跑过来招呼两人吃饭，也被陈果不耐烦地赶走了。

直到身后传来一个这两天一直让陈果一听到就提神的声音："咦，在学战斗法师？"

叶修！陈果立刻回头："干吗，你管啊？"

"小唐想玩战斗法师？"叶修问。

"嗯。"唐柔点头。

"这个我可以教你啊！"叶修说。

"哼，用不着。"陈果表示不屑。

"老板，你知道你刚刚拒绝了什么吗？"叶修严肃地说。

"切。"陈果完全懒得理他，回头对唐柔说："这些都是叶秋写的战斗法师攻略，你看，我全给你排好了，由浅入深，从属性到技能到装备，实战的技术、经验、技巧，练习的方法，还有这些配套的视频，精彩的集锦。"

"嗯嗯。"唐柔连连点头。

"真是的，真人指导不要，非要自学成才啊？"叶修嘟囔。

"你一边去，你的指导比得上这些攻略的万分之一吗？"陈果说。

"唉……你们可别后悔啊！"叶修叹息。

"吵死了你。"陈果头都不回。唐柔却是转过来朝叶修一笑道："有问题我会向你请教的。"

"呵呵，你很快就会有了，你现在看的那篇攻略是九年前的，九年里有系统的调整，有玩家技术上的进步，这攻略虽然还能看，但有四个地方要注意一下，那里提到的东西完全不适合如今的战斗法师。"叶修说。

第五十四章
指点一下

　　唐柔在这方面尚是小白一个，当然完全不明情况。陈果呢？她是玩枪炮师的啊！有关战斗法师她多是看看精彩的视频，没有真的研究过这职业。就这攻略也是下午和唐柔一起在网上翻出来的，陈果是不管三七二十一，搜索主题就找战斗法师，作者是叶秋或是一叶之秋，看到符合这条件的就一股脑儿给扒下来，给唐柔排列成册，结果这才开始看第一篇，就被叶修指责说这攻略有过时的地方。

　　说起来也真是，九年了！荣耀不知道更新过多少次，哪个职业没经历过调整？九年前到现在一点儿变化没有，玩家一点儿技术进步都没有？如果真是这样荣耀这个游戏也不会像现在这么火爆了，游戏也是要有发展空间的嘛！

　　"你说真的啊？"陈果问叶修。

　　"嗯。"

　　"那是哪四个地方？"唐柔问。

　　"你俩去吃饭吧，我来把攻略给你稍改一下。"叶修说。

　　这两人一个是沉迷于游戏类型，另一个是下定决心就会忘我投入的类型，一起研究战斗法师都不想去吃饭了。这时停下来被叶修一说，也都觉得有些饿了。

　　"那我们先去吃饭？"陈果征询唐柔意见。

　　"好，那麻烦你了。"唐柔后半句却是对叶修说。

　　"去吧去吧！"叶修赶走了二人，坐下没多久就听到那边传来陈果的惊呼："今晚怎么这么丰盛，谁订的餐？"

大家一说是叶哥请的客，陈果分外鄙视，对唐柔说："还挺会借花献佛。"

"呵呵。"唐柔笑笑。

"你也真是，输那么多怎么也不见你心疼啊？"陈果看唐柔真是一点儿没把这一千一百块钱当回事。虽然她是在网吧做了两年的老员工，陈果刻意地提高了她的待遇，但说到底干的活也和其他人没什么区别，网吧里嘛，一个妹子还能做什么？不就是守守前台。所以高也高不到哪儿去，一千一百块对唐柔当然不会是个小数目，可唐柔这不在意的模样、气度倒和陈果这网吧老板不相上下了。

陈果这网吧经营到现在这规模，就是生意最差的月十几二十万的净收入也是有保障的。千把块钱她的确用不着太在意。不过陈果也是一步一步挺不容易才把网吧经营到如今这地步，并有了稳定的客流，她没什么大手大脚花钱的习惯。就这么随便几把荣耀PK就把千把块钱输掉，说实在的连陈果都有些替唐柔肉痛。

"愿赌服输嘛！"唐柔说。

"都输光了，你这月吃什么。"陈果说。

"吃的不都有你管吗？"唐柔笑。

陈果无奈，她这网吧吃住全管的待遇，养出了一帮子月光族。

"快吃吧快吃吧，吃完看那家伙弄出什么花样了。"陈果说着。

叶修这边，很快就把那篇陈年旧稿修改了一下。然后又看了下陈果给唐柔编排出来的教材。看得出陈大小姐的品牌意识是非常强烈的，只要标了是叶秋或是一叶之秋大名的东西就统统给摘了下来。叶修看着真是哭笑不得，把里面一些不需要的、重复的、过时的，总之这些有的没有，能删的删，能补的补，能修的修。正忙得水深火热，陈果和唐柔两个吃完回来，陈果一眼就看见叶修点开她辛苦找到的一篇攻略扫了就一眼，然后就甩手扔垃圾站去了，连忙冲上来质问："干什么啊你？"

"你这胡弄一堆，好多都是重复没用的，我给你收拾收拾。"叶修说。

"是吗？"陈果将信将疑。虽然老是被叶修惹毛摆不出好脸色，但陈果心底里知道论荣耀水平，这叶修真是要高出她不少的。

"你行不行啊，这些可都是叶秋大神的帖子。"陈果说。

"行，怎么不行，他要是知道了也会很欣慰有这个机会可以重新整理一遍的。"叶修说。

"不行，你弄到垃圾站的不许全清了，我要检查。"陈果说。

"能看得懂的话你就查呗！"叶修笑。

陈果郁闷啊！说实话，她没玩过战斗法师，这些攻略中的那些中高级内容她也是一知半解，到了这些内容，还真得靠唐柔自己去摸索了。但看这个叶修倍儿专业的模样，陈果忍不住道："你真的能教？"

"能。"

"战斗法师你全会？"

"会。"

"不怕教会了小唐被虐啊？"

"哈哈哈哈。"叶修乐，"哪有那么容易。师父领进门，修行靠个人听说过没有？道理都是一样的。能不能练起来主要还是靠自己。就算我不教，攻略都是公开的，肯花时间努力的自己也能练起来。我教也就是帮她节约时间少走点弯路罢了。"

"说得头头是道的。那我问你啊，我想提高一下手速，应该怎么做？"陈果问。

"绝对手速还是操作手速？"叶修问。

"当然是操作手速。"陈果说。绝对手速那就是闭着眼睛左手敲键盘右手耍鼠标，再快用不到实战里也是白搭。所以更重要的是操作手速，抛去那些废操作后有的放矢的操作速度。

叶修摸了摸口袋，掏出个东西递给陈果："拿了玩去。"

"啥东西？"陈果接过一看，一个巴掌大的塑料板上，上面上中下三排共十个圆圆的地鼠脑袋，竟然是个掌上迷你打地鼠。

陈果鼻子都要气歪了，有这么糊弄事的吗？结果叶修头扭过来道："试试吧！"

"试什么呀？"

"开关在下面，可以调等级，你就试试最低级的吧！这是我动过手脚的，包你爱不释手。"叶修说。

陈果将信将疑，打开了下面的开关，十个地鼠头闪了一闪，电子提示音响起，让陈果按地鼠头选等级，陈果按下第一个地鼠头后，一小段电子音乐后，地鼠头嗖嗖嗖地开始闪光。

这种迷你打地鼠陈果玩过，哪个亮按哪个就算打中。但叶修给她的这个，闪动速度之快大出陈果的意料之外，连忙上去追着一通狂按，不到十秒，地鼠头齐齐闪动，像是嘲笑一般响了几声，宣布游戏结束。

"手速120吧！"叶修笑。

陈果发怔。

"手速120的人能勉强撑过五秒。拿去玩吧，对练反应有帮助的。"叶修说，"操作速度上不去，主要就是反应跟不上。"

第五十五章
超越攻略

"小唐你要不要试试？"陈果把迷你打地鼠给唐柔递过去。

"她不用了，这个对她帮助不大，她的操作手速目前估计能到 200 了，但对游戏不熟悉，没经验导致判断力不足，限制了反应速度。她还有提升空间，不过得在游戏里慢慢磨练。"叶修说。

"那你呢？你有多少的操作手速？"陈果说。

"我？我已经过了追求操作手速的阶段了，我有 60 的手速就足够对付你了。"叶修说。

陈果一下子就想起第一次看叶修操作时那手残般的速度，就靠这样的手速，他却单挑掉了暗夜猫妖，当时陈果就觉得挺神奇的。此时听到叶修说 60 的手速就能灭了自己，陈果一点儿也没生气，她已经越来越觉得叶修不简单了。手速收放自如，这正是职业选手和普通玩家最大的区别。

"你这儿还有多久能弄好？"陈果问叶修整理的攻略。

"还要一会儿呢，叶秋写的攻略也不是完全面面俱到，还有一些其他人弄的很不错的，我一会儿也给你整理进来。不过其实你还没接触就先看攻略不好，最好先在游戏里自己体验一下，有一定基础了再看攻略。"叶修说。

"为什么？照着攻略不是可以少走很多弯路？"陈果说。

"攻略只是前人总结的经验而已，里面所写的东西只代表当下。一篇攻略，过上一年两年，甚至几个月内就会有人发现比攻略中更好的方案。这不仅仅是游戏更新的缘故，更重要的是玩家的技术水平在不断地提高进步。纪录这种东西就是为了被打破而存在的，巅峰永远是存在于未来而不是过去。攻略只是参考，不应该一味参照，那样是没法取得进一步突破的。"

陈果听得一愣一愣的，有些不敢相信这些大道理是从这个邋遢的死宅嘴里说出的。这道理分明是把陈果所崇拜的叶秋大神也没放在眼里，要放平时陈果肯定会跳起来和人争辩的，但此时却觉得拿不出气势来。

"那我就先游戏吧！"结果倒是唐柔接过了话头，叶修旁边找了个机器刷了她的账号卡。

叶修点了点头，回头望向陈果。

"我……去打地鼠？"这一瞬间陈果情不自禁地还是要怀疑，自己是不是被耍了。

"打地鼠只是提高你的反应能力，真正的操作还是要在游戏里练。"叶修说。

"哦。"陈果点了点头。

"行了，去忙吧！"叶修说。

"是。"陈果应了声，转身离开，走几步反应过来，这家伙这是什么态度啊！到底谁才是老板？

想着再回头看，却发现坐在电脑前弄攻略的叶修神情是那么认真，根本没有平时里那要死不活的模样。陈果怔住了，竟然不好意思再去打扰，再看看那边的唐柔，也是很专注地进入了游戏，陈果看了看手中的打地鼠，最终默默地走开了。

小唐有天赋，叶修本身就已经有很强的实力，自己呢？陈果坐在前台怔怔地想着，自己也很喜欢这个游戏，也希望能玩得很好很好，可是……陈果知道自己是一定不可能达到叶修所说的那种挑战前人、突破过去的程度了。二十七岁，对于电子竞技来说这已经是一个回忆过去多过展望未来的年纪了。

唐柔踌躇满志地进了游戏，但没过一会儿就已经是备受打击。她空有200手速的操作，却也应付不了这问题。这问题叶修遇到过，陈果昨晚玩了玩小号也遇到过：新区人多的问题。

任务好不容易领到，怪半天杀不到。新手村外人那个多，反应再快，手速再敏捷也总是打不到怪。唐柔被折腾得焦头烂额，努力坚持，半小时后，终于从 1 级升到了 2 级。

唐柔长出了口气，朝旁边叶修看看。攻略整理工作还在继续，叶修依然是那么认真。专注的程度甚至让唐柔有些骇然。

正望着，就见专注的叶修左手摸进了口袋，掏了包烟出来，抖了两抖就有根烟跳到了嘴里，全过程目光都没离开过屏幕，右手鼠标的摆弄也从没停过。

正准备点火，突然被人捅了一下，转头一看是唐柔。

"这里不让抽烟啊，果果会发火的。"唐柔提醒叶修。

"哦……"叶修抽烟那都是不用思考的下意识动作了，反应过来才发现自己不由自主地叼了烟在嘴里。不过这个位置比较靠角落，距离前台挺远，除了他和唐柔周围都空着。

"看不到吧！我就抽一根。不要说出去。"叶修还是偷偷把烟点上了，末了还转头客气了一下，"你要吗？"

"不要了，谢谢。"

"抽过吗？"

"试过，不太喜欢。"唐柔说。

"哦。"叶修点了点头，探头过来看了眼唐柔的屏幕："几级了？"

"2 级。"唐柔说。

"加油。"

"这上面的这个君莫笑，就是你吗？"唐柔忽然问道。

叶修望向唐柔屏幕上点开的第十区的副本纪录，君莫笑的大名高挂四个榜单。

"现在就在打算破我的纪录了啊？"叶修笑。

"首杀这种，已经没办法了是吧？"唐柔说。

"嗯。"叶修点头。

于是唐柔的目光落到了冰霜森林的副本纪录上。

"这个纪录，不是靠一个人的力量就破得了的。"叶修说。

"我看到了，还需要四个搭档是吗？"唐柔说。

"再后面还有十个人的，二十人的，更多的都有。"叶修说。

唐柔沉默，不知在想着什么。

"攻略弄好了，放到哪里？"叶修一根烟的工夫，完结了攻略整理。

"桌面就可以，不过要这样弄……"唐柔过来示范，网吧的电脑都带自动还原，不过他们工作人员从管理员通道进入的话是可以避开还原进行操作。

只是这么简单的几下摆弄，却也看得出唐柔双手的灵活。

"你的手速怎么练的？"叶修忽然问道。

唐柔的动作听到这话有一个很微小的停顿，精于微操的叶修却清楚地看在眼里。

"没练过啊，就这样。"唐柔说。

"是吗？"叶修笑了笑，没有多说什么，扶着椅子站起身把位置让给了唐柔。"你在这儿继续吧！攻略或是游戏，有不懂的尽管问我。"叶修说。

"谢谢。你呢？"唐柔看叶修是准备离开了。

"我去吸烟区，那边安全一些。"叶修说。

第五十六章
练级不容易

叶修路过前台时，看到陈果坐在里面，手里摆弄着那个迷你打地鼠，一副若有所思的模样，于是也没去打招呼，跑到吸烟区寻了个机器。

如今的叶修不只是君莫笑在游戏里有名，本人在网吧里也火了。玩荣耀的几乎都知道君莫笑是这网吧网管，而且手里有自制的银武。吸烟区里荣耀玩家尤其多，不少都是下午观战后玩到现在没走的，看到叶修过来，都友好地打着招呼。

叶修也是随便和向他招呼的人回应一下，叼起烟点燃就刷进了游戏，结果立刻遭到消息轰炸，上线五秒后消息提示就开始闪啊闪啊闪。

点开一看都是些寻常的问候。田七等人的"高手兄，来啦"，沉玉的"拜大神"，蓝河代表的蓝溪阁的练级邀请，夜未央所代表的霸气雄图的凌晨副本活动的预约……

叶修逐一回复着，田七、沉玉等人一人回了个笑脸表情，蓝河的练级邀请、夜未央的副本预约都是婉言谢绝。

这各路人马和叶修说话措辞都很小心谨慎，叶修回过一圈之后就暂时安静下来，结果很快又是系统消息，一堆一堆的好友申请扑面而至。

这么出名了吗？叶修挠头。只是破了个副本纪录而已，大公会可能会关注到这是个高手，但不至于被人膜拜到都想近距离接触一下的地步吧？

叶修怔怔地把这些系统消息都忽视掉，结果旁边有人碰了碰他："哥们儿，加个好友吧？"

"啊？"叶修回头，结果发现网吧不少客人都往他这边望着，挥手打着招呼："兄弟好友一个呗！"

感情全是同网吧！叶修汗一个。由于是新开区，同网吧里第十区玩家比例还是相当大的，大多数还是闷头玩自己的不太当回事，但有些人是喜欢结交朋友结交高手的，尤其大家在现实中能在一起的话那关系更是牢靠，于是连网吧里都有不少人来加叶修了。

"哦？什么名？"同网吧的，当着面不大好意思直接回绝人家，叶修问着大家的游戏 ID，逐一添加好友。片刻后君莫笑的好友名单已经多达三十七人。而且没有一个不在线的，除了前两天认识的田七等人，统统是兴欣网吧的客人，以烟区为主，另外"不远万里"从网吧的另一端跑过来专门邀请加好友的也有。

大串的名单，叶修和真人是完全对不上号，趁着这热闹劲，有人玩笑似的说了一句："都一个网吧的，不如我们一起组个公会得了。"

这个号召没得到什么响应。荣耀至今一共就才十个区，再加上公共区神之领域，同一网吧碰到同一区的玩家在荣耀这个网游里一点也不稀奇。叶修会被大家排队加好友，除去副本纪录显示出的高手身份，同网吧这些人可比蓝河他们这些人更知道一个情况啊：君莫笑是有银武的。

这东西可比副本纪录什么的更引人注目，蓝河他们要是知道君莫笑还藏着这么一手，更得疯狂拉拢。

建公会的提议换来的只是几声冷清的干笑，提议的哥们儿讨了个没趣，也就闭嘴玩自己的去了。大家戴了耳机，重新沉浸到了游戏世界。叶修这边，却是主动去申请加了一个别人的好友。

寒烟柔。这是唐柔角色的名称，叶修也不知道有啥含义，估计就是"逐烟霞"的"烟"字辈加上了唐柔名字的柔字再胡乱添了字。

申请好友，不见反应，叶修估计这妹子对游戏是太不熟了，都没注意到这类系统消息。这样多发也没用，发一个是那样闪，发十八个也是那样闪。于是先不去理会，收拾了一下身上的东西，叶修准备先去打怪练级。

新手村此时最大的问题是人多，但出了新手村，就 20 级这个阶段，在眼下最大的问题依然是人多。

新手村有系统临时添加的来分担压力，但出了新手村大家就会聚到同一片土地了。虽然这片土地比新手村要广袤若干倍，但各大新人村 20 级玩家出村后蜂拥而至，情况最后也就和新手村时基本吻合了，布尔斯镇以及周边地带那也是人山人海。

叶修昨晚那是趁着凌晨在线人稍少才抢着做了些任务，此时正值网络高峰，做任务那是给自己添堵。领任务、交任务要排队，杀怪什么的要抢，想想都够。与其做任务，不如找个地儿踏实地刷怪练级。

这个阶段什么样的练级区人会比较少？当然是等级偏高一点的练级区。荣耀死亡掉经验的设定，让玩家都不敢轻易涉险，宁可排队做任务排队抢怪也求个踏实。去高级区练级，不是高手不敢有这个想法。

荣耀里练级，副本是最快的方法，其次是合理的任务路线，最次才是刷怪。但是当前形势，副本次数没有，任务排队，刷怪一下成了最佳选择。

难度什么的，那不在叶修的考虑范围。以他这种顶尖的程度，NPC 只要不是等级压制太过火的基本不存在难度。

而杀怪经验的获取，在荣耀里有个等级范围。这个范围依然是以 5 为标准。超过玩家等级 5 级，或是低于玩家等级 5 级的怪都是最低幅度的经验。标准范围内，那自然是等级越高经验越多。所以说高过玩家 5 级的野怪，是经验最多的。5 级听起来不大，但在荣耀中，高过一级就存在一个等级压制的问题。

荣耀中的等级并不只是用来定义玩家的，物理伤害、法术伤害、出血、僵直、束缚等状态，都存在一个等级问题。

在没有系统明确等级提示的情况下，这些东西的等级都被默认为玩家等级。也就是说，君莫笑此时的伤害等级是 21，靠连突操作打出的隐藏出血，出血等级也是 21。21 的伤害等级或是 21 的出血等级，打在 22 以上的怪上，效果都会打折。等级差越高，打折就越明显，这种情况在荣耀里就被称为等级压制。

高等级对低等级的优势，并不只是更高等级的属性和装备带来的面板数据上的差距。等级压制的隐藏计算，进一步加强了越级挑战的难度。

第五十七章
埋骨之地

君莫笑此时是 21 级，5 级上限，打 26 级的怪经验最多。但这个多也没多到哪儿去。每高一级，经验增多百分之二，五级多出百分之十，但这五级所提高的难度可不只百分之十这么简单。玩家去单练的话，风险大不说，单位时间里获取的经验也根本看不出这百分之十的优势，更少倒是有可能。

不过眼下情况特殊，叶修越级打怪绝不是追求多出来的这点经验，而是为了躲开人山人海找个安静的地方练级。收拾了一下行装后，叶修便让君莫笑去了 23—26 级的区域：埋骨之地。

埋骨之地不只是个练级区的名字，同时也是一个副本的名称。这和冰霜森林情况是一样的。冰霜森林外部是 20—23 级的练级区域，有大量野怪，往林子里一走，便可进入互不干扰的冰霜森林副本。埋骨之地这里，有着 23—27 级的副本埋骨之地。

像蓝溪阁的蓝河这些等级前列的玩家，此时也都已经把埋骨之地副本征服了。榜单上所显示的埋骨之地首杀队是霸气雄图的队伍，叶修看到了那个叫夜未央的家伙，至于昨天同队的另外三人却未在其中，看来那三人还不是霸气雄图第一流的角色。而埋骨之地的通关纪录则已被刷了四次，最新成绩又暂时是中草堂。

至于埋骨之地的三大隐藏 BOSS，蓝溪阁倒是大发神威一家抢到了两个。这副本纪录看来看去始终就是在这三大公会手中打转。

叶修也不去理会那么多，君莫笑很快到了埋骨之地一看，果然这边玩家稀少了许多。叶修的 21 级就是目前玩家群中的主流等级了，大多老老实实地在冰霜森林和人抢怪，在那儿就已经有可能遇到22、23级的怪把他们压制了，埋骨之地这边他们更是扛不起。

叶修挑了个不错的刷怪地点后，让君莫笑千机伞一抖，甩成了战矛形态便杀了过去。千机伞装了八个暗夜猫指甲，相当于给战矛换了个枪头，加上连接轴的更换，这才让战矛形态时的等级得到了提升，达到了15级，除此其他原型和其他系列的武器形态都还停留在5级，输出效果显然是无法和战矛形态相比。

埋骨之地的小怪和骷髅墓穴一样，是暗黑系的死灵生物。僵尸、骷髅、骷髅弓箭手、骷髅法师，等等，等级在23—26级，主要特点是攻高防高，但移动较为缓慢。

以叶修的技术，NPC这种玩意儿从来就不会是一种威胁。操纵君莫笑冲上后，开始在选定的这一区域游走杀怪。

叶修杀得很随意，并不过分追求要害攻击、连击、凌空追击、背击之类特别的攻击效果。要充分打出这些技术性的东西，那需要提高集中力、爆手速、加强微操，这些可都是伤神又伤力的，只是练个级而已，叶修可没想着要把这当成职业联盟的总决赛去打。

打打歇歇，君莫笑杀怪的速度未必有多快，但却很稳。相比起进攻，叶修更注重小心地躲闪，这让他从来没有因为生命不够而跑去休息恢复，全都是在整条法力消耗殆尽后才去一旁恢复。

荣耀中的恢复物品有食物和药水。食物无冷却，但需要在非战斗情况下使用，回复量大，速度也快。药水不如食物，但是可以在战斗中使用，关键时候可以成为救命稻草，不过效果越好的药水冷却越长，而且同种类药水之间还有公共冷却，想一次喝上几瓶不同等阶的生命药水基本不可能。

食物和药水NPC处都有售，但都只是最低级的，而且价格昂贵。除此以外除了打怪获得外，生活职业厨师可做食物，药剂师可做药水。每个玩家可学两种生活职业，但只能选一种进行职业觉醒。没错，生活职业也有职业觉醒任务，同样是50级时，完成觉醒的生活职业才能继续提升。

此时开新服刚两天，除了各大公会有意培养的，还没有人开始学习生活技能。各公会的厨师、药剂师也是连自家公会都尚且供给不足，暂时还拿不到市面上来卖。玩家们只能忍气吞声，被系统狠狠地敲诈着。刷怪刷副本做任务赚的那点钱在初期基本都是花在药费上了。

叶修也不例外，这种前期的投资是必不可少的。只不过凭借优秀的技术，生命方面的食物和药水他是省了不少，主要还是法力方面的消耗，相比一般玩家来说已经节俭了不少。

刷怪刷了差不多一个小时，君莫笑又脱战出来喝饮料恢复法力。叶修自己也点了根烟稍事休息，正好看到有一条消息提示，翻开一看是系统消息：寒烟柔通过了您的好友申请。

唐柔过了一个小时总算是发现了叶修的好友申请，此时一条消息也已经发了过来："不好意思，刚刚看到。"

唐柔和陈果真的很不一样。她不像陈果会很积极主动地和别人搞熟关系。她待人不会太热情，但也不会让你觉得冷淡。你说话时，你会觉得她听得很认真；而她说话时，你会觉得她是在对你讲。如果说陈果和人打交道的方式是很江湖气的野路子的话，唐柔那就是学院派，含蓄，有分寸，有礼貌。

除了在输给叶修后接连十把"再来"表现出的好强和认真略有些失态以外，其他时候都让人挑不出任何毛病。

叶修相信这姑娘肯定也是有来头的，这种涵养和气质体现出的是良好的教育背景。此外就是她的手速。

在叶修问到她手速如何练成时，她表现出了迟疑。这让叶修确信她的手速也不是什么天赋，而是练习的结果。这从她的双手也可以看出来，和叶修一样，她对手也有着苛刻的细心和保养。

叶修可以肯定这不是一双打游戏练出来的手。游戏选手的左右手并不完全一样，因为游戏选手通常都是左手键盘，右手鼠标，这是两种截然不同的操作方式。而唐柔左右手却是超乎寻常的平衡稳定，这反倒让她在打游戏时左右手的手速不太协调。

如果自己判断得没错的话，叶修相信这是一双弹琴练出来的快手。

"没关系，有什么问题你就消息我。"叶修看出唐柔不一般，但对于追究她的背景故事却也没多大兴趣。老实说他自己这边目前还需要好好明确一下方向呢！

　　关了和唐柔的聊天窗，叶修操纵君莫笑正准备接着打怪，突然耳中听到一阵急速的脚步声，一人飞速地从君莫笑的身边抹过，长棍一甩便把君莫笑刚要去攻击的小怪给挑了个空。

第五十八章

抢 怪

无聊！对于这种恶意抢怪的家伙，叶修只能作出这样的评价。

埋骨之地这边玩家稀少，有足够的怪够玩家刷，这人却偏偏挑自己要攻击的目标。这种恶意抢怪的行径，大多是出于炫耀，对自己实力的炫耀。

这人手提一根战棍，脚下有魔法波动，是一个转职后的正牌战斗法师。脚下的魔法波动就是战斗法师的招牌技能炫纹所产生的强化自身的增益效果。

炫纹是由战斗法师通过不同的技能攻击时触发产生，共有五种。触发出的炫纹会飘浮在战斗法师的身遭，持续时间是三十秒。三十秒内，可以用炫纹发射的操作来让炫纹飞出攻击目标，在杀伤目标的同时给角色一个二十秒的增益状态。

20级的战斗法师可以学到第一个炫纹：无属性炫纹，通过龙牙的攻击触发产生，是五大炫纹中攻击力最低的，产生的增益状态是增加角色的移动速度。1级无属性炫纹可增加百分之一的移动速度，最高20级，增加移动速度百分之二十。

炫纹正是战斗法师这个职业最有特色的地方，用魔法强化自身战斗力的说法也是因此而来。君莫笑现在虽然也已经到了20级，但在法师系的技能学习中却不会出现炫纹的选择。

这战斗法师技法也很纯熟，一棍将小怪挑空后，快速转至小怪身后，一记龙牙捅出，打出了一个凌空追击加背击。一颗无属性炫纹在棍尖凝聚，闪到了他的身侧。这根据打击时的操作效果，产生的炫纹还有差别，分大中小三种。虽然对增益状态没什么影响，但炫纹攻击时的杀伤效果却是有区别的。战斗法师在荣耀中是一个上手容易，但要玩精通却相当有难度的职业。炫纹的使用，以及觉醒后斗者意志更苛刻的操作要求，都是易学不易精。

这家伙一个转身，正好正对君莫笑，抢了怪后还当着人面继续耀武扬威地杀着。

叶修一看，这人自我感觉还真不是一般的好。不说这炫耀操作的行为，就看他勇于把自己这副尊容上传做角色外貌便可以知道。这是一张多么违和的脸啊！游戏里的样貌编辑器无论是默认还是自己胡乱搭配都不可能制造出这么冲突的效果。

叶修摇了摇头，可没想着和这么一个炫耀帝去纠结抢了一只小怪这么小的事情。谁想炫耀帝在转过来正对着君莫笑炫耀了没两下就突然一个失误，原本浮空连击的小怪掉到了地上。

叶修忍不住一笑，正准备让君莫笑离开，却听到这人叫出了他的名字："君莫笑？"

"嗯？"叶修听到叫声，又把君莫笑的视角转了回来，那人正一边被小怪挠着一边朝君莫笑走了过来。

"原来是你。"对方说。

"你是？"叶修看了一眼这人的 ID，千成，没印象。难道是刚刚加了好友同网吧的？叶修点开好友列表准备看看，结果就见这人在一边道："听说你蛮厉害的嘛？来，切磋一下。"

"你谁呀？"好友列表里就三十多个人，叶修很快一眼扫过，不见千成这个名字。

"这不是重点，重点是我在向你挑战。"千成说。

叶修什么也没说，君莫笑转身就走。

"哎，你别走！！"千成连忙叫着，但之前他打了一半的小怪此时还在挠他，千成一个天击将小怪挑空，走位后一个落花掌。小怪打着转飞出，却正好是朝君莫笑砸了过去。

离开新手村以后，就不再有系统保护，玩家可以互相PK。这小怪眼看就要砸到君莫笑，君莫笑却突地转身，战矛一抖已经捅中了半空飞来的小怪，挥臂一抡就将其摔到了地上，却是用一个"圆舞棍"一气呵成地化解掉了千成的这一下吹飞砸人。

"果然有两下子，不过我劝你还是跟我去竞技场，免得野外死了掉经验。"千成这边说着，结果对方也不答话，同样也是一个天击挑向摔地小怪，完后一个落花掌将小怪轰了回来，只不过他这一次落花掌接得更快，小怪浮空很低便被轰飞。

"哼。"千成不屑地哼了一声，战棍捅出，准备像刚才的君莫笑一样也是一个圆舞棍把这一吹飞攻击给接过。

战棍潇洒地递出，千成琢磨着自己一会儿甩到哪个方向会比较帅，谁知这吹飞过来的小怪眼看飞到却又忽然落地，自己这递出的一棍竟然捅了个空。

千成惊诧。如果这不是一个巧合的话，那这人竟然是把落花掌的力道掌握得恰到好处，而且算准了他也会用圆舞棍去接招，于是打出的吹飞距离刚刚好在自己的圆舞棍攻击距离以外，让自己这一棍捅了个空。这得是多么可怕的微操？

"你还差得远呢！"

千成听到对方说了这么一句，连忙抬起视角望去，君莫笑却已经自顾自地走了，自己这儿却又被爬起来的小怪挠着。

"你别走！"爱炫耀的人自然是最怕丢面子，此时又被戏耍又被鄙视，千成不依不饶，又一次把小怪轰了过去的同时人也已经追了过去。

君莫笑再度出手，抬手一记龙牙，飞过来的小怪在半空被缓了下来，跟着一个天击，小怪打着转飞得更高，而后一记连突，小怪张开双臂朝着千成抱了过去。

"我靠！"冲太快的千成这下是反应不及了，他没想到君莫笑拿着这怪玩了半天才打回。翻转的小怪扑面而至，第一视角导致整个屏幕上看到的都是僵尸身上腐烂的臭肉，恶心得不行。千成被僵尸直接扑倒在地。

拨开僵尸连忙起身，结果却被僵尸抱了大腿，张着一口烂牙就往上啃，千成挥着战棍一通敲打，好容易把这只僵尸扁死，结果咯吱咯吱的骨骼摩擦声在耳边响起，自己不知何时又进了一只骷髅怪的仇恨范围，骷髅怪提着大刀正朝他大步赶来。

"不是喜欢抢怪吗？慢慢玩着。"君莫笑朝他招呼了一声。千成连忙望去，这家伙竟然在这么一会儿的时间里已经聚起了四只怪，此时一个落花掌轰出，四只小怪一起朝着千成砸了过来。

第五十九章
哄小孩呢？

四只小怪，四个方位，加上提刀大步来砍的骷髅，千成这次真是避无可避，炫耀什么的早忘到九霄云外去了，跟着骷髅僵尸们一起摔翻在地，视角转来转去，身边都是这些死灵生物的骨头末子和烂肉。

死灵生物们动作比较迟钝，起身较慢，千成是倒地一堆中第一个站起来的。视角转去一看，君莫笑这次没有离开，提着战矛大步已经逼了过来。

千成吃了一惊，不由得就是一个后跳。跳完却又大为懊悔，自己为什么要躲呢？自己不是一直就想和这人交一下手的吗？

此时行动迟钝的小怪们也都爬了起来，其中四只小怪虽然是砸了千成，但仇恨还是在君莫笑身上。提刀骷髅本来的攻击目标倒是千成，但现在同被四怪砸翻，算是受了君莫笑的攻击，仇恨一下子也被吸引过去了。五只小怪这一起身，却是都朝着君莫笑冲了上去。

千成想说先清了小怪我们再来好好打一场来着，结果话还没出君莫笑的战矛就已经扎到小怪身上，和五只小怪展开了激烈的战斗，视角根本就没有转向他这个方位。

难道这家伙根本就是来打怪，不是冲着自己来的？自己还不如五只死灵生物有价值？

"喂！"千成喊道。

"想要怪？给你一只，玩去吧！"君莫笑挑空，直刺，一只小怪被击飞过来，稳稳落到了千成脚边。

千成发怔。他从来没有过这种感觉。以往每次抢怪炫耀时，被抢的家伙都是气急败坏，有的立刻和他拔枪相向，最后又被他打趴时，那种感觉真的好爽。

而这次呢，对方的反应和举动让他觉得自己非常幼稚。人一次聚了五只怪，随手打了一只过来给自己，那模样就像在说："小朋友乖，不要闹，叔叔给你糖吃。"

千成愣在当地没有动，那落到脚边的小怪仇恨当然还是在君莫笑身上，爬起来后就又冲了回去。

"怎么？不要吗？"君莫笑竟然还在问他。

千成真的很有跟着僵尸骷髅一起上去围殴这家伙的冲动。

"等你打完怪，我们好好打一场。"千成的口气忽然变得很认真，不像之前挑衅时那么吊儿郎当了。

"不必了。"君莫笑回答他。

"为什么！"千成脱口而出后就后悔了，对方都说过一次"你还差得远呢"了，为什么要给他第二次鄙视自己的机会。

"没时间。"结果君莫笑却是这么说的。

千成泪流满面。小孩！自己真是小孩，要缠着大人玩的小孩。于是大人就告诉小朋友："叔叔忙，乖，自己玩！"

自己此时遭受的待遇是何等相似啊！千成已经不知道该如何接口了，就等这家伙打完小怪硬上吧！千成如此打算着。于是静静地候在一边等待。可同时打五个怪没那么快打完，千成想着要不要上去帮把手？但随即觉得这样太没立场了。于是索性自己也开了只小怪杀着打发时间。结果自己这边杀完了，转视角一看，那边还是五只。再开一只吧！杀完，怎么那边还是五只？这家伙技术不错，没理由杀怪水平这么糙啊！千成纳闷了，但细看了两眼后发现，现在的五只怪好像不是之前的五只了吧？

正拿不准，一只骷髅小怪被一矛刺中后变成了一堆碎骨，随后就见君莫笑带着怪跑去又开了新的一只，继续五只怪一起打。

千成吐血。自己这儿等着人家灭了这堆怪后决斗，结果人家根本没把他当回事，人家是在专心练级啊！千成怒了，他决定上去帮手。不对，不是帮手，是捣乱。他要继续抢怪，一直抢到这家伙忍无可忍为止。于是千成冲了上去，对着君莫笑聚起来的五只怪一通猛扎。

君莫笑的视角似乎是朝他这边瞥了一眼，紧跟着，千成接到了一个组队的邀请。靠，谁要和你组队啊！我是来抢怪的！千成恼怒地把邀请拒绝掉，继续杀杀杀。

五只小怪死得更快了，但是看到分配来的经验值，抢怪专业户千成这次抢怪真是失败极了。

两人不组队，这样的情况下同杀一只怪，这只怪的经验会由二人来分。其中第一击和最后一击就已经可以分走三分之二，余下的三分之一由两人的伤害总量来确定比例。

千成当然是没有第一击，他原本是想狠狠地抢来最后一击，结果五只小怪他竟然一个最后一击都没有拿到，加上伤害总量也完全低于君莫笑，最后拿到的经验少得可怜。而且这种情况下掉落的东西也完全是君莫笑的，千成连一个子都捞不到。

更可气的是先前五只怪倒下去的时候，君莫笑这边早已经开好了新的怪，始终有怪在这儿杀。千成奋力又抢了一波，结局和上次一样悲惨。结果就是他提高了君莫笑杀怪的速度，而且经验让给对方拿大头，他在后面吃点经验渣。这样算来君莫笑一点也不吃亏，而他则是个被压榨的苦工。

千成明显是气昏了头了，这一波后，他抢怪从开怪做起，主动上去开了个怪带回来。

结果这次君莫笑带着自己开的怪就走了，把千成开的怪留给他玩。

千成泪流满面，自己这是在做什么啊？

飞速把手中这只怪给灭掉，千成冲上了前："喂，我要和怪一起打你了啊！"

"别闹了，好好练级吧！"对方淡淡地道。

千成咬牙，手中战棍挥出，已经准备朝着君莫笑敲去了，突然听到附近传来一个声音："咦，你们怎么在一起练级啊？"

千成连忙回头一看，一队顶着蓝溪阁公会称号的人正朝这边走来，说话的人正是第十区的蓝溪阁会长蓝河。

千成收起棍子当即就要跑路。

"千成去哪？"蓝河却在喊着。

千成泪流满面。会长你没脑子啊！没见我不顶公会称号，这不就是不想暴露身份吗？于是一边跑着一边在公会里发消息："会长假装认错人了！"

"搞什么？"蓝河莫名其妙。

"我得罪君莫笑了。"千成说。

"你……你干什么了？你抢他怪了？"蓝河倒是很了解这部下的毛病。

"我……我想抢来着。"千成泪目，人得罪了，但自己一点儿没爽到，冤不冤啊？

第六十章
野图 BOSS

千成是蓝溪阁的一员。别看在叶修面前被搞得灰头土脸，但在玩家群中已经算是难得的高手，单论实力，未必就比所谓的五大高手差到哪去。

五大高手这样的名头，首先的确要有过硬的实力，其次就要有过硬的人气。顶的人多了，便成了五大。千成呢？人气也算有点，但关键他还有个过硬的毛病：喜欢抢怪。

蓝溪阁是三大公会之一，但正是因为如此，对公会成员的要求反倒更高。虽然不至于要求大家谦虚谨慎夹紧尾巴做人，但像抢怪这种恶劣的行为却是公会规定中明令禁止的，这样的会规，大家也无话可说。

那种有点实力就嚣张跋扈，组团出去圈地抢怪的公会，是注定无法发展起来的，成员素质太差。

但千成这人偏偏就有这样的爱好，而且偏偏还是个高手，比较难得的高手。公会不想要他这素质，却又舍不得他这高手。到最后也就睁一只眼闭一只眼。好在千成这家伙也算识趣，出去干坏事从不顶着公会的称号，好些被他欺负了的玩家也就没把这账算到蓝溪阁头上。

这次第十区公会开荒，这家伙不知怎么心血来潮也报名要参加。这人虽然暂没给公会惹来什么非议，但终归让人觉得是个定时炸弹。会长大人一看主动要去新区，立刻双手赞成，大加褒奖，最后再把炸弹一脚踢给蓝河，让蓝河看着炸弹别让炸了。

蓝河泪流满面啊！这新区开荒，正是打怪练级频繁的时刻，这炸弹简直就是在火炉边上烤啊！好在新区刚开始人满为患，大家都在抢怪，千成乐在其中倒是发挥了特长，一点儿也不算突出。至于以后，蓝河思索着练级时就尽量把这家伙组到一起，看着他，减少他出去抢怪的概率。

结果新区开放第二天还没过完，这炸弹就已经炸了。而且千不炸万不炸，偏偏炸了自己现在最重视的人才君莫笑。

蓝河有些气恼，他在公会里分明是提醒过的，这个人才是公会要争取的，大家见到都可以去拉拉关系套套交情，千成也应该有看到，但这小子拉关系的方式也 TM 是抢怪吗？

蓝河知道现在不是纠结这些的时候，这君莫笑既然是自己立志要拉入公会的人，那么千成这小子也是蓝溪阁的事那是没法瞒的。现在假装不认识跑掉又有什么用？这个白痴。蓝河暗骂了几句，已经快步到了君莫笑跟前，哈哈一笑打着招呼："怎么这么巧你也在这儿啊？"

"练级啊！"叶修说。

"哈哈，那个小子你别介意啊！这两天公会里大家都谈你夸你，那小子大概听了不爽，故意来找你生事。"蓝河说着。

蓝河处理的手段不可谓不高明，首先把千成恶意抢怪的事给遮过了，说成了是千成妒忌高手的名气和实力所以来捣乱挑战一般，这就比较容易解释。而且不经意间又表露了一下公会上下对君莫笑的欣赏，马屁拍得都是不动声色的。

可惜叶修却知道千成是先抢怪，随后才看清自己是什么人的，妒忌名气实力想挑战，那也是抢怪之后的事。不过叶修却懒得去纠结这些，随便笑了笑后就说："孩子比较淘气啊！"

"是啊是啊！你看，他还跑了，怕我骂他。"蓝河说。这要换了别人，他可以喊过来道个歉什么的，千成的话就还是免了，这要是一个能听人话的家伙，早被劝着改掉抢怪这个臭毛病了。

"那什么，你要不要和我们一起啊？"蓝河问。

"不用了，我自己练就好。"叶修说。

"其实我们不是来练级的。"蓝河说。

"哦？"叶修心思一动，这个时候，这一天也要结束了，蓝河他们不可能埋骨之地的副本还没有刷完。不是来刷副本，也不是来练级，难道是……

"血枪手亚葛。"蓝河说。

果然！叶修印证了自己的猜测。

血枪手亚葛，埋骨之地的野图BOSS。野图BOSS虽是百分之百刷新，但是却比隐藏BOSS还要珍贵，因为这BOSS每星期只会刷新三次，而且时间地点都是随机，只不过是在埋骨之地的地图范围内。

野图BOSS同样有荣耀榜，有首杀，还有击杀次数。首杀当然只可能有一位或是一队，击杀次数则和副本通关纪录一样会列出前三名的名字和成绩。

目前第十区还没有野图BOSS被杀过。目前玩家能力范围内的却不过只有两个，一个是这埋骨之地的血枪手亚葛，另一个则是冰霜森林的哥布林商人洛林。新手村那边是没有野图BOSS的。

野图BOSS叶修也是有需求的，但是这东西可遇不可求，叶修孤身一人，倒是不太妄想。野图BOSS这边的东西他原本是准备从市场渠道上获得。不过正巧遇上，倒是不妨一试。

不过杀野图BOSS最关键却从来不是杀，而是抢。那些同样前来猎杀野图BOSS的玩家才是比野图BOSS更需要重视的对手。野图BOSS难度虽大，但毕竟也就是个系统怪，玩家杀得熟的，组队是有能力无损耗过的。但每次猎杀野图BOSS的过程中却没有不死人的，实在都是因为互相竞争带来的混乱局面。

叶修就算有能单挑的实力，却也没法单枪匹马从集体力量的公会手中抢到BOSS。因为BOSS的归属计算不同于普通小怪。野外BOSS生命值在所有BOSS级别的怪中也是最恐怖的，需要长时间的大量输出，如果第一击和最后一击就能简单拥有三分之二的归属，那中间这苦力活大概就没人愿意去干了。因此野外BOSS完全是靠强力的输出来决定归属，再强的人也不可能一个人的输出强过一队了。

"兄弟有没有兴趣一起去看看？"蓝河这边继续说着。

"好啊！"叶修却是欣然接受。

蓝河爽朗地笑了声，发了个入队邀请过去。等君莫笑成为队伍一员后，又比较遗憾地说："早知你先别退出公会就好了。"

荣耀里的设定，退出某家公会五天内是不能加入新公会的。

第六十一章
猎杀亚葛（一）

荣耀组队的上限是十人，队伍之间又可以组团，上限则是十队。

叶修入队一看，队伍刚好十人满，绝大部分自己居然都认识：蓝河、系舟、灯花夜、雷鸣电光、知月倾城、云归，此时也都在身遭，对他也不陌生，纷纷上来打招呼。另有三个没见过的：流云吹，职业弹药专家；旋流万丈，职业枪炮师；还有一个光看名字就猥琐，叫圣光摸你，是个牧师。

这三人也被蓝河逐一介绍引荐了一下。另外还有两队二十人蓝河也就不去啰嗦了。其实真要只是猎杀血枪手亚葛的话一支十人队足够了，这里一次带了三十人，可见猎杀野外 BOSS 的主题真的是抢。这一战蓝溪阁可谓是精锐尽出，这三十人个个都可以在目前十区等级榜的前列找到。

叶修扫了一眼整齐的人数，冷不丁冒出来一句："我把千成的位置顶掉了？"

蓝河一怔，没想到叶修心细到连这个都想到了。的确，千成就是他叫来准备一起去猎杀血枪手亚葛的，但现在巧遇了君莫笑……蓝河觉得这正巧又算是一个交代，干脆大气地说："不用管他，我们走我们的。"

"血枪手什么时间刷的？"叶修问蓝河。

"我们是五分钟前收到的消息，就赶紧把在这边练级的兄弟都召集起来了，后续部队一会儿也会赶到。"蓝河说。

"用得着这么多人吗？"叶修笑，就算是要抢怪其实也用不到这么多人，到时人全围着一个目标，很多人根本就没有位置输出。

"得防止生变啊！"蓝河叹息。

叶修知道，这不是防止 BOSS 搞什么花样，这防的是人。网游里最可怕的永远不会是 NPC，而是玩家。

"我们能收到消息，我估计中草堂和霸气雄图的人也差不多。"蓝河说。他们三大公会除了抢副本纪录外当然也关注野图 BOSS 纪录，一早就专门提醒练级玩家要注意这野图 BOSS 的刷新。

"他们已经来了。"叶修转视角左右扫了一下，发现了不远处也有一堆人在狂奔，明显和蓝溪阁的人马是一个方向。

"靠！"蓝河转视角过去也已经看到，仔细辨认了一下模糊的字体，"是中草堂的人。"

叶修不得不膜拜，他放眼看去这些玩家头顶的称号 ID 根本就是一堆色块，蓝河居然能从中把字认出来，不愧是纠结多年的老对手，互相相当熟悉。

蓝河认出对方的时候，对方显然也认出了蓝溪阁，蓝河很快收到了中草堂十区会长车前子发来的消息："老蓝你有点素质，你看很明显是我们先到。"双方都知道血枪手的位置，目前看队伍的行进位置，的确中草堂的更接近一些。等级又都差不多，装备也都是一样的副本货，蓝溪阁反超希望不大。

"滚蛋。"蓝河回道。野图 BOSS 从来就没有过什么先来后到的道理，但这个车前子就喜欢扯些有的没的。

"你带了多少人？"车前子问。

"和你差不多。"蓝河说。

"合作一下？"车前子说。

"合作什么？"

"你我都到了，估计霸气雄图也差不多，各分点儿人去挡挡他们，然后咱俩各凭实力去切 BOSS 怎么样？"

"好啊！"蓝河随口就答应。

"出多少人？"

"一半吧！"

"行。"

半分钟过去了……

"你的人呢？"车前子问。

"你的呢？"蓝河反问。

"点好了，等你呢！"

"我等你呢！"

又是半分钟的沉默。

"看来你不信任我。我找霸气雄图合作去。"车前子说。

"去吧，其实我已经和霸气雄图说好了，就在前边埋伏你，你小心。"蓝河回道。

车前子再没来过消息。

两人都挺无奈。这不是第一天认识了，三大公会打交道更是好几年，互相都了解。真要谈合作，每次都会扯来扯去，像这样三言两语就能谈下来的基本没可能。谁也不敢轻易相信谁。这几年明着暗着互相使绊争斗单挑大闹哪一样都不少。

蓝溪阁现在比中草堂慢了一点点，不过这一点点也算不了什么，中草堂就算先到，也未必敢就立刻开打，身后被人抄了怎么办？别看现在两人这消息聊得挺亲切，但真要群殴起来谁都不会手软。游戏就是这样，痛并快乐着。

两堆人就这样保持着距离，稍有个先后到达了血枪手的所在。结果到了地方一看，早有一堆人在一边站着了，霸气雄图的人竟然比他们两家来得更要快。不过霸气雄图却也没有动手，此时正有一堆不知哪来的玩家正在和血枪手缠斗，但一看状况明显就是路过发现 BOSS 胡乱组起来试一试的，蓝河看了几眼，就一个判断："送死！"

血枪手亚葛一身白色的皮甲，灰白的面容没有任何表情，显然也是死灵生物。手持左轮手枪，行动快速无比，四下游走射击，一堆临时凑成团的玩家被打得嗷嗷直叫，根本就没有什么有效反抗，来猎杀 BOSS 结果反倒是被 BOSS 虐。

霸气雄图的人早到，却是在一旁静观着局面，稳稳地站在血枪手的攻击范围之外。中草堂和蓝溪阁的人到了以后，举动和霸气雄图一致，对于这些玩家的生死他们漠不关心，甚至对于血枪手也没有多看几眼，大家的注意力都在相互之间。

看到两家公会的人到场，霸气雄图的队伍里很快走出了一人，朝着蓝溪阁方向过来。

要谈判吗？蓝河心下默道，不由得往中草堂那边看了看，那边没什么动静，看人物的站姿，大概也都在注意着霸气雄图朝蓝溪阁走来的这个人。

来人渐渐到了跟前，蓝河正准备去招呼一声，却听到来人一声吆喝："君莫笑，你怎么在这里？"

"来看看热闹。"叶修回答。

"这边位置不太好，来来来，去我们那边看吧！"

能如此公然不要脸的人，非夜未央莫属。蓝河的肺都快气炸了，这简直是把他们当作空气。还位置不好？位置你妹啊，这边是个荒郊墓场，就一些枯木杂草和歪斜破碎的墓碑石棺，哪个位置都是一样，哪有什么好坏之分？

第六十二章
猎杀亚葛（二）

"在哪儿还不都是一样？"叶修的回答显得有些老实巴交。

"但是这边一会儿可能会有一些事情发生哦，所以还是躲开一些的好。"夜未央说。

蓝河心中禁不住咯噔一下。这话分明是说出来给他们蓝溪阁听的。从表面上来分析，似乎是在暗示霸气雄图和中草堂已经联手，今天他们蓝溪阁是讨不到好了。

"哦？我怎么听说你们的那个位置才是不太安全的呢？"蓝溪阁的系舟站出来说。

心理战。

反心理战。

反反心理战。

三大公会之间的竞争经常就需要遇到这样的纠结。蓝河很烦这个，所以他喜欢以静制动，以不变应万变，纠结的问题交给别人去处理。

"哦，这样吗？难道说是中草堂的家伙在暗算我们两家？不如我们联手？"夜未央说。

联手，还是不联手，这是个问题。蓝河只觉得非常蛋疼，直接给两边的会长去了消息："搞毛搞，都过来。"

中草堂的会长车前子回复："我啥也没搞。"

霸气雄图的会长夜度寒潭回复："我不是已经派人过去了吗？"

两人都很不配合。蓝河头疼，其实他挺希望三家出代表，石头剪子布决胜负算了，但他知道这不可能。就算大家表面上同意，但最后肯定会赖皮翻脸，赢的那个基本就是螳螂捕蝉的蝉，等着被人背后捅刀吧！这样的事不知发生多少次了，到最后赢了约定的人也都是小心谨慎，折腾来折腾去大家都恍然了，原来约定什么的有和没有一样，那还浪费那时间干啥？

三大公会对外都是很注意形象，一言九鼎，信誉卓著。但一到了三家之间的竞争，什么样的卑鄙无耻都有，什么信用什么承诺，那都是浮云。只因为三家之间的竞争，才是他们真正在乎的利益。哪怕是大家各凭实力输出决胜负，这样的法子蓝河都不敢相信，他只相信落后的一方肯定会要诈，他只知道每一次野图BOSS的猎杀都会死不知多少人。

这一瞬间蓝河很怀念副本。和猎杀野图BOSS一比，再难的副本都显得是那么温馨。永远没有真心的合作，有的只是相互的试探和提防。这就是三大公会之间的关系。

看着夜未央还在喋喋不休，蓝河准备拔剑了。其实刚才他招呼两大会长过来，也没安什么好心。反正大家都是不要脸的，两人真敢过来，直接拿下。两人都没过来，就一个夜未央在这儿啰唆，蓝河觉得弄死算了，反正大家之间关系很明了。

结果突然听到叶修说话："那个不是千成吗？"

蓝河闻言一怔，转了视角一看，一人脚踩魔法波动，手提战棍，冲到现场二话没说就去砸BOSS了。

蓝河懒得管他了，这就是一个无组织无纪律的主。

"我去帮帮他。"

蓝河没想到君莫笑突然丢下这么一句后就冲了上去，这却是一个他想管也没法去管的。

"哎哎，你怎么跑了？我还没说完呢！"夜未央还在叫。

蓝河突然拔剑一记拔刀斩朝这小子劈了过去。不承想夜未央竟然早就提防着他，一个后跳翻滚避过了这一剑。

"堂堂会长还搞偷袭啊！"夜未央嘲笑。

蓝河动了，立刻身边好几人就要冲上去动手，但夜未央已经跑开，霸气雄图立刻也有人来接近，蓝溪阁的人立刻就又收了回来。他们可没想着要和霸气雄图冲突起来，一边还有个中草堂呢！

三大公会互相牵制，纠结，都不敢轻举妄动，场内玩家却已经死得更多了。原本拼凑起来的一个十人队，此时只剩五人，已经挂了一半。

"怎么都站着看啊，快点来杀啊！！"

君莫笑冲近后，叶修听到这五人这样喊着。很显然他们完全不了解情况，不知道这三大公会在一旁的纠结。但不管三大公会纠结成什么样，他们五个的命运却注定是悲剧。他们杀不过血枪手，得死；他们杀得过血枪手，更得死。三大公会没对他们下手，只因为他们现在属于前者，他们根本没能力对付血枪手。

"入队啊！！"这时五人中的一人又对着那边的千成喊了一声。千成是场上的第六人，冲进战团，对方立刻邀请入队，这家伙却没有理会。

"加我一个！！"君莫笑冲到跟前后，叶修喊道，一边麻利地退出了蓝河的队伍。

"他想干吗？"蓝河有点茫然，君莫笑冲上去让他茫然，突然退出队伍，看起来是要加入普通队伍也让他茫然。

"如果是君莫笑在杀BOSS，我们抢不抢？"系舟突然冒出了这么一句。

蓝河一怔。难道这家伙是想利用各大公会对他器重的心理，不跟他抢就把BOSS吃了？这个想法未免有些幼稚。三大公会的确都很看重他，很多地方愿意为他做出退让，但是，这是在三大公会主动的情况下。而此时，他主动利用三大公会的这种心理逼迫三大公会退让，那可就是另外一回事了。

没有人愿意接受这样的胁迫。更何况是三大公会。表面上谦虚谨慎礼贤下士，但你这样算计人家，谁还会咽你这口气？

千成四下游走寻觅机会。五名玩家基本就是被血枪手追着打。君莫笑一投入下战团，却立刻变得不一样。高速移动的血枪手，竟然依然能被他准确捕捉到身形，一次天击挑出，已将血枪手给挑翻。这是千成加入进来半大都没有得手的一次攻击。

落花轰出！血枪手在地上滚了出去。这是野图BOSS，比副本隐藏BOSS更加强力的存在。天击根本就没挑起多高，这要换了一个人来操作，这一记落花掌能不能完成凌空追击都是问题。

　　凌空追击情况下，吹飞效果有加成。凌空越高，加成就越多，血枪手也就能被挑空这么点高度了，君莫笑这一掌的击飞效果已经算是极限。

　　人影一晃，场中突然出现两个君莫笑，一个在原处，一个却闪到了血枪手身后。影分身！闪到身后的那个当然是假身，当即抓住血枪手扔了出去。柔道技能：抛投。血枪手又被直接扔出了一截。

　　中草堂的人突然开始哗然了。这血枪手怎么离他们越来越近了？

第六十三章
猎杀亚葛（三）

血枪手的仇恨当然不可能跑到中草堂玩家的身上，事实上它到现在还根本没受到过什么有力的攻击。此时一气受了君莫笑天击、落花加抛投三段攻击，对君莫笑的仇恨已是暴涨。抛投落地后不见摔倒，就地一个翻滚已经起身。

这个技能叫受身，在玩家这边和疾跑、翻滚一样是通用被动技能，学习之后可以使用，用法是在要被摔倒触地的一瞬间使用翻滚，那么角色就不用倒地而会直接翻身而起。

这个使用出来需要一定的技术，要顺着摔倒的方向，在触地一瞬进行翻滚才会做出受身。而且也有一些受身无效的技能，比如战斗法师的圆舞棍，柔道的背摔，神枪手的踏射，等等，都是受身无效技能。

血枪手也会受身，不过只会概率施展，此时吃了君莫笑三段攻击，它一个受身直接滚地而起，抬枪就已准备射击。

一声枪响，就见血枪手握枪右手向后一摆，跟着枪口喷出火花，枪响第二声。

"我×!!"中草堂中有人一声惊叫，连忙一个下蹲，这一枪擦着他的头皮飞过，结果就听他身后第二声"我×"，这第二名玩家却是再不及闪避，这一弹正中脑门，飙出一串血花连退数步，生命直接下去了一半。中草堂牧师连忙上来抢救，这一时间谁都没反应过来血枪手怎么会突然朝他们甩了一枪。

但从蓝溪阁这个角度众人却是看得清楚，方才君莫笑抛投将血枪手扔出后，手里不知怎么就多出来了一条长枪，那第一声枪响不是血枪手，而是君莫笑的枪声。这一枪打到了血枪手的右手，导致血枪手那一枪甩向了身后，这是巧合？还是有意？蓝溪阁的人都不知道。他们只知道这一枪以攻代守，既给了血枪手一击，又把血枪手可能的还击给化解了。至于血枪手甩出去的一枪爆了中草堂玩家的头，这大概纯属巧合。

不过这个巧合还是让蓝溪阁的玩家们非常开心。

"他到底想干什么啊？"在所有人嘲笑中草堂玩家被血枪手的"枪走火"击中时，系舟却因看不透君莫笑的用意而皱眉。

"真的是想当着我们的面把血枪手给挑了？"灯花夜也在嘀咕。

两人一起走向蓝河。

"我×，空中圆舞棍，精彩啊！！"两人刚到跟前，就听到蓝河一声叫好。

两人一头黑线，这是沉醉在对方操作中的时候吗？

唤醒了蓝河后，蓝河一触及这个问题，却也很无奈："其他公会不动，我们怎么动？"

系舟一怔。

"难道这家伙想利用的其实是我们三家公会之间的互相牵制，而不是说我们不好意思去抢他的怪？"系舟说。

这蓝河看了看左边方向的中草堂，又看了看右边方向的霸气雄图，他看到两家公会的会长也在古怪地左右转动，显然也和他一样是在观察另两家公会的举动。

果然啊！这种时候，三家公会竟然没人敢上前。

因为上前的只会是捕蝉的螳螂，后面还会有一只大大的黄雀，不，是两只才对。

"这……"蓝河发现这个僵局真的好尴尬。

他连忙给中草堂和霸气雄图的人去了消息："两位，难道我们就这样眼看着 BOSS 被切掉？"

"老蓝，学会阴险了？"车前子回复。

"不想啊，不如你们蓝溪阁快点上去把 BOSS 夺回来，我们霸气雄图在圈外给你们掠阵？"霸气雄图的夜度寒潭回复。

蓝河无语，中草堂和霸气雄图明显都十分不相信他。而影响这两家判断的最主要因素就是：他们并不了解君莫笑的实力，他们不相信君莫笑能摆平血枪手。

不过即便是蓝河，此时静下心来一想，也觉得这很是一个问题。

虽然他和君莫笑一起刷过副本纪录，更直观地了解过君莫笑的实力；虽然此时君莫笑凭借出色的技术对血枪手进行着周旋，但是没有人可以在这个等级单挑血枪手，就算是最最顶尖的职业高手也不可能。

因为法力肯定跟不上。以血枪手的生命以及这个等级玩家的输出能力，绝对不可能在自己法力耗干的情况下击败血枪手，就算身上背满了药水也不可能。就看君莫笑这时候高节奏的输出方式，新手村那种初级的小药水根本就加不过来。

没有法力，就用不了技能，用不了技能，只靠普通攻击绝对奈何不了 BOSS。技能相比普通攻击，除了更强的威力以外，更重要的是多少能达到一些控场的效果。

如天击的高效挑空，龙牙的短暂僵直，落花掌的吹飞，圆舞棍的无视受身摔地。这些特别的效果是普通攻击不具备的，而这些效果对对手的行动都有一定的控制作用。一想到这些，蓝河忽然放下心来，果然中草堂和霸气雄图才是此时更关键的对手吗？他禁不住又左右各扫了一眼。

圈内的五名普通玩家，继续被人当作死人看待。蓝河甚至都没想着君莫笑冲上去会和他们有什么瓜葛。在君莫笑离队，他也无法阻止时，他只是招呼千成过来加入队伍。

眼中有这五人存在的，或许只有叶修。在连续地击打，做到一长串五人完全无法做的事，惊得这些人目瞪口呆后，叶修突然让君莫笑一个圆舞棍，将血枪手摔在了五人当中。

"还看？攻击啊！"叶修喝道。

五人如梦初醒，立刻武器一齐向上招呼。

"不要乱打，听我指挥。"叶修一边喊着，他的君莫笑的攻击却始终没停。

傻愣愣的五人，此时才终于发现一件事情。

"君莫笑，这个人是君莫笑！！！"

注意到君莫笑的并不单是三大公会，就像兴欣网吧里的玩家看到君莫笑的大名也会诧异一样。这些只顾得邀请君莫笑入队，随后就去看君莫笑与血枪手搏杀的五人，竟然在此时才注意到君莫笑头顶上的ID——新手村完成三个首杀的君莫笑，带领蓝溪阁刷新了冰霜森林副本纪录的那个君莫笑。

"狂战十字斩。"君莫笑一记龙牙捅在血枪手身上时叶修喊道。

狂战士反应不慢，立刻挥出手中重剑。唰唰两下，处在短暂僵直中的血枪手无法闪避，被剑锋刻上了一个十字，一个十字的小血花喷射而出。

"流氓抛沙。"叶修喊出这话的同时，一个天击将血枪手顶出一个小小的浮空。

第六十四章
猎杀亚葛（四）

流氓是属于格斗系的职业，技能多是街头流氓擅使的一些下三滥的手段。比如此时的抛沙，就是扔出沙子弄脏人衣服的卑鄙招式。这个流氓一听到叶修召唤，立刻毫不含糊地一把沙子扔到血枪手的身上。

叶修汗，没想到这人是个大新人，连忙提示："抛沙冷却一好就扔，照着脸正面扔。"

这才是抛沙的真正奥义！抛沙的隐藏效果，是在对着人眼扔时，有概率让对方进入失明状态。由于是隐藏效果，失明概率和时间没有系统数值，但经玩家自行测定，最低级的抛沙就拥有百分之五十的失明概率，持续可达四秒。但技能升到满时，更是可以拥有百分之百的失明概率和八秒的持续时间。

这效果着实恐怖，在荣耀早期，流氓们都是一把抛沙走天下，遇到不顺眼的一把沙子照脸上甩去。失明状态下，玩家屏幕是一团漆黑，什么也看不到。流氓们就会趁着这个机会上来一通海扁，非常卑鄙下流。

不过现如今，玩家们也发现了不少对付抛沙的奥义。最最简单的，莫过于抛沙过来时把视角换个方向。向上、向下、向左、向右，随便都行。

抛沙虽然也有一些弄脏衣服的伤害，但比起这个恐怖的隐藏效果，那点伤害谁都承担得起。

不过对付抛沙更无敌的，却是一件饰品：眼镜。这玩意儿和叶修目前到手的秘密吊坠等物一样没有任何属性，纯装饰。但是眼镜这个装饰，却可以让抛沙的失明效果变成浮云。

流氓玩家在荣耀中最痛恨的东西，非眼镜莫属。好在 NPC 们不会这么无耻地戴上眼镜装斯文人。

进入了失明效果的 NPC 会失去方向感，找不到原本的仇恨目标，被玩家欺负都有可能找不对还手的方向。叶修的目的当然就是想让这流氓玩家试着触发下失明，谁知这小子太新嫩，抛沙竟然往血枪手的身上扔，也不知这 23 的等级是怎么练上来的，比自己还要高两级。

"砖袭！"叶修继续耐心指挥这个流氓。

砖袭是这个技能的系统学名，叶修怕这个新嫩玩家不知道俗称，所以以这个标准的技能名相称。其实在玩家当中，这个技能都是被称之为板砖的。

没错，就是天上地下无处不在，街头巷战中每每会被人当作利器的板砖。在荣耀里，流氓的板砖可直拍，可投掷，甚是威武。此外这一技能也有特别效果，有百分之五十的概率让目标产生三秒的眩晕。不过想产生这个效果，拍的地方还得是头，另外板砖也有隐藏效果，那就是在板砖拍头打出的是背击时，眩晕概率将是百分之百，持续时间四秒。

叶修这边真来不及给这流氓做详细解说，不过好在板砖砸头会晕，这效果不是隐藏，技能里就有说明，这流氓玩家显然是注意到了这一点，这一砖正是朝着血枪手的脑袋去的。

不过遗憾的是，他这一砖脱手而去，是投掷出去的飞砖。飞砖伤害减半，眩晕概率减半，眩晕效果减半……而且这一砖还飞歪了。

"白痴，砖头拿起来对着后脑勺砸。"另有旁人代替叶修做出了指导，板砖的这个奥义从来都不是秘密。

新手流氓连忙虔诚地"嗯嗯"着。

"烈焰冲击。"叶修召唤元素法师。

一道烈焰腾地升起，叶修满意地点了点头，总算不是像流氓那样的新嫩。

只不过面对 BOSS 血枪手，低级烈焰冲击的浮空地甚是渺小，不过叶修却早已经指挥君莫笑技能接上。

"崩山击！"

"鬼剑开个刀魂！"

"抛沙！！"

"烈焰！！"

"鬼斩！！"

叶修简洁利落地进行着指挥，五个原本当作死人的玩家，突然发现，对付血枪手原来竟是这么简单吗？

原本他们千方百计都打不到的血枪手，此时简直就像是一个沙包，砍出的剑，拍出的砖，放出的法术，无一不中。

五人中较有经验的玩家看出来了，这一切都是君莫笑居中调配的结果。这人会用他的攻击将血枪手刚好控制在他们的攻击范围内，而指挥他们放出的技能也正好会成为下一位攻击者提供的控制，于是环环相接，就在这样美妙的节奏下痛快地输出着血枪手。

血枪手也不是毫无还手之力，但它还手攻击的目标总是君莫笑，而叶修却是早已经看穿了他的套路，每一击都躲得恰到好处，而且丝毫不连累队友。

一支原本被当作尸体的混乱五人组，瞬间已被叶修捏合成了一个配合默契的团队。五人技能用得惬意，叶修可一点儿都不轻松，他很清楚他无论是在技能操作上有一丁点失误，或是在指挥上有丝毫的判断不准确，马上就会是另一番局面。

还各站一方的三大行会玩家此时却已经全都呆住。他们浩浩荡荡各带数十人马，在有持续后援的情况下，却在看着一支临时拼凑起来的六人小队猎杀 BOSS 而不敢上前，一个个心神不宁地在这左顾右盼，怎么看怎么弱智。

"看嘛！这才是我想看到的指挥！"霸气雄图这边夜未央叫着。

"现在是高兴这个的时候吗？"会长夜度寒潭黑线。

"这个君莫笑，竟然有这么可怕……"中草堂是一直对君莫笑只有想法，尚在观望的一家，现在他们总算是观看到了君莫笑的实力，会长车前子目瞪口呆。

"这样下去，血枪手真要被这个家伙给杀掉了。"蓝溪阁这边灯花夜也在对着蓝河叫了。

于是三位会长大人又开始了奇怪的扭动，这边转一下，那边转一下，观望着另外两家的反应。心照不宣，这个时候该怎么做大家都清楚。

　　"把另外几个人干掉，君莫笑不要碰，如果他们向君莫笑出手，要帮忙！"蓝河下令。

　　"帮谁？"有不上道的问。

　　"废话，难道去帮那两家混蛋？"蓝河说。

　　众人会意。

　　"哪支队伍有空位，立刻把君莫笑加进来。"蓝河说。

　　众人都有了几分悲壮的神色，空位现在当然没有，但一会儿就会有，因为必然有人会挂。这一挂就会回上户口的城镇，自动脱队。

　　三大公会的人几乎是同时开始了动作。

第六十五章
猎杀亚葛（五）

"咦，那些人要来帮忙了！"流氓玩家突然说着，语气中居然还带着惊喜。

叶修叹息，这家伙还真是完全不了解状况啊！这些公会怎么会来帮忙，他们是来抢怪的。之前没动，只不过是看这些乌合之众根本不值得抢，血枪手就可以把他们剿灭而已。

"闪人！"叶修沉声道。

"什么？"流氓玩家莫名其妙。

其他四个玩家其实也都是新人，不是新人的话就该知道血枪手的厉害，不会聚点乌合之众就来送死。只不过他们没有这流氓玩家这么小白，多少看出点不妙来。那些家伙早不动晚不动，眼看他们打 BOSS 顺利的时候突然有了动作。帮忙？雪中送炭那才叫帮忙，现在这局面谁知道是干什么来了。

"不跑等死啊！"叶修说。

"那我们白打了？"队中的狂战士说着，形势不对他看出来了，可现在跑的话早先何必杀得这么辛苦？

"还不知道。"叶修说。

五人都是一片茫然。

"再不走就来不及了。"叶修一边说着，君莫笑的攻击却一直没有停过。三大公会的人快速逼近，远程如枪手此职业都已经开始拔枪瞄准了。

"闪！"五人中终于有人带了个头，掉头就跑。三大公会根本就没

333

把这些人放在眼里，加上三家之间互有提防，所以也没整啥包围，一看五人要跑，都没立刻派人追杀什么的，都是去打量其他公会的动静，那才是他们主要的对手。三位会长大人几乎是不分先后地喊出了"停"。

百来人急急刹住，大眼瞪小眼互望。这血枪手几乎就在眼前了，可现在就势冲上去开始围BOSS，让其他公会在背后偷袭了怎么办？三个会长几乎都是一样的考量。

因为场中的战斗仍在持续。

那五个逃开的玩家跑出半截也突然意识到君莫笑并没有跟过来，回头看去，就看到君莫笑依然在与血枪手缠斗。

"这人什么意思啊？"五人费解，他们只是对游戏不熟，不是没有脑子，这人叫他们跑，自己却留下，行为古怪，让他们不知是好是歹。于是不由得都停下了脚步。

"跑远一点儿这边危险"，叶修突然在队伍频道里发出了一句话。

"可他们没要来杀我们啊！"流氓小白说。

"信我"，叶修这次只打了两个字。

这帮新人是太没眼力见儿了，如果来个蓝河级别的玩家，这时候肯定都目瞪口呆死了。和血枪手单对单那么激烈快节奏的战斗中，还能抽出空来打字，这得是多少的手速？

流氓小白不由自主地开始跑了，一边招呼其他同伴："快跑。"

另外四人迟疑了一下，有两人跟着流氓小白动了。另有两人却还是待在了原地，他们对叶修的话依然是将信将疑，他们觉得这人是要故意甩开他们。

叶修看到了五人不同的举动，对于怀疑他的两人他只能表示遗憾。他没工夫解释，他的嘴一直在用来指挥战斗；他也没工夫打字，刚才两句话已经是冒险爆手速敲出来的，头前九个字险些耽误到操作。

"远程职业是不是能试着先攻击？"蓝河此时征询手下意见，人先不上前，先远程职业抢点输出。

"那可不能保证不会误伤君莫笑……"远程职业们汗。血枪手速度见长，和他的战斗就是快节奏快走位。此时君莫笑和血枪手移来晃去的，谁知道打出去的攻击会击中哪个。

"这家伙到底搞什么啊！"蓝河郁闷。

中草堂那边车前子却已经站出来喊道："这位好汉，带你的队伍加我的团吧！出的东西全归你们。"

"靠！"蓝河暗喊车前子奸诈，这队伍入了团，之前的输出就算入整个团队的了，自己怎么没想到这样做呢！

"莫笑兄弟，加我这边吧！东西随便了。"蓝河连忙上前，他觉得自己多少还是和君莫笑更亲近些，一样的条件，君莫笑没理由不加入他们。

"加我们这边，奖励全归你们，另送上白狼毫二十根。"霸气雄图这边夜未央也喊话了，敢情他是认为叶修对白狼毫有特殊的嗜好。

"莫笑兄弟别信他的！冰霜副本才下几次啊就有二十根白狼毫？"蓝河忙喊。

"二十根我们这边有！"车前子这边又喊上了。

系舟在一边喃喃自语："难道这才是这家伙的真实目的？"

蓝河也很头疼。这家伙还真是，完全不和人谈感情的，非要把任何事都变成买卖吗？

君莫笑却还在无动于衷地打着怪，于是三大公会都觉得是价码不够，继续往上抬着价。

那两个没有跑开的玩家都已经傻眼了。光是"出的东西全归你们"就已经让他们两个心跳加速了，后面三大公会许诺的东西，好像都是他们听都没听说过的，但敢拿出来叫板，显然都是很值钱的东西。

两人那个着急啊！恨不得替君莫笑答应。

不过两人很快反应过来。这个事，君莫笑答应也没用啊！因为目前他们这个队的队长根本就不是君莫笑。接受入团或是申请入团，这都是队长才有的权限。

两人连忙一看队伍列表，队长是流氓小白。

两人连忙在队伍频道里疾呼："快回来！！"

"你俩怎么不跑。"流氓小白回答。

"跑个毛！这边的几个公会开条件呢，让我们入他们的团，然后装备全给我们，还给好多值钱的东西，队长快回来！！"两人激动得都语无伦次了，抢着在这儿发信息。

"有这好事！"流氓小白懂啥呀，一听有装备就星星眼了，连忙就要往回跑，另两个哥们儿看到队伍里的消息也一样激动了。

无动于衷的只有君莫笑。三大公会的会长都凑上前去对着他进行入团邀请了，结果看到系统提示后这才一拍脑袋反应过来："靠，他还不是队长啊！"

没办法，其他五个人实在是太没存在感了。

"队长跑哪里去了？"三大会长开始关心原本根本不在他们视线之内的家伙。

君莫笑却在此时突然开口："都当心了。"

"什么？"所有人茫然。

就见君莫笑一记圆舞棍将血枪手甩翻后，血枪手突然浑身泛起一层血光，猛地发出一阵凄厉的怪叫。

"我×？暴走了？"三大公会那都是老鸟，有知识有见识。

"开什么玩笑？生命多少了！！"百来人集体震惊中。

第六十六章
亡灵军团

生命下降到百分之十时会红血，红血时 BOSS 会暴走，这是荣耀中亘古不变的规律。在这么多荣耀老手的密切注视下，他们怎么可能放任一队人把血枪手的生命打至百分之十的红血？

但是，并非红血的血枪手，此时却偏偏进入了暴走状态。作为一群老手，他们很清楚血枪手的暴走状态有什么大招。如果是他们在打怪，他们一定会在红血暴走前做好准备，但谁知血枪手会在这样一个时候突然进入暴走。

"红血不是唯一的暴走条件。"系舟突然说道。

蓝河的脸色已经变了。的确，在有些 BOSS 身上，除了红血状态，还会有一些其他方式导致 BOSS 暴走。暴走，说白了就是 BOSS 在濒危时刻的自救。像血枪手这种高端的野图 BOSS，不是只觉得红血时是濒危，还会有其他条件让他觉得需要暴走来化解危机。

"连击 200？"蓝河脱口而出。

现在注意到这些都已经迟了，从血枪手开始泛血光发出厉叫，一切都已经迟了。所有人感觉到了脚底下的松动，到处都有泥土开始翻开，歪斜的墓碑，残存的石棺，都好像苏醒了一般地开始活动。

血枪手的暴走，是召唤他的亡灵军团。召唤的数目以他仇恨范围内的玩家数为准。此时就相当悲剧了，三大公会的会长都在血枪手的仇恨范围内，他们刚刚还邀请君莫笑入队来着……

他们三人代表的可都不是一个人，他们是团队的团长，每个人都意味着各自公会在场的全部。如果是正常打血枪手的流程，红血之前，队长肯定是第一个退出血枪手仇恨范围的。这么多年来，靠这一设定三大公会之间互相都不知阴过多少次，他们太熟悉血枪手的这个大招了。

"呵呵呵呵呵……"

血枪手的叫声还在继续，大堆的僵尸、骷髅已经从泥里翻出，墓碑下翻出，棺材里翻出。数量上百！

"保持阵型！保护治疗和法师！！"三大会长的指示几乎都是一样的。

新召唤出来的亡灵军团可不会沿袭血枪手的仇恨，重新建立仇恨的它们属于见人就杀，身边有谁就攻击谁。瞬时间埋骨之地里展开了一场百人军团的大战。

血枪手召唤出来的僵尸和骷髅并没有比埋骨之地的普通小怪厉害，但问题是等级高。他们全都和血枪手一样是 26 级，埋骨之地的最高等级，对在场的所有玩家都有着等级压制，让玩家应付起来没那么轻松。

再加上出现得太突然，分布方式又是随机，让大家都没提防，第一时间三大公会都有人被围，瞬间就一命呜呼了。

三大会长脸色都很不好看，他们知道这肯定是君莫笑故意打出来的 200 连击。

这个连击统计不是以攻击方为统计，是以被攻击方为统计的，但血枪手遭受密集的围攻时，很容易就突破 200 连击这个数字，所以说这是限制玩家以多欺少太过分的设定。

正常打血枪手这个是肯定会被注意的，连击嘛！要中断比起连起来其实容易多了。但君莫笑这个家伙却偏偏指挥着队伍打出了一个 200 的连击，而且还是在三大公会围上来的时候，分明就是为了制造暴走来缠住三大公会。

目的，当然还是为了血枪手。此时的血枪手呢？

血枪手的仇恨却不会因为暴走而改变，依然是在君莫笑身上，暴走之后立刻一通暴射，当场把君莫笑打成了一股白烟。

看到的三大公会玩家可都没觉得痛快，这被打掉的不过是君莫笑的影分身罢了。

君莫笑的真身呢？影分身移开后，又是一个枪手们的飞枪技术，倒飞滑出了好大一截。

血枪手不依不饶地追了过去，三大公会的玩家被亡灵军团缠着，此时犹自自顾不暇，哪里还顾得上阻拦。

流氓小白三人此时都被惊呆了。他们正兴冲冲地跑回来准备入团去领奖来着，谁知道就横生变故。三人眼睁睁地看着他们同队的那两个队员瞬间就被亡灵军团撕成了碎片。三人连忙停住了脚步，他们终于知道君莫笑所说的危险是什么了。随后他们就看到君莫笑飞枪跳出，身后还跟着速度惊人的血枪手。

三人有些不知所措，他们不知道君莫笑这到底是逃命还是在干什么，直到他们在队伍中看到君莫笑的指令：走！

"去哪儿？"三人问。

"藏起来杀 BOSS。"叶修说。

三人茫然地回身跑着。

"这边！"叶修给三人指示着方向。

三大公会都看在眼里，苦于分不出人手，个个暴跳如雷。

"那家伙把血枪手带走了！！"所有人都在嚷嚷。

蓝河也快气死了，给君莫笑去了消息："兄弟你不厚道啊！"

君莫笑此时只是跑路，偶尔停下摔翻一下追近的血枪手，倒是有时间给蓝河回消息。

"怎么了？"叶修回道。

还说怎么了！！蓝河看到消息后气啊，正准备再回，突然发现自己没词。对啊，怎么了？人干了什么？人就是设计着把血枪手抢走了。难道说这个不厚道？荣耀里没这种说法啊！野图 BOSS 向来就是抢的，只不过平时都是他们三大公会互相抢，难道今天被三大公会以外的人抢走，就成了不厚道了？

蓝河说不出话了。除了他，夜未央也发来了消息。

"狠啊你！！"

"呵呵。"叶修回。

"不过别得意得太早。就你们那点儿人，能在我们杀光这些垃圾之前打倒血枪手？你以为跑远了我们就找不到了？"夜未央回着。

"那你们可要抓紧时间了。"叶修笑着回道，深吸了一口烟。

"我们要跑去哪里啊？"君莫笑身边的流氓小白问着。

叶修还没来得及回答，另一人已经在叫："啊呀，有人朝我们来了。"

"别慌，队长给我。"叶修说。

流氓小白想也没想就把队长移交给了君莫笑。

系统提示：

> 玩家田七加入队伍。
>
> 玩家浅生离加入队伍。
>
> 玩家暮云深加入队伍。
>
> 玩家月中眠加入队伍。
>
> 玩家沉玉加入队伍。

"杀！"叶修高喊了一声，流氓小白三个目瞪口呆地看着那一堆人冲上前来，有叫"大神"的，有叫"高手兄"的，也有一言不发的，都已经齐齐朝着血枪手攻去。

第六十七章

提　速

"高手兄你太仗义了。"田七等人一边冲上来一边还激动着。

"你们胆子也挺大的。"叶修笑。情况他都告诉这帮人了，这是虎口拔牙，三大公会会不会善罢甘休他也不清楚。结果几人都不带含糊的，来得很迅速，连沉玉小姑娘都来了。不过这新人妹子很有可能是不明真相瞎凑热闹。

"怕个毛。"月中眠叫着，砍得相当起劲，这人昨天一天没上，今天上来等级有点落后，已经苦练一天了，勉强到了 21 级。

"这都是你叫的人？"流氓小白三人还在一旁呆立着。

"是啊！"叶修说。

"什么时候？"流氓小白问。

"我上来加你们队伍的时候。"叶修说。

"那时候你就有计划了？"三人惊恐，这心思相当深远哪！

叶修笑笑，没有多说什么，开始指挥各人的站位和技能配合，甚至连如何吃药都指挥得很详细。药水那都是有冷却的，如何吃才能最有效地为自己的战斗续航，这本就是一门学问。

此刻看似是九人一起在打怪，事实上那八人都算是提线木偶，完全是按照叶修的指令来行事。刚开始有些手忙脚乱，毕竟叶修只有一张嘴，不可能一次性给八人八个指令，但杀了一会儿后，田七这些不算高手却也是老手的家伙已经基本知道该怎么做，流氓小白等人也做得像模像样了。

叶修细细观察了一下每个人的输出能力，盘算着是不是能在三大公会解决掉死灵军团前把血枪手解决，结果很快得出结论：傻站在这儿打肯定不行。

于是他开始调整策略，拉开空间。血枪手像是只羊，一边被砍一边被赶，流着血渐杀渐远，非常凄惨。

此时此刻，叶修当然不会再搞出200连击来自找麻烦，但是百分之十生命时的暴走却是肯定避免不了的，不过对于叶修来说那个难度就太低了。

血枪手的生命飞速下降，叶修估量着两边的时间，三大公会大概已经差不多了，而血枪手的生命还有百分之二十，他们边杀边赶虽然又拉出来了一段距离，时间却依然很紧。

叶修转视角朝他们一路杀过来的方向望去。埋骨之地没什么遮挡，一览无余，远端的大批玩家似已开始朝着他们这个方向涌动，三大公会果然已经完事。

而他们这边输出已经被叶修指挥调整到极限了，除非有更高级的武器装备换给大家，这显然是不可能的，再或者……

"高手兄，他们都过来了。"田七突然说话，显然也是注意到了时间有些不够用。

"嗯，我们得提一提速了。"叶修说，事到如今，已经不能不搏一搏了。

"怎么？"八人问着。

"提高手速，大家集中注意力了。"叶修说。

此时唯一的方法，就是提高手速。叶修本人当然是没有问题，他为了配合众人，手速是有意控制到这么低的。但现在，要在有限的时间里把血枪手输出掉，全队的节奏必须加快，这个队里有不少新手，这一点进行有些难度，但眼下已经没有别的办法了。

手速，并不能提高角色的攻速，角色的攻速是以本身的职业和装备来决定的，是一个固定的数据。手速可以提高的是操作的速度，操作的速度快，技能出得就快，角色包括移动、滚动、攻击，等等，每一个动作的变化和衔接就快。

叶修此时想让全队提高的，就是操作的速度，这得是有效手速。

屏幕上放两个点，A 和 B，要求将光标从 A 移到 B。职业高手的能力，就是能在最快的手速下，光标从 A 到 B 后可以准确地在 B 停住。

而普通玩家，为了能准确停留在 B 点，只能是降低手速，降低光标移动的速度。强行提速，B 点就可能点击不准，或者不到，或者移过头，总之会失去最佳的效果。

但此时的叶修已经顾不上这点了。好在他们也不需要提高太多，总不能一下子就让众人都做到职业级的手速。

叶修略做估算，目前的节奏，提升个百分之二十就差不多够了。以他的观察，目前这个节奏有些人比较行有余力，比如田七、月中眠，提升百分之二十他们问题不大。暮云深和浅生离两人比较中规中矩，突然提升以后，就要看两人的集中力了。至于其他四个新人，沉玉叶修完全不指望了，这姑娘现在就吃力，屡屡犯错。流氓小白比较让叶修意外，这人虽然是最小白的一个，但手速上看来还有两把刷子，指挥他做的，都很到位，没有偏差。另外两个，比沉玉强，不如流氓小白。

拼了！！

"加速了！"叶修一声喊过，手底首先加快，他这一提，其他人的配合都得跟着上升。结果如他所料，田七和月中眠迅速跟上，暮云深问题也不大，浅生离却是反应慢了，迟钝了半拍。沉玉姑娘那已经"哎呀"上了，流氓小白再度让叶修惊喜，攻击之准确可媲美田七和月中眠。最后那两个哥们儿却也是手忙脚乱，攻击变得有的没的。

"不要慌，注意力集中！"叶修看了一圈，除了沉玉是完全没救，浅生离和那两个哥们儿还是有可能发挥出来的。

"不行啊！"沉玉这儿手忙脚乱，攻击都打空了。

"沉玉你自己打，冷却好的技能最快速度放上去就行了。"沉玉水平不行，还偏偏转了刺客这一对操作要求较高的职业。刺客不快，PK 最爱。这句荣耀里的刺客名句就是表达了没速度的刺客就是一悲剧，PK 随便欺负。

沉玉就是悲剧，直接被叶修放弃掉了。余下七人的配合让叶修备感欣慰。浅生离的速度也跟上了，那两个哥们儿也不像一开始提升那么慌乱了，虽然当中还是偶有失误，但都有叶修救场给救回来。他们只是提升了百分之二十的手速，叶修此时可是爆了百分之二百来专门纠错。陈果此时如果在叶修身后，一定会把手残党三个字吃回去。此时叶修的手速起码160，这要是手残，她陈果就是手断。

"快！快！快！！"田七这儿一边喊一边以此为口号不住地念着，这一边吼他的速度一边还有加快，于是还带动了其他人，只不过他这一次提升幅度很小，众人都是在不知不觉间就跟上去了，也就叶修可以细微地察觉到，这还真是个意外之喜，如此把握就更大了。

"快红血了！！"田七突地喊了一声。

第六十八章
血枪手首杀

叶修动作也是很快，直接把队长移交给了田七："都退出去。"

田七等人老玩家，没杀过血枪手，但也听过血枪手的故事，知道这BOSS的暴走是怎么一回事，立刻抽身就退。流氓小白三个现在觉悟也高了，不问东问西，听令行事，也调头就走。

叶修心底自然是比田七还要清楚，哪还用他提醒。那八人在田七率领下都退出了血枪手仇恨范围后，叶修大爆手速，君莫笑战矛几个技能放得闪花了眼，血枪手生命瞬间被刷到了百分之十的红血线。

"呵呵呵呵呵……"

血枪手又开始泛着血光怪叫搞召唤，但在玩家早有提防的准备下，他的仇恨范围里只剩一人，而且还不是队长。

被吃透规则的BOSS，必然是要被玩家如此无情地戏耍，叶修此时要做的就是控制住血枪手，让他在召唤这个阶段不要跑到人堆里去了。这种事对叶修来说简直就像吃饭一样简单。

血枪手召唤完毕，身边出现了孤零零的一个骷髅，显得是那么的单薄。

田七等人没有动，他们也就是看过血枪手的攻略而已，这种野外BOSS他们虽然有过公会，也参与过，但根本就没经历过这种大招阶段，这血枪手暴走召唤完了，是不是就可以入场接着杀了？他们不太清楚。

"杀！！"

直到他们听到君莫笑的指示，八人狂奔回来接着杀，血枪手召出的护卫瞬间就被打成碎骨，谁让它这么孤独来着。围攻继续。

"血枪手不是就召唤这一次吧？"田七问着。

"嗯。百分之五还有一次，还有临死前一次乱射。"叶修说。

"BOSS就是赖皮啊！26级就会乱射。"田七说。

"大家注意躲闪就是，最后一个乱射暴击率很高，多中几下肯定挂。"叶修说。

"乱射怎么躲？"月中眠提出质疑。

"对你来说……跑远一点。"叶修回答。

"靠！"

显然局面顺利，水平高的都能看出他们可以及时把血枪手解决，于是谈话都轻松起来。生命百分之五时，八人再一次闪出仇恨圈，血枪手又召唤出寂寞孤独冷的一个僵尸，瞬间被人打成肉酱。

三大公会的玩家张牙舞爪地已经越来越近，叶修又收到了夜未央的消息，丫还在那儿得意呢："哈哈哈，还杀呢？辛苦了啊！不如现在加入我们公会的团。"

叶修没理，关键时刻，关心杀BOSS，事实就是一切。

三大公会的人接近，血枪手的生命却还不到底，田七等人有些急了，好像有点来不及啊？他们的判断究竟是不如叶修那么清晰自信的。

"噜噜噜噜……"

他们耳中似乎已经听到了三大公会逼近阵容中的枪手们掏枪子弹上膛的声音。

"散！！"叶修突然大喊。

田七等人头也不回地撤离现场。

三大公会的人一看到这幕下意识地就停下了脚步。

"我靠又来！！"有人叫着。

"哪有这么巧！"有人不信。

"队伍得跟我上！！"蓝河干脆利落，团长给另一队的队长一移交，带着本队最精锐的十人冲上。

霸气雄图、中草堂也都是一样的决定，都是上了一个十人队。这样就算血枪手再暴走，也就是召三十个人，他们留有后续，可以一边摆平亡灵军团一边挑灭血枪手。

三队人都在狂奔，他们进行着相互的竞争，这一瞬间，他们又把场中正在对抗血枪手的人当不存在了。这是一种习惯。

"一家出三人把那些家伙解决掉。"蓝河喊着。

他们不可能还让这支队伍存在，就算不杀，也起码要逼得他们和血枪手处于脱战状态，那样才能把他们的输出统计清掉。至于君莫笑，蓝河比较惋惜，如果不合作的话，这下还真是不好办了，蓝河有一些犹豫。

那边霸气雄图的会长却已经应了一声，队中派出三人。蓝河又看中草堂这边，人是出了，但没见车前子。

"车前子呢？"蓝河问了一句。

中草堂的人很尴尬："挂了。"

"挂了？"蓝河意外，跟着大笑，笑得肚子疼。

亡灵军团被召唤的一瞬，局面混乱，谁挂了也不太稀奇。但车前子水平不低啊，装备更不会差，起码可以比许多人多撑很久，结果都没撑住挂了，可以想象当时他是多么凄凉无助。

蓝河的大笑让中草堂的玩家很郁闷。但更郁闷的还在后面。

"笑什么呢？"那边霸气雄图的夜度寒潭问了一声。

"车前子挂了。"蓝河说。

"是吗？恭喜啊！"夜度寒潭比较不动声色。

"同喜同喜。"蓝河说。

中草堂的人吐血。

这时冲近血枪手的人同时听到君莫笑喊了一声："当心啊大家！！"

蓝河听闻了车前子的死讯心情正好，大乐道："放心吧兄弟，我们顶得住。"

"那就好。"叶修笑。

"不对！！！"千成突然叫道，这个以抢怪为乐的家伙，对怪物的生命多少有一种天生的直觉，此时尚未完全接近，却已经有了不祥的预感。

"什么不对？"蓝河问道。

"呀呀呀呀呀！！！！！"血枪手又泛着血光开始怪叫了。而且这一次他还摆了一个造型——马步，双手交叉摆在胸前，左手拖起了持枪的右手。

"我靠，乱射！！！！"高手们崩溃了，乱射发动。

血枪手口中叫声不停，持枪右手已化成一片残影，无数的子弹几乎是在同一时间飞出，飞向四面八方。虽然理论上他手里的枪还是左轮手枪，但他连射出的子弹就是比六颗多，而且不带装弹的，这就是技能！

冲上的三大公会玩家被射得抱头鼠窜。当场就有三人挂掉了，实在是距离太近，射速又高，避无可避。蹲的、趴的，扭 S 的，大家都不顾形象，只求活命。

但首当其冲被击中的还得是君莫笑。但众人看到的依然只是一缕轻烟。又是影分身！这次真身出现的不是三百六十度的任何一个位置，而是正上空。

君莫笑落下，却是施展了格斗家技能鹰踏，正踩在血枪手的头顶。一脚、两脚，战矛递出，空中圆舞棍！血枪手暴走乱射虽是霸体状态，但圆舞棍却是个无视霸体的抓取类技能。

战矛挑着血枪手画出一道几乎二百七十度的大半圆。君莫笑落地，双手甩着战矛狠狠砸地，血枪手被压在矛下。

乱射停住，三大公会高手感觉像是捡回条命。那边君莫笑却已在天击、龙牙加落花。血枪手终于叫出了他最最惨烈的一声。

系统公告：田七、君莫笑、包子入侵、牧火、亮亮菌、暮云深、月中眠、浅生离、沉玉完成血枪手首杀！

三大公会的人脸如死灰，叶修飞快地在队伍中发出消息："血色步枪让我，其他你们随意！"

第六十九章
再追不客气

"哇！！！"血色步枪拿没拿到叶修还不知道，就觉着耳边突然爆发出一阵惊呼声。就连前台正专心打地鼠的陈果都被这阵惊呼声给惊起来了。

兴欣网吧里好多客人都站起了身，一齐朝着某个方向望着，还有不少人扔下游戏朝那边跑了过去。

"怎么了怎么了？"陈果跳出前台一边朝那边张望一边问着。

"君莫笑又完成首杀了。"一客人激动地说。

"他完成你激动个什么劲啊！"陈果很无语，末了问道："首杀了什么？"

"血枪手！！"对方说。

野图 BOSS！陈果惊讶，这玩意儿要拿下首杀比拿副本的还难。她曾经目睹过一次猎杀野图 BOSS 的全过程，各大公会杀得那是硝烟弥漫，一边打 BOSS，一边互相使绊暗算，看得人都搞不清这到底是在杀 BOSS 还是在公会人战。这种大场面，不够坯的公会根本没资格参与，上去就是一个死字，没公会的玩家就更别想了。血枪手虽然是低级 BOSS，但这就是游戏里的格调问题，和级低级高没有任何关系。

陈果跟着一伙人冲到了叶修所在的机器，结果就和大家一起听到叶修在那很没出息地叫着："跑跑跑！快点跑！！"

嘘声一片。这口号好像有些不正常啊！看来这首杀拿得很有些问题。结果已有第十区的玩家在游戏里打听到了一点儿小道消息的，凑上来给大家八卦了："听说是从三大公会手底下抢走的。"

"我靠，这么牛？"大家惊讶，突然就觉得大喊"跑跑跑"也没什么，不影响此人依然是英勇和智慧的化身。

大家齐盯着叶修的屏幕，就见他的角色玩命飞奔，时不时扭头甩一下身后，于是大家都看到他身后有大片的追兵，正是三大公会的玩家。

"抢 BOSS 真不容易啊！！"大家沉痛地表示着。

"咱这儿有第十区三大公会的人吗？"有人突然恶趣味地左右打听着。

没人出声。

"有大概也气死了吧！"有人打趣。

"老板娘快去看看有没有晕倒在电脑前了，120 啊！"看到陈果的人和老板娘开着玩笑。

陈果没吭声，很多人也没吭声，这些人都是一言不发地盯着屏幕，想知道叶修到底能不能脱离危险。三大公会可不是那么容易打发的主，这才 20 多级就把三大公会一口气全得罪了，有些人可并不会觉得这是英勇和智慧，他们会认为这是傻得冒泡……

傻瓜会有什么下场呢？这是他们关心的。

陈果？或许只有她不是抱着纯粹看热闹的心态，看着叶修在那敲着键盘狂奔，她有点儿替他揪心。

"你们先跑，我顶一下！"突然所有人看到叶修在队伍频道里麻利地敲打了这么一句。

"哇，纯爷们儿！！"大家齐赞，通过叶修的屏幕他们都有看到叶修的队友，八个人全比他快一大截，大家都不知道这样的局面是怎么造成的。

君莫笑转身，竟然刚刚好有四个人到了他的身后。战矛顺势一个横扫，四人明显都没料到君莫笑竟然突然停下反击，都没能避过这一下。君莫笑紧接着一记小跳，凌空拔剑落剑，银空落刃的冲击波刚好波击到了四人。

"操作好快啊！！"有观看的玩家惊呼。银空落刃这个技能是在跳起的空中才能施展，君莫笑刚才只略略跳起了一小步，这技能就已经放出来了，几乎没让人看到"落"这个过程。

四个玩家，三个倒地，另一人却是成功施展了一个受身，一个前滚避免了这次倒地，起身的过程中一个天击挑了出来。

千成！这家伙不愧是高手级别的人物。受身虽然算是基本操作，但想完全掌握却也没那么容易。另三个玩家在那一瞬未必就不想使用受身，但或者是君莫笑那一个银空落刃太快，或者是他们操作没掌握好时机，显然都失败了。

只有千成，非但受身成功没有倒地，而且成功发动了反击。但天击还没出完全，就已经被君莫笑一脚踩翻在地。

破招攻击！破招也是一种攻击判定，就像连击、凌空追击、背击都是攻击判定一样。破招，顾名思义，打断了对方的攻击，就叫破招。

此时千成想用一个天击，结果却是被君莫笑一个踏射打断，形成了破招攻击。

"哈哈哈哈……"枪火喷出时，叶修身后的观众齐声笑着被踩的千成。

但个别有水平的玩家却笑不出来。那样的银光落刃还能受身成功，这个千成不是低手；这一个前滚顺势一个天击，已经是反应极快的反击，结果还是被破招了，这个君莫笑水平却要更高。如果换是自己，会怎么样？好多人就是想到这时，笑不出来了。

齐冲上来的四个转眼都被打趴下，四人都是清一色的战斗法师，就是靠着无属性炫纹的移动速度加成才领先了其他人一步。否则新区新角色，还没到挑装备堆属性的时候，移动速度都一个档次的。

四人虽趴下，君莫笑却没机会杀死四人。大家看得真切，此时的君莫笑完全没有法力。

"再追就不让了啊！"君莫笑突然蹲下，像是在千成的耳边，大家听到叶修说了这么一句。

观众窃笑。这是偷机啊！都没法力了，完全是吓唬人家。

君莫笑起身接着跑，观众很着急，都想知道那四人有没有追上来，但君莫笑不回头啊！大家知道叶修戴着耳机，多少是可以听到身后脚步的，看他这么从容，估计是真被唬住了。

能不被唬住吗？君莫笑有多强，他们这些人可比网吧这些观众更了解。三个人上去被轻易击倒，水平高出一线能做出反击的千成也被踩翻在地，四人哪里还敢继续追来送死，只好等着人多再一起上了。

"追上了？"蓝河这时偏偏来了消息。

千成郁闷地回复："追上了，打不过。"

"那就……先撤吧！"蓝河发消息。

千成望着君莫笑渐跑渐远，一动没动。而他身边那三个同职，反应也和他大致相同。

第七十章
复制提升

　　三大公会的人终于还是没有再追上来，叶修长出了口气后，摘下了耳机，望向自己身后。他早感觉到了自己身后一堆子的人气。

　　"兄弟，猛啊！！"大家齐夸。

　　叶修笑笑："运气，运气。"

　　"爆到什么了吗？"有人好奇地问。

　　"拿了个血色步枪。"叶修说。叶修当时看到爆了这装备后立刻点了名，田七等人看到后还多了个心眼。他们当然是不会和高手兄争的，但问题是那三个新人呢？

　　荣耀里没有什么装备绑定，任何装备你就算用不了，拿到手出去卖钱总是可以的。所以在荣耀里野队下副本那是一团混乱，如果抱着装备需求的心态，野队绝对不是什么良好的选择。有需求，那就找公会，找亲友，这样组起的队总是会考虑到职业优先的。野队，那都当是刷经验赚钱的地方。

　　所以田七他们听到叶修的需求后，虽然没有摇点，但也没放弃，他们要看那三个陌生人的态度，如果三人中有人摇点，他们也好后发制人也摇一遭，帮高手兄再摇回来，他们人多，机会还是大些。

　　不过事实是他们多心了，那三人也是很麻利地就放弃了血色步枪。田七等人相继放弃后，血色步枪总算是落入了君莫笑的口袋。

　　其他东西大家还没来得及细看呢，那边高手兄一直"跑跑跑"地催促，众人胡乱摇点，连是谁拿到了都没太注意看就闪了。

　　一周只刷三次的野外 BOSS 掉起装备还是很痛快的，方才光是蓝装就一次掉了四件，都是 25 级的货色。其实这还是人品不够红，不然野外 BOSS 是连橙装都是有概率掉的。

不过相比之下，首杀更让人觉得美妙。看那三大公会的人气疯了的样子，又怎么可能是因为四件蓝装被人抢了？田七等人此时不住地欣赏着榜单上他们的名字，乐得嘴都合不拢。

叶修呢，这边也是遭到了强力的围观，不过此时抽身应付了几句，大家又不是很熟，胡乱扯了扯，看到再没什么戏可看后也就都散了。只有陈果还站在那里。

"老板……"叶修招呼了一声，看了下时间，连忙下线关电脑，"我这就去前台。"快十一点了，该是他接夜班了。

陈果看叶修这模样，也没好意思说她其实不是叫他来接班，而是来看热闹的八卦党徒。

十一点，网吧一下子冷清了很多，刚刚还围着叶修看热闹的人也一下子下机走了不少。虽然荣耀新区热度还在，但人们需要的学习、工作也还在，整晚整晚打游戏的闲人永远不会太多。

随着工作人员交班离开，陈果觉得网吧更加空荡了，前台只剩叶修一个人孤零零地坐在台内。陈果过去一看，这家伙已经又进游戏了，真是分外鄙视，这个一天到晚就知道游戏的死宅党。

陈果一边鄙视着，一边又朝网吧另一角走过去。一看，唐柔也还趴在电脑跟前，专心地玩着游戏，屏光映在脸上忽闪忽闪的，唐柔却连眼都不带眨一下。

陈果走上前去，看到唐柔还在努力做任务，这姑娘比较不幸，赶在晚上高峰期，任务做得那叫一个辛苦，此时在线人少了些，情况才有了些许好转，做得正开心。

陈果拍了拍她，唐柔扭头，望向陈果，大声问："干什么？"

陈果拔了她的耳机："十一点了。"

"啊？都十一点了？一点儿都不知道呢！"唐柔惊讶。

"几级了？"陈果问。

"6 级。"高峰期的原因，唐柔这任务升级着实不快。

"还不去睡？"陈果说。

"你先去吧！我等会儿。"唐柔重新戴上耳机回到游戏世界。

"那我先去了，你早点儿睡。"陈果说着，结果唐柔一点儿反应没有，显然戴了耳机后已经听不到陈果说话了。陈果一边离开一边茫然，原本自己是网吧最迷荣耀的一个，这来了一个叶修，又带起来了一个唐柔，看两人这疯劲，自己变得一点儿都不敬业了啊？陈果这儿胡思乱想着，却还是先回二楼房间休息去了。

网吧真是变得一个闲人都没有了，大家都坐在各自的位置上专注地游戏着。

叶修重上了游戏后，田七等人连忙发来问题，看到高手兄突然下线，他们都当是出了什么状况。

"没事，我挺好的，不过你们也都要当心。"叶修回复众人。

"管他呢！"田七他们这边是不屑一顾。老实说，他们会有这风骨和叶修是很有关系的。以前他们把三大公会的高手就当成是神一样膜拜，但跟着叶修混了几次，才发现当初的眼界太低了，和高手兄比起来，他们哪有资格称神。如今又成功跟着高手兄抢了三大公会的BOSS，这几个家伙俨然已经有种把三大公会踩在脚下的感觉，心里的快感远远超过担忧。

至于沉玉、包子入侵那几个家伙，新人完全还搞不清楚这其中利害呢，刚才分到了装备就感觉很高兴了。

"我先回镇子了。"叶修和大家招呼。

"哦哦，高手兄慢走。"大家忙回复着。

"大家当心。"叶修又提醒了几人一声后，操纵着君莫笑跑回了布尔斯镇。小镇里安全区，不可能再受到任何攻击，叶修放心地把君莫笑一丢，打开了装备编辑器，把新搞到的血色步枪也直接导入了装备编辑器。

这两天收集材料挺顺利，千机伞已有数个部件可以升级了。打开了结构图后，在伞面撑开的形态下，叶修开始小心翼翼地拆卸伞面。这伞面共有八块，卡在伞骨中连接成一整个伞面。随便选了一块伞面放入了复制的模板框，另一边的材料槽中，叶修点进了五个强力蛛丝。

复制开始，进度条走完后，五个强力蛛丝已被编织成了伞面模样。

随后又重复了七次复制。八个强力蛛丝编织而成的伞面制成。

新伞面重新装上，随后是枪械和藏剑的部分。伞杆被拆卸下来，分为两部分，杆，以及杆中的藏剑。两者同样是作为复制的模板。复制杆，添加进的材料是血色步枪和骷髅勇士佩剑的剑鞘。藏剑，则是用骷髅勇士佩剑。

点击复制，完成，再小心翼翼地将新组件装回千机伞。全过程叶修做得很细致，但看起来却并不太难，除了拆伞装伞，就是点点复制而已。

但是，如果不是有千机伞原来模板的话，又哪来的复制功能？

第七十一章
武器和技能

叶修看了看装备编辑器里的材料箱，里面还有一些最近收集的稀有材料，不过暂时还用不上。叶修退出材料箱，确认了千机伞的更改，变更进度条结束后，退出了编辑器。

返回游戏，抖开千机伞看新更改后的效果。千机伞原形态依然是5级不变，但这次更改后，千机伞的剑形态和枪形态等级也都上升到了15级。重量不变依然是2.3千克，攻速也都是5，但是物理攻击和法术攻击却和15级的矛形态大不一样。

千机伞（剑形态），物理攻击240，法术攻击265。

千机伞（枪形态），物理攻击238，法术攻击210。

矛、剑、枪，这不同系的武器，属性上自然就有差异，即便是同职业系的，武器也会有不同的侧重点。

就以剑系为例的话，同系武器中，物理攻击最高的是重剑类，攻速一般为1，最慢；法术攻击最高的是短剑类，攻速一般为5；攻速最快的则是光剑类，攻速一般为9。另有两类是大剑和太刀，大剑偏物理，但不如重剑，攻速却稍快，为3；太刀偏法术，不如短剑，同样也是攻速略快，为7。

如此剑士系的职业就要根据不同的习惯和需求来选择武器了。比如魔剑士和鬼剑士两个职业以法术攻击为主，那就很少会有选择重剑做武器的。狂战士和剑客物理攻击为主，短剑如果不是什么特别的效果也不会去考虑。

而光剑系却是一个特殊的存在，这武器只有剑客才能使用，游戏职业设定的解释是只有追求剑之极限的剑客才能掌握如此快速的光剑。因为攻速上的优势，光剑属性类似太刀，不过物理攻击和法术攻击都要稍低上一点。

此时千机伞在剑形态的属性，是偏太刀系的，但共享的攻速5却又是短剑的水平，和同水平的太刀比就稍逊了一筹。但再看千机伞的矛形态，290的物理攻击，这就是法师系武器中物理攻击最强的战矛类了，相当于剑系中重剑的地位。战矛原本和重剑一样是1的攻速，但现在共享成了5的攻速，千机伞的矛形态却是绝对要比同水平的战矛强出一截。

叶修检查了一遍各形态，发现编辑进化无误后，随即又点开了君莫笑的技能列表。

20级时技能点会有一次重置，君莫笑虽是散人，却同样能享受到这个待遇。不过其他职业在50级职业觉醒时还会有一次重置技能点的机会，散人却是没有，所以从此时开始，技能点的使用就要比较谨慎了。但叶修十年荣耀经历，被誉为教科书，所有技能早都烂熟于胸，此时他只是需要明确一下君莫笑的技能搭配方案。

对于散人来说，可学的技能此时已经算是全摆在面前了。荣耀六大系别，每系四个转职，共二十四个职业，平均下来每个职业在20级以下都有五个左右的技能。共计一百二十个，这就是散人可学的技能。数量绝对可观，但由于都是低阶技能，威力自然无法和中高阶的大招相比。

但就是这一百二十个低阶技能，也是需要一番取舍，因为技能点实在有限。

低阶技能所需技能点虽然不多，都在30点以下，但由于有的技能存在等级问题，如何搭配取舍就需要好好计较一番。否则就算技能点堆满也不过是5000点，一百二十个技能全都学到满级，根本就不可能。叶修目前还没有确定下来最终的方案，只是把一些他认为是必学的技能都先学习了，等级方面的添加，他准备经过一段时间的实战检验后再看。

正检验着技能列表看是不是有什么遗漏，叶修突然闻到了一股子茶香，心下一怔，抬起头来一看，是唐柔端着个茶杯站到了前台外面。叶修愣了一下。他熬夜的习惯可是由来已久了。过去的时候，苏沐橙总是在他熬夜的时候帮他泡杯绿茶，那姑娘坚持认为熬夜的人需要多喝绿茶。

而如今……如今就见唐柔捧着茶杯喝了一口。叶修汗，他显然有点自作多情了，他还当唐柔是像苏沐橙一样给他送茶来了。

"你在干吗？"唐柔问。

"看看技能。"叶修说。

"哦，我也能学技能了。"唐柔说。

"天击和龙牙？"

"对。"

"很有用的两个技能，不过等级的选择就要看个人的习惯了，你先多熟悉一下两个技能吧！"叶修指点。

"好。"唐柔抱着杯子离开了，留在空气中的茶香又让叶修愣了好一阵神。随后默默地点了根烟，继续看他的技能。

此时的蓝河，望着好友列表里在线的君莫笑，心里是前所未有的纠结。血枪手一役实在是让他太意外了。

蓝河邀请君莫笑的初衷，其实只是大家一起活动活动建立友谊，他甚至没想着君莫笑能在猎杀血枪手中给予什么助力。这可是公会之间规模的抢 BOSS 运动，一人之力又能有多大用？结果君莫笑的表现震惊全场，直接领着几个估计他自己都不认识的人把血枪手给杀掉了，还把三大公会给弄了个焦头烂额。中草堂会长车前子都以身殉职。

蓝河不知道那两家公会此时对君莫笑是个什么态度，反正他却是更加佩服这个人了。他已经完全承认这人的水平在他之上，至少当时那种情况，他蓝河绝没有本事带走血枪手，哪怕是像君莫笑一样充分利用三大公会之间的矛盾。尤其后来在他们对付亡灵军团的时间里，他们那队人就几乎要把血枪手给推倒了，这输出的效率简直比他们公会的精英团队还要高。这八成都是那个君莫笑指挥的功劳。

不过佩服归佩服，蓝河心中却也是极其的不爽。吃亏事小，面子事大。要知道这人可是他带过去的，结果却让他竹篮打水一场空，蓝河心里觉得君莫笑这事做得有点没意思，太不给面子了。

这事蓝河决定还是要和君莫笑好好说道说道，他点开了对君莫笑的消息窗，发了消息过去："兄弟，今天做得有点儿不地道了吧？"

第七十二章
吃遍天下

君莫笑的消息回复很快："是啊，有点儿。"

泥马！！！！居然如此坦白，蓝河风中凌乱了。这让自己怎么回答？继续指责吧，显得自己很不大度很不男人；就这么算了吧，心里憋屈难消啊！蓝河瞬时间有一种被秒杀的感觉。

还好，这是在消息聊天，是有方式表达自己非常无语的心情的。蓝河飞快回复了一堆省略号以及一个一滴大汗往下流的表情。

"下次要加油啊！"叶修回道。

蓝河吐了口血。人家根本就没把这事放心上啊！说来也是，野外BOSS啊，向来就是一窝蜂地哄抢。被抢了不服，那你就抢回去，指责什么对错那是新人小白才会干的事。

等等，自己也不是纠结血枪手没抢到的事啊！自己是在对这人太不给面子而郁闷来着。问题就在于君莫笑是自己邀请过去的，结果反被他杀了血枪手，自己一点儿没落下好。看公会频道里大家的讨论，对君莫笑的不爽也主要是集中在这一点。至于BOSS被抢，那是各施手段的事，比如这次BOSS是被中草堂或是霸气雄图给杀了的话，虽然也郁闷，但那是另外一种情绪的郁闷，不含纠结。

或许此时自己会如此纠结，正是因为君莫笑不同于那两家公会。那两家抢了，蓝河可以憋了劲地报复回去，君莫笑这边，怎么是好呢？蓝河揪头发，原来纠结的地方在这里。

"系舟，这事你怎么看啊？"蓝河不再去和君莫笑发消息了，私聊公会系舟。

"君莫笑，这人我看我们是拉拢不到的。"系舟说。

"哦？"

"血枪手的事，我觉得可以看出他的立场。"系舟说。

"怎么讲？"

"三大公会都在，都对他有拉拢之意，但他谁也不帮，他带着三大公会之外的随便一批人，就这么顺顺当当把血枪手给杀了。"系舟说。

"他是想说，他的本事很大，他用不着加公会？"蓝河说。

"我觉得更准确的说法是：公会需要他，但他不需要公会。"系舟说。

蓝河怔了怔。

"说白了，他只想打工，打所有公会的工。"系舟说。

"以他的本事……"

"以他的本事，这样做，可以看出他的胃口很大，需求很大。"系舟说。

"职业玩家？想靠这个赚钱？"蓝河说。

"有可能。"系舟说。

"可这样下去，他总有生意做尽的时候，首杀、副本纪录提升，这些东西都是有饱和有极限的。到时没人请他了，他怎么办？"蓝河说。

"开新区了……"系舟说。

蓝河汗，把这给忘了。

"这么说来可以留意一下以前的老区，看有没有这样一个人。"蓝河说。

"如果有这样一个人，恐怕早就被注意到了。"系舟说。

"那这人到底什么来头。"蓝河敲脑袋。

"不知道，实力深不见底，看不出名堂，到现在职业也不转……"系舟说。

"那你说我们对他保持什么样的态度？"蓝河说。

"保持联系，保持观望。"系舟说。

"也许还应该继续拉拢，之前都是咱们的推断不是吗？"蓝河说。

"嗯。"系舟认同，并加以补充，"就算拉拢不成，把关系建立得好一些，至少能在他心目中处于一个优先的地位。"

"看起来现在倒像是我们在巴结着他啊……"蓝河感慨。

系舟也很无语。再高的高手，一般公会拉拢那也是为了为我所用。但现在这个君莫笑呢？怎么有种大家围着他团团绕，然后等着人发糖吃的感觉？这思路上好像有哪里不对啊！

蓝河这边心结已消，深呼吸了两口气后，继续和君莫笑联系去了。

"兄弟，十二点下本吗？"蓝河问着，十二点大家的副本次数刷新，都要开始忙碌了。

"再看吧！"叶修说。

"一起啊！"蓝河约。

"不用了吧！"叶修汗，这人很有毅力啊，被自己抢过 BOSS 了还拉拢之心不死？叶修抢 BOSS 的确有些许表明态度的意思，他不希望被三大公会拉来扯去，那样大家都没命地向他示好，就算坚持不受，日子久了，这份人情也很难消受。

"兄弟客气。"蓝河说。

"已经约了人了……"面对一如既往的蓝河，叶修也不得不找点借口。

"谁？"蓝河顿时警觉，难道已经有公会赶在自己之前了。

"朋友……"叶修说。

蓝河想问"什么朋友"，但又觉得这八卦得有些过头，只好无奈地道："那下次有机会吧！"

"下次下次。"叶修敷衍着。

蓝河悻悻地收了消息，这刚一收了消息，突然又想起一件事："兄弟，哥布林商人的首杀你得帮我。"

哥布林商人是冰霜森林的野外 BOSS，至少还没现身。

"这个真约了人了。"叶修说。

敢情刚才是假的，这人说话还真是不带掩饰的。蓝河一边吐血一边顺带问了一句："谁？"

"霸气雄图。"

"靠！！！"蓝河重重拍了一把键盘。纠结纠结，纠结个毛啊！看看，现在这事被人占了先头了吧！蓝河为自己的犹豫不决后悔，看着聊天窗，却不知怎么回下去。这个君莫笑果然如系舟和他分析的那样，是想吃遍所有公会啊！不过霸气雄图的人也够大气，自己这儿还在纠结中，人已经放下心结把君莫笑利用起来了。

唉！蓝河叹了口气，最终也保持了风度，回消息说："那到时可要针锋相对了。"

"是啊，不用手下留情。"叶修说。

"兄弟以后的野图BOSS，所有副本纪录，我现在就都预约了行不？"蓝河说。

"那个到时再说吧……我这等级，也赶不上你们的进度啊！"叶修说。

"兄弟你快点升啊！"蓝河一看这还真是个问题。他现在24，今晚刷几次副本就肯定25了，这君莫笑却还在21上。这等级越差越远，到时他们都在挑战30级副本了，这人还在20多级副本里吭哧吭哧，到时把他们曾经破好的纪录再洗一遍，蓝河他们想回头都不行啊！过等级了……

第七十三章
抛沙技巧

三大公会的反应说实话也挺让叶修意外的，表现得都是相当大气成熟，不愧是经营多年屹立不倒的大公会。霸气雄图反应最快，血枪手的事过去没多久，那个夜未央就来消息了，丝毫不提这个事，直接邀请同杀哥布林商人。待遇好说，但首要条件当然就是保证完成哥布林商人首杀的是霸气雄图。

叶修没异议，哥布林商人这边他也有需求，原本是指望靠市场的，现在有现成机会当然不会错过。千机伞要提升，要涉及的范围实在是太广，眼瞅自己现在都21级了，千机伞还没有全面升到15级，亏得这是银武，不然就有些落伍了。

霸气雄图反应快，蓝溪阁这边呢稍慢了些，从蓝河的话里叶修也可以看出他的纠结，对此叶修非常理解。只可惜在这种时候有了情绪，结果就是失了先机。至于中草堂，叶修没那边的消息，中草堂的人一直没有和他正面联系过。

要杀哥布林商人，可这BOSS随机刷新，也说不上个时间。不过这么多年大家也早习惯怎么面对了，反正都先该干吗干吗，发现野外BOSS时，能去就去。

所以这十二点一到，人人依旧是组织着下副本，叶修收到了田七的消息，问去不去冰霜森林。高手兄杀血枪手主动招呼他们，让几人挺激动，觉得和高手兄的关系又亲近了几分，一看十二点到了，副本次数又有了，连忙主动联系。

"差人吗？"叶修问。

"差啊，四缺一。"田七说。

"哦，那我马上过来。"叶修说着，副本是每日必做的功课，是经验和经济的主要来源。就算没有田七等人邀请，叶修也肯定是要混野队的。和这哥儿几个一起，至少遇到自己需求的时候可以先挑，这一点可不容易。

让君莫笑到了冰霜森林后，叶修却意外地看到了那个流氓小白包子入侵。

"怎么是你？"叶修奇怪，一扫眼前，月中眠又不在。小毛孩还在仇视自己？叶修也不知道，他根本没有月中眠的好友。

"是我是我，跟着几位大哥多学习。"包子入侵非常谦虚。

叶修却知这家伙虽是荣耀新人，但操作却是挺熟练的。

"月中眠那小子白天玩一天了，下了，沉玉妹子也说不能再通宵了。"田七解释着。

"唉，明天我也不行了。"暮云深很遗憾地说着。

"高手兄你呢？"田七借机打听叶修作息，从这三天来看高手兄是天天通宵的。

"我还是晚上出没。"叶修笑着回答。

说着组起了队伍，五人开始下本。这个包子入侵虽是新人小白，却是五人中等级最高的，有23级。大家聊着一问，才知这家伙玩起来太疯，开服那天直接是二十四小时没休息，第二天胡乱睡了会儿，接着起来战斗。开服至今四十八小时，吃饭睡觉一共花掉六小时，四十二小时在游戏里，基本可比大公会的轮番上岗。

众人一阵唏嘘，开怪练级。叶修依旧坐镇中央指挥，一切都很顺利。

"抛沙之后最好不要立刻正面冲上攻击，这是打怪，还好些。如果是PK，有经验的玩家中了失明肯定会第一时间施展横扫或是类似的攻击控制身前。"叶修一边还抽空指点着包子入侵。

"那应该怎么做？"包子入侵虚心请教。

"笨，绕身后呗，反正人也看不见了。"田七等人也七嘴八舌地当老师。

"绕身后是一种办法。"叶修没有直接否定田七等人的教导,"不过这个需要时间,有些浪费来之不易的几秒失明状态。其实最好的办法,是不要用抛沙做起手招,把抛沙运用在连击中。在交手的过程中,出其不意地用抛沙进行偷袭。同时你得保证即使没有打出失明,你也有别的选择。"

"意思就是不能把后续攻击完全寄托在失明的基础上?"包子入侵说。

"没错,起手抛沙打出失明后进攻,那都是老梗了,现在除了新人没那么玩的,除了新人也没人会就这样中招。"叶修说。

"那要是起手就是偷袭呢?能不能用抛沙?"包子入侵问。

"这个……可以……"叶修回答完汗了一下,真是长江后浪推前浪,现在连新人小白的思路都这么卑鄙。

"但是一样不能把后续攻势完全寄托在失明上对吧!"包子入侵总结要点。

"是的。"叶修说。

"明白了。"包子入侵自觉学到了一招,十分满足。而后就开始在杀怪中演练,试着在攻击的过程中寻找机会使用抛沙。NPC 的傻怪们对于这些攻击本来就不会像玩家一样还有扭头甩脸这么无耻的回避失明方式,包子入侵的抛沙运用看起来很不错。

"高手兄,啥时候再带我们把哥布林商人给杀了去啊?"田七等人问着,这些家伙可也是很贪心的。

"那个啊,我答应了帮霸气雄图去杀呢!"叶修说。

"霸气雄图?"田七等人纳闷着,"你要加入他们吗?"

"没有啊!"

"那这是?"

"就是帮他们杀一下哥布林商人。"叶修说。

"打工?"田七等人问,这词他们也不陌生,下副本之类的团队活动经常会有打工者,多出现在中低公会的副本活动中。因为这些中低公会实力不够,会有一些副本拿不下,为了拿到装备提高水平,有时就会外聘一些高手玩家加入队伍助拳。

但打工这种事几乎是不可能出现在三大公会身上的。三大公会什么高手没有？什么样的副本拿不下？什么样的BOSS打不过？他们就是游戏里顶尖的团队实力，如果连他们都对付不了，那也根本没有什么外来的打工者能帮上忙。

但现在，高手兄竟然受邀给三大公会打工，这可一点儿不像是在卖身，这种感觉像是求明星前来走穴一般，是收出场费的大牌。

田七等人真是好生羡慕嫉妒恨，想到最开始还企图拉拢高手兄去他们月轮公会，真是无地自容。连三大公会都是付费请他出场，他们神之领域排名五十开外的区区月轮公会，就是把会长位置让出来给高手兄都不够资格啊！

正边打边聊，消息提示闪起，叶修翻开，是夜未央："哥布林商人出了！！"

"副本中啊！"叶修遗憾。

"一样，全都副本呢，出来了联系！"夜未央说着。

第七十四章
掌握资料

十二点，20级以上的玩家不说全部，但绝大部分都在刷副本。新区第三天嘛，大家继续保持着疯狂练级情绪。至于20级以下的玩家，出不了新手村，冰霜森林的事是完全与他们无关。

哥布林商人什么时候被发现，谁第一个发现，到底有多少玩家发现，这个谁也说不清楚。总之现在霸气雄图已经收到了消息，立刻通知了公会成员，没在副本的已经赶去，在副本的加快副本进度，叶修自然也被顺便通知到了。

"哥布林商人刷新了，咱快点打，我得赶过去。"叶修这边也指挥队伍提速了。

田七等人羡慕，手底下也不耽误，在叶修的强大指挥下进展急速，二十八分钟推翻了冰霜赛恩。出了副本叶修联系夜未央，他们那边也已经通关，此时正朝哥布林商人出没地点进发，叶修问到地方后立刻指挥君莫笑全速赶去，田七等人表示想看看热闹，叶修也没拦着。

冰霜森林的密林处是副木，外圈大面积比较稀松的地方就是练级区了。一路上叶修看到不少奔跑方向和君莫笑相当雷同的玩家。毕竟冰霜森林这边不比埋骨之地，这里有更广泛的群众基础，对野外BOSS有野望的从来不会只是三大公会，不少公会也是积极参与这项活动，而且不乏成绩卓著者。毕竟三大会公之间相互的掣肘永远是一个可乘之机，会利用这一点的不止叶修一个人。

"我看到你了。"正跑着，忽然收到消息，叶修一看是夜未央，左右一打量，果然看到了这家伙。

夜未央一个邀请递了过来，君莫笑出副本后就已经退了田七的队伍，叶修接受邀请进队一看，显然是霸气雄图的第一主力队，队长正是他们的会长夜度寒潭。

"欢迎君莫笑。"夜未央在队伍频道里打字，发了个鼓掌的表情。

下面一串人复制鼓掌，叶修也不含糊，回了个抱拳问候表情。双方会合，直接语音交流。

"人很多啊！"叶修说。

"嗯，这次就不单单三大公会了，来凑热闹的人很多。"

"除了中草堂和蓝溪阁，还有哪些比较有竞争力？"叶修问。

"嘉王朝、轮回、烟雨楼、踏破虚空、百花谷、呼啸山庄、三零一度……"

"行了行了行了……"叶修发现夜未央有说起来没完的趋势。

"只是哥布林商人而已，有能力杀的人实在是太多了。"夜未央说。

"这么复杂的局面，君莫笑你觉得什么最关键？"会长夜度寒潭过来问道。

"仇恨。"叶修一针见血，"哪一方能拉稳哥布林的仇恨，哪一方就可以占据主动。"

"但你要知道，拉住仇恨的那人相当于拉住了在场所有玩家的仇恨。"夜度寒潭说。

"所以拉仇恨的人不能只有一个。"叶修说。

"不能只有一个？"

"对，组一支暴力输出队，输出要完全控制得住，保证随时随地，任何一人听到命令就可以立刻OT！"叶修说。

"你到底是有多喜欢暴力队啊？"夜未央吐槽。

"这样会死很多人吧？"夜度寒潭说。

"充分利用森林地形的话，未必会死很多。"叶修说。

"具体怎么做？"夜度寒潭问。

"给我五个20级紫武以上的输出。没问题吧？"叶修说。

"没问题。这个队里所有人都是紫武。"夜度寒潭说。

"我是橙武。"夜未央显摆。

"牧师自重。"叶修说。

"要什么职业？"夜度寒潭问。

"全远程最好。"叶修说。

"我叫人……"夜度寒潭说，显然他这一队里不可能带着五个远程打手。

"人马上到。"夜度寒潭消息联系后说。

"武器资料。"

"稍等。"夜度寒潭又去收集资料，然后逐一这边发出来。枪手系是完全的远程主打职业，除此法师系和魔剑士都具备一定的远程能力。夜度寒潭召集到的五个人，三个枪手系，分别是神枪手、枪炮师和弹药专家，另两个是元素法师和魔剑士，装备清一色的本职适合的紫武。叶修扫过以后，又问："技能等级呢？"

夜度寒潭又跑去问，片刻把五个人的技能选择和等级介绍了一遍。

"身上还有没有……"

"大哥，你还要知道什么一次全说了，拜托！！"夜度寒潭泪流满面，咱是会长啊，来来回回的跟个秘书似的，像话吗这！

"我主要是想清晰掌握这五个人的输出能力。"叶修说。

"你早说啊，我让他们看看个人面板不就行了吗？"夜度寒潭哭。

"输出能力，不是输出数据。武器有什么特别效果？装备有没有什么附加技能？技能的伤害是多少？这些个人面板上有吗？"叶修说。

"大哥我错了……"夜度寒潭泪流满面又去问了。

了解过装备后，叶修说："这些都了解一遍，面板什么的还用看吗？"

"不用了吧？"夜度寒潭完全不知道这句话到底是反问句还是疑问句，他只好也疑问了。

"五人快些到位吧！"叶修说。

"你领这一队输出，我们呢？"夜度寒潭问。

"我们这一队是拉仇恨的，你们才是输出……"叶修说。

夜度寒潭泪奔，自己好像新人一样啊！怎么办怎么办？

"看，哥布林商人！！"叶修这边一路了解信息，角色前进大家都没停，此时终于是到了目的地，就见林中一片热闹的景象，玩家叫嚷着捕捉着哥布林商人。

这哥布林商人也是一身绿皮布，但面容并不如林中或是副本中的哥布林小怪一样狡诈，看上去很是憨厚。身后背着一个硕大的书包，在林子中矫健地奔跑着。时不时手往书包里一掏，出来就是一样道具，往后一扔。

爆竹、手雷、燃烧瓶、砖头、酒瓶……一切都有可能。

看情形玩家发现哥布林商人也不算太久，至少此时还完全没有形成有效的包围，哥布林商人引领着队伍，嘴里叽里咕噜念叨着大家听不懂的语言。

一个燃烧瓶扔出燃起一片火海后，哥布林商人轻快地在一截树桩上飞跃着。

剑光一道，在昏暗的林间划过，剑气卷起地上的枯叶，纷纷扬扬地飞起了一线，半空的哥布林商人被这一剑准准地砍中，落地。

剑客技能：拔刀斩。

树后转出一人：蓝河。

第七十五章
夺怪完败

　　蓝河确实已算是难得的高手了。这一记拔刀斩准确、到位，人未到，刀先至，半空给了哥布林商人一个漂亮的凌空追击。换了田七他们，怕是很难出这么一刀。蓝河紧接又是一个三段斩，这是一个攻击与移动一体的剑客技能，角色飞快滑步上前，哥布林未及完全落地，唰唰唰三道剑光，已是三簇血花飞扬而起。

　　上挑！蓝河又是一剑切出，准备将哥布林挑起到空中，忽地身侧一支造型古怪的战矛递出。蓝河看到这奇怪的战矛心下已经一紧，视角瞥来一看，果然是君莫笑。

　　一剑一矛一齐朝哥布林商人身上招呼。剑快，矛长，谁会先到？

　　是自己吗？蓝河觉着自己挑出的剑刃与君莫笑刺出的矛尖已经是同时到达，哥布林吃了这一击却已经更高地浮击而起。

　　战矛捅入，哥布林商人立刻被扯出一个半圆，直接被君莫笑摔到了他的身侧。

　　圆舞棍。

　　两人的技能都打中了哥布林商人，遗憾的是君莫笑用的是一个抓取技能，哥布林商人这一甩开，他已拦到了蓝河的身前。

　　君莫笑的眉目就在自己眼前，但角色的眼神永远是那么的空泛，蓝河不知此时的君莫笑是什么样的心情，他只知道自己很平静，没有迟疑，没有犹豫，一记横斩便朝着君莫笑劈了过去。

　　君莫笑向后一记大跳闪过了这一剑，半跳到了趴地的哥布林商人身后。突然一击天击挑起哥布林商人，紧跟着一个落花掌轰到了哥布林商人的身上。哥布林商人飞出，直朝蓝河撞去。

太快了！

此时亲身与君莫笑对敌，蓝河终于体验到了这人的操作有多快。刚才天击的时候，他的后跳结束了吗？空中就能这么精准挑到倒地的哥布林商人身上？落花掌接得更离谱，那时候哥布林商人已经被挑起来了吗？如果还是倒地状态，落花掌可是没有扫地效果的。

扫地，又是荣耀中攻击状态的一种。专指对于倒地目标的追加攻击。落花掌是一个直线攻击正前方的技能，倒地目标是打不到的。先施展一个天击，就是为了让倒地哥布林商人处于浮空状态，这样落花掌的攻击才能轰到它。

在蓝河眼中，只觉得君莫笑后跳天击落花掌快得不可思议，他根本没看清挑没挑中，轰没轰到，结果哥布林商人已经飞到身上。

蓝河毕竟实力不俗，哥布林商人砸到他身上的一瞬已经连忙一个格挡。哥布林撞在剑身，蓝河向后滑退一步，但人终于是没有被这一撞击撞倒在地。

眼下的重点不是对付君莫笑，而是抢到哥布林商人！

蓝河的思路倒也异常清晰，只是他没有像圆舞棍那样可以把哥布林抓起扔到一边，拉开和君莫笑距离的技能。蓝河唯有增加伤害输出，建立仇恨让哥布林商人自觉地往自己这边来。

起落，银光落刃。可怜剑客目前也是一个没啥扫地技能的职业，结果刚刚跳起剑还没拔，已见一道剑气纵横的剑光飞扬而至，速度似乎不及蓝河，但霸道有余。蓝河就见自己胸前飞了道血花出去，在空中被斩至倒飞，心里只有一个念头：这不可能！

他清清楚楚地看到，君莫笑施展这一记拔刀斩时，没有从包裹里换出武器，而是直接从他手里那把形状古怪的战矛尾端抽出了一把利刃，剑光一闪即没，蓝河此时再看时君莫笑手中已无剑，难道是自己眼花了？

蓝河相信自己没有，但他完全弄不明白刚才那一瞬到底发生了什么。蓝河没有跌倒，落地的一瞬一个翻滚，利用受身技术避免了倒地。此时距离哥布林商人又远了一段，蓝河心下急切连忙急跑向前。

"轰！"一声轰地般的声响，蓝河又被弹飞出去了。

靠！蓝河暗骂。这回是他自己失误，只顾得接近哥布林商人，忘了BOSS在倒地起身时是会有一个震地波的，否则倒地被围岂不是再也别想起来了。

震地波将蓝河弹飞，他再次受身没有倒下。一看君莫笑却是熟练地后跳躲过了震地波，此时又已经冲到哥布林商人跟前，直接一个抛投就把哥布林商人扔得更远了。那边，数名霸气雄图的玩家已经一拥而上。

争夺BOSS的短暂较量，蓝河完败。但他知道这还远没到结束，在场的所有人，包括他们蓝溪阁，都绝不会放任霸气雄图随随便便地杀到哥布林商人。

"人还没到吗？"叶修控制君莫笑冲回霸气雄图阵中，唰唰又是几记攻击将哥布林商人的仇恨先稳控在自己身上后问了一句。

"就到了。"夜度寒潭比叶修还着急，这哥布林商人都牵过来了，叶修所需的人手却还没有到位。自己的队中只有一个弹药专家和一个元素法师是叶修需要的，正在叶修的指挥下加紧对哥布林商人输出着。

大量的玩家已经朝着这边冲来，不过看到目前哥布林商人是落在霸气雄图的手中，许多人稍稍迟疑了一下。不是想就此对BOSS放手，而是希望有出头鸟去冲一冲，毕竟心底里还不想和霸气雄图起正面冲突的。

不过并不是所有玩家都会如此顾忌霸气雄图，蓝溪阁的人就一点儿也不怕。血枪手事件历历在目，事情坏就坏在三家犹豫不决、思前怕后上了。蓝河这一次异常果断，想都不想，带头冲了上去。他的身后蓝溪阁玩家也到位了十数人，和目前霸气雄图到阵人数不相上下。

"散！"叶修一声令下，夜度寒潭等人按他布置的走位四散开去。哥布林商人则被君莫笑又是一击落花掌狠狠地轰飞了出去，那弹药专家和元素法师左右走位，身形大部分时候隐在树后，技能冷却一好，就会突然冒头给哥布林商人来上那么一下子。夜度寒潭带领的一帮近战好手，也不上去围攻，只是注意跑位。这哥布林商人有时一经过某个树旁时，树后经常冷不丁就冒出一人砸上一拳或是劈上一刀。

蓝河目瞪口呆，他从没见过这样打BOSS的。

第七十六章
控制 BOSS 走位

树林中，蓝河几乎只看到哥布林商人撅着屁股背着大包追逐君莫笑的身影。霸气雄图的其他人，此时竟然全都四散到了树后，成了放冷枪的黑手。

这哥布林商人也是，面对普通玩家时又蹦又跳，抓着包里东西乱丢东西砸人是何等的潇洒，怎么现在面对君莫笑时就看它这么费劲呢？方才一个手雷扔出去，竟然被君莫笑半空敲回来炸到了自己头上，真是有够白痴的。你用什么定时手雷？你用触发式的啊！

虽如此，但能把扔过来的手雷精确地敲回到哥布林商人的脑袋上，这君莫笑不只快，微操也是很准哪！蓝河这儿一边后面狂追，一边大为感慨。

君莫笑毕竟是带着哥布林商人且战且走，速度不可能发挥到最快，蓝河率众很快就能追上。他们蓝溪阁的身后，一堆其他各色玩家也稳稳地吊在身后，以黄雀自居。

蓝河又何尝不知屁股后面的这些家伙是什么货色，但血枪手的教训是血淋淋的，这要不上前，又会让霸气雄图给钻了空子。

"千成，你绕前拦他一下。"蓝河说。

"为什么是我？"千成郁闷。

"你是战斗法师，你不去谁去？"有炫纹加持状态的战斗法师速度高人一筹。

"还有小海呢！"千成说的小海是此时的另一个战斗法师。

"你技术好点儿。"蓝河也不怕伤着小海，千成的水平是公认的。

"在那家伙眼里，我这点儿技术也是浮云。"千成说。

"你才和他交了几次手？"蓝河说。

"我不信你看不出他操作的恐怖！"千成说。

"行了还拦个毛线，已经追上了。"雷鸣电光吐槽，这俩争执的工夫哥布林商人都已经进了自己的射程了。雷鸣电光踏步上前施展法术烈焰冲击。

法师想打中目标也很不容易，要熟悉自己法术的释放时间，判断准确目标的移动方向和速度，算稳提前量。雷鸣电光高手一个，这些方面都不差，烈焰冲击面积又大，容错率高些。此时准确选了哥布林商人身前三个身位的位置放下了法术，释放读条中。

"弹药！"叶修此时在队伍中一条消息发出。

队伍频道一片干净，就是怕影响了叶修的指挥。弹药专家看到叫他二话没有，早上膛的光属性子弹抬枪已被打出。光属性子弹隐隐有电光闪动，发出噼啪声，瞬时已经击打在哥布林商人身上。

哥布森商人身上也是一阵电光流窜，浑身一个哆嗦，微一愣神后，突然变向朝着左边一棵树后奔去。

"泥马！！！"雷鸣电光目瞪口呆，他这法术都吟唱结束，眼看一个烈焰火柱就可以把哥布林商人喷上天了，这可是可以完美地帮他们争取到两秒时间的，谁知道哥布林商人这二货竟然在这个时候突然改变了仇恨目标，变向朝着另一边跑去，那烈焰冲击升得热闹，却是放了个空。

"有没有水平啊？会不会玩啊？关键时候 OT 你小白啊！！"雷鸣电光气得直跳脚，朝着那树的方向直嚷嚷。

"吵死了你。"蓝溪阁阵中一个流氓玩家说了句后，抬手扔了一砖出去。飞砖虽然会把"板砖"的一切效果减半，但此时是对着跑过去的哥布森后脑勺扔的，概率会提升一半。所以触发眩晕概率也是挺高的，能争取到一点时间。

谁想这砖飞到半空就听一声枪响，啪一下就被射了个四碎，一堆砖末掉落下来，流氓玩家也是目瞪口呆。

"泥马！！！"流氓玩家叫着，"见鬼了吧？蒙的吧这是？霸气雄图有这样的高手？"

没人回答他，眼神好的人已经看到在他们正前端站着的君莫笑手中那个古怪东西的前端正冒着硝烟。

"注意君莫笑那个武器。"蓝河对大家说，"有古怪。"

"造型？"

"不……"蓝河一时找不到词。

"先抓到哥布林商人再说吧！"有人说着。

虽然两个想阻挠一下哥布林商人前进的技能都失败了，但蓝溪阁玩家距离哥布林商人却依然是越来越近。谁想就在哥布林商人跑到那树旁，出来的不是一个弹药专家，而是一个柔道，抓起哥布林商人就又朝着君莫笑那方向扔过去了。

柔道那是抓取的专业玩家，各项效果都有加成。这一个抛投比平时君莫笑扔得既快又远。蓝溪阁玩家一下多跑了不少冤枉路，个个气得七窍生烟。结果那边君莫笑早迎上去，两三个攻击就已经把哥布林商人的仇恨给拉回去了。又是圆舞棍又是抛投什么的，转眼哥布林商人和蓝溪阁玩家之间的距离又拉大了。

"等等。"系舟看出些名堂了。

"刚才那个OT，可能不是意外，是他们的布置，是故意的。"系舟说。

"你说什么？"大家都惊了。

"他们就是想用这样的方式，主动控制哥布林的走位，然后避开我们的追击，趁机将哥布林商人拿下。"系舟说。

"这种事情，能办到吗？"大家茫然。

"事实就在眼前。"系舟说。

"是君莫笑，全靠他的指挥。"蓝河说。

"怎么办？"有人问。

"两人一组散开，将他们各个击破！"蓝河说。

"不会叫人捡了现成便宜吧！"系舟有些忧心地看着身后。

"这些杂七杂八的，成不了气候。"蓝河说。

"中草堂的人怎么一直没见着。"系舟说。

"垃圾车前子又玩阴的，这个得提防着点。我们的人呢，怎么还不到啊！"蓝河急，他们蓝溪阁可不是就这么十几个人啊！

"中草堂的人来了！"系舟却在此时突然吐出这么一句。

蓝河朝前一望，果不其然，对面林子里一堆人影攒动，头顶上的名字虽然模糊不清，但蓝河凭他多年打交道的过硬经验，瞬间判断出是中草堂的名号。

"抄后路去了他们。"系舟说。

"垃圾车前子，肯定又是收了内奸的消息。"蓝河鄙视着。

"趁他拦下君莫笑的时候，我们把 BOSS 抢回来。"系舟说。

"上！"蓝河吼道。

第七十七章

直接飞过去

后有蓝溪阁的人在追，前方却又突然出现了中草堂的人，霸气雄图一下子就陷入了前后被夹击的困局。

"元素！"叶修喊了一声。

元素法师连忙一个火焰爆弹丢过去，又是一次毫无疑问的OT，哥布林商人朝着右边树后的元素法师蹦去。

"果然是故意的！！"蓝河等人这下是可以完全肯定了。

"是准备从东边逃出夹击范围吗？"系舟判断。

"向东。"蓝河率队斜插东路，准备抢一步先机。

"遇到霸气雄图的人不要客气！"蓝河指示。

"绝对不会。"大家齐齐表态。

队伍斜插东路，所有人留意身遭树后，希望能捡个霸气雄图的人热热身。结果一路上能捡到的只有普通的哥布林小怪，一个霸气雄图玩家都没看到，偶有霸气雄图的人露脸，比哥布林商人还要远。

蓝溪阁做出变向，前方拦截的中草堂玩家也不甘落后，像是跟蓝溪阁人赛跑一般也冲向了东路。

两家这一都变线，系舟立刻一怔："不会是声东击西吧？"

蓝河也觉得不能大意："你带些人绕西！"

系舟连忙点了数名玩家，蓝溪阁兵分两路，一路斜向东拦截，一路斜向西预备拦截。

中草堂也立刻做出同样反应，分出部分玩家朝西路斜插了过去。不知情的人看着一定会以为这两家根本就是一伙的。事实上可一点儿都没有，两家都巴不得另一家判断出现一千个失误。

奔向元素法师的哥布林商人突然遭受了树后的一记击退，倒滑出了一截，而后一声枪响，哥布林商人又是一个迟疑的转身。

果然是声东击西。蓝溪阁和中草堂的玩家看到这一幕都在心下念叨，而且就看到哥布林朝着正前方的君莫笑冲了过去。

靠！谁也没想到又OT到仇恨的竟然会是君莫笑，而这家伙依然是在执着地向北奔跑，虽然中草堂刚刚有了东西分兵的趋势，但此时重新合并拦敌却也是来得及的，这样继续跑下去，还不是往铁板上撞？

"他要什么花样？"喜欢思考的玩家都在琢磨君莫笑的思路。

"肯定还是会改变路线的吧？"有的人想着。

而这个问题中草堂思考得要更严肃一些，毕竟他们这是要拦上去的，东还是西，还是原地就可以等到？

车前子最后无奈地兵分了三路，他不得不把每一边都防备到。没办法，对方这根本就是想OT就OT，想让哥布林商人怎么走就怎么走，他们只好三个地方都防备起来。

会是哪边呢？所有人抱着这样的疑问死盯哥布林的跑动，结果他们没有看到任何变化，就看着君莫笑领着哥布林商人直接朝着中草堂的正面拦截冲了过去。

中草堂这里也有十数人，立刻散成扇形围了上来，远程攻击的枪手类玩家都已经开始拔枪射击，法师开始释放法术。

君莫笑突然跳起，枪手们连忙调整准星，结果却看到君莫笑在空中转身一百八十度，把屁股对准了他们。屁股就屁股吧！枪手们并没有啥讲究，光标都飞快地瞄了上去。

一声枪响。枪手们心生佩服，这是谁这么快就瞄好了？操作很强嘛！然后他们就见君莫笑嗖的一下滑过了天际。

"日，是他的飞枪！！！！"众枪手们惊叫。飞枪时枪的后坐力越大，飞速越快，君莫笑这一下起码是步枪以上级别，众枪手举枪砰砰开火，结果都是打了个空，目标移动实在是太快了，不好掌握。

君莫笑的屁股转眼就已经到了他们的头顶，随后他们就见君莫笑转过了身。寒光一闪，君莫笑空中拔剑。

"银光落刃！快闪！"剑客玩家提醒着。

判断没有错，一道银光已从半空划下，正是剑客技能银光落刃。中草堂这十数名玩家也不是庸手，纷纷一个后跳，银光落地，震起一圈小光波，十数人却都已经跳出了圈外。

"上！"某人一声大吼，光波退散的一瞬十数人已经重新冲了上来。

君莫笑千机伞一甩，伞面倒翻上去后，却没有保持战矛形态。倒翻上去的伞骨三分之一处突然一折，之上三分之二的伞骨便弯了下来，形似一个镰刀。与此同时伞柄处朝外一脱，利剑似要拔出，但出了三分之二却又停下，最终只是将伞柄延长了一截。

这一切变化只在瞬间完成，围上来的玩家只觉得眼前一花，君莫笑手中的武器已经换了个模样。看起来有些不伦不类，但这件武器的大致造型……

挥臂一甩，千机伞沿身边地上画出了一个三百六十度的大圆。在起点与终点衔接上的那一刻，画过的圆圈突然蓝光一闪。

"靠！！升天阵！！"有玩家终于叫了出来。

围上来的众人这次再闪却终于有些迟了。泛起蓝光的圆圈突然向内外扩了一扩，一道淡蓝的圆环猛然升起，十数名玩家都恰好踏在圆环范围之内，躲避不及，被蓝光冲向了半空。

圣职者中的驱魔师技能：升天阵。技能效果是给升天阵范围内的玩家一个法术伤害，并让其浮空。

十数人浮完空饺子般跌落时君莫笑早已经冲过了他们的拦截，有些人在半空中还努力想向君莫笑发动攻击，但浮空状态下攻击需要对视角，需要在敌我都不停移动的状态下找准方位，这并不是简单的操作，不是所有人都可以做好的。到最后所有人的攻击都只是尽尽人事，根本没有丝毫的威胁。

落地后的受身操作却是绝大多数都完成了，显示了中草堂玩家过硬的素质。结果就在他们翻着跟头站起身时，齐齐看到他们圈子当中的一个手雷。

轰一声响，十数人再度被炸得东倒西歪，硝烟滚滚中，哥布林商人背着书包潇洒地从他们当中穿了过去。

所有人泪流满面，哥布林商人的仇恨不可能在他们身上，这一雷当然不是冲着他们。但这显然是君莫笑故意引哥布林商人朝这儿丢的。这哥布林商人咋就这么给面子呢？这时候你扔块板砖不行吗？偏偏要扔个大范围杀伤的手雷？

第七十八章
被逼无奈

东倒西歪的十数人还没来得及调整好心情呢，就见鬼鬼祟祟藏身树后移动的十数名霸气雄图玩家若隐若现地就也这么冲过去了。离他们近点的还趁机占点便宜，同样扔个雷啊放个法术什么的，而后也不浪费时间，继续追着哥布林商人就去了，毕竟那才是大家伙齐聚此地的真实目的。

又一次东倒西歪的十数人郁闷啊，正重新调整心情呢，蓝溪阁的人马却也呼啸而至了。

"废物啊！真是废物。"蓝河毫不留情地痛斥这些竞争对手，而后带领一帮手下唰唰唰唰也是趁机占了点便宜，砍两剑放几个法术什么的。

可怜这十数人前前后后被这么一折腾，有运气不佳的，比较群嘲的，被占便宜比较多的，直接就呜呼死掉了。

车前子气个半死，BOSS 没拦住，结果还被趁火打劫，直接给蓝河去消息："禽兽啊，你们！！"

"你们真是一帮废物，这样都拦不住。"蓝河回。

"MD 你们早到这么半天了，不一样没办法。"车前子回。

"彼此彼此。"蓝河回。

随后两边都是默默无语，心中不祥之感很重很重。前方，哥布林商人遭受的火力越来越重，显然是霸气雄图的援兵也渐渐到了。蓝河等人每每追近，都被霸气雄图那灵活的 OT 给避开，这哥布林商人行进一点儿也不规则，让众人很没脾气。

蓝河原本指望中草堂的拦截能让他们捡个便宜呢，谁知道中草堂的人这么废，无奈之下，只好又重拾了他原本的计划。

"两人一组，找霸气雄图的人解决！"

哥布林商人根本捕捉不到，偶尔能打中一下两下，但这样等于是帮着霸气雄图输出，仇恨抢不到，就始终占据不到主动。再这么浪费时间下去，霸气雄图输出足够，这BOSS爱谁杀谁杀，他们的队伍只要还在，那归属就已经抢不走了，除非把他们全都赶走或是杀掉。

所以说，抢BOSS这事其实挺难的，迟到太多，输出根本没法追回，那就只能走杀人劫BOSS这条道路。这变成PK难度就大了，因为人与人的水平总是很接近的，杀人永远比杀怪要难，而且后患无穷。

蓝溪阁他们现在倒是不用考虑什么后患，和霸气雄图这样的直接对手，抢BOSS会引发PK大家都习惯了。对于他们来说，更关键的是霸气雄图实力和他们完全差不多，所以即使用了这么一手，结果依然是在五五之数。

但不管怎样，总比此时眼睁睁看着要强。蓝溪阁前前后后到阵的也有二十多人了，此时分成十多个二人小组，大范围地扩散在林中，一看到霸气雄图玩家的身影立刻奔过去。

哥布林商人一下子已不再是唯一的焦点，霸气雄图的所有人都是。发现目标的二人组都用心地去靠近目标。可这追人也不是容易事啊，大家等级装备都差不多，移动速度和耐力就差不多，最后也就是个不上不下的局面，追着追着，雷鸣电光突然在队伍频道里说话："咦，哥布林商人去哪儿了，我看不到了。"

一言惊醒众人，所有人都只关注了眼前的目标，而这目标之后的终极目标呢？还在吗？所有人这一留意，才发现就算是还能看到哥布林商人的，也突然变得很远了。

"上当了……"系舟反应过来。

"这次BOSS，放弃吧！"蓝河郁闷地宣布。

公会的人都不吭声，这样的情况在他们蓝溪阁这样的名牌公会里可是着实少见的，拼到一半的时候就产生绝望？这种心态一般都是在开荒一些陌生的新副本新BOSS时才会产生。但现在呢？只是一个哥布林商人，大家杀到烂熟的小BOSS，对手也是熟得不能再熟的霸气雄图，只因为对方阵中多出了个君莫笑，居然搞出了开荒一样的难度，而且很快就已经逼得他们放弃了。

"喂，你们怎么不追了。"车前子此时发来消息。

"让给你们了。"蓝河说。

"你想搞什么鬼？"车前子疑惑。

"你追追就知道了。"

车前子他们由于是刚刚从前方拦截转为后方追击的，此时还没完全领教霸气雄图这次杀怪时利用 OT 控制哥布林商人走位的变态做法，士气还高昂着呢！

不过这也就是片刻间的事，中草堂追了一会儿终于也是被这种 OT 走位的打法完全震惊了。左试右试都无法破解后，车前子沉重地宣布："二人一组，开杀霸气雄图的人。"

蓝溪阁的人虽然已经放弃，但还是随便跟着想看看热闹，看到中草堂和他们如出一辙也分散地去追杀霸气雄图的人时，突然觉得好爽！

"啧啧啧啧。"人群中满是这样的声音。

五分钟后，车前子给蓝河发来消息："你妹！直说能死啊？"显然他们也发现如此战术最终还是被戏弄了。

"我说了你会相信吗？"蓝河回道。

车前子沉吟半晌，沉重地回复："绝对不信。"

"那不结了。"蓝河说。

"现在怎么搞？你们是要放弃了？"车前子说。

"嗯。"蓝河说。

"我……又有点不信。"车前子说。

"你妹……"蓝河无奈。

中草堂的人灰溜溜地重新聚集起来的时候，蓝溪阁的人距离他们也不远，距离他们很遥远的，是哥布林商人。

其他那些杂七杂八的公会或是玩家，有水平的都已经看出中草堂和蓝溪阁是被对方搞无奈了。这两大公会有水平，有组织，最终也没能捞到半点儿好，他们这些次一等的公会和其他散兵游勇又能搞出什么花样呢？

此时所有人如果能团结在一起，或许还会有希望，但是，会有人带这个头吗？

车前子蠢蠢欲动，凑到蓝河跟前直接说话："咱们杀不到，也不能让霸气雄图捞了这个便宜啊！把所有人一起组织了，管他谁完成首杀，反正别挂上他们霸气雄图的名。"

"一个哥布林商人而已，搞这么大场面有意思吗？"蓝河说。

车前子一想，的确没意思，这只是最小的一个野图BOSS，霸气雄图争取到了也说明不了什么，未来的路还很长。

"总是不甘心啊！"车前子说。

"那你去呗，我又没拦着你。"蓝河说。

"MD，这么费力也讨不了多少好的事老子才不一个人去干呢！"车前子说。

第七十九章
春易老

哥布林商人的猎杀初起时热闹，最终却是结束得平静。

蓝溪阁和中草堂两大公会放手，其他公会有水平的也都看出了端倪，果断不再浪费时间。剩下些散兵游勇还搞不清状况，继续不抛弃不放弃，最终都成了霸气雄图的辅助输出。最终霸气雄图首推哥布林商人的消息被系统发布时，蓝溪阁还有中草堂都十分平静。

能以公会名标注，说明首杀成员中不包括公会以外的成员，但君莫笑刚从蓝溪阁退出还不到五天，显然不可能加入霸气雄图，显然是在 BOSS 倒下前退出了队伍，自然也就不会出现在榜单上，保持了霸气雄图的纯净。

对于这一点蓝河非常鄙视，因为他们谁都清楚，霸气雄图能杀掉哥布林商人，君莫笑功劳很大。蓝河相信那种利用 OT 来控制 BOSS 走位的打法根本不是霸气雄图自己人能做出来的。因为他们蓝溪阁就做不到，那么毫无疑问，半斤八两的霸气雄图肯定也不行。他们靠的全是君莫笑的指挥。

蓝河现在已经彻底认定了，君莫笑之强，和他们不在一个位面，这是超越他们普通玩家一个级数的大高手。这么强的人，怎么会这么默默无闻呢？这是哪路高手开的小号？蓝河当然不会把君莫笑往新人方面去想。这种强悍的指挥，那对游戏是有相当的功底了，不可能是新人。

"兄弟。"蓝河翻开好友栏淡定地给君莫笑去了消息："你预计什么时候能升到 23 级？"

"大家都很关心这个问题啊!"叶修回道。

蓝河没有感到意外,而且大家关心的原因也很简单,23级才可以进入埋骨之地的副本,大家这是等这人升上来然后请他去洗副本纪录呢!霸气雄图今天抢哥布林商人算是尝到了大甜头,肯定也是完全认识到了这个大高手的价值。

"我也说不清,玩着看吧!"叶修又回道。

"埋骨之地副本一定找我们啊!!!"蓝河说。

"这个再说吧!"叶修没给准话。

蓝河此时的表情比较惨烈,他已经预见到第十区里为了刷纪录,保纪录,这个君莫笑将成为他们这些大公会玩命拼抢的对象。以他见识到的这个君莫笑的冷静理智,恐怕会是一副价高者得的局面。这个局面,自己可没信心掌控下去啊!

蓝河想着,暂时退出了游戏,重新刷了一张卡后,登上了他蓝桥春雪的大号。这个时间段任何一区包括神之领域的玩家都在积极忙碌地刷着新出的副本次数,但蓝桥春雪一上线,还是引起了公会的广泛关注,这可是公会五大高手之一,而且不是去第十区开荒了吗?怎么又会冷不丁地跑上来?

第一个给蓝河发来消息的是蓝溪阁的会长:春易老。

发来的消息简单:"????",四个大问号。

"忙呢?"蓝河问。

"本。"正在下副本的意思。

"出来说。"蓝河说。

"急。"

"急也不急,不过想和你商量商量。"

"=。"

春易老发消息就是这么言简意赅,但这绝不是因为他话少,纯粹是懒得打字而已。这个家伙操作很猛,而且热衷于操作。宁可多做几个无聊的动作拉高一下手速,也不愿意在聊天时多动几个指头。

最著名的是当时有人刷世界频道骂春易老,结果春易老明明在线却一直没人瞧到他回应,对于一个大公会的会长来说这比较不应该。

就算自己是懒得与人争辩的，但坐在会长这个位置，被人点着名世界上骂，整个公会都觉得颜面无光啊！公会的人找他反映，结果春易老说他回过了。大家纳闷啊！后来有人翻世界频道仔细去找，竟然真找到了。

大堆的世界频道消息中，春易老一共回了三个字，里面还有俩是字母：SB滚。

全会上下往死里膜拜啊！从此"SB滚"成了蓝溪阁至高无上的回应刷屏骂街的三字真言，沿用至今。

蓝河和他老熟人了，早习惯他这风格，没说什么就真一边等去了。

十多分钟后，春易老发来消息："哪？"

"溪山城。"蓝河回道。

溪山城是神之领域的大城镇之一，因为名字中也有一个"溪"字，被蓝溪阁选为了他们公会的驻地所在。

片刻后，春易老赶回，二人碰面，春易老说话就一点儿也不省略了："出什么事了？"

"第十区出了一个大高手。"蓝河说。

"有多高？"春易老有些惊讶，只是因为一个高手，这蓝河就眼巴巴地跑回来向他报告。

"我看不出到底有多高。"蓝河说。

"什么职业？"

"还没转职。"蓝河说。

"没转职？"

"嗯，学了好多职业的技能，像是在玩散人。"蓝河说。

春易老笑道："散人的话前期当然高了，技能优势实在太明显了，再往后的话，没有中高阶技能输出就有些跟不上了，还要带太多武器，高负重拖速度，更致命的是到了50级就没法玩了，谁现在还玩散人啊？"

"我开始也是这样以为的，但这人的强劲并不只在这里。初级阶段他的技能优势是要承认，但这人真的从操作，到理论，到团队指挥、协同，都很强。"蓝河说。

"这年头敢玩散人的家伙，当然得有全面的知识了。不过……"春易老说着说着，也觉得这样解释太牵强了，只是一个拥有全面知识的人，不至于让蓝河动容成这样。

"现在第十区这边的情况，新手村他拿到了三个首杀，冰霜森林因为他的参与，副本纪录是我们队的，哥布林商人因为他的参与，首杀被霸气雄图抢下了，血枪手的首杀……他带着一堆路人从三大公会的眼皮底下抢走了。"蓝河觉得这些战绩已经足够有说服力了。

"跟咱们的玩过？又帮霸气雄图？然后又从三大公会眼皮底下抢血枪手？他哪边的？"春易老不解。

"哪边的都不是。我试着拉拢过，人完全没兴趣。我看出来了，这家伙就是想这样打工，然后提身价，赚大钱。"蓝河说。

"这人……有点古怪啊，叫什么名字？"

"君莫笑。"

"君莫笑？这个区有过叫这名的高手吗？"春易老茫然中。

第八十章

会长苦心

"从没听过。"蓝河只能陪着春易老一起茫然了。

"真是这么个人物，到时我过去见识一下吧！"春易老说。

"嗯，等他23级，我约他一起去刷埋骨之地的副本纪录，到时你来。"蓝河说。

"他还没23级？"春易老惊讶。

"才21……"蓝河都有些替君莫笑尴尬。无论怎么说，网游中等级总是一种象征，作为第十区最红的高手，等级这么大众这么人民，这让眼看都要25级的蓝河他们这第一阶梯的人很没法交代。

"这这这……有机会真得去见识一下。"春易老说。

"那下次我约你。"蓝河说。

"好。"春易老点头，虽然没有直接说，但蓝河的来意他已经清楚，就是希望他这个真正的公会老大过去决定一下对这个高手到底采取什么态度，是否不惜一切去争取。

又随便闲聊了几句后，春易老就离开了，蓝河在那儿习惯性地又欣赏了一下自己的大号，正准备下线离开，突然耳边听到一个他并不怎么喜欢的声音："哟，老蓝？你怎么有空回来了。"

真是衰啊！就回来了这么一会会儿，偏偏就遇到这个家伙。蓝河叹息着，转了视角过去，立刻看到了绕岸垂杨这烧包的名字以及他那一身烧包的装备。

"没什么，有点儿事回来看一眼。"蓝河不咸不淡地回应着。

"这么有空，去竞技场切磋两把？"绕岸垂杨显然对上次没完成的决斗甚是挂念。

"没空，还要回新区带副本。"蓝河干脆地拒绝。

"也许用不了太久哦！"绕岸垂杨说话时似乎都喜欢压着嗓子，故作磁性。这人从名字到说话到行为到装备都是一个极其烧包的家伙。而这话的言外之意，自然是暗示他不费吹灰之力就可以打败蓝河。

蓝河是爱面子的人，立刻就燃了，气血沸腾有心马上就狠K这家伙两把，结果突然又一声音传来："蓝桥你还不快点儿去？"

蓝河转视角一看，春易老不知怎么又转回来了。

"去了。"蓝河应了一声，再没理绕岸垂杨，直接就下了线。

春易老是回来帮他解围的，蓝河很清楚。

绕岸垂杨对于他的步步紧逼，公会里很多人知道。虽然现在盛传会长把蓝河派去第十区是支开他准备让绕岸垂杨上位，但蓝河心里却很清楚，春易老这一手，一方面是不想看到他和绕岸垂杨搞这种争斗。因为这样的争斗，无论谁赢，输了的一方都会很没面子，很有可能再没脸继续在公会里待下去。这一离开，差不多算是被逼走的，肯定会引起大把人的同情，进而对公会失望，最后引发的震动很有可能不小。毕竟绕岸垂杨和蓝河代表的可是蓝溪阁新老两股势力。

至于另一方面，春易老其实是在变相地帮蓝河稳固位置。乍一看，蓝河像是远离了神之领域这边的核心层，但是在第十区可是他蓝河当家做主，在那里不知又会招募到多少新派高手。等蓝河领了这些人进了神之领域，眼里会不会有春易老这老大都难说，更别提绕岸垂杨算哪根葱了。

派去新区，根本就是让蓝河放手发展自己的根基去了，说什么放逐，想法未免有些幼稚。

蓝河很清楚这些，因为这些根本都是春易老很坦然地向他交代过的。这家伙更是很直接地告诉他，如果蓝河要去和绕岸垂杨PK，他不看好蓝河，他认为二人的胜负三七开，蓝河只占三成。

蓝河很无奈，他的确没有稳胜绕岸垂杨的把握，现在看来春易老看得更清楚。

心中明镜似的蓝河，看到春易老又突然绕回来帮自己解围，心下也感慨他的用心良苦，于是也不再去和绕岸垂杨计较，直接就下了线。

说起来，下线那一瞬，蓝河突然又萌生了个古怪的念头。他倒是很想看看绕岸垂杨这么烧包的家伙被君莫笑那种大高手完全压制后会是个什么屎样。

这个念头可不太好……蓝河拍打了一下自己的脑袋。再怎么说，绕岸垂杨也是公会的同僚，他们之间属于内部矛盾，自己怎么能盼着外人来让自己人丢丑呢？

不过……真的还是很期待啊！蓝河发现自己欺骗不了自己的内心，他文艺了。长叹了两口气后，划回他蓝河的账号卡回到了十区。

这刚一上线就有公会的人叫他去刷副本了，蓝河看着就快到25级的经验条，心里突然噔一下，他忘了一件事！

想着连忙好友栏里找上君莫笑："冰霜森林的副本什么时候再跟我们刷一次？"

冰霜森林的副本纪录可还没到尽头。马上他们这些一线等级的玩家都要升到25级了，在换了25级装备后，这才是出冰霜森林副本最终成绩的时候。但是，即使穿起25级装备，要蓝河他们这些人模仿君莫笑那种一波流的打法，别的都没问题，但开怪聚怪的活儿他们实在做不到，他们私下里可都是偷偷试过的。

蓝河一直想着君莫笑赶紧到23级好和他们去刷埋骨之地，却忘了冰霜森林这里还不算完全搞定。

"这个……"叶修的回复显得犹豫。

"不是又被约了吧？"蓝河晕了。

"是被约了。"叶修无奈。

"又是霸气雄图？"蓝河郁闷。

"是啊！"

"兄弟我约你埋骨之地你都说再说的啊！怎么他们一约你就答应。"蓝河泪流满面。

"你约的都是我眼下没法去的啊！冰霜森林这个，今晚就能去了。"叶修说。

蓝河无奈了，他决定死盯君莫笑的等级，一等这人变成23级立刻去消息约埋骨之地。

冰霜森林啊……蓝河看着纪录有点痛心，他们制造出来还没挂多久呢，毫无疑问今晚就要作古了。

"或许也未必？"蓝河忽然想到，虽然等级都到25级了，但装备方面未必能这么快跟上。蓝河他们现在20级的全是紫武，那是因为新手村的副本可以无限刷，他们在刷到20级的过程中自然搞到了好多装备。但现在呢？25级装备虽然冰霜森林和埋骨之地都有掉，可紫武可没那么高概率，这才两天，每个本就四次，是不是能武装起来一支队伍？

这么一算，结果蓝河还是郁闷了。25级紫武虽然不如20级那么多，但武装出来一支队伍还是够的。他们蓝溪阁就达到了，霸气雄图相信也没问题吧！唉……

第八十一章

是福是祸

　　叶修此时又在和田七等人共下副本了。霸气雄图那边约好了25级刷副本的事后也没有顺势邀叶修去练级。和蓝河相比，他们索性就没和叶修纠结什么人际关系，出钱，办事，怎么简单就怎么来。

　　对于成功首杀了哥布林商人却没能上榜单，田七等人都对此极为愤慨。叶修却是全无所谓，对于荣誉满贯的他来说这些普通玩家羡慕嫉妒恨的东西他是不当回事的。不过，在普通玩家中这可真是一件极重要的荣誉，所以不上首杀榜单，叶修虽不在乎，但也没必要表现出来，结果就是顺理成章地以此为筹码从霸气雄图那里换取了更多的报酬。

　　田七等觉得即使这样也挺不值，但对于叶修来说，感觉就和白捡的一样。霸气雄图当然也是很心疼，但没办法啊！他们比普通玩家更重视荣誉，让公会的名字挂上榜单对他们来说很重要，所以愿意在这个地方出点高价。

　　哥布林商人的首杀，叶修最终从霸气雄图那边要到了二十根白狼毫，此外还有三十个蜘蛛爪牙。

　　蜘蛛爪牙是产自新手村的蜘蛛洞穴副本，蜘蛛精和蜘蛛战士这两个隐藏BOSS。

　　这两个隐藏BOSS都是人形怪，蜘蛛战士会手持一个蜘蛛形状的蜘蛛盾牌，蜘蛛精则是直接像蜘蛛一样八只拳脚。这两个隐藏BOSS被杀时，会有概率掉落蜘蛛爪牙。由于新手村是可以无限刷副本，这边的各种装备材料霸气雄图这样的公会都有不少，三十个蜘蛛爪牙不是难事。

至于白狼毫那是冰霜森林的隐藏BOSS白狼才掉，就是霸气雄图在开区才这么几天的情况下也没多少。上次就从夜未央手中白白用掉了十根，这次二十根竟然没法一次付清。好在现在大家都已经有了新一天的副本次数，哥布林商人灭掉后霸气雄图的人就匆匆组织下冰霜森林副本准备还账。会内上下都是泪流满面，这TMD，到底是谁在打工啊？怎么到最后弄得他们跟欠了债的奴隶似的？

会长夜度寒潭更是忧虑，这个君莫笑手下可是有真材实料。这越往高级走，副本就越多，野外BOSS也越多。难不成以为想要留下纪录的地方就都需要找这家伙来插一手？这家伙胃口超大，而且又狡诈，不要钱只要隐藏材料，这样下去，想完全把这人买断在手里根本不可能啊！

就算有这个可能，但这样局面也很被动。难道第十区的榜单局势竟然要完全被这一个人左右？尤其是野外BOSS首杀和副本通关纪录这两个最体现实力的榜单。

看来第十区的局面有些控制不住，全是因为这突如其来的高手，这货哪冒出来的？夜度寒潭分外不理解，他也有了和蓝河一样回公会总部去咨询一下的意思。

各方都是如此各怀心事地打着副本。当夜第十区等级第一集团的玩家纷纷突破了25级大关，换新装，学新技能，实力瞬间拔高了一个层次。夜度寒潭这边虽有远忧，但眼下冰霜森林刷纪录的事却已经和叶修约好了。

"喂喂，我们这边25级的人齐了，刷纪录吧！！"夜未央一直是霸气雄图和叶修的联系人。

"哦？等会儿，我还在副本里没出来。"叶修说。

"你不是把次数刷光了吧？"夜未央汗。

"还有一次。"叶修说。

"速度速度。"夜未央跳。

"你急什么？刷纪录又不要牧师。"叶修说。

"靠，我来问问你这次又要什么。"夜未央说。

"十根白狼毫，两个密银吊坠，点冰法杖。"叶修说。

"你……白狼毫控啊你！"夜未央哭，他们全会今天这一通冰霜森林副本，好容易把之前没凑齐的二十根白狼毫给补上了，结果这又要十根。夜未央和会长夜度寒潭一说白狼毫，夜度寒潭差点儿掀桌："捣乱的吧？他是故意捣乱的吧？没事要那么多白狼毫干什么？要卖钱什么材料不都一样？白狼牙！白狼皮！白巫女的泪痕！冰霜残迹！！问他用这些代替行不行！"

夜未央连忙跑去问，结果叶修极大度："行啊，拿这些先抵押着，等你们刷够白狼毫我再来换好不好？"

"你到底要白狼毫做什么啊？"夜未央一看这人死活就是冲着白狼毫，那倒不像是拿隐藏材料当钱，而是真有用途的。

"做装备。"叶修说。

"废话……"夜未央翻白眼，这些隐藏材料最重要的用途当然就是做装备，自己问做什么，那当然就是问做什么装备了。现在才20多级，犯不着就做装备啊，要做当然是做最高级的。

结果叶修却再没回答夜未央这个问题。夜未央也没去追问了，放下白狼毫暂且不提，密银吊坠也就是个玩物，价值另说。叶修索要的第三样物品却也足够他们蛋疼了。

点冰法杖，这是25级的橙武，霸气雄图现在上上下下是真的没有。橙字装备爆率极低，经常都是有价无市。哪怕是低级的橙装，有时都会被高级玩家拿出来显摆一下，因为实在是太难得。要不夜未央总把他那橙武冰晶十字架拿出来晃，有橙装的人，这是一种身份。

"点冰法杖现在真没有。"夜未央说。

"那有了再说呗！"叶修不急，他一点儿也不急，君莫笑才21级，还有很多的机会在冰霜森林刷纪录。但霸气雄图这边就焦虑了！他们第一集团军25级了，这赶着继续升呢，一突破到26，再来冰霜森林成绩就不算数了。

"你开点别的东西，先抵着行不行。"夜未央说。

"你那个冰晶十字架？"叶修问。

"靠！！！"夜未央大叫。

结果叶修还没说完："你那只是20级橙武，还差着一点啊，别的什么隐藏材料，再来点？"

夜未央久久没有回复，自己这真是惹祸上身啊，他此时正在向夜度寒潭申请，表示他不愿意再当这个接洽人。

"谁爱去谁去！"夜未央抱着他的冰晶十字架逃之夭夭。

夜度寒潭莫名其妙，只好自己去加了君莫笑的好友，一问，听到点冰法杖四个字后，也是一口血差点儿没喷出来。

"这个真没有。"夜度寒潭哭着，有这个高手相助，这到底是福还是祸啊？

第八十二章
飘忽的副本纪录

点冰法杖这个让夜度寒潭也觉得有些无力，倒不是说舍不得。这东西再怎么稀有，也是25级的装备而已，只是个过渡装备，只能在这个等级阶段短暂地威武一下，对于老鸟来说都不会太在意。想到这儿夜度寒潭不得不鄙视一下夜未央，只是个20级的橙武而已，这家伙视若珍宝不肯交出，问他理由，居然说是好看要收藏。

"只是拿去抵押一下，又不是不换回来了！"夜度寒潭对夜未央说。

"别蒙人了，这是想换就能换回来的吗？人点名要点冰法杖，你觉得这种东西得遇多少次白巫女才有可能爆到？"夜未央说。这也正是点冰法杖让夜度寒潭觉得无力的地方，指定的橙武，可遇不可求啊！

"没有就去收，总有办法可以搞到的。"夜度寒潭说。

"要不现在试试？"夜未央说。

"把你的冰晶十字架卖了试。"夜度寒潭没好气地说。现在新开区阶段，作为有经验的老鸟，只会卖装备，而不是收装备。低级装备在现在还能卖卖钱，尤其是遇到有钱小白时。等到了大家都高等级奔着神之领域去的时候，低级装备那就是浮云了，到时一件25级的紫武和一根白狼毫一个价。夜度寒潭说去收，当然也是指低级武器都成白菜价的时候再收，现在收25级橙武，纯属小白行为，夜未央又怎么可能不懂。

"卖吧卖吧！"夜未央泪奔，他知道这件让他在20来级就非常与众不同的武器终归是要保不住了，对于君莫笑夜未央是咬牙切齿。夜度寒潭心情也不是很好，他有一种砸锅卖铁的感觉，这种感觉实在让人觉得很糟糕。

但是，为了公会在新区的事业，在新区的名声，这付出也是值得的。两人最后都是靠这样的信念坚定了信心，而后却又不得不服：这个君莫笑太老鸟了，要的东西虽然刁钻，却也偏偏在他们的承受范围内，绝不是狮子大张口地胡开价。

问题是，这样下去，夜度寒潭很担心他们三大公会自己要开始狮子大张口竞聘这君莫笑了，这绝不是长久之道。和君莫笑最终谈妥当后，夜度寒潭也下线登录老号向公会总部求援去了。这边刷新冰霜森林的纪录不是他不想参加，但他TMD是骑士，荣耀里的主防职业，MT的首选职业，结果和牧师夜未央一样被无视了。

这一骑一牧两大圣职者，本是霸气雄图十区开荒的两个核心人物，现在成了两个风雨无助的苦×，看到冰霜森林外君莫笑赶到，立刻组起了霸气雄图派出的四个25级的输出，进行战术讲解时，夜未央恨得快把鼠标拧出水来了。

"大致就是这样，大家明白了吧？"叶修打法讲解完毕，他有信心，这样的一支强力输出队，只要没有失误，提高上次的纪录没有任何悬念，悬念只在具体能提高多少。

四大输出听得有些发愣，就像蓝河他们当初听到要用一波流时一样，只觉得不可思议。

"没问题就进本吧！"叶修宣布，随即便指挥君莫笑率先进副本。

四大输出心存疑惑，但进了副本后也不再多想，立刻全速前进，刷纪录嘛，必须争分夺秒。

君莫笑此时却上去开怪，相比上回，千机伞的等级又提高了多个形态，枪、剑、矛都拥有15级银武的输出，叶修在拉怪上更加稳定，一边指挥着四大输出在他拉怪的过程中就对怪展开攻击。

四大输出小心翼翼，只怕OT，结果发现在这人的指挥下，OT这种事好像不存在一样，这人难道要比他们自己更了解他们的输出能力？

二十多只小怪一波流地拉回让四大输出心惊胆战，但随后在叶修的一步步指挥下，四人迅速进入了角色，如同当初的蓝溪阁一样，从疑惑，到震惊，到佩服，到兴奋。第一波小怪被清后，所有人一瞬时间，立刻断定，只要不出失误，纪录必破。

"杀啊！"四人此时都是气势如虹，比叶修还要来得兴奋，毕竟纪录是为他们霸气雄图创造的，而叶修对于这样的结果一点儿也不意外，继续按部就班进行着指挥工作。

夜未央等其他霸气雄图的玩家此时也在刷着副本，不过心思完全不在自己这边，都惦记着那边的刷纪录队。夜未央时不时就看一下时间，转眼十分钟过去了，他们这边也是一支全25级的强力队，不过看现在的副本进度显然想刷新纪录是没可能的。不知道那队杀到什么地方了，夜未央情不自禁地想着，很好奇，却又不想去问，他怕消息分散了那些人的注意力。

而队中其他人一边打怪一边聊天，话题也主要集中在君莫笑这个神秘高手身上。

转眼又是五分钟过去，纪录队进副本已经十五分钟，夜未央的心情变得更加紧张起来。他不由得又点开副本通关纪录榜查看了一眼，目前的通关纪录还是那个20分24秒11。眼下玩家实力大幅度提升，从十五分钟以后的这个时间段，随时都有可能创造出新的纪录。

"刷了！！"突然队里有人一声大叫。还在看上次纪录的夜未央一个激灵，连忙扫向系统公告，结果却是大跌眼镜。

系统公告：恭喜中草堂玩家车前子、隔河仙、苏合香、使君子、胖大海打破副本冰霜森林纪录，成绩17分48秒45。

"中草堂的人？"那四人纷纷觉得惊讶。

"别急，还没到最后。"夜未央却意外地镇定。这个时候，各大公会都踏上了25级的领域，当然都会开始全力刷新冰霜森林的副本，中草堂的人超水平发挥一下，不值得大惊小怪。17分48秒45。这个成绩目前还是有机会被他们的队伍打破的，君莫笑一队人进本才十五分钟，也许正在尾声呢？

夜未央所料不差，中草堂的纪录刷出时，叶修一队五人都是眼皮都没眨一下。因为他们此时已经完全估算出他们会创造出的时间。17

分48秒？真遗憾啊！中草堂的人大概只有一分钟的时间可以高兴了。

　　和中草堂竞争关系的四位霸气雄图的输出兴奋地想着，叶修则继续保持着他稳定快速的输出。忽然之间，系统再出公告一条。

　　系统公告：恭喜嘉王朝玩家灰黑色、海风、子不语、无处可逃、钱袋子打破副本冰霜森林纪录，成绩13分24秒21。

　　世界震惊！

第八十三章
差不多是极限

13分24秒21。

或许对很多玩家来说这不过就是榜单上的又一串数字记录。但是对于夜未央、对于车前子、对于蓝河，对于这些大公会中时时刻刻就惦记在和这些榜单上的数据较劲的玩家来说，才真正明白这串数字记录意味着什么。

13分24秒21。这已经不单单是第十区的纪录了，这个数字分明已经突破了荣耀十大区的总纪录。

这个纪录是没有什么系统奖励的，起初是玩家自发地对各大区纪录进行整理对比，后来变成官方对各区纪录进行统计排名。冰霜森林的副本纪录最高目前只到14分31秒58，蓝河这些人虽然不能清清楚楚记得这个数据，但至少知道还没出十四分这个关口，但现在，第十区，嘉王朝的一队玩家竟然把这个纪录一下就提高了一分多钟。

中草堂的玩家最终没能笑够一分钟，霸气雄图的人却也笑不到最后。叶修所领的刷纪录队此时在副本中已经超过十五分钟，当然是绝不可能再突破这个纪录的。

"靠！！"就在这个纪录刷上世界的一瞬，队中的四个输出就都呆住了。他们的努力至此已经再无意义，整个副本过程中，他们小心、小心、再小心，手心拧满了汗水都不敢去擦拭一下，就是唯恐耽误那么一秒钟。但结果呢？就在他们以为破中草堂纪录全无问题，新纪录即将诞生的时候，这个13分24秒21的成绩无异于一个晴空霹雳。

四人都已经僵住，但战斗的声音却依然在他们耳中回荡着，四人定下神来一看，君莫笑竟然依旧在和冰霜赛恩战斗着。

"老兄，你没看到系统公告吗？"一人忍不住道。

"看到了。"叶修回答。

"我们已经来不及了。"一人叹息着。

"那也总得把副本打完吧？"叶修笑着说。

"你还笑，这样你可也什么都拿不到。"一人说着，倒也开始重新展开了攻击。

"是啊，真倒霉。"叶修说着。

"嘉王朝……MD，十三分钟，这是不是已经破了十个区的最高纪录了？"四人中的一位不太确信地说着。

"破了！本来是没有突破十四分钟的。"另一人说。

"这个……我们好像差得很远啊？"又一人说道。

"不错，我们顶多在十六分钟结束副本。"叶修说。

"唉……"叹息声中，冰霜赛恩终于被五人击倒了，他们最终的成绩定格在了 17 分 07 秒 66 上。这倒是把中草堂刚刚的纪录给破了，可以列位第十区的榜单第二。不过第二的成绩，对于小公会来说也会觉得挺不容易，对于霸气雄图来说，却显得毫无意义。

君莫笑和四大输出传送出来的时候，夜未央那家伙还带着人在副本里拼杀着，夜度寒潭也跑回老区汇报工作没见回来。倒是中草堂的人此时则在经历着从天堂到地狱。他们刚刚还正在欢庆他们创造了纪录，结果一个超越他们四分多钟的纪录就像横空抽出的一记耳光。就这还没完，只是又一转眼的工夫，君莫笑所领的这一小队就又把他们欢庆的纪录给碾了一遍，中草堂的努力显得最没有意义。

这种时候，车前子又怎会不收到来自蓝河的问候："悲剧啊！悲剧。"

"MD，十三分钟！！这 TM 得怎么打出来的，嘉王朝的那儿都是什么人？"车前子竟然没去理会蓝河的奚落，反倒是和这个高手讨论起了这个成绩的可能性。

"嘉工朝……"蓝河没有回复车前子的消息，只是在自己口中念叨了一下这家公会的名字。

这个公会的名字他不会觉得太生疏，比三大公会略差一筹的次一等公会中，嘉王朝是肯定有一席之地的。而这只是它的现在，在过去，这也曾是辉煌一时的公会，就在嘉世俱乐部横扫职业联盟、三年称霸的时代。

不错，嘉王朝，他们的幕后支持者正是叶修的老东家——嘉世俱乐部。

职业联盟是荣耀这个圈子的最顶端，俱乐部的一举一动，都有可能对荣耀圈产生极深远的影响。而每个俱乐部和他们所支持的公会更是一荣俱荣，一损俱损。嘉世俱乐部连年成绩不佳，在游戏中支持的公会顿时也被蓝溪阁、霸气雄图、中草堂三家后来居上。不过还好底子深厚，虽被超越，却也没有被甩落下太远。

第十区的角逐中，三大公会相互较劲，都没有把次一等的公会太当回事，谁知嘉王朝就在此刻重磅出击。之前一直不显山不露水，任何榜单都未出现过他们的身影，此时却一鸣惊人，一下子就把冰霜森林的通关纪录稳摘到了手。

13 分 24 秒 21 啊！！

不光破了第十区的纪录，更是把多年未变的冰霜森林副本总纪录给刷高了一分多钟，嘉王朝这是准备重新崛起了吗？

一想到这里，蓝河也顿时想到了嘉世俱乐部最近的变动。老一代的队长叶秋退役，新一代高手孙翔接过了斗神一叶之秋，这显然是要洗牌重建。那么在游戏里嘉王朝的突然奋起，会不会也是和俱乐部并行的动作呢？如果是这样，靠他们这些玩家阻截这个纪录可就有些夸张了，这个纪录很可能不是一般玩家打出来的。

"是高手。"冰霜森林的副本外，叶修也正在对刚刚完成副本的夜未央和从老区回来的夜度寒潭说着。

夜度寒潭像蓝河一样跑回老区向会长汇报了一下工作，结果再回第十区就听闻发生了这样的大事。13 分 24 秒 21，夜度寒潭也正为这个数字感到震惊，急急跑来了副本外，就听到了叶修正在作出的判断。

"废话，我们也猜得出是高手。"夜未央说。

"不是一般高手，这队里大概得有三人以上是职业级的水准。"叶修说。

夜度寒潭和夜未央呆若木鸡中，职业高手对他们来说就是可望而不可即的存在，震惊的二人一时间都忘了想想叶修是怎么判断得这么清楚的。

"这个成绩，差不多已经是通关冰霜森林的极限了。"叶修说。

"差不多？"夜未央听到了这个关键词。

"你的意思，这还不是极限？"夜度寒潭说。

"极限是那么容易就达到的吗？"叶修笑。

"你的意思？"

"等我也到了25级再说吧！你们也抓紧时间啊！"叶修说。

"抓紧什么时间？"二人同茫然。

"我要的东西啊！你们这下会有时间去凑了。"叶修说。

"我靠！"两人齐声叫，这么震惊的事情就在眼前，这货怎么还在考虑他那点儿破材料破装备啊……

第八十四章
需要人手

　　叶修那华丽的自信让夜度寒潭和夜未央将信将疑，但是一个很严重的事实摆在他们面前。

　　"老兄，你升到 25 级还要多少天啊？我们总不能保持 25 级在这儿等你啊！"夜度寒潭说。君莫笑现在才 21 级，这人又不是二十四小时在线狂练，升到 25 级怎么也得三四天。夜度寒潭他们可是绝不会浪费这三四天时间的，他们的精英团队肯定是要都越过 25 级的。

　　"对手的队中有三个以上的职业水准的人。"叶修说。

　　夜度寒潭和夜未央都在听着，等着后话，结果只听到这么一句，就没后文了。

　　夜度寒潭正要去问，一边的夜未央却已经跳着脚叫了："靠，你的意思，我们的水平全都不够？？"

　　夜未央同志多次因为牧师的身份被排除到了精英团队之外，很不幸地养成了怀疑自身的习惯，此时一回味便已经领会到了君莫笑这句话的言外之意。

　　"破一般的纪录的话，够了，但这个纪录……除非你有一支 25 级的橙装队。"叶修说。

　　橙装队，在新区说这个显然太过科幻。就算是在老区，砸钱武装出来一支 25 级的橙装队，完了说是为了冰霜森林的副本纪录，这也太过于笑话。说到底这只是最低级的一个副本，在这上如此心血耗尽，不值当。

　　夜度寒潭不愧是当会长的人物，在怀疑自身方面虽然不如夜未央有天赋，但此时却已经听出了更多的话外弦音："难道你能找到堪比职业选手级的人物？"说完这话夜度寒潭自己都觉得不可思议，第十区最低级的冰霜森林副本，竟然惊动职业选手来对抗？这太玄幻了啊！

结果叶修却是笑了笑说："冰霜森林而已啊！用职业选手也太夸张了，其实只要有点操作够强的人就可以达到极限了。"

"有点操作就极限了？那职业选手来了总该更极限啊！"夜未央说。

"我这么说吧，首先，账号角色的实力忽略不计。目前新区的程度，你们每个公会挑出来的五人精英组从装备实力上来说都相差不大，是吧？"叶修说。

"是……"夜度寒潭承认，在这种五人副本面前，他们三大公会的优势还是比较有限的，毕竟只要一个五人的精英团队就可以挑战。次一等的如嘉王朝这样的公会，组织起来的五人精英队不会比他们差。

"所以最终影响纪录的就是操作者的水平。假设职业选手的水平是 10 级，但冰霜森林这么低端的副本顶多算是个 5 级的。10 级的水平，还是 9 级的水平，在这个副本都顶多是 5 级的发挥。这么说明白了吧？"

夜度寒潭和夜未央当然明白了，这就好比对手只有 100 的生命，你拿 1000 的攻击拿上去是秒，拿 100 的攻击砸上去也是秒，虽然前后有了十倍的差距，但最终的结果却是一模一样，限制住 1000 攻击发挥的，全是因为对手那微薄的 100 生命。

"论操作的话，我和寒潭可都不算差。"夜未央说。

"是不差，你们两个应该是你们霸气雄图在这边操作最强的人了吧？但你们……一个骑士，一个牧师……"叶修说，"其他职业会玩吗？"

"怎么样……算会？"夜未央小心翼翼地问了一下。

"你这样回答就算不会了。"叶修说。

夜未央郁闷中，一旁的夜度寒潭却接上道："元素法师我倒是会玩……可是账号的话有点麻烦，我能借到的肯定是要冲级的，不可能停在 25 级。"

"这么说来就算你们公会能再出高手过来客串一下，账号问题也不好解决啊！"叶修说。

"嗯！"夜度寒潭承认。这边新区目前25级的账号都是倾尽心力在冲级的，不可能此时逗留。至于其他等级大众的，那就是在新区新招募到的玩家，这才刚认识的人，怎么好意思去借号？就算有豪爽的愿意给借，荣耀这是实物卡，双方还得在同地。

"人和账号，我可以试着来找一找。"叶修说。

夜度寒潭早觉得这人如此自信是肯定有人选的，作为会长的他早已经开始权衡这件事的利弊。这家伙完全出队伍的话，那肯定就还要收取更高的价码，只是为了一个冰霜森林的副本纪录付出更多，夜度寒潭觉得已经是得不偿失了。他很果断地回答："我们的出价可不会再高了。"

让他意外的是，在他们看起来很贪婪的这个君莫笑，竟然没有要抬价的意思，只是又笑了笑说："那个就不用了，价码还是原来的，不过你们得多做点事情。"

"什么事？"

"嘉王朝打出纪录的那五个角色，他们的职业、装备，总之是各方面的资料，越详细越好。"叶修说。

"这个……我可以想办法。"夜度寒潭说。

"还有就是，可能会需要你们出一下装备。"叶修说。

"装备？"

"最主要的就是25级的紫武，其他部件装备当然也很欢迎，这些只是临时借用，完了可以归还你们。你如果要收什么抵押的话，也可以。"叶修笑。

"要什么职业的？"

"你先拿到嘉王朝那五个角色的资料吧，我根据这个判断一下他们队里到底是几个职业级。"叶修说。

"你先说职业吧，我做好准备。"夜度寒潭说。

"那就，一个战斗法师，一个流氓，还有……枪炮师吧，先这样。"叶修说。

"战斗法师？你不会是去找千成吧？"夜度寒潭汗了一下，目前第十区里能说得上是战斗法师操作高手的，当然就是蓝溪阁的千成了。

"当然不是，他的话会缺紫武？"

"那倒是。"夜度寒潭说，"那你找的这些人都是谁？"作为会长的人物啊！对人才总是很敏感。

"我也还需要考查一下呢！"叶修说。

第八十五章
包子入侵

　　夜度寒潭十分迷茫，这第十区真是见了鬼了，居然一下子冒出这么多高手？这可不是荣耀这个游戏的风格啊！

　　寻常的网游，一个区服就是一个世界，在老区混得不如意的人，时常会有在开新区时从头开始的，这样说不定就能在新区里称王称霸呼风唤雨起来。但荣耀呢？所有高手最终都要齐聚神之领域，你在一区二区三区四区再怎么嚣张，一问连入神之领域的资格都没有，那你就是一个笑话。

　　所以在荣耀里，老鸟就算想抛弃原来的角色重新开始，也未必非要换来新区。在旧区还可以用自己的老号给予经济、武力上的支持，升起来更快，那多幸福！

　　所以会来新区开荒的老鸟，绝大多数都是夜度寒潭他们这种为公会经营而来的。但现在，遇到了一个君莫笑这样一个前所未见的高手不说，这人又号称能找到操作堪比他和夜未央这种程度的玩家。

　　他和夜未央虽然比职业选手还差得远，但在玩家群中却也是很高水平了。是霸气雄图精英中的精英，搁蓝溪阁就好比是五大高手这种水准，结果这君莫笑好像随便就可以张罗到几个，这让夜度寒潭怎能不迷茫，对于他要张罗来的人物，怎能不好奇。

　　"你们练你们的级去吧！这纪录反正放这儿也不会有人去碰，等我升上来就帮你们刷了它。"叶修最后道。

　　"那……再联系。"夜度寒潭不急于这一时，这君莫笑会找些什么人物来，他终究还是会见到的。

夜度寒潭和夜未央带着疑惑离开了。他们冰霜森林的次数是没了，但还有埋骨之地可刷。叶修的君莫笑却才21级，入不了埋骨之地，接下来只能是任务刷怪练级。

一边往练级区去，叶修一边拉开了好友栏，呼叫了一下"包子入侵"。包子入侵这家伙虽是荣耀小白，但猎杀血枪手和几次下副本后，叶修看出此人其实操作具有相当的手速。

他的情况和唐柔有点类似，对荣耀都不熟，但手速却都是有的。相比之下，包子入侵的手速虽比不上唐柔，但协调性更好。看这家伙沉迷于荣耀的劲头，这手速八成是玩其他操作类的游戏练出来的。

包子入侵此时却还在冰霜森林副本中，和田七他们一起。叶修这边是留了最后一次和霸气雄图他们一起了，田七他们于是又随便加了个人下最后一次，这么一组玩家水平普通角色装备普通相互配合也普通的队伍刷本的速度就实在不够看了，基本都是要杀出三十分钟开外的。

包子入侵有手速是没错，但不能忽视他是荣耀小白，于是他的发挥就和指挥有很大关系。有优秀的指挥替他思考，指挥他走位、输出的话，他的手速才有可能充分施展。现在他们队伍的指挥是田七，一个只是熟手，连高手都称不上的人物。

"啊，大神，我们还在副本呢，有什么吩咐？"包子入侵回消息挺快。副本中，杀怪中，回消息还麻利，这是手速的一种证明。

"我刷完了，等会儿找你说点儿事情。"叶修回道。

"那好像……没在电视上看到你名字呀？"包子入侵说。

"嗯，失败了。"叶修说。

"啊，太可惜了！"

"你先打本吧，一会儿说。"

"好。"

叶修这边副本出来和夜度寒潭他们都聊了半天了，田七他们这边副本也基本差不多了。不大一会儿顺利通关，五人灰头土脸地从副本里钻了出来。田七等人对于没有高手兄坐镇时的队伍效率极其不满意，但是偏偏又无奈得很。高手兄坐镇时的打法，他们即便看在眼里也是无法复制的，这情况就和叶修同大公会们用一波流打法一样。

蓝河他们当然已经完全明白这个一波流是怎么打的，但他们同样也无法复制，因为当中的核心关键人物的技术水平他们实在无法达到。

"高手兄……"田七五人队临时加的那人离开了，余下四人过来和叶修打招呼。刷新纪录失败的事他们也听说了，刚在本里就查看了通关纪录，看到君莫笑的名字列在第二名的队伍中，和第一名队伍差距不小。田七等人估摸此时高手兄的心情不会太好，所以只打招呼，不多说话。

"现在冰霜森林副本这个纪录有点变态了，想打破需要组个有点水平的队伍。"叶修说。

"不可能是我们吧！"田七汗，他这点自知之明还是有的，他们的水平完全比不了大公会的精华。

"你们觉得包子的水平怎么样？"叶修说。

"包子？"田七、暮云深、浅生离三个都各发一个惊恐的表情，最后该说的话还是得说："包子还不太会玩吧？"

包子入侵这边则是一人就发了三个惊恐的表情。

"嗯，他是不太会玩，不过包子的手速很快。"叶修说。

"是吗？"田七三人疑惑，他们没注意到这个。

"啊，这个是的啊，我手很快的，大神怎么知道？"包子入侵惊讶。

"看出来了。"叶修笑。其实以包子入侵对游戏的生疏，想表现出他的手速真的挺不容易。但叶修是什么人？对荣耀熟得不能再熟的教科书级人物，凭借几个细节方面的操作，就已经判断出一个人的操作反应和手速。他看得出来的东西，并不是寻常人都能看出来的。

"我手速是还行，不过……"

"感觉施展不出是吧！"

"是啊是啊！"包子入侵连忙道。

"今晚就跟着我刷怪吧，我来好好指点你一下。"叶修说。

"好啊好啊！"包子入侵惊喜。

"高手兄也指点我们一下呗！"田七等人嚷嚷。

"你们还用我指点啊？想提高自己练手速就是了。"叶修说。

田七等人泪流满面："一直在练啊！"

"不得不说，有些时候，是有一种叫天分的东西在作怪。"叶修说。

田七等人泪奔："高手兄我们知道你已经很委婉了，但听起来还是很直接啊！"

"都一起去吧！没有天分也是可以靠苦练的，只是很多人其实并没有真的下苦功而已。"叶修说。

第八十六章
教导小白

　　叶修领着田七一行人最后是到了埋骨之地。田七、暮云深、浅生离三个和君莫笑等级一样都是 21 级，对于 23—26 级的埋骨之地越级怪他们比较没信心。

　　包子入侵这小子 23 级，埋骨之地倒是有他同级的小怪，此时已经是跃跃欲试。他当然是叶修要辅导的重点，田七那哥儿仁虽然不能说已经无法提高，但要解燃眉之急却还是只能指望包子入侵。先打发了田七三人去练级后，叶修就开始了对包子入侵的一对一辅导。

　　首先当然是得给这家伙讲解一下流氓这个职业。流氓这个职业综合能力较强，但在 25 级这个等级阶段，却不具备什么群体输出的能力。

　　流氓 1 级时的可学技能和各职业一样，是一个制造浮空的"勾拳"。而后 5 级的技能是"耳光"，一巴掌抽上去清脆动人，是未转职前唯一一个附带仇恨效果的技能。10 级技能膝袭，撕人过来后提膝重击，不过这技能只能算半个抓取类技能，因为不带击倒效果。之后是 15 级技能锁喉，这技能背身时无法使用。掐住人的喉咙后和膝袭一样不能将对方击倒，但此技能可持续两秒，随等级提高还可延长时限，并且在锁喉状态下可以继续使用攻击。比如可以来个 20 级技能"砖袭"，不过这时候想拍到后脑是有点操作难度的，鼠标甩动要快要准要有弧度。

　　再然后就转职后的 20 级技能：抛沙。叶修对包子入侵已经有过一番教导。再之后就是 25 级的技能"涂毒"了。给武器施加毒药，而后发动的一击将附加毒属性攻击。不过这毒上去后没有持续性，就是一次性伤害，无视防御。这个技能目前23级的包子入侵还不会，暂且不提。而之前的技能和普通攻击的一些手段包子入侵已经有了体会，叶修就先给他指点了一下这些技能所存在的隐藏效果。

如"耳光"如何打出二段连击，"膝袭"打出背击时可以制造击退，"锁喉"施展中对手防御力减半。这些东西，都是在系统的技能说明中没有明示的，属技能隐藏效果。包子入侵沉迷于游戏中，也没去看过攻略，完全不知。

啥都没了解怎么选择的职业？叶修疑惑地问了一下后，结果这小子竟然说散人阶段乱学技能，而后觉得流氓的耳光、膝袭还有锁喉都是他街头打架时的常用招数，顿时觉得这个职业十分带感，代入感强得无以复加，遂果断转之。

答案让叶修有点汗，但既转之则安之，叶修手把手地提点指导后，本就具备操作手速的包子入侵进步神速，玩得不亦乐乎。

叶修现在只担心一个问题：以这家伙对游戏的热情，加上本就高出自己两个的等级，不会自己没到25时他就已经冲到26级去了吧？这个问题可着实严重，叶修觉得必须和包子入侵严肃地谈一谈。

"包子啊？多久没睡觉了？"叶修问着。

"啊？我不累。"包子入侵兴奋刷怪中，耳光啪啪的。

"适当歇歇啊！我这找了几份攻略，都是讲流氓的，你可以看看。"叶修说。

"哦哦，我吃饭的时候看。"包子入侵说。

"你这么玩命地练级，也追不上大公会的那些人啊，他们都是好几个人玩一个号，每天不休息地在练级。"叶修说。

包子入侵表示出不屑："那算什么本事。"

"人多力量大嘛！所以你一个人就别和他们较劲了。放轻松，慢慢练。最最主要的是，你练这么快，转眼26级了，我怎么找你一起去刷纪录？"叶修终于说出了主题。

"为啥不能？"包子入侵实在太小白了，副本纪录的规定都不知道。

叶修只好又解释了一下，完了包子入侵也不得不陷入矛盾纠结中。

他想快快升级，可又想刷副本纪录上电视……

田七三人此时也被叶修召唤过来当说客，对包子入侵进行游说。这三人也是不遗余力，向包子入侵大谈在荣耀里等级只是浮云，上电视、挂榜单才是最最崇高的追求。

一堆人轮番轰炸，包子入侵总算是很勉强地接受了："好吧，那我尽量慢点。大神你要升几天啊？"

"我很快的。"叶修说，"对了，你这些天就先别加公会。"

"哦。"

总算搞定了包子入侵，叶修长出了口气。对付小白那也是件不容易的事。你讲任你讲，清风抚山岗，小白也是一种强。

好容易接受了慢点练级的包子入侵，这时打怪也不是，不打也无聊；打快了不行，打慢了又没劲，一时间不知该干啥好，索性退出游戏，搜集叶修给他介绍的攻略去看了。

叶修一看，这哥们儿总算是不练了，但自己这边那是得抓紧了。于是组了田七三个，把埋骨之地当副本一样狂刷。刷得那三人对埋骨之地都开始反胃了，叶修依然精神抖擞。让三人忍不住老生常谈地感慨："不愧是高手兄。"

埋骨之地刷到天亮，四人都升到了22级了。田七三人虽然想吐，但高手兄率领下连刷怪都更加有效率一些，又让三人有些恋恋不舍。叶修这边呢，却是到了换班的时候，不能继续守着前台的电脑玩。

匆匆交接了一下后，杀去吸烟区重上游戏。

陈果一觉醒来，往窗外一看，又是一个好天气。她伸着懒腰爬起，揉着眼就想去洗手间，走到卧室门口猛然想到现在这屋子里可还住着个男人，可不像以前和唐柔两人住时那样可以随便地敞露胸怀了。

想着这个陈果整了整睡衣，该系的该扣的都弄妥，这才出了卧室。出了门往边一看，唐柔的房门只是虚掩。

太马虎了！屋里有男人啊！睡觉不关门，走了春色可不好。陈果一边想着一边搞实验，试着看了看从这门缝能不能看到唐柔的床。结果，看是看到了，但床上却没见人。陈果一怔，上前推门一看，唐柔的床铺根本就还没动过。

一夜没睡！陈果惊讶，随即一瞅叶修的小储物间，门也是虚掩。犹豫了一下后，还是跑上去一看。

也没人！这两个疯子啊！！陈果呆呆地望着左右两个敞开门不见人的空房间。

第八十七章
觉都不睡了

陈果飞快收拾了一下后就风一般地出现在了网吧，在工作人员"老板早"的问候声中，在无烟区的角落里看到了唐柔，神情和晚上陈果去睡觉时一样专注，丝毫不带倦意。又跑去吸烟区的角落一看，叶修在这边叼着烟吞着云吐着雾，蔚蓝的烟雾中眉目不清地操作着游戏。

大清早啊！网吧一天当中生意最冷清的时候，比通宵人还要少。网吧里清脆回响着两人操作的声音，你一下，我一下，啪啪啪啪。

陈果没理叶修，先杀去唐柔那边。

"还玩儿，不要命了你。"陈果边走近边说着。

没反应，唐柔戴着耳机呢，耳中只听到游戏中的声音，身边的陈果什么的，此时和她根本不在一个世界。陈果只好上前把她的耳机掀了下来，唐柔这才反应过来。

"起来啦，早啊！"唐柔转头看了陈果半秒钟，扭头回游戏，啪啪啪啪。

"玩儿疯了你。"陈果无奈，她有点怀疑自己把唐柔拉进荣耀是对还是错了。

"呵呵。"唐柔却只是笑而不语。

"多少级了？"陈果凑上来看。

"16级，还差叶修的君莫笑5级。"唐柔说着点开好友栏，一看到君莫笑后却是惊叫了一声："哎呀，他又升了一级，22级了。"

"怎么这么较劲啊！打完这趟副本就去睡觉，休息起来再玩。"陈果看到唐柔的寒烟柔正在新手村的骷髅墓穴里厮杀，而且是单刷，谁敢相信这是一个荣耀新人？

"还睡什么啊，我都该上班了。"唐柔说。

陈果一怔，的确，今天是唐柔的早班来着。按理这会儿已经该坐到前台去了。

"我出来副本就去啊！"唐柔朝陈果做了一个讨好的笑容，两人关系再好，毕竟还有一层老板和雇员的关系。唐柔在网吧也是有活儿干，不是白吃白住白玩的。

"先歇歇吧！我找个人和你换换。"陈果说。

"不用不用。"唐柔这儿一边和陈果聊着天，手下操作基本没停。这一夜又是攻略又是游戏，几个战斗法师的低阶技能来来去去地使用，唐柔进步很大，已经不像以前完全靠反应和操作了。

"好了！"在陈果的注视下，唐柔的寒烟柔单挑推翻了骷髅墓穴的最终 BOSS。退出游戏，关电脑，随即就朝前台去了。陈果愣愣地跟在后面，到前台时唐柔已经又在进游戏了。

"我说你好歹也吃点东西吧？"陈果说。

"你也没吃呢吧？谢谢啊！"唐柔又在讨好似的笑着。

"拿你没办法！"陈果苦笑着，出去买了早饭，回来给了唐柔一份后，却还多带了一份给叶修。

"啊！老板你太客气了。"叶修接过早餐时连声道，"昨晚又没有帮你盖被子，怎么样，睡得好吗？"

"你们两个就疯吧！"陈果想到明明是住着三人的房间，结果早上醒来却发现只有自己一个人的一幕。

"哦？小唐也没睡呢？"叶修说着拉开好友栏一看，果然看到寒烟柔依然在线。

"你不知道吗？"陈果愣，这两人难道玩了一晚上互相也没说过话？唐柔那倒是追着这家伙的等级，结果这家伙竟然全不知道。

"没注意，正好，我还有事找她呢！"叶修捧着自己的早餐跑去找唐柔了。

唐柔此时一边吃着早饭一边在电脑上看着战斗法师的攻略，看到叶修过来，连忙把嘴里东西咽下，再擦了下嘴后这才点头打了个招呼。

"多少级了？"叶修问。

"16 级。"

"蛮快的嘛！赶紧升到 25 级，有好玩的事。"叶修说。

"哦？什么事？"唐柔问。

"看到冰霜副本的那个通关纪录了吗？"叶修问。

"看到了，你的纪录好像被打破了嘛！"唐柔说，她挺关注这个纪录的，因为原是她想去超越叶修的，结果没想到这天晚上已经有人抢先超越了。其中还有一队是叶修自己。唐柔在榜单第二名队伍里看到了君莫笑的名字，成绩也比原来那个高了。

"打破的不只是我的，荣耀十个区的最高纪录都被破了。"叶修说。

"你想再刷回来？"唐柔说。

"嗯，好玩吧？"叶修说。

"如果你刷回来，我再把你的纪录刷掉，那就更好玩了。"唐柔说。

"我和你有仇啊！"叶修哭笑不得，这妹子看来真是认真和自己较上劲了。

"呵呵。"唐柔笑。

"升到 20 级的时候先去体验一下这副本吧！我看你是太小瞧这个纪录的概念了。"叶修说。

"我是开玩笑，十个区的最高纪录，一定很了不起。"唐柔说。

"哦，那就快点练级吧！"叶修松了口气，他还担心这姑娘是不是有些太自负了。

"好。"唐柔应声点头。

"今天睡觉吗？"叶修问。

"我……"

"喂你们两个不要太过火啊！！"陈果突然跳出来打断，旁听了一下后，发现这两个家伙竟然打算觉都不睡了，用得着这么玩命吗？

"放心老板，不会耽误工作。"叶修说。

"那也不行，网吧电脑都是我的，不给你们玩。"陈果蛮横道。

叶修叹了口气，敲了敲前台桌面："小唐，给我办张会员卡。"

唐柔一怔，随即真去弄了，一边嘴里嘟囔："那我也办一张吧！"

陈果崩溃，真是气死个人咧！更可气的是这唐柔怎么也随波逐流了？学坏了，学坏了啊！这才玩了一天荣耀就学坏了。

　　"不管你们了。"陈果被气跑了。

　　"咳，加油练级。"叶修也不提会员卡的事了，和唐柔招呼了一声，又回他的吸烟区奋斗去了。

　　唐柔的早班时间是早七点到下午三点，早上网吧生意较淡，她也不怎么忙碌，还游戏得过来。中午一过人流却是渐渐多了起来，守前台的她有些顾不过来，游戏打得断断续续，但还是继续坚持。

　　叶修那边却是到了中午就停手了，跑过来一看唐柔在如此恶劣条件下还在坚持打游戏，真是太不容易了。

　　"你真不睡了？"叶修问。

　　"我早班，三点才下班。"唐柔说。

　　"哦。"叶修应了声，"还是要注意休息，体力也是非常影响发挥的。"

第八十八章
荣耀联赛

叶修和唐柔最后一个是午饭后去睡的，一个是下午三点换班后去睡的，到晚饭时间是一个人都不见。陈果愤愤地和其他工作人员一起把晚饭消灭了，原想不给二人留饭算了，但吃到一半还是心软了，最后张罗着给二人留出了饭菜。

晚八点，睡够八小时的叶修机械一般地醒过来，一根烟后，洗漱出屋下楼。一楼网吧竟然又是黑通通的，和上次播放叶秋退役节目时似的。叶修一怔，想起兴欣网吧那个转播荣耀职业联盟比赛的惯例，一算日子，今天正是联赛第二十轮比赛的日子。

下到一楼大厅一看，果不其然，上次放节目时挂起的投影幕布又已经打开，此时已经放好在电子竞技频道。比赛还没有正式开打，但很多人已经抢好了位置，一边玩着自己跟前的电脑，一边等着比赛正式开始。

叶修走到了前台，问了问前台的小妹："转哪场啊？"

前台小妹显然也是对荣耀并不关心的一族，此时依旧在看着她的韩剧，不过在网吧混，耳濡目染，该知道的还是知道："嘉世的吧！"

叶修点了点头，很理解。

荣耀职业联盟里共二十家俱乐部，二十支战队每轮捉对厮杀，十场赛事同时举行。电视方面频道有限，一般是选择重点赛事进行转播，但作为网络游戏的赛事，真正依赖的却是网络这个平台，在网络上十场赛事都会同时进行转播，观众可以自由选择自己关心的任何一场对决来看。

兴欣网吧和嘉世俱乐部是同城，这里的荣耀粉自然大多是支持本城战队的，兴欣网吧里的投影幕转播大部分都是以嘉世战队的比赛为主。如今叶秋退役，支持者们虽伤感，但并不知悉内情的他们对于俱乐部的支持却并不会变。新引进的高手孙翔则让他们备感期待，希望嘉世能一扫本赛季之前的颓势。目前倒数第二的排名距离季后赛区是遥远了一些，但毕竟联赛才过半，大家还是很期待一些奇迹的发生的。

比赛都是统一时间八点半开始，此时还有十多分钟。陈果那边张罗着布置好了一切后，过来就看到前台边上的叶修。

"老板。"叶修连忙问好。

"给你留饭了。"陈果说了句。

"谢谢。"叶修忙去找饭菜来吃。

"转嘉世的比赛啊？"叶修边吃边和陈果攀谈。

"嗯。"陈果点头。

"对手是哪个来着？"叶修问。

"三零一。"陈果说。

"哦。"叶修点了点头，对于各大战队，他当然远比陈果了解。三零一是三零一度战队的简称，属于三零一度俱乐部，在荣耀中也是老牌战队一支，一直保持中流，成绩稳定。队中虽没有斗神一叶之秋这般强力的账号角色，但六个主要账号角色实力均衡。队长杨聪控制六角色中的刺客风景杀，拥有银武双剑——缭影乱武，技术老辣，也是个相当难缠的对手。

在联赛的前半段，嘉世基本已经沦落为人见人欺，但现在有新高手注入，摆明了是要重新崛起。这孙翔加入后的第一战，电视频道都选择了直播。

八点半，比赛准时开始，叶修也已经风一般地消灭了晚餐。网吧中气氛热烈，大家豪迈地讨论着对这一场对阵的看法，牛气十足地指点江山。叶修看了看一旁的陈果，此时也表现得兴奋异常，不愧是荣耀大忠粉一只。

第八届荣耀职业联盟比赛第二十轮，三零一度 VS 嘉世！

转播上也轰轰烈烈地打出了字幕，解说员鬼哭狼嚎般地叫嚷着带动气氛，一边大声介绍着今天的解说嘉宾：李艺博。

李艺博嘛……叶修哪还用听解说介绍，这圈子少有他不认识不知道的人。李艺博曾经也是职业选手，但早在四年前就退役了。这人的技术水平在职业圈里也算上乘，而且为人很会钻营。做职业选手的时候就和媒体建立起了良好的关系，退役后立刻摇身一变当起了专业解说嘉宾，干这一行已经有四年历史了。

此时坐在镜头前的李艺博衣冠楚楚侃侃而谈，点评着两支战队。近期有重大变动的嘉世当然更是点评的焦点。而对于叶秋的缅怀当然是不能不说的词。李艺博一脸深情地追忆了一段他和叶秋当年的故事，听得叶修目瞪口呆："你妹的，你和老子说过十句话吗，编！接着编！"

李艺博气定神闲地就真编下去了，一看就是事先准备好的稿子。随后和解说员互相调侃了几句，这才正式切入了比赛画面。

三零一度 VS 嘉世，个人赛第一场，出场人员介绍。

三零一度，出场选手高杰。角色：星辰剑。

网吧里嘘声一片，直接咒骂的声音都有。对于忠粉来说，任何对手都是敌人，直接挫骨扬灰那是最过瘾的。

随后嘉世，出场选手苏沐橙。角色：沐雨橙风。

"哦哦哦哦，苏沐橙！！！！！"

叶修这边都还没来得及怎么着呢，就被网吧里一片海啸般的欢呼惊得差点儿从板凳上掉下来，尤其是身边陈果的尖叫，太刻骨铭心了。

"反应很激烈哈……"叶修打着哈哈，苏沐橙的人气他从来没有怀疑过，但这光景还是把他吓一大跳。

"当然了！！第一女高手啊！"陈果很是自豪地说，这可是她的第一偶像。

"第一女高手？谁说的？"叶修奇怪。

"不都这样说。"陈果说。

"那只是炒作啊！"叶修说。

"不然那是谁？"陈果问。

"论技术水平的话，女选手里最强的应该是楚云秀。"叶修说。

"烟雨战队的楚云秀？"陈果问。

"嗯。"

陈果想了想，结果这边比赛已经开打，心思立刻飞了，又"哦哦哦，苏沐橙"地叫起来了，给偶像加油打气，好像苏沐橙能听到她的声音一般。

脑残粉啊这是个！！！叶修惊叹，这要叫苏沐橙来网吧玩一趟，这大小姐不得兴奋得直接把网吧烧了来庆祝啊？

第八十九章
主场优势

在观众们的欢呼声中，比赛已经正式打响。

职业圈中，压倒性的优势还是很少。总不可能产生娴熟老鸟和新人小白之间这么夸张的实力差。几大实力强横的人物和他们手中的神级角色倒是可能对普通选手和角色产生一定的压制，但苏沐橙和她的沐雨橙风却还没到这种程度。

不过相比之下，高杰和他的星辰剑却还要更逊一点。但这种纸面上的实力完全不足以说明胜负，这场一对一的比赛，谁胜谁败都不能算是太意外。临场发挥的好坏，既有可能拉大这纸面上的差距，也有可能将其弥补甚至反超。

说到底，这终究还是一个以人为本的竞技项目。神级的角色，也要看其操纵者的驾驭能力如何。再强横的选手，也总有发挥低迷结果被别人挫败的时候。更何况现在还是一个群星闪耀的时代，无敌真寂寞这么骚包的台词可是被封印很久了。

"苏大美女，我要开始了哦！"比赛转播画面旁边的一个信息框中，跳出一句星辰剑发出的文字。

没错，荣耀比赛中，敌对双方虽然无法用语音交流，但是却可以通过文字来传递信息。在比赛场中也只有这么一个公共聊天频道。而这个文字交流的信息没有任何屏蔽词，更是会被直接转播出来给观众们看。

说实话，有些比赛中选手之间文字挑衅的亮点甚至大过相互之间的比斗，联盟中不乏一些擅长用垃圾话来干扰对手情绪的高手。因为这个文字发出后，对手是肯定会看到的，没有关闭或是屏蔽这信息栏的可能。

当然，要不要使用这样的手段全凭选手个人意愿。这么多年来什么样风格的选手都出现过。

从头到尾手一有空就要扯几句的；抓住机会冷静吐槽的；从头到尾一言不发惜字如金的；甚至直接出手成脏弄得满屏幕对方家人及其生殖器官的……

这最后一种虽然也不会被屏蔽，但选手最后必定会受到联盟的处罚，而且那么多观众看着呢，如此恶劣的言语暴力当然也会让自身形象极度受损。所以基本也都是被打毛了以后一不小心失手敲出了违禁词，专攻此项的倒是很久没有出现过了。

高杰此时的开场白隐含调戏的意味，兴欣网吧里的广大粉丝立刻群情激昂，大吼着秒了他。结果苏沐橙却只是打了一个微笑的笑脸表情和一句"好啊！"

高杰除了这句开场白似乎也没啥言语上的攻击力了，立刻抽剑开始进攻。星辰剑是剑客，沐雨橙风是枪炮师，典型的一远一近两大职业，高杰凭借对地图的熟悉，绕路掩盖身形，悄然向沐雨橙风靠近。

为什么说高杰对地图熟悉？因为荣耀联赛的季前赛是采用的双循环赛制，是分主客场的。主场一方拥有的最大优势，就是选择对战地图的权利。

荣耀中有为数众多的对战地图，每年还会不断地更新添加。作为主场方事先知道自己会用什么地图，自然会早做研究练习。而客场方或许也打过这幅图，但显然不会像主场队这样有针对性地练习。主队选图和客队准备使用的主场图撞车，这种可能性当然也是有的，但至今尚未发生过。而荣耀地图的数量还在不断增长，这种情况的概率也在不断降低。

至于选出的主场图撞了对方曾经用过的主场图，这就属于自摆乌龙了，怨不得其他。

眼下这场单人赛的用图是一张白雪皑皑的微型城镇，星辰剑这角色一身白色的装备，连手中银武光剑"白光剑"都顾名思义地泛着白光，选用这图的意图就太明显了。

此时星辰剑正在绕路朝沐雨橙风的出生地接近，直播方先是切了一个星辰剑的第一人称视角，让观众身临其境地感受了一下后。又切换出一个全图的鸟瞰上帝视角，从这上可以看出，沐雨橙风此时也没有呆立出生地不动，而是在四下打着转。

画面随即切换到了沐雨橙风这边。

比赛的转播方拥有的视角是极多的，可不单单只是选手的第一视角，此时就是一个镜头拉远的第三视角，让人很明显地可以看出沐雨橙风在小范围里四下地走动侦察。

由此可见，一场比赛是否精彩固然是由两位选手的发挥所决定，但是在转播中呈现给观众，却极需要一个优秀的导播来完成。从头到尾就从鸟瞰图上看两个小人移来晃去，再精彩的比赛也给转播成垃圾了。

这场转播的这个导播明显功力不俗，三个镜头切换，再加上解说员和嘉宾的解说，两个选手的意图都已经让人一目了然。

高杰让星辰剑迂回前进准备出其不意地接近沐雨橙风。

但经验丰富的苏沐橙显然已经料到了这一点，在观察了一圈周围的地形后，此时已经操控沐雨橙风跳上了旁边一个不错的狙击地点。这里居高临下，星辰剑此时靠近反而会率先暴露在沐雨橙风的炮口之下。

兴欣网吧里顿时嘘声笑声一片，嘲笑的自然是高杰。想要搞偷袭，但此时来看却最终会掉进苏沐橙的埋伏。

但叶修却知道绝不会这么简单，高杰要是真就这么掉进埋伏，那真是白费了他的主场优势。

果不其然，如叶修所料。高杰的星辰剑靠近该地后，并没有贸然冲出，反倒又是绕出了一截路后，从一个小巷口探出脑袋向外看了一眼。

"这家伙，偷偷摸摸的真猥琐，还不赶紧出去受死。"陈果不耐烦地道。

叶修摇了摇头说："他现在在的这个点是个死角，苏沐橙的举动在他的料算之内。"

"高杰现在这个位置是个死角啊！无论苏沐橙刚才选择哪一个狙击地点，都是不可能观察到这个位置的，看来苏沐橙的举动全在高杰的料算之中喽！"转播中李艺博的声音也在此时适时地响起，说的内容和叶修所说完全雷同。

"看来三零一对这张地图的研究是很透彻的。"解说笑道。

"这个自然。"李艺博说。

"那高杰要怎么知道苏沐橙藏在哪个狙击点呢？"陈果说出这话时一怔，因为转播中的解说竟然也刚好说出这个问题。

"脚印。"叶修和李艺博各回答各的，给出的答案却是一样。

第九十章
脚印才是圈套

"哦，原来是脚印……"转播中的解说作恍然大悟状，"大家看，三零一的这张主场图是一个雪地图，所以角色在移动过后会有很清晰的脚印。"随着解说，导播也切出了几张沐雨橙风留在地上的脚印画面。

"可是就这么出去观察脚印，依然会暴露在沐雨橙风的火力范围之下啊！"解说疑惑着。

"所以你看……"画面中的星辰剑已经开始移动，李艺博一边进行着解说，"高杰现在应该是要去一个可以观察到脚印而又不会被苏沐橙发现的位置。三零一对这张图研究得很透啊！"

"哦？会有这样的位置吗？"解说继续疑惑着。

"那大概只有高杰才能解开这个疑问了。"李艺博故作幽默地摆着悬念。

"呵呵呵……"解说自然是很配合地笑着。其实作为一个专业的荣耀竞技解说，潘林做这一行也已经有些年头了。他本人也是一个荣耀爱好者，虽然不具备职业选手的那种技术水平，但长期以此为工作，眼界却也未必寻常。之前他疑惑的这些问题其实自己心里大多都是清楚的，但没办法，节目要求嘛！就是解说和嘉宾一唱一和地往下聊。

解说和嘉宾二人分工不同。解说多是介绍，嘉宾多是点评。潘林解说多年，和李艺博配合次数只多不少，工作上倒也算是默契。

这高杰操控着星辰剑在这周围一绕，找了一个位置后，转播镜头一转，给了一个星辰剑的第一视角，果不其然，此处星辰剑的视角中已经清晰可见沐雨橙风走出的一串脚印，作为上帝视角的观众们一看当然知道，这串脚印已经足够暴露沐雨橙风的位置。

"果然被发现了。"潘林说着，"苏沐橙有点太大意了啊！这个失误有点不应该。"

"嗯，看来叶秋的退役对她还是有比较大的心理影响，毕竟她从出道就一直是跟着叶秋的。"李艺博好像很了解似的说着。

"哎呀，这可怎么办啊？"陈果很是紧张地一把拽住了一边叶修的胳膊。

叶修却是微微一笑，吐了一口烟后说："脚印才是真正的圈套。"

"什么？"陈果一怔，转头望向叶修，其实她也不是问叶修来着，只是单纯的紧张之下自言自语。

"看。"叶修朝投影幕指了指，一声炮响已经传来。陈果连忙转头过来。就见画面中沐雨橙风已经一个飞炮闪身而出，在空中便对着墙角后鬼祟的星辰剑一个反坦克炮轰了过去。

高杰显然全没料到对手竟在此时突然杀出，反坦克炮三发炮弹呼啸而至，匆忙想闪却已经来不及，炮弹炸出一阵气浪将星辰剑掀到了墙上。

沐雨橙风飞炮落地，仍是在一片房顶，黑洞洞的炮口朝着星辰剑，一串火舌轰一下喷出。一枚炮弹飞出后没多远就突地炸裂成数枚更小型的炮弹，坠出数道弧线朝星辰剑落去，星辰剑无论走向哪个方向都已在其笼罩之下。

枪炮师技能：刺弹炮。射出的炮弹爆裂后变成八枚刺射弹落下，进行范围攻击。

这技能一般平地使用时都会对空打出刺弹炮，好让爆裂后的刺射弹从天而降笼罩目标。但沐雨橙风此时本身就身处高点，倒是省去了这个计算起来有点难度的操作。

星辰剑虽已避无可避，但却还有个伤害多少的问题。站着不动，那将受到八颗刺射弹的共同伤害。所以高杰还是操纵星辰剑朝正前方冲了过去。伤害已经是无从闪避了，他决定索性就此拉近和沐雨橙风的距离。现在人已经在近前了，还去兜圈走位偷袭那没什么意义。

三段斩开路，星辰剑吃了两个刺射弹后已经急速冲到了房底，随即一个升龙斩，剑提头顶华光一道人已经飞身而起。

靠这技能强力升空，高杰相信枪炮师是绝对无法阻止自己飞身上房的。

果不其然，人浮上房顶高度一看，沐雨橙风已经向后拉开一截，继续和星辰剑保持着距离。

见星辰剑已经飞身而起就要落在房顶，沐雨橙风扬手发出"噌"的一声，一个燃着火的火机脱手而出画出一道弧线朝着房檐边上落来。

热感飞弹！利用火机的热源引导飞弹从天而降打击对手，攻击范围广，威力大，是个极其彪悍的技能。

只是，太慢了！！

尚未落地的星辰剑凌空就是一记拔剑斩，雪白的剑光划过，"当"一声竟然准确劈飞了未及落地的火机。

"漂亮！！！"潘林和李艺博齐声惊叹高杰这一精彩绝伦的操作，但就在这时，一边的信息框上闪出了苏沐橙发出的一个微笑表情，紧跟着一道粗亮的光柱从天而降，把星辰剑从头到脚地彻底包裹在内，连同星辰剑落脚的房檐一同轰塌。

光柱旋转着，转瞬便又分散出六根较小的光柱，一边自转一边围绕着中央的大光柱公转，逐渐地扩散开来，激得地上雪花飞扬而起，漫天都是白茫茫的一片。

枪炮师终极大招：卫星射线。

"好一记卫星射线！！！"专业解说潘林反应真是相当机敏，立刻跟上了这么一句后，原本称赞高杰的"漂亮"也像是很有先见之明地在称赞苏沐橙一般。

李艺博的反应却也不慢，连忙就跟上道："高杰这一下可是失算了。"

"让我们看看这个卫星射线的伤害……"潘林配合着导播画面去查看星辰剑的生命。

"我估计得下去有三分之一了。"李艺博说着。

"让我们来看看……果然！！星辰剑的生命被轰掉了三分之一，这个卫星射线实在是吃得太结实了。加上之前反坦克炮和刺弹炮的两次伤害，高杰现在处于非常被动的局面啊！"潘林嚷嚷着。

"没错，接下来就看他有没有新的手段去逼近沐雨橙风了。保持这样的距离下拼，那和枪炮师是肯定没法打的。"李艺博说。

"您分析得一点儿也没错。"潘林连忙接口。

从以为沐雨橙风要被偷袭，到星辰剑反被打了个措手不及，顷刻间被轰杀掉了三分之一的生命，兴欣网吧的粉丝们呆呆地都忘了叫好，包括陈果。

直到她听到身边的叶修说了一句："高杰没机会了，苏沐橙的状态很好。"

《网络文学名家名作导读丛书》已出版书目

第一辑：

辰东与《遮天》/ 肖惊鸿 著

骷髅精灵与《星战风暴》/ 乌兰其木格 著

猫腻与《将夜》/ 庄庸 著

我吃西红柿与《吞噬星空》/ 夏烈 著

血红与《巫神纪》/ 西篱 著

第二辑：

子与2与《唐砖》/ 马文运 著

林海听涛与《冠军教父》/ 杪椤 著

忘语与《凡人修仙传》/ 庄庸 安迪斯晨风 著

希行与《诛砂》/ 肖惊鸿 薛静 著

zhttty与《无限恐怖》/ 周志雄 王婉波 著

第三辑：

天蚕土豆与《斗破苍穹》/ 夏烈 著

萧鼎与《诛仙》/ 欧阳友权 著

耳根与《一念永恒》/ 陈定家 著

蝴蝶蓝与《全职高手》/ 张慧伦 张丽军 著

图书在版编目（CIP）数据

蝴蝶蓝与《全职高手》/ 张慧伦，张丽军著 . —— 北京：
作家出版社，2020.12

（网络文学名家名作导读丛书）

ISBN 978 – 7 – 5212 – 1315 – 7

Ⅰ. ①蝴…　Ⅱ. ①张…　②张…　Ⅲ. ①网络文学 – 长篇
小说 – 小说研究 – 中国 – 当代　Ⅳ. ①I207. 425

中国版本图书馆 CIP 数据核字（2020）第 268151 号

蝴蝶蓝与《全职高手》

作　　者：张慧伦　张丽军
责任编辑：袁艺方　王　烨
装帧设计：天行云翼·宋晓亮
出版发行：作家出版社有限公司
社　　址：北京农展馆南里 10 号　　　邮　　编：100125
电话传真：86 – 10 – 65067186（发行中心及邮购部）
　　　　　86 – 10 – 65004079（总编室）
E – mail: zuojia@zuojia. net. cn
http: // www. zuojiachubanshe. com
印　　刷：天津中印联印务有限公司
成品尺寸：152 × 230
字　　数：392 千
印　　张：28.25
版　　次：2021 年 2 月第 1 版
印　　次：2021 年 2 月第 1 次印刷
ISBN 978 – 7 – 5212 – 1315 – 7
定　　价：48.00 元